香港浸會大學
人文中國學術叢書

古典詩學的現代觀照

中國詩學研究前沿國際論壇論文集

張宏生 編

鳳凰出版社

圖書在版編目（CIP）數據

古典詩學的現代關照：中國詩學研究前沿國際論壇論文集 / 張宏生編. -- 南京：鳳凰出版社，2018.4
ISBN 978-7-5506-2745-1

Ⅰ. ①古… Ⅱ. ①張… Ⅲ. ①古典詩歌－詩歌研究－中國－文集 Ⅳ. ①I207.22-53

中國版本圖書館CIP數據核字(2018)第069275號

書名	古典詩學的現代關照 ——中國詩學研究前沿國際論壇論文集
編者	張宏生
責任編輯	樊昕
裝幀設計	徐慧
出版發行	鳳凰出版社(原江蘇古籍出版社) 發行部電話025-83223462
出版社地址	南京市中央路165號，郵編：210009
出版社網址	http://www.fhcbs.com
照排	南京凱建圖文製作有限公司
印刷	江蘇鳳凰揚州鑫華印刷有限公司 揚州市江陽工業園蜀崗西路9號，郵編：225008
開本	960×1304毫米 1/32
印張	11.125
字數	309千字
版次	2018年4月第1版 2018年4月第1次印刷
標準書號	ISBN 978-7-5506-2745-1
定價	56.00圓

(本書凡印裝錯誤可向承印廠調換，電話：0514-85868858)

前　言

二零一四年十二月十七日，香港浸會大學中文系主辦了“中國詩學研究前沿國際論壇”學術會議，來自中國大陸、中國香港、中國臺灣等地區以及日本、美國的二十多位學者匯聚一堂，一起討論中國詩學的相關問題，取得了令人滿意的成果。本書便是這次會議的論文結集。

從會議論文來看，主題較為多元，既有宏觀之思考，也有微觀之探究，既有傳統視角的拓展，也有新興思路的嘗試，所涉時代則早自先秦《詩經》、《楚辭》，晚至民國，跨越幅度甚大，是對中國詩學的一次濃縮的巡禮。

魏寧和艾朗諾不約而同地對文本中的詮釋多樣性產生興趣。魏寧的《“云誰之思？”——中國詩詞中的無標記對話及其詮釋學意義》關注到詩詞中的“主詞”，以及他們之間隱藏的“對話體”。他從比較文學的角度開啟思考，指出中國詩詞中往往省略主詞，因而讀者便不容易注意到詩歌中段與段之間的主詞可能已轉换，彼此是前後對話的關係，而這些在翻譯成英文的時候便會產生一些問題。艾朗諾《不同語境中的詩句內涵——以宋代詩歌和掌故為例》以惠洪《冷齋夜話》中對蘇軾貶謫海南時的一段記載為例，談到蘇軾所寫的兩首詩與一對駢句，詩與駢句的風格極其不同，進而認為，如果讀者瞭解了最後那對駢句的背景之後，回頭再去看前兩首詩，則所得到的閱讀觀感會全然不同。因此,艾朗諾得出結論:在不同語境下,詩句的意義會跟著變化。如果說魏寧的文章主要關注的是文本內部的互動,艾朗諾則無疑更為強調文本與文本之間的外部互動,在這樣層層疊疊的交互影響之中,追求對文本更全面的理解。

張健的《江湖與廟堂之間——晚宋詩歌的邊緣化與詩人的游士化》分析了晚宋詩歌的邊緣化:科舉的現實考量,使得詩歌成為"外學";理學的興盛,使得詩歌遭到主流價值觀的排斥,成為被輕視的小道;再加上當時內憂外患,故而詩歌又被視為無用之消遣。他又進一步將焦點從文學引申至"人",即晚宋時期的詩歌在這種邊緣化的情況之下,卻有一批人(江湖詩人,或曰江湖游士)反而以寫詩謀生,這成為當時頗為特別的一道風景,一起構造出一個立體的晚宋詩壇。陳漢文的《蘇天爵的〈元文類〉與元代中後期的大都文壇》,同樣意在揭示某一時期的文學世界,不過他的寫法則是由小處入手,透過一個選本,去展示當時的文學風尚與政治背景,及士人身不由己的隱微心態。將《元文類》與兩種不同的《皇元風雅》加以比較,彰顯其定位,也更全面地突出了其價值。

域外漢學與出版史是近年來學術研究的兩大熱點,高津孝的《琉球的出版文化與琉球漢詩集》將二者結合起來,一方面介紹了琉球的出版文化,如曆書、教學用書等;另一方面介紹了近世琉球中首里、那霸和久米村這三個地域的士族文化。同時,通過《琉球漢詩集》的刊行,對首里士族中首次刊行漢詩集的楊文鳳,以及久米士族程順則等進行討論,使讀者加深了對17、18世紀的琉球文化的瞭解。

本次會議,有三篇文章討論詩歌的形式問題。李立信的《再論詩歌內容與形式之配合——以唐新樂府為例》認為,作者使用某種體裁來表現某種內容,是有一定的主觀考量,而非隨意創作。他以新樂府為範例,指出新樂府的形式一定是一個詩組,有一個總題,其下每首詩又各分題,因此,該詩組是一個不可分割的整體。唯有這樣的形式,才能讓唐人針對各個不同的事件加以敘寫,並讓這些事件又統攝在自己的批評體系之中,以達到針砭時政之效。

蔡宗齊採用量化分析的方法,試圖以數據呈現形式的變化態勢。在《小令詞牌和節奏研究——從與近體詩關係的角度展開》一文中,他認為詞與其說是“詩餘”,不如稱為“詩變”,因為從形式來看,詞——尤其是小令——與詩的關係極為密切,許多小令詞牌都可看出從詩脱胎而出的痕跡。為證明其論點,他將 331 種小令詞牌分為五大類,進而得出自己的結論:七言詩較五言詩影響小令更大;詞牌變化的樣態有循序漸進、由易到難的趨勢;小令詞與雜言詩雖皆為雜言,但從形式結構來看,能明顯看出本質上的不同;詞的“雜”節奏更適於抒情,故學者們多有某詞牌適於某種聲情的共識;詞的“雜”節奏還能讓作者自由發揮、調整,取得了不自由的詩體與自由抒情之間張力的理想平衡。他認為,上述這些,正是詞成為中國乃至世界詩歌傳統中奇葩的根本原因。

張宏生的《清代的回文詞及其傳承發展》認為,雖然回文詞在北宋中期便已出現,但發展到清代,則達到了最高峰,不僅題材內容有所擴大,形式上也有了更多的變化。一些從明代開始出現的因素,如通篇回文和詩詞互動的方式,在清代得到了廣泛的回應和發展。清代詞人在創作回文詞時,處理了更為複雜的長短句結構,體現了駕馭語言的能力。清代出現了一些重要的創作回文詞的作家,都很有創造力。如丁澎創作了 19 組回文詞,不是像一般人那樣回環為同一調式,而是回環為另外一調,進一步開拓了回文詞的創作空間。顧長發則專門撰寫了一部回文詞譜:《詩餘圖譜》,不僅試圖對回文詞的歷史進行總結,而且所收作品主要由其本人創作,反映出回文詞在清初已經成為一種不可忽視的現象。從尊體的角度看,詞學的發展,往往是從詩歌中尋找資源。清人創作繼承宋人,在回文詞的創作上爭奇鬥豔,正是他們試圖提升詞的地位的重要方式之一。

鄭毓瑜與廖棟樑的文章關注的是同一個時期,即 1920 至 1940 年代。在此新、舊轉換最為劇烈的時刻,“怎麼對待傳統”也就成了文學界必定生發的討論議題。鄭毓瑜的焦點集中在字詞上,作為所有文章的基礎,字、詞的意義以至句的構成,是從文言到白話的轉換過程中需要克服的第一關。在《文法、修辭與意義——1920 至 1940 年代關於漢字“多義性”的討論》

中,她指出當時出現了各種討論文法和修辭等問題的著述,這些著述從剛開始希望能向西方文法學習,發展到逐漸注意到中國字本身特有的"多義性",而於修辭中有著極大發揮空間。於是反省一味邁向"科學"的精確思維,改以強調藉由字詞本身,連結上下文而能自足的意涵。因此,重心也就從規則式的文法討論轉到了對於"意義"的更深層次的思考。

鄭毓瑜思考變局之中,文人們嘗試重構語言秩序的努力,廖棟樑則從接受史的角度,拈出當時頗具特色,卻又往往為研究者所忽略的三種"抒情式"《楚辭》學著作,加以解讀。廖文題為《抒情主義與現代〈楚辭〉研究——梁啟超、梁宗岱與李長之》。他指出,梁啟超等三人採取"內線"的研究方法,從作品本身出發,更多著眼於《楚辭》的情感力度。不過三者的抒情主義批評又不盡相同。梁啟超將情感當作一切藝術的驅動力,由此認識到屈原的極端個性,其力度在作品與作者身上都突顯出來。深受法國象徵派影響的梁宗岱將《楚辭》提升至"聖書"的地位,認為它展現了最完全的心靈與個性,所以是"最上乘的詩";而就研究方法而論,梁宗岱則採取比較詩學的路數,將《楚辭》與但丁《神曲》並提,並為屈原作品排出一個心靈演變的次序。李長之反對梁宗岱排序的武斷,認為有些篇章明顯非屈原之作品,不過對於文學研究,他同樣主張深入詩人的內心世界,認為屈原是中國古人中情感的典範,作為"感情的型",與"理智"、"古典"的孔子相對。

還有一些文章,或關心某一特定現象,或關注某一特定個體,也能提出饒有興味的問題。

淺見洋二的《中國詩歌中的兒童與童年——從陶淵明到陸游、楊萬里》,從中國詩歌中怎樣看待"兒童"這個有趣視角出發,發現陶淵明是較早反對儒家規範中將兒童描述成"縮小版的大人",而純粹描寫其純真的詩人。到了杜甫,則除了對兒女的描寫外,還從回憶的角度看待過往的自己,也同樣擺脫了傳統寫法的束縛。發展到宋代,詩人們更加普遍地描寫對逝去時光的緬懷,甚至陸游、楊萬里標舉"童心"而跟兒童同化。中國詩歌中對兒童與童年的觀念的階段性演變,不僅在文學史中是個有趣的發展,也許還能作為觀念史而作更深入的考察。

陳慶元《新輯詩話摭議——以若干晚明詩話為例》針對《明詩話全編》中的若干錯誤一一糾正，他因研究晚明閩學，對於該時該地的資料有更細緻的考索，因而能見《明詩話全編》編者所未見，點出了許多錯謬或者進一步應補充之處。除此之外，他還提出了對“新輯詩話”這種現代學術體裁撰寫内容的一些意見，如認為小傳不應只是列出作者基本資料，還應簡要介紹作者的詩歌活動、詩歌主張等，便於讀者在閱讀詩話文本之前，有一個大致的瞭解。

蔣寅的《海内論詩有正宗，姬傳身在最高峰——姚鼐詩學品格與淵源芻論》對桐城派的重要代表作家姚鼐進行了深入研究。雖然以往學界對姚鼐也有過一定的探討，但關於其詩學中的基本品格與學術淵源，則還有不少待發之覆。蔣寅的文章讓我們對姚鼐其人的詩學主張、思想由來，以及其詩學眼光的實踐——《今體詩鈔》中表現出的詩學趣向等，都有了更進一步的瞭解。

通過以上簡要的介紹，可以發現，這本論文集中的文章不僅題材多樣，而且根據論題的需要，也採用了不同的方法，諸如文獻考據、文本細讀、交叉研究、文化論說、影響研究等，呈現出多元的面貌。中國詩學研究有著悠久的歷史和豐厚的傳統，成果非常豐碩，但從這些論文之中，我們可以看到這個領域仍然富有生命力。“日新之謂盛德”。相信隨著學術的發展，通過學界的共同努力，在中國詩學研究上，一定會湧現更多更好的新成果。

本書的出版，承蒙香港浸會大學中文系各位同仁的支持。會議籌備過程中，吉靈娟協助我溝通聯絡，承擔了大量工作。在編纂論文集的過程中，林傳濱、林怡劭二位同學付出了艱辛勞動，尤其是怡劭，作為我的主要助手，從聯絡作者、統一體例，到文字校對等，貢獻尤多。謹此一併致謝。

張宏生

2017年2月11日

目　錄

“云誰之思？”

——中國詩詞中的無標記對話及其詮釋學意義　　魏　寧/1

中國詩歌中的兒童與童年

——從陶淵明到陸游、楊萬里　　淺見洋二/29

再論詩歌内容與形式之配合

——以唐新樂府為例　　李立信/50

小令詞牌和節奏研究

——從與近體詩關係的角度展開　　蔡宗齊/58

不同語境中的詩句内涵

——以宋代詩歌和掌故為例　　艾朗諾/127

江湖與廟堂之間

——晚宋詩歌的邊緣化與詩人的游士化　　張　健/134

蘇天爵的《元文類》與元代中後期的大都文壇　　陳漢文/165

新輯詩話摭議

——以若干晚明詩話為例　　陳慶元/199

清代的回文詞及其傳承發展　　張宏生/217

琉球的出版文化與琉球漢詩集 高津孝/236

海內論詩有正宗，姬傳身在最高峰
——姚鼐詩學品格與淵源芻論 蔣　寅/258

文法、修辭與意義
——1920至1940年代關於漢字"多義性"的討論 鄭毓瑜/277

抒情主義與現代《楚辭》研究
——梁啟超、梁宗岱與李長之 廖棟樑/303

“云誰之思?”

——中國詩詞中的無標記對話及其詮釋學意義

香港大學中文學院　魏　寧(Nicholas Morrow Williams)

一、歌中有歌

一隻貓無所事事地走出穀倉
手臂下夾著一對風笛
她不能高歌,只能說:咿咿呀呀
老鼠居然嫁給了大黄蜂
吹笛,貓,跳啊,老鼠
我們將在大家庭裏舉行婚禮
A cat came fiddling out of the barn.
With a pair of bagpipes under her arm.
She could sing nothing but fiddle cum fee.
The mouse has married the humble bee;
Pipe, cat, dance, mouse;
We'll have a wedding in our good house.[①]

① Lina Eckenstein, *Comparative Studies in Nursery Rhymes* (London: Duckworth, 1906), 34.

在這首有幾個版本的搖籃曲裏,我們可以看到一堆稀奇古怪的意象雜亂無章地拼湊在一起,可說是荒謬、怪誕的混合物:首先,有隻貓在玩風笛,再來就是老鼠與大黃蜂兩種不同類別的動物居然在舉行婚禮。接著,貓與老鼠一起跳舞,好像大黃蜂完全不在場一樣。

不過,如果換另一個角度來閱讀,此詩其實自有脈絡可循。由於此歌最初大抵是以口頭創作,故此如何標點其實完全由讀者決定。

首先,英文句尾的韻腳自然將歌曲切開成三段兩行詩。[①] 第二,"咿咿呀呀"標記了此詩正引用另一首由夾著風笛的貓所譜的歌曲。而第二段兩行詩剩下來的句子:"老鼠居然嫁給了大黃蜂"就變成了所引歌曲的其餘部分。按題材而言,這首歌應該是結婚曲或祝婚曲(參考另一首更經典的童謠:《母牛跳過月亮》)。由此可知,第一段兩行詩是形容歌者,第二段則是所歌的歌詞。

如何理解第三段呢?由於它兼指貓及婚禮,這段可以讀作第一段或第二段的延續。在這個重新標點的版本裏,雖然引號只包括第二段,但其實第三段都可以理解為所引歌曲的歌詞。這首童謠是以第一人稱複數收結,因此第三段實際上是同時呼應第一段與第二段。這首童謠由個人的情境與聲音開始,繼而進展到整個群體,將老鼠、貓、大黃蜂都包容至這個"大家庭"。

由此可見,經過一番複雜的調動變更後,看來幼稚或荒誕的童謠原來都有一個獨特而明確的結構。首先,是一個說話者的聲音,然後出現另一個與之前對立的聲音,最後則是匯合兩者。這個詩歌就像是一個對話,並且將互相對立的聲音最終重組為和諧的結局。正如哲學家漢斯—格奧爾格·伽達默爾(Hans-Georg Gadamer, 1900—2002)所言:

> 談話相互理解不是某種單純的自我表現和自己觀點的貫徹執

① Arm/barn 也值得看成通韻或"半韻"。見拙著:"The Half-Life of Half Rhyme," *Early Medieval China* 17 (2011): 22 - 50.

行,而是一種使我們進入那種使我們自身也有所改變的公共性中的轉換。[①]

To reach an understanding in a dialogue is not merely a matter of putting oneself forward and successfully asserting one's point of view, but being transformed into a communion [*ins Gemeinsame*, something shared between us] in which we do not remain what we were.[②]

這首搖籃曲的句子:“一隻貓無所事事地走出穀倉”也許是上述理論的最佳演繹。它的特點在於伽達默爾所指的“轉換”:我們無法斷定是第一人稱或第三人稱,而它所表現的是幾種聲音互相轉換所構成的“公共性”。

詩歌因為其音韻模式和音義之間的複雜關係,它的聲調和諧與否就成為評價的標準,因此享受詩歌的美感始終都要注意聲音的產生地,即發言者。以歐陸詩歌傳統為例,人們習慣認定發言者為第一人稱或第三人稱。柏拉圖就曾經將荷馬史詩分為兩種截然不同的模式:劇情聲音(diegetic),意指第三人稱描述情景的聲音:以及模仿聲音(mimetic),意指用第一人稱模仿史詩英雄的聲音。[③] 其它詩類同樣會佈置發言者的聲音:抒情詩則多為第一人稱聲音;戲劇雖然有交雜著各種説話者聲音的對話出現,但大部分時間各説話人的聲音都被安排得井然有序,不會無端重疊。20世紀的現代文學雖然對聲音與風格多有實驗,但如伍爾芙與詹姆斯·喬伊斯等人運用的意識流手法(stream-of-consciousness),也只是強調單一個體的意識運作而已。

---

① 參漢斯—格奧爾格·伽達默爾著,洪漢鼎譯:《真理與方法:第一卷——哲學詮釋學的基本特徵》(臺北:時報文化,1993年),頁489。

② Hans-Georg Gadamer, *Truth and Method*, translation revised by Joel Weinsheimer and Donald G. Marshall, rev. 2nd. ed. (London: Bloomsbury 2004, 2013), 387. Original German text: “Verständigung im Gespräch ist nicht ein bloßes Sichausspielen und Durchsetzen des eigenen Standpunktes, sondern eine Verwandlung ins Gemeinsame hin, in der man nicht bleibt, was man war.” See Gadamer, Wahrheit und Methode: *Grundzüge einer philosophischen Hermeneutik* (Tübingen: Mohr, 1975), 360.

③ *Republic*《理想國》, 392d—394b.

《一隻貓無所事事地走出穀倉》所顯現的多種聲音交錯其實是非常特別的。俄國文學評論家巴赫金(Mikhail Bakhtin)曾向學術界指出歐洲文學中“對話”的重要性,然而他的論述重點只是放在從拉伯雷(Rabelais)至陀思妥耶夫斯基(Dostoevsky)的複調散文,與《一隻貓無所事事地走出穀倉》所説明的有所差別。巴赫金強調的是所謂“眾聲喧嘩”(heteroglossia),即時空殊異的不同聲音之間,所產生的對立與衝突。但在《一隻貓無所事事地走出穀倉》中,聲音之間是非常微妙的重疊,如非刻意留心,很可能隱而不見。這種聲音的安排,實際上更接近馬丁・布伯(Martin Buber)的“我——你”關係,即第一說話人與第二說話人的聲音糅合在一起,標誌著眾生的團結和諧。這種獨特的詩歌結構更能反映不同聲音的交流與互動。

雖然論者或會以為以上例子只是偶然出現的孤證而已,但本文將會説明以上結構其實在詩歌裏是普遍地存在。這種隱含兩個說話者的對話,經常會潛藏在文本當中,並以作者/說話者與讀者/聽話者這一種對立關係出現。除了上述搖籃曲的例子外,我們同樣可以在中國詩歌裏找到不少例子。例如在中國詩歌的源頭《詩經》,開篇第一首就有這兩段:

……

參差荇菜　Uneven are the water mallow,
左右采之　Left and right they pluck it.
窈窕淑女　How modest is the fair lady,
琴瑟友之　With *qin* and *se* he [they, we, you, I?] befriends her.

參差荇菜　Uneven are the water mallow,
左右芼之　Left and right they gather it.
窈窕淑女　How modest is the fair lady,
鍾鼓樂之　With bell and drum we [they, you, we, I?] entertain her.

單看字面意思,讀者可以知道此詩有兩個互不關涉的主題:採集荇菜與婚禮曲演唱。這種互不關涉的寫作手法在中國傳統詩學裏已經有不少人注意到。例如朱熹即以“先言他物以引起所詠之辭”的“興”來解釋。[1] 不過這種解釋與詩歌創作的年代相差甚遠,值得懷疑是否達到問題的核心所在。詩人先提到他喜歡的那位窈窕淑女,並寫到他以琴瑟、鍾鼓向她求婚。當然,如果放諸現實,一個人已有那麽多樂器在手,他身邊肯定需要另外一至兩位歌者。就是說,《關雎》不僅是一首歌,它也是論述唱歌表演藝術的一首歌。第一句:“關關雎鳩,在河之洲。”已經有歌者與歌的這個關係出現,已暗示了這樣的自反性(reflexivity)。

在上述相連的章節,“參差荇菜,左右采(芼)之”就像旋律反復出現,僅更易一字而已。說真的,我們很難再找到比這旋律更像一首和諧的樂曲了。換言之,這兩句詩作,不單可視為樂曲歌唱的臨場描述,更可看作一種引文。我們可以將文本重新解讀為兩個層次,以下以 A 表示歌詞,B 表示歌者:

1A 參差荇菜 “Uneven are the water mallow,
左右采之 Left and right they pluck it.”
1B 窈窕淑女 How modest is the fair lady,
琴瑟友之 With qin and se we befriend her.

2A 參差荇菜 “Uneven are the water mallow,
左右芼之 Left and right they gather it.”
2B 窈窕淑女 How modest is the fair lady,
鍾鼓樂之 With bell and drum we entertain her.

如此一來,此詩與搖籃曲《一隻貓躡手躡腳走出穀倉》就擁有驚人的相似性。兩首無名氏所寫的新婚頌詩均以描述音樂伴奏來刻劃婚宴的狂歡,

① 《詩集傳》(臺北:學海出版社,2001),卷 1,頁 1。

也有引用樂曲歌詞這一“後設詩學”的修辭法。不過,這首詩是否也和那首搖籃曲一樣,末段也有類似的綜合與重組,則不易取得答案。這要視乎我們將第一段看作是祝婚曲還是求愛歌而定,關於此點,歷來眾説紛紜,至今未有定案。暫且擱置對此詩主旨的深一步探索,我們可以看到,有兩種隱而不顯的聲音共存在同一首詩裏。一首抒情詩平靜的表面,底下經常潛伏著多種的聲音,有時相反有時相成。

二、《詩經》的對話

實際上,類似的例子在《詩經》所在多有,某些還更引人注目。例如第二十三首《召南・野有死麕》,兩段四行四字句後,緊接一段帶有祈使語氣的三行五字句:

野有死麕　In the wild there is a dead doe,
白茅包之　Wrapped in white rushes.
有女懷春　There is a lady who loves the spring,
吉士誘之　And a fine gentleman led her away.

林有樸樕　In the forest are some shrubs,
野有死鹿　In the wild is a dead deer.
白茅純束　We wrap it in white rushes—
有女如玉　There is a lady like jade.

舒而脫脫兮　*Go slowly and on tip-toes!*
無感我帨兮　*Don't shake my sash!*
無使尨也吠　*Don't make the shaggy dog bark!*

這首詩的音韻節奏是經過精心安排的:第一段是 ABAB 韻,第二段是 CCCC,第三段是 DDD。沒有一行是不押韻的。首兩段是《詩經》常見的四音節韻,並使用一句《詩經》非常普遍的套語:“X 有 Y”,X 通常是一個地方。可是,到了第三段則忽然改變了使用的套語與韻律。不單是句子字數由四字增至五字,每句更包括了一個虛詞:“兮”,使語言變得極具情感,特別是末句虛詞:“也”在沒有語法需要的情況都用上了。第三段不單在語法上不同,而且結構也與前兩段不同。前兩段不斷重複句子:“野有死麕”與“野有死鹿”,兩者只差一字;另外兩句:“有女懷春”與“有女如玉”,結構也雷同。這些句子在兩段不同的地方出現,也沒有任何一句句子完全重複,看起來不像《詩經》第一首那樣有規律。雖然如此,這些結構上的相似性已顯示了首兩段有著密不可分的關係。第三段則完全沒有重複首兩段的任何字句,它表述的聲音也與眾不同。這段的說話者很可能就是首兩段以第三人稱描述的那位女子。其中一個證據就是首兩段沒有使用第一人稱,而在第三段即第 10 行出現了“我”。

這種形式的劃分令此詩首兩段與第三段顯得如此不同,好像它們來自不同的作品。雖然這種手法並不能說就是《詩經》的“興”,但也相近,規模則有過之而無不及。半首詩代表一種聲音,另外半首代表另一種,兩者合起來就好像詩作內部的對話般。通常一首詩如果出現兩種聲音,它們之間也不會有這個交流存在。

這種模式的對話其實是詩歌的特徵之一。根據結構主義詩學“選擇軸投射向連接軸”的理論,在一個比喻裏,兩個概念放在同一個序列就意味著它們之間有著相似性。這種相似性通常不作說明,留待讀者自行辨別。正如羅曼・雅各布遜(Roman Jakobson)所解釋:

> 在詩裏面,不單是語音的先後次序,符號的先後次序都能夠建立一個方程式。選擇軸投射向連接軸這個工作是由詩作本身的象徵性,多元性及多義性本質來完成的。正如歌德所言:“所有短暫的東西都是永恆的神似。”用語言學術語說,任何序列都是一個明喻。
>
> In poetry not only the phonological sequence but in the same way any sequence of semantic units strives to build an equation. Similarity

> imposed on contiguity imparts to poetry its thoroughgoing symbolic, multiplex, polysemantic essence, which is beautifully suggested by Goethe's "Alles Vergängliche ist nur ein Gleichnis" ("Anything transient is but a likeness"). Said more technically, anything sequent is a simile.①

在我們分析的這個隱藏對話中,是整聯或整節被放置在序列裏。他們是來自不同的歌曲,但他們如此串連在一起,就建立了新的相似性:老鼠最終和大黃蜂結婚;我們為窈窕淑女準備禮物並希望她能有所回報。無標記對話暗示著更深層的關係,就是兩種聲音的最終綜合。

這種結構在《詩經》是如此隱秘而重要,乃因古文通常不會為動詞加上主詞所致。事實上,這個問題一直不為傳統批評家所察覺,直到將《詩經》翻譯成歐洲語言時這個問題纔變得分明。代詞的選擇原來是如此複雜,所以葛蘭言(Marcel Granet)與阿瑟・韋利(Arthur Waley)在翻譯《詩經》時,就在發現對話的詩歌表明不同的發言者。② 在古文裏,這種對話既難發現,亦難討論。因為代詞與括號都不會出現在古文之中。

當然,論者可以辯解上述解讀只是西方漢學家容易患上的幻覺,至多也只是翻譯過程中的副產品而已,但實際上這個現象的意義不止於此。隱藏的對話其實是中國詩歌與中國詩學的真正特徵之一,而它卻只會在翻譯和語言轉換的過程中才會顯露出來。對隱藏聲音與觀點的分析正是欣賞中國詩歌的關鍵。這當然需要讀者掌握這些對話究竟如何發生、進行,並將之一一重組。這現象在閱讀中國古典文學時是經常出現的。

---

① "Linguistics and Poetics," first published in *Style in Language*, ed. T. A Sebeok (Cambridge, MA: M.I.T. Press, 1960), rpt. in *Roman Jakobson: Selected Writings* (The Hague: Mouton, 1981), 3: 18-51; at 41.

② See Arthur Waley, *The Book of Songs: The Ancient Chinese Classic of Poetry*, ed. Joseph R. Allen (New York: Grove, 1996), 20 (*Shijing* 23), 24 (*Shijing* 27), 34 (*Shijing* 39), 69 (*Shijing* 82), 86 (*Shijing* 109), 87 (*Shijing* 111), 90 (*Shijing* 114), 92 (*Shijing* 116), 96 (*Shijing* 122), 99 (*Shijing* 126), 111 (*Shijing* 144), 120 (*Shijing* 154), 127 (*Shijing* 159), etc.

不過,中國詩歌這一特質只會在翻譯時才會凸顯。譯者需要在原文沒有明言的情況下特別顯示出所有代詞,從而指出在中文原文不能容易察覺的模式和形式特點。我們也許可以將之與世界文學裏因翻譯而產生新意的作品作一番比較:例如愛倫波(Edgar Allan Poe)的小説與詩作在翻譯成法語之後,比英文原文更清楚流暢。[①] 又或者相比現代歐洲語言,中文在禮儀社交的詞彙上是多麽複雜繁瑣。如果將珍・奥斯丁的小説精心翻譯成中文,當中人物角色之間的禮儀與感情的張力也許會得到更充分的表達。

在《詩經》裏,某些詩作的對話是直接指明的,例如第八十二首《鄭風・女曰雞鳴》:

女曰雞鳴　The lady said: "The cock has crowed."
士曰昧旦　The man said: "It is not yet dawn."
子興視夜　"Get up and look at the night,
明星有爛　The bright stars are light.
將翱將翔　Get out and about,
弋鳧與雁　And shoot the duck and geese with threaded arrows.

弋言加之　"With threaded arrows strike them,
與子宜之　Then I'll prepare them for you.
宜言飲酒　When I've prepared them we'll drink,
與子偕老　I'll grow old together with you.
琴瑟在御　Playing the *qin* and the *se*,

① 翻譯研究領域中論述也較少。Cf. George Steiner: "Where it surpasses the original, the real translation infers that the source-text possesses potentialities, elemental reserves as yet unrealized by itself. This is Schleiermacher's notion of a hermeneutic which 'knows better than the author did' (Paul Celan translating Apollinaire's *Salomé*)." In *After Babel: Aspects of Language and Translation*, Third Edition (Oxford: Oxford University Press, 1998), 318.

莫不靜好　All will be quiet and good."

知子之來之　*Since I know that you are coming,*
雜佩以贈之　*I will give you jewelry.*
知子之順之　*Since I know who you adore,*
雜佩以問之　*I will comfort you with jewelry.*
知子之好之　*Since I know who you love,*
雜佩以報之　*I will requite you with jewelry.*

首兩行都有"曰"字,表示間接引用。是故,此詩很明顯是描寫兩個人的對話。① 再者,詩作更使用了第二人稱代詞"子"貫穿整個對話。這在《詩經》以至中國詩歌裏都是罕見的。

不過,除了這個明顯的對話外,另一個像《詩經》第一首及第二十三首的隱藏對話也出現在這首詩之中。第二段在明確提到音樂伴奏的描寫後,緊接的第三段在音節上就變得完全不同。首兩段是在推演敘事的情節,第三段則像一種複沓的歌曲。基於以上觀察,第三段極有可能是由女子所唱的歌曲。② 如果不是這樣的話,那麼這三段合起來看就顯得前後不一。反之,若然第三段真是女子所唱的歌曲,則全詩讀起來就連貫得多了。

當然,這種理解和傳統的讀法差不多。可是,如此重視第三段的意義完全是因翻譯必須明確表示每字每句的主語與說話人所致。在印歐語系,每個句子的文法必須非常嚴格,考慮的不單是代名詞,更包括全句的

① "曰"字也有虛字用法,但這裏不是。

② 古代批評家已留意過這點。見張爾歧(1612—1677):《蒿菴閒話》,卷 1:"此詩人凝想點綴之詞,若作女子口中語,覺少味,蓋詩人一面敘述,一面點綴,大類後世弦索曲子。"最後一段可看成開頭的"點綴"。轉引自《管錐編》(北京:三聯書店,2007 年),頁 180。

詞格變化。① 這種語法卻永遠不會在中國古文與現代白話文裏標示出來。然而,如果人們稍加留意《詩經》作品裏的主語、對話以及說話者,這些隱藏的對話其實非常容易察覺到。另外,即使主語沒有明確的改變,作品也可以是兩個不同對話的綜合體。

例如《詩經》第一百二十八首《小戎》,每段最尾四句的主旨就並非在描寫小戎本身:

小戎俴收　A light chariot with shallow cross-board,
五楘梁輈　And five-banded axles,
游環脅驅　Halter-straps and flank-straps,
陰靷鋈續　And under-straps with silver hooks.
文茵暢轂　Patterned quilt and tall wheel-hubs,
駕我騏馵　I yoke a piebald horse and white-footed horse.
言念君子　*I think of my lord,*
溫其如玉　*Who is gracious as jade.*
在其板屋　*In a house of wooden planks*
亂我心曲　*It disturbs the recesses of my heart.*

四牡孔阜　The four stallions are very mighty,
六轡在手　The six reins in my hand,
騏駵是中　The piebald and the scarlet horses in the center,
騧驪是驂　Yellow horse with black mouth and black horse on the side.

---

① In the opening of the *Aeneid*: "Arma virumque*cano*, Troiae qui primus ab oris/Italiam, fato profugus, Laviniaque venit/litora..." out of fourteen words, four are explicitly marked as singular declension or conjugation to match the number of the hero Aeneas (these words are underlined). Meanwhile the speaker is clearly identified as the poet himself by the first-person singular conjugation of *cano*, "I sing."

龍盾之合　The dragon-carved shields are joined,
鋈以觼軜　Silvered are the buckles and reins.
言念君子　*I think of my lord,*
溫其在邑　*Who is gracious, in his town.*
方何為期　*What was the date we set?*
胡然我念之　*Why do I miss him so?*

俴駟孔群　The lightly-armored foursome is very calm,
厹矛鋈錞　A three-cornered axe with silver handle,
蒙伐有苑　The decorated shields are neatly arrayed,
虎韔鏤膺　Tigerskin quivers and engraved breastplate.
交韔二弓　Two bows kept together in the quiver,
竹閉緄縢　Straightened with bamboo and then tied up.
言念君子　*I think of my lord,*
載寢載興　*Both sleeping and waking.*
厭厭良人　*How peaceful my fine man,*
秩秩德音　*How proper his reputation.*

《小戎》的韻律很整齊，三章均有十句四字句，只有第二十行的五字句是例外。每章開首都有六行詩客觀而靜態地描述小戎的外貌，之後的四行詩句乃說話者以生動與直接的言辭來詠嘆"君子"。兩個部分沒有明顯的關係，每章僅重複"言念君子"一句作為兩個部分的過渡。

這種結構在很早以前就已經被注意到。《毛序》就這樣解釋："國人夸大其車甲之盛，有樂之意也。婦人閔其君子恩義之至也。作者敘外內之志，所以美君政教之功。"依照這個思路，此詩兩種歌曲互相錯綜，是在團結所謂外內之志。如果我們只是單獨閱讀其中一個部分，此詩就會變成一段反複的說明陳詞或者私密的情歌。現在，透過每章字句的順序並列與形式結構，兩個互不關涉的部分就被統合在一起。在此，"選擇軸投射向連接軸"再次發揮了它的效用。

上述的詩歌解讀與之前所說的假設若合符節,也和不少學者對《詩經》的複雜結構所作的分析同出一轍,錢鍾書將《詩經》第三首《卷耳》解釋為一位寂寞的婦人與她丈夫之間的對話。① 另一極具原創性的語言學家喬治・肯尼迪(George A. Kennedy)認為《詩經》第二二〇首是"兩首詩的合併",首兩段在慶祝狂歡的酒宴,之後三段則是對放縱行為的反思。② 最近馬丁・克恩(Martin Kern)也推斷《詩經》第二〇九首是一首"多聲道的頌詩"。③ 儘管這種對話結構可能只適用於某些具體場合,但詩作中充滿禮儀形式的用語令人聯想到詩作描寫的儀式場合有著多名的參與者。以上三位學者都分析了《詩經》某些作品的複雜結構,但正如上述,其實同樣的情況也適用於其他篇章。

可見,《詩經》第一首與其它詩作都有著一種極其複雜的結構,可以喚起表演者與觀眾(或讀者與作者)之間的對話:"我們帶著鍾鼓而來,這就是我們的歌曲……"在另一種情況,某些《詩經》作品在閱讀時需要從章節之間語氣的轉換去推斷出詩作存在第一人與第二人的對話。《詩經》這種無標記的對話很可能來源自音樂的演唱。因不少篇章最初是在宮廷由眾多歌手與樂師演奏,所以寫本上也很容易將不同說話者的聲音、記錄表演時的情節以及所引的另外一些歌曲都一一收錄。請看《詩經》第三十八首《邶風・簡兮》:

簡兮簡兮　How grand, how grand,
方將萬舞　They will do the Wan dance.

---

① 《管錐編》,頁116—121。錢先生的解讀其實更神妙,將這首分析為"同時情事詩"之例,但奠基於原詩中的對話形式。

② George A. Kennedy, "A Note on Ode 220," in *Selected Works of George A. Kennedy*, ed. Tien-yi Li (New Haven: Far Eastern Publications Yale University, 1964), 463–76, at 464.

③ "*Shi jing* Songs as Performance Texts: A Case Study of 'Chu ci' (Thorny Caltrop)," *Early China* 25 (2000): 111.

日之方中　The sun is in the very center,
在前上處　Ahead and high above.

碩人俁俁　The great man so tall,
公庭萬舞　Does the Wan dance in the court.
有力如虎　He is strong like a tiger,
執轡如組　He holds the reins like strands of silk.

左手執籥　His left hand holds a flute,
右手秉翟　His right grasps pheasant feathers.
赫如渥赭　Red as bright crimson,
公言錫爵　The lord gives him a goblet.

山有榛　*There is hazel in the hills,*
隰有苓　*And chestnut in the lowlands.*
云誰之思　*Who is he thinking of?*
西方美人　*The beautiful lady in the West.*
彼美人兮　*That beautiful lady, ah!*
西方之人兮　*The lady in the West, ah!*

首三章為嚴謹的四言句，描述宮廷的儀式——萬舞。至於最後一章，形式與內容都與之前完全不同，就像是一首富有楚辭韻味的情歌，在首三章所描述的宮殿裏演唱。

朱熹也認為此詩末段與屈原的《離騷》非常相近，[1]此章用了楚辭常用的助語虛詞"兮"："云誰之思"，與《湘君》第七至八行重複的句子："望夫君

① 朱熹編：《詩集傳》(臺北：華正書局，1980年)，頁24。

兮未來/吹參差兮誰思。"[①]與首三章充滿男性語氣的句子相比,末章的語氣明顯女性化,並為之後的楚辭經常使用。當我們留意到此詩存在這兩種聲音,整首詩在形式與內容上的前後不一就可以理解了。

下文,筆者將會探索這種無標記的對話在楚辭以降的中國詩歌傳統中是如何發展、轉化。

三、後來詩歌的對話

追蹤這種無標記對話有多重意義。首先,我們可以重新梳理那些在閱讀過程中顯得曲折離奇的詩篇。另外,這也有助於我們以對話及眾聲複調的視角來閱讀中國詩歌。關於對話的深意,伽達默爾有相關論述,特別重視對話和詮釋的關係:

> 這一點正構成對話的特徵——相對於那種要求用文字寫下來的陳述的強硬形式——即這裏語言是在問和答、給予和取得、相互爭論和達成一致的過程中實現那樣一種意義交往,而在文字流傳物裏巧妙地作出這種意義交往正是詮釋學的任務。因此,把詮釋學任務描述為與文本進行的一種對話,這不只是一種比喻的說法——而是對原始東西的一種回憶。[②]
>
> What characterizes a dialogue, in contrast with the rigid form of statements that demand to be set down in writing, is precisely this: that in dialogue spoken language—in the process of question and answer, giving and taking, talking at cross purposes and seeing each other's point—performs the communication of meaning that, with respect to the written tradition, is the task of hermeneutics. Hence it is more than a metaphor; it is a memory of what originally was the case,

---

① 洪興祖編:《楚辭補注》(北京:中華書局,2014 年),卷 2,頁 60.

② 《真理與方法:第一卷——哲學詮釋學的基本特徵》,頁 477。

to describe the task of hermeneutics as entering into a dialogue with the text.①

重讀這些經典就是要給這些原始東西一個本來面目。到目前為止,我們已經分辨出《詩經》中的無標記對話,對後來的詩篇我們其實也可以用同樣的原理分析。例如《九歌・少司命》:②

與女遊兮九河　"With you I will roam—on the Nine Rivers,
衝風至兮水揚波　Through the blast of wind—raising waves upon the stream.
與女沐兮咸池　With you I will bathe—in the Pool of Affinity,③
晞女髮兮陽之阿　And dry your hair—on a sunlit knoll."
望美人兮未來　I long for that Beautiful one—who does not come,
臨風怳兮浩歌　Facing the winds I sing—boldly of my frustration.

孔蓋兮翠旍　With your peacock-feathered canopy—and kingfisher flags,
登九天兮撫彗星　You ascend the Ninefold Heavens—and catch

① *Truth and Method*, 376. German text: "Das eben charakterisiert das Gespräch-gegenüber der erstarrten Form der zur shriftlichen Fixierung drängenden Aussage-, daß hier die Sprache in Frage und Antwort, im Geben und Nehmen, im Aneinandervorbeireden und Miteinanderübereinkommen jene Sinnkommunikation vollzieht, deren kunstvolle Erarbeitung gegenüber literarischer Überlieferung die Aufgabe der Hermeneutik ist. Es ist daher mehr als ein Metapher-es ist ein Erinnerung an das Ursprüngliche, wenn sich die hermeneutische Aufgabe der Hermeneutik ist" (*Wahrheit und Methode*, 350).

② 《楚辭補注》,卷 2,頁 73。

③ I render Xianchi idiomatically based on the sense of Xian as the name of hexagram # 31 in the *Changes*. Schlegel identifies Xianchi as a constellation of three stars near Bi 畢 (*Uranographie chinoise*, 389).

at comets.

竦長劍兮擁幼艾　Holding upright your long sword—you aid the young and fair:

蓀獨宜兮為民正　Lord Iris alone is worthy—to bring justice to all.

《九歌》的代名詞非常曖昧不明,但總括來説有兩個角色:一是巫師,二是與他互動的神靈,通常使用浪漫的修辭。巫師與神靈的關係恰好對應政治上的君臣關係。雖然這些詩篇只有兩個角色存在,但他們的修辭用語翻譯成英文後就好像各自對應著多個不同的人物。因此,這短短的十行詩句其實包括了第二人與第二人提及的第三人,即“美人”。

《楚辭》中宋玉作品也有類似的對話結構,熟讀《招魂》就能注意到它的形式為兩三人對話。其實,被認為是宋玉作品的辭賦及其他作品,如《文選》中的《風賦》《高唐賦》《神女賦》《登徒子好色賦》《對楚王問》,大多從宋玉和楚王的對話開始。從這點可知對話就是“宋玉作品”的形式特徵之一。不同的是,《招魂》的對話是暗示的,比如第一段:①

朕幼清以廉潔兮　In youth I was pure, honest and uncorrupted—

身服義而未沫　I was obedient to duty without cease.

主此盛德兮　Taking as my sovereign this great virtue—

牽於俗而蕪穢　I was misled by the vulgar, and tainted by filth.

上無所考此盛德兮　My Lord did not consider my great virtue—

長離殃而愁苦　So long did I meet with trouble, in sadness and worry.

這一段的敘説者實指何人仍有爭論,但他一定是屈原式的英雄人物,跟屈原一樣有君主不曾賞識的美德,因此遭遇災難,“長離殃而愁苦”。根據力

① 《楚辭補注》,卷 9,頁 197。

之先生考辨，整篇《招魂》是"代屈原設言之'自招'"。①

這點跟《九辯》貼近，然而《招魂》第二段的敘說者另有其人，是帝和巫陽(一個巫師)的對話：②

帝告巫陽曰　The Lord told Shaman Yang：
有人在下　"There is a man below，
我欲輔之　Whom I wish to aid.
魂魄離散　His heaven-ward and earth-bound souls are split.
汝筮予之　Make a divination for him."
巫陽對曰　Shaman Yang replied：
掌寢　"As master of dreams，
上帝其難從　It is hard to obey my Lord on High.
若必筮予之　If I must make a divination for him，
恐後之謝　I fear that later he will decline，
不能復用　And will be no further use."
巫陽焉乃下招曰　Wu Yang then descended to make the summons：

如第一段是英雄內心的獨白，第二段則乃藉他人之口繼續談論英雄的魂魄何去何從。他的支持者很有力，就連上帝也"欲輔之"，但由於"魂魄離散"，幫忙可不容易，需請專業的巫師招回魂魄。《招魂》的正文是巫陽的招喚："魂兮歸來，南方不可以止些"等等，都是巫陽直接向英雄的靈魂說出的話。最後一段是尾聲"亂"，敘述者又一次轉換："與王趨夢兮課後先，君王親發兮憚青兕……"③這段好像又是宋玉代屈原設言。雖然宋玉沒有直稱"宋玉曰"，但全文至少有三位不同的敘述者，《招魂》是他們的對話所構成。一旦明白《招魂》的複雜結構，就很難單憑"內部證據"斷言作者是誰。它包

① 《〈招魂〉考辨》，頁 155。
② 《楚辭補注》，卷 9，頁 197—198。
③ 《楚辭補注》，卷 9，頁 213—214。

含幾把聲音、幾個敘述者、幾種文學風格,總體上是一部多層次的文學作品。古典文學中有虛構人物或假托歷史人物而編成的對話結構,這樣的結構在宋玉辭賦中尤其常用。它一方面可以達到詼諧的效果,《登徒子好色賦》就是一例;但更多情況下則別有深意,《招魂》便是顯例。換句話說,宋玉作品真偽問題不是偶然的,而是來自於《楚辭》作品的對話結構。我們讀宋玉作品時,得特別注意那些"假託"的文字,即直稱宋玉或楚王的文字,因為它們可以引導我們如何讀整篇作品,以至理解宋玉的創作目的。宋玉的作品大多在君主和臣子、巫師和亡魂、屈原和宋玉等類對話性場合下產生。

在《詩經》中,對話以複調音韻的結構來表現,而《楚辭》則是以巫師的轉變來構成對話的模式。至於漢賦,無論是主題與《楚辭》相近的作品抑或與之完全不同的作品,都藉用了這種對話模式。它讓作品更加生動之餘,也讓作者有一個相對對立的空間對外在世界進行沉思或議論。從這個角度看,枚乘(前 141)的《七發》就是楚太子與吳客之間的對話。吳客一方面是敘事者,另一方面則扮演薩滿治療師,以文字的力量去恢復王子的健康。

在漢賦,說話者的身份是特別顯著。司馬相如的《子虛賦》與《上林賦》就有三個說話者:子虛、烏有先生和亡是公。有論者認為這種寫法可說是漢代文學"小說化"的表現,這當然言之成理。每個名字看來都是虛擬而不真實。但是我們要注意這種寫法並不是試圖去模仿真實,而這正是小說美學的特徵之一。小說的好壞通常是以作者能否傳達"真實的感覺"(how it really feels)。相比起來,司馬相如的賦就顯得矯揉造作,但這絕不是偶然的。上述三個說話者極富象徵意義,他們共同構成了一套充滿敘述與修辭的戲劇。①

早在王粲的《七哀詩》,我們就可以在五言詩之中看到對話的出現:

① 就像我們需要相信,至少擱置懷疑利奧波德·布盧姆在《尤利西斯》描述的那天之前和之後發生過甚麼事。

路有飢婦人　On the road was a starving woman,
抱子棄草間　She embraced her child, and left it in the grass.
顧聞號泣聲　She looked back and heard it sobbing,
揮涕獨不還　But wiping her tears, alone, did not go back.
未知身死處　"Not even knowing how we are to die,
何能兩相完　How can I keep the two of us alive?"
驅馬棄之去　I drove my horse on past her,
不忍聽此言　Not bearing to hear these words.

李善註特別標出"未知身死處,何能兩相完"是出自婦人之口。雖然王粲並未對她的哀號有所回應,但他就在這個對句的前後以自己的聲音直接介入,構成聲音上的轉換。面對婦人不能保護自己孩子的苦況,作者的心理回應正是這首詩的出色之處。

五言詩的對話,對讀者來說可能比較熟悉。例如孟浩然的著名詩句:"花落知多少",雖然沒有回答的句子緊接著,但這個傷春的問句看起來正在邀請人對詩作的世界作出和應。相似的邀請也出現在宋詞中,例如李清照的《如夢令》裏,主人回答婢女的那句:"知否,知否,應是綠肥紅瘦。"可是,這種明顯的對話在愈來愈形式化和唯美化的唐宋詩歌中比較少。相反,唐宋詩歌比較注重各種意象與情感的結合,致使句子日漸脫離對話的模式。

在句子層面上,對偶即兩句之間的形式對比在唐詩裏顯然十分重要,而一種更大規模的對話也出現在唐宋詩歌裏邊。律詩與雙調詞都是結構均稱,以兩組數量相等的句子組合而成,平仄也完全諧協。羅曼·雅各布遜在分析平行性時就觀察到:

> 在構成平行與對比句子的語法,我們可以發現各種可變和不可變的詞性,包括數量、性別、情況、等級、時態、視角、情緒,聲音、抽象和具體的類別、動態和靜態、通稱與專稱、肯定與否定語、限定與無限定

的動詞格式、定冠詞與不定冠詞的代名詞,以及不同的語法元素和結構。

> Among grammatical categories utilized for parallelisms and contrasts we actually find all the parts of speech, both mutable and immutable: numbers, genders, cases, grades, tenses, aspects, moods, voices, classes of abstract and concrete words, animates and inanimates, appellatives and proper names, affirmatives and negatives, finite and infinite verbal forms, definite and indefinite pronouns or articles, and diverse syntactic elements and constructions.①

在律詩與雙調詞,形成平行的"元素和結構"乃一整句詩句。

這種模式的建立與不斷翻新,貫穿一千多年的中國文學史。我們或可用宋詞的例子來加以說明這種模式的成果。例如柳永的《八聲甘州》:

> 對瀟瀟、暮雨灑江天,一番洗清秋。漸霜風淒慘,關河冷落,殘照當樓。是處紅衰翠減,苒苒物華休。惟有長江水,無語東流。　不忍登高臨遠,望故鄉渺邈,歸思難收。歎年來蹤跡,何事苦淹留。想佳人、妝樓顒望,誤幾回、天際識歸舟。爭知我、倚闌干處,正恁凝愁。

劉若愚將此詞翻譯如下:②

> Facing me [you, him, her, us, they?], the blustering evening rain besprinkles the sky over the river,
>
> Washing the cool autumn air once more.
>
> Gradually, the frosty wind rises chilly and hard,

① "Poetry of Grammar and Grammar of Poetry," Roman Jakobson: *Selected Writings* 3: 87-97, at 93.

② *Sunflower Splendor*, 321-322.

The landscape looks more forlorn,
The fading sun falls on the balcony.
Everywhere, the red withers and the green fades away;
One by one, the glories of nature cease.
Only the water of the Long River
Flows in silence to the east.

I cannot bear to climb high and look far,
For to gaze at my native land in the dim distance
Would release endless homeward thoughts.
I sigh over the past years wanderings;
Why should I desperately linger on?
I imagine the fair one
Is now gazing, head raised, from her chamber.
How often has she
Mistaken a returning boat on the horizon for mine?
How would she know that I,
Leaning here on the railings,
Should be congealed with sorrow like this?

儘管此詞通過描述說話者在想像他的愛人如何思念他來構成兩個人的對話,但它主要是由回憶及獨白组成一個井然有序的內部聲音。這個聲音屬於那個遠離故鄉、盼望佳人回來的那個說話者。此詞在形式上比前述的《詩經》作品更連貫一致。雖然此作正如其他詞一樣長短句的音韻有所不同,但其變化則有規則可循。技巧上,詞的音韻變化更嚴格精緻,每句都連接得非常緊密,或者只是加以細微的變化而已。

當然,兩片之間有巨大的斷裂。在上片,作者凝望著蕭瑟的秋景,開首的"對"字點明說話者的視角,其後的字句則是帶有主觀情緒的景物描寫。

秋景是必然並且應然地沉默:長江水“無語”流淌著。下片以“不忍”開首,明確標記了第一人稱說話者的情感狀態(雖然這取決於翻譯者是否加上代名詞而定)。在詳細刻劃了自然風光與河流景觀後,詩人卻突然說不能面對。這裏存在一個明顯的不協調,正如劉若愚在另一書中所謂:“語言的矛盾”(paradox of language),即詩人慣常在詩作裏表示不能表達自己的情緒。詩人在飽覽自然景物後卻突然否認自己看見過任何東西。

我們可以從幾個角度分析上下片之間的斷裂。這種斷裂首先是景與情的分割,即由外在描寫轉到内心刻劃。另外,這也是時間的變化,詩人首先描述他現在的眼前景物,再抒發他不能重回故鄉的痛苦,當中包含對往事的回憶。或許,由於詩人從眼前事物的描述一變為對往事的追憶,上下片之間也可說是從真實到想像、經驗到回憶的轉換。

然而,此詞明顯存在兩個不同的時態與情緒,流露著兩個不同的自我。他們的結合依靠兩個互相和應對方的聲音同時並置在一起。雖然這個對話非常幽微薄弱,但筆者仍然認為,擁有複雜結構的《詩經》與擁有“世界/詩人”對稱並立結構的宋詞之間,兩者的關係是非常接近的。如需要更明確的證據,可再引一首直接談到歌者與歌曲關係的雙調詞,例如柳永的《合歡帶》:

> 身材兒、早是妖嬈。算風措、實難描。一個肌膚渾似玉,更都來、占了千嬌。妍歌豔舞,鶯慚巧舌,柳妒纖腰。自相逢,便覺韓娥價減,飛燕聲消。　桃花零落,溪水潺湲,重尋仙徑非遙。莫道千金酬一笑,便明珠、萬斛須邀。檀郎幸有,淩雲詞賦,擲果風標。況當年,便好相攜,鳳樓深處吹簫。

海陶煒(James R. Hightower)將此詞翻譯如下:[①]

① “The Songwriter Liu Yong: Part II,” *Harvard Journal of Asiatic Studies* 42.1 (1982): 32 - 33.

In the first place,
Her figure is seductive,
And her style, her manner
Are really hard to describe.
Skin just like jade—
Altogether she possesses a thousand charms.
Lovely song, beautiful dance:
The warbler must blush at her artful tongue,
The willow envy her slender waist.
After meeting her
You feel Han E's value diminish
Flying Swallow's fame decline.

The peach blossoms fall
The stream runs swift
The fairy path is not far to seek again.
Don't say you would pay a thousand of gold for a smile—
She can demand a myriad bushels of pearls.
Fortunately her sweetheart has a real talent for poetry,
An appearance that the girls fight over;
And now in the time of their youth
It's only right they go hand in hand
Deep inside Phoenix Hall to play the flute.

《合歡帶》的兩片有明顯的差別，上片只描寫歌女：不僅是身材、皮膚、面貌都非常吸引人，而且“妍歌豔舞”，可謂才藝雙全，整片的主題集中在歌者。下片就換到追求者角度，認定她的價值“萬斛須邀”，然後又換一個方向，描寫作者自身這個美男子形象。最後歌頌歌女跟作家兩人的相聚。“鳳樓深處吹簫”至少有兩種涵義：一是蕭史典故，暗示著結婚，將此詞提高為另一首祝婚曲，二是表面層次，再次強調詞是音樂表演的一種。

海陶煒將全部翻譯成第三人稱，就像是旁觀者角度，但這點值得商榷。讀完下片後，不可不留意，上片就是歌詞作者對歌女的讚美歌詞。至於下片呢？如上片是從外邊描寫歌女，下片該是從歌女的角度描寫歌詞作者，就是歌女本人的聲音。或者，重新讀一遍，發現“妍歌豔舞”同樣是明顯的轉折點，那麽我們不妨將這句後片段另外看成一首歌。根據這樣的理解，代詞便需要重新選擇，英譯則改變如下：

In the first place,
Her figure is seductive,
And her style, her manner
Are really hard to describe.
Skin just like jade—
Altogether she possesses a thousand charms.
***Lovely song, beautiful dance*:**
“The warbler must blush at her artful tongue,
The willow envy her slender waist.
After meeting her
You feel Han E's value diminish
Flying Swallow's fame decline.”

“The peach blossoms fall
The stream runs swift
The fairy path is not far to seek again.
Don't say you would pay a thousand of gold for a smile—
I can demand a myriad bushels of pearls.
Fortunately my sweetheart has a real talent for poetry,

An appearance that the girls fight over;
And now in the time of our youth
It's only rightwe go hand in hand
Deep inside Phoenix Hall to play the flute."

歌中有歌,詩詞中有對話。重讀一首詩要重新標點(重新選擇代詞),重新認識發言者是誰,相當於重新認識自己是誰:是歌者還是被歌頌者? 實際上,兩個都是。

四、結語:對話與比較詩學

中國詩人通過現實的經驗與藝術的創造讓讀者共享其悲喜。儘管這種無標記對話有時候會因創作者的要求而或隱或顯,但卻一直存在於中國詩學的傳統之中。這也是學者所謂"抒情傳統"其中一種表現方式:詩人不單在陳述一己的經驗,而是要求讀者一起參與其中。

然而,當《九歌》與宋詞的作者使用"我"與"你"的時候,其實他們在指涉甚麼呢? 讀中國詩詞的時候"我"與"你"能不能轉換? 伽達默爾分析保羅・策蘭(Paul Celan)組詩《呼吸晶體》時也提到同樣的問題。伽達默爾的分析,重點放在詩篇中說話者與聽眾之間的模糊性上。[①] 總體而言,這些詩作意象濃密,内容多是地名與植物,否定人類及心理作用,可說是現代詩的特徵。在這個脈絡下,為理解詩作這個密封的語言系統,它們所用的第一人稱代詞和第二人稱代詞就很值得留意。正如伽達默爾寫道:"我們不知道當初詩人寫作的時候,'我'與'你'究竟所指為何。'我'是指作者自己抑或是我們每個人呢? 這是讀者必須留心的。"[②]換言之,閱讀詩作,在某程度上就是分辨其中的人稱代詞,在那些非常具體綿密的意象中追蹤整篇詩作的人稱代詞。伽達默爾則以其中一個特別的七言詩作為分析對

---

① *Gadamer on Celan*: *"Who Am I and Who Are You?" and Other Essays*, tr. Richard Heinemann and Bruce Krajewski(Albany: State University of New York Press, 1997).

② *Gadamer on Celan*, 70.

象。這個七言詩以括號出現,並且以傳統的音韻形式:五步抑揚格與ABAB韻寫出,明顯與其它詩作截然不同。這個七言詩以“你:完完全全真實。我:完全假”[①](Du—ganz, ganz wirklich. Ich—ganz Wahn)作結。這首詩也用了德文字“Mein”,既指“我”,例如“Meineid”(偽誓)的 “Mein”,亦指“假”,所以策蘭寫道“Mein-gedicht”,一方面指“假詩”,另一方面指“我的詩”。[②]

相對詩篇中“我”即作者意識的虛假與不真實,策蘭則肯定“你”即讀者的意識。在《呼吸晶體》詩組的最後一首詩,他寫道:

深入
時間的裂隙,
走進
冰的蜂房,
等待,一粒呼吸的結晶,
你的不可搖撼的
見證。[③]
Tief
in der Zeitenschrunde,
beim
Wabeneis
wartet, ein Atemkristall,
dein unumstößliches
Zeugnis.[④]

---

① Translation modified from *Gadamer on Celan*, 122.

② See explanation in “A Phenomenological and Semantic Approach to Celan?”, *Gadamer on Celan*, 183.

③ 孟明譯:《策蘭詩選》(臺北:傾向出版社,2009),頁 353。

④ “Deep in the time-crevice by the honeycomb-ice waits, a breath-crystal, your irrefutable witness.” Poem and translation quoted from *Gadamer on Celan*, 123.

筆者認為這是詩人對文學與倫理道德的宣言。在充滿裂縫的過去中追尋，在默默無聞的人類歷史中探索，在重重冰冷結晶的周圍，我們仍然可以找到他者的“見證”。

策蘭在說話者、意象與句式的創作，以非常前衛的現代主義手法表達，當然與中國詩歌那種極度穩定的寫作手法差別甚大。但是兩者在處理“我”與“你”的對話上基本相似，都是在真與假、虛擬與真實之間徘徊。這種對話的模式，最早在《詩經》“興”的手法上，其後在《楚辭》與宋詞都經常出現。從歌到歌者、歌者到觀眾，這種神秘的傳統植根在詩之中，並且在“鍾鼓樂之”與“窈窕淑女”的永恒差距中不斷重演。

中國詩歌中的兒童與童年

——從陶淵明到陸游、楊萬里

大阪大學文學研究科　淺見洋二

一、前言

在中國古代詩歌中，兒童與童年如何被認知與表現，是一個值得關注的問題。本文主要聯繫六朝陶淵明、唐代杜甫、北宋蘇軾與黃庭堅、南宋陸游與楊萬里等詩人的相關作品，通過分析這些詩作將上述問題作一考察。

首先需要確認的是，中國古代童年期（幼少年期）對應的是哪個年齡段。一般來說，童年期指的是嬰兒期之後（兩三歲以上）的階段，應指人在某種程度上能夠對語言及日常生活行為進行自我約束，但非真正意義上的自立，尚須大人看護的階段。在古代中國，童年期最有標誌性的年齡是八歲或十歲。《禮記・曲禮上》將人的一生分為如下幾個階段：

> 人生十年曰幼，學；二十曰弱，冠；三十曰壯，有室；四十曰強，而仕；五十曰艾，服官政；六十曰耆，指使；七十曰老，而傳；八十九十曰耄；七年曰悼。悼與耄，雖有罪，不加刑焉。百年曰期，頤。

年十歲開始學習，被稱為“幼”。另，《大戴禮記・保傅》將開始學習的年齡定在八歲："古者年八歲而出就外舍，學小學焉，履小節焉。束髮而就太學，學大藝焉，履大節焉。"聯繫以上兩則材料可知，中國古代兒童在八歲或十歲左右開始正式進入學習、受教育階段。①

那麼，童年期究竟到幾歲為止呢？關於此問題，文獻中並沒有明確指出。《禮記・曲禮上》雖將"幼"之後的人生階段劃定於"弱冠"（二十歲），但人在十五六歲之後，就很難視為兒童，稱青年則更為妥當。《大戴禮記・保傅》中，八歲入小學後所設定的人生階段是入太學的"束髮"（十五歲）。眾所周知，十五歲即《論語・為政》所言"志學"之年。關於《儀禮・喪服》傳中"夫死，妻穉，子幼"，鄭玄将"子幼"註解為"年十五已下"，十五歲被認作人生階段的一個臨界點。《釋名・釋長幼》亦有"十五曰童"之說。依此說法，童年期是到十五歲為止。

由上可知，在中國古代，兩三歲以上，以八歲前後為主，最長到十五歲是人的童年期，此說法也與我們現代人所認知的大體一致。

二、"縮小版的大人"——儒家規範及兒童形象

關於中國古代兒童形象如何被認知與表現這一問題，首先需要瞭解的是，作為兒童，能在文學作品中表述自我的情況是極少的。兒童形象通常是通過成人的眼光來描述的。成人眼中映射兒童形象的基本方法便是本文要探討的對象。②

試看表現兒童形象的事例之一，北宋程頤（1033—1107）《明道先生行

---

① 未滿八歲的兒童，其作為"人"的存在尚未被認可。如，《儀禮・喪服》曰："年十九至十六為長殤，十五至十二為中殤，十一至八歲為下殤，不滿八歲以下，皆為無服之殤。"將"殤"分為上中下三個等級，八歲以下的殤的等級更低。實際上，人在某種程度上達到自立，即在八歲左右。在此之前，身心皆未確立，屬於依附成人的存在。以下所舉阿利埃斯《兒童的世紀》書中也有相關記載，古代歐洲對未滿七歲的兒童不作人口的計算，即使不幸夭折，周圍人也不會過度悲傷。

② 關於中國文學所表現的兒童形象，PEI-YI WU, "Childhood Remembered: Parents and Children in China, 800 to 1700," Anne Behnke Kinney ed, *Chinese Views of Childhood* (University of Hawaii Press, 1995)，書中引用了韓愈的墓誌銘及李贄的"童心說"等，將此問題作了深入考察。關於中國兒童的歷史，熊秉真：《童年憶往：中國孩子的歷史》（臺北：麥田出版社，2000 年）作了詳細論述。

狀》開頭部分這樣記錄其兄程顥：

> 先生生而神氣秀爽，異於常兒。未能言，叔祖母任氏太君抱之行，不覺釵墜，後數日方求之，先生以手指示，隨其所指而往，果得釵，人皆驚異。數歲，誦詩書，強記過人。十歲能為詩賦。十二三時，群居庠序中，如老成人，見者無不愛重。①

程顥在尚未學會說話之時，就能將叔祖母頭簪所墜之處指示於人。在顯示這一神童特徵後，程顥被表述為卓越超群、"如老成人"的形象。"數歲，誦詩書"，"十歲能為詩賦"等是史書傳記中常見的定型化表述，強調了程顥老成的特徵。在一定意義上，上面的行狀是遵循並效法了中國傳記中定型化的兒童成長故事框架，並依此來記錄程顥的成長過程的。換而言之，程顥的成長記錄符合儒家規範下理想士人的成長模式。

儒家規範下的兒童形象的產生可以說是基於一種目的論，即在傳統政教意識下，儒家希望把兒童培養成有益於國家政治與教化的理想士大夫。在衡量人的標準方面，學問與德行、早熟與老成是此目的論的焦點。再看一則有關兒童早熟與老成的事例，《世說新語・言語》有後漢末孔融童年的逸聞：

> 孔文舉年十歲，隨父到洛。時李元禮有盛名，為司隸校尉，詣門者皆俊才清稱及中表親戚乃通。文舉至門，謂吏曰："我是李府君親。"既通，前坐。元禮問曰："君與僕有何親。"對曰："昔先君仲尼與君先人伯陽，有師資之尊，是僕與君奕世為通好也。"元禮及賓客莫不奇之。太中大夫陳韙後至，人以其語語之。韙曰："小時了了，大未必佳。"文舉曰："想君小時，必當了了。"韙大踧踖。②

---

① 程顥、程頤合撰；王孝魚點校：《二程集》（北京：中華書局，1981年），卷11，《河南程子文集》，頁630。

② 余嘉錫：《世說新語箋疏》（上海：上海古籍出版社，1993年），頁56。

“孔融捷辯”這一成語即源於此。孔融年齡雖小卻能巧妙地愚弄享有盛名的李膺及太中大夫陳韙，此故事將其童年時敏捷機智的性格表現得淋漓盡致。

以上所感知的兒童形象，與菲力浦・阿利埃斯《兒童的世紀——舊制度下的兒童和家庭生活》書中所塑造的歐洲古代的兒童形象在很多方面是重合的。[1] 在近代，兒童被認為是生活在與成人不同的世界中，純潔無垢，天真無邪的特質為眾人熟知，所以不能以成人的標準來衡量他們（例如，兒童在法律上也被置於成人法體系之外，可以說是“法外”的存在。這種情況在中國亦是如此，像之前舉的《禮記・曲禮上》的“七年曰悼；悼與耄，雖有罪，不加刑焉”等）。這種天真爛漫的兒童形象被廣為流傳。而在古代，兒童被認為是屬於成人世界裡的“縮小版的大人（小大人）”。中國傳記中的兒童形象的敘述在某種程度上也符合阿利埃斯所持觀點，即被視為大人世界裡的存在，以成人的標準衡量。“老成的兒童”也被作為理想的兒童形象得以重視，而“天真頑皮”的兒童形象卻遭到否定與排斥，且在傳記中很少言及。

當然，“純真的兒童”形象並不是被完全排除在外。如上所舉神童孔融的逸聞中，就包含了許多兒童的特質。正因孔融是孩子，所以他的言行舉動才會被認可，也折射出很多精彩。在中國文學史上，這種記錄純真兒童形象的作品雖然不是很多，但還是存在的。試觀東晉陶淵明（365—427）的《責子》：

> 白髮被兩鬢，肌膚不復實。雖有五男兒，總不好紙筆。阿舒已二八，懶惰故無匹。阿宣行志學，而不愛文術。雍端年十三，不識六與

---

① Philippe Aries, “L’Enfant et la vie Familiale sous l’Ancien Regime ,” *Éditions du Seuil* (1960)；日語版由杉山光信、杉山惠美子譯:《子供の誕生―アンシァン・レジーム期の子供と家族生活》(東京:みすず書房，1980 年)；漢語版由沈堅、朱曉罕譯:《兒童的世紀:舊制度下的兒童和家庭生活》(北京:北京大學出版社，2013 年)。本書在歷史學的分野上，是論述兒童、童年的先驅性著作。書中指出，在歐洲歷史上，“兒童”及“童年”的概念直至近代才被首次提出。這一定義對人文社會學科產生了重大影響。

七。通子垂九齡，但覓梨與栗。天運苟如此，且進杯中物。[①]

這首詩描述的是脫離理想大人成長軌道的兒童形象。詩中"紙筆"一詞象徵學問，陶淵明毫不諱言其子對此毫無興趣。在這裡，身為父親的詩人是懷著一種苦澀的心情在注視著他的孩子們的。依上述觀點，可知陶淵明是站在儒家目的論模式的立場上來審視自己孩子的。但他並非以否定的態度看待天真淘氣的幼子，而是傳達了對他們的愛意。在這裡，陶淵明以儒家通行規範為前提，又站在其對立面歌詠了兒童們的真實天性。另，陶淵明《命子》云："嗟余寡陋，瞻望弗及。顧慚華鬢，負影隻立。……夙興夜寐，願爾斯才。爾之不才，亦已焉哉。"[②]嘲笑自己的寡陋，正因有寡陋的父親，故兒子最終也可能是"不才"。此詩與《責子》詩在主旨上是相通的。《責子》詩流露著詩人的哀愁，塑造的兒童並非是觀念上的，而是真實生動的形象，不愧是陶淵明的作品。

此外，陶淵明時常將其自身及幼子置於歌詠田園生活的詩中，如《酬劉柴桑》："命室攜童弱，良日登遠遊。"[③]《和郭主簿二首》其一："弱子戲我側，學語未成音。"[④]詩以外的作品《歸去來兮辭》也云："乃瞻衡宇，載欣載奔。僮僕歡迎，稚子候門。三逕就荒，松菊猶存。攜幼入室，有酒盈罇。"[⑤]由以上所舉作品，可知陶淵明對兒童的關注度很高。繼陶淵明之後，在作品中關注兒童較多的詩人應該是杜甫及宋代的詩人們。

值得提及的是，稍早於陶淵明，西晉左思(252？—306?)在《嬌女詩》中生動地描述了他的兩個女兒，開頭部分寫道："吾家有嬌女，皎皎頗白皙。小字為紈素，口齒自清歷。鬢髮覆廣額，雙耳似連璧。明朝弄梳台，黛眉類掃跡。濃朱衍丹唇，黃吻瀾漫赤。"描述了女兒"紈素"(妹妹)的外貌，及翻

---

① 逯欽立校注：《陶淵明集》(北京：中華書局，1979年)，卷3，頁106。
② 逯欽立校注：《陶淵明集》，卷1，頁28—29。
③ 逯欽立校注：《陶淵明集》，卷2，頁59。
④ 逯欽立校注：《陶淵明集》，卷2，頁60。
⑤ 逯欽立校注：《陶淵明集》，卷5，頁161。

亂梳妝台,在臉頰上胡亂塗抹的樣態。詩中還寫了名為"惠芳"的姐姐,在此之後又描述了姊妹二人玩鬧淘氣的場景:

> 馳騖翔園林,菓下皆生摘。紅葩掇紫蔕,萍實驟抵擲。貪華風雨中,倏忽數百適。務躡霜雪戲,重綦常累積。並心注餚饌,端坐理盤槅。翰墨戢閑按,相與數離逖。……任其孺子意,羞受長者責。瞥聞當與杖,掩淚俱向壁。①

詩歌最後部分出現了"孺子意"一語。如果站在儒家目的論的立場,詩中姊妹二人基於"孺子意"的淘氣行為應是被否定的,而詩人在此卻持肯定的態度。此詩較以上所舉陶淵明的詩歌更為成功地表現了兒童的天真無邪,這也許是此詩的描述對象是女孩的緣故。女孩與男孩相比,受儒家思想的約束相對要弱,目的論模式的束縛自然也就較少。

三、童年的追憶——以杜甫為轉折點

以上所論述的是成人眼中的兒童形象。本章節所要探討的是,文人(成年後的文人)在作品中是如何回顧自己的童年並加以表現的。

從結論上說,在儒家傳統政教意識規範下,成長為理想士人的兒童形象所基於的目的論,也適用於回顧自己的童年。後漢王充(27—?)《論衡·自紀篇》可謂典型事例:

> 建武三年,充生。為小兒,與儕倫遨戲,不好狎侮。儕倫好掩雀、捕蟬、戲錢、林熙,充獨不肯,誦(父王誦)奇之。六歲教書,恭願仁順,禮敬具備,矜莊寂寥,有巨人之志。父未嘗笞,母未嘗非,閭里未嘗讓。八歲出於書館。書館小僮百人以上,皆以過失袒謫,或以書醜得鞭,充

① 徐陵編;吳兆宜注;程琰删補;穆克宏點校:《玉臺新詠箋注》(北京:中華書局,1985年),卷2,頁91—93。

書日進,又無過失。[①]

“自紀”即自傳,也就是回顧並記錄自己的一生。文章開頭描述了兒時的伙伴們不愛學習,而沉溺於捕蟬、爬樹等遊戲。這些兒童與陶淵明《責子》詩所描述的一樣,均屬脱離儒家傳統規範的兒童形象。王充進一步明確表明了自己與這些貪玩的孩子不同,强調自己是恭敬有禮,耽於讀書的孩子。其中“六歲教書……八歲出於書館……”的敘述,表現的正是向著理想士人方向成長的兒童形象,這也是用來表現“縮小版的大人”的定型化表述。

川合康三在《中國的自傳文學》中,將中國自傳與西洋自傳的差異作了如下評論:“西洋自傳在敘述個人歷史過程時,關注的是過去的自己與現在的差異;中國的自傳對此則不是特别關心,而是注重表現自己與周圍人的不同。”[②]筆者認為,王充《論衡·自紀篇》將童年時代的自己作為“縮小版的大人”的表述就可説明此點。也就是説,他不表現自己在童年時代的與現在的差異,而側重表現如今的自己一直是童年的延續。

那麼,在中國古代詩歌中,詩人在追憶自己的童年時,將兒時的自己描述成與現在有很大差異的形象,换而言之,即兒時的詩人並非“縮小版的大人”,而是天真淘氣的兒童(也就是像左思《嬌女詩》及陶淵明《責子》詩中所描述的兒童形象),這樣的作品是否存在呢?可以説在六朝時期,這樣的作品並不存在。以創作《責子》詩的陶淵明為例,追憶自己童年時代的表述在其作品中並不常見。即使偶而有《戊申歲六月中遇火》“總髮抱孤介,奄出四十年”等詩句,[③]描寫的兒童形象也與作為成人的自己具備相同的精神指向,如詩中所説“孤介”之志。由此可知,陶淵明即使在《責子》詩中對幼子天真淘氣的行為流露出了愛意,在追憶自己童年時也没有將這種情感表現出來。

---

① 北京大學歷史系《論衡》註釋小組:《論衡註釋》(北京:中華書局,1979年),頁1670。

② 川合康三:《中国の自伝文学》(東京:創文社,1996年),頁34—35。對王充自傳也作了相關考察。

③ 逯欽立校注:《陶淵明集》,卷3,頁82。

到唐代中期,兒童形象的表現在杜甫(712—770)的詩中發生了微妙的變化。衆所周知,杜詩在頗多方面都可謂具有劃時代的意義。在表現兒童及童年方面,也很好地應證了此點。在唐代,繼陶淵明之後,多次歌詠兒童尤其是天真無邪的兒童的詩人就是杜甫。如,安史之亂後杜甫從鳳翔到鄜州(陝西省富縣)探親途中的詩作《北征》言:

> 那無囊中帛,救汝寒凜慄。粉黛亦解苞,衾裯稍羅列。瘦妻面復光,癡女頭自櫛。學母無不為,曉妝隨手抹。移時施朱鉛,狼藉畫眉闊。①

此詩以上述左思《嬌女詩》為依托,描寫幼小的女兒摹仿母親化妝,卻畫得滿臉狼藉之態。

那麼,杜甫以何種形象刻畫童年的自己呢?試看上元二年(761),杜甫五十歲作於成都的《百憂集行》:

> 憶年十五心尚孩,健如黃犢走復來。庭前八月梨棗熟,一日上樹能千回。即令倏忽已五十,坐臥只多少行立。強將笑語供主人,悲見生涯百憂集。入門依舊四壁空,老妻睹我顏色同。痴兒未知父子禮,叫怒索飯啼門東。②

全詩每四句一段。第二段言詩人五十歲時(即《論語》所曰"知命"之年)所感受到的衰老悄然而至的人生悲哀。緊接著第三段寫貧困的家庭狀況,對疲於生活而消瘦憔悴的老妻,因饑餓而哭喊的孩子的描寫,是杜甫吟詠家庭的慣用手法。③ 在此之前的第一段,詩人回顧了自己的過去:到十五

① 仇兆鰲:《杜詩詳注》(北京:中華書局,1979年),卷5,頁400。

② 仇兆鰲:《杜詩詳注》,卷10,頁842—843。

③ 杜甫經常在詩中描寫妻子及兒女的窮苦狀態,例如《北征》詩曰:"經年至茅屋,妻子衣百結。慟哭松声迴,悲泉共幽咽。平生所嬌兒,顏色白勝雪。見耶背面啼,垢膩脚不襪。床前兩小女,補綴才過膝。海圖坼波濤,旧繡移曲折。天吳及紫鳳,顛倒在裋褐。"仇兆鰲注:《杜詩詳注》,卷5,頁399—400。

歲"志學"之年仍未脫童稚氣,依舊跑來跑去,樂此不疲地爬到樹上貪吃梨棗。此詩將兒時的自己作為天真淘氣的形象來回顧童年時代,可謂先驅性詩作。

由上述詩,亦可窺見"志學"之年乃是區分兒童與成人的臨界點。人通常十五歲脫離兒童期步入青年期,但那時杜甫卻沒有真正脫離天真無邪的兒童特質。從儒家的成長模式說,王充所寫的那種貪玩同伴的兒童形象是受到否定的。然而,杜甫並沒有從否定的角度審視童年的自己,而是將其當作在飽嘗人生苦難之後的心靈慰藉。他深情回顧自己無憂無慮生活的天真無邪的兒童形象,並滿懷留戀地追憶著逝去的童年時光。

大曆元年(766),杜甫流落於長江沿岸的夔州,並在此度過了三年。在此期間,他在《壯遊》詩中回顧了自己的一生,此詩可謂是一首長篇自傳詩。在詩的開頭和結尾,杜甫這樣寫道:

> 往者十四五,出遊翰墨場。斯文崔魏徒,以我似班揚。七齡思即壯,開口詠鳳凰。九齡書大字,有作成一囊。性豪業嗜酒,嫉惡懷剛腸。脫略小時輩,結交皆老蒼。飲酣視八極,俗物都茫茫。……小臣議論絕,老病客殊方。鬱鬱苦不展,羽翮困低昂。秋風動哀壑,碧蕙捐微芳。之推避賞從,漁父濯滄浪。榮華敵勳業,歲暮有嚴霜。吾觀鴟夷子,才格出尋常。群兇逆未定,側佇英俊翔。①

開頭部分寫自己遨遊翰墨,意氣風發的姿態:七歲就富有詩情,能即興創作"鳳凰"詩;九歲時書法剛勁秀逸,作品頗豐;幼年時不屑居於兒輩,專門結交老成之人。乍一看這些描寫兒童的詩句似乎依然停留在儒家目的論的舊框架中,仔細分析卻發現這些表述與通常的目的論有較大差異。這種差異體現在,詩人是以結尾處描寫的年老落魄的狀態來回顧自己童年的。通常在儒家傳統目的論模式下,故事將結局設定為成功者的姿態,並

① 仇兆鰲:《杜詩詳注》,卷16,頁1438—1446。

以此來回顧他們的成長經歷。而此詩卻與通常設定的完全不同,體現了杜甫對曲折痛苦的人生經歷的複雜認識。遠離朝廷,衰弱多病卻一直輾轉奔波的杜甫,眼中映射的是光彩奪目的少年時期的美好時光。意氣飛揚、充滿希望和活力的童年時代與悲慘落魄的現在形成極大落差,作為敘述者的詩人成了自我嘲笑的對象。① 至此可知,此詩應與《百憂集行》的情感基調一致,即杜甫在緬懷已"逝去的"童年時光。

以上杜甫《百憂集行》及《壯遊》詩,在文學作品中是最早緬懷逝去的童年時光的詩作。從回顧自己童年的詩歌表現上講,杜詩可以說是轉折點。在杜甫之後,此文學主題是如何被繼承下來的呢?就拙見所及,唐代表現此主題的作品並不多見。下面所舉的白居易(772—846)《觀兒戲》,可謂值得注意的極少數作品之一:

> 齠齔七八歲,綺紈三四兒。弄塵復鬬草,盡日樂嬉嬉。堂上長年客,鬢間新有絲。一看竹馬戲,每憶童騃時。童騃饒戲樂,老大多憂悲。靜念彼與此,不知誰是痴。②

詩人由眼前兒童歡暢快樂,嬉戲玩耍的情景,不禁聯想到自己的童年,並承接此基調寫了自己的童年充滿快樂,然後筆鋒一轉,描述了年老的哀愁與悲楚。又將其自身與兒童作對比,最後發出了"成人與兒童不知到底是誰愚笨"的感慨。然而,白居易這首詩的主旨在於,將兒童及成人的概念相對化,並依此客觀地反省現在的自己。值得注意的是,白居易在詩中始終以冷靜的態度觀察描寫,這也許是作為士大夫的自尊心在作祟的緣故,詩人盡量迴避沉浸於美好的童年時光。

---

① 川合康三《中國的自傳文学》(前述),對杜甫自傳詩《壯遊》有如下論述:"過去與現在之變化,相比時代、境遇帶來的變化,更為凸顯的是從才華橫溢的青年到衰弱多病的老年的自身的變化。此詩能夠成功地描述杜甫自身的變化,可稱之為名副其實的自傳詩。"川合康三:《中国の自伝文学》,頁 216。

② 朱金城:《白居易集箋校》(上海:上海古籍出版社,1988 年),卷 10,頁 525。

白居易自出生至十一二歲，一直生活在滎陽(今河南省新鄭縣)，《宿滎陽》是他四十多年後再訪此地的作品。詩中"追思兒戲時，宛然如在目"句，[1]雖提及對兒童時代的緬懷，卻未涉及追憶的具體內容，屬概括性的追憶。

此外，更值得關注的是韋莊(847—910)的《下邽感舊》及《塗次逢李氏兄弟感舊》。韋莊年幼時候曾在華州下邽縣(陝西省渭南)生活過，此二首詩皆是描寫尋訪此地時的感悟的作品。《下邽感舊》言："昔為童稚不知愁，竹馬閑乘遶縣遊。曾為看花偷出郭，也因逃學暫登樓。招他邑客來還醉，儳得先生去始休。今日故人何處問，夕陽衰草盡荒丘。"[2]《塗次逢李氏兄弟感舊》言："御溝西面朱門宅，記得當時好弟兄。曉傍柳陰騎竹馬，夜隈燈影弄先生。巡街趁蝶衣裳破，上屋探雛手脚輕。今日相逢俱老大，憂家憂國盡公卿。"[3]皆是回顧年幼時遊戲時光的詩作。沉溺於逃學後去看花，乘竹馬，與不務正業的朋友嘗試飲酒，插話擾亂課堂，戲弄先生，追趕蝴蝶，捕捉幼鳥等，這些描述均表現出詩人對當時爛漫天真的自己及無憂無慮童年的愛戀與懷念。

杜甫回顧自己童年詩作的開創性表現在宋代得以承襲，上述韋莊的詩歌是極其重要的例子。從下一節將會發現，正面表現童年的懷想的詩歌散見於宋人作品中。

四、對"逝去時光"的懷想——宋詩中對童年時代的追憶

關於宋詩中懷想逝去的童年時光的例子，我們首先來看北宋劉攽(1023—1089)《苦熱》詩。此詩主要寫詩人年老，不堪酷暑的苦悶心情：

① 朱金城：《白居易集箋校》，卷 21，頁 1441—1442。

② 聶安福：《韋莊集箋注》(上海：上海古籍出版社，2002 年)，補遺，頁 378。

③ 聶安福：《韋莊集箋注》，補遺，頁 379；李昉：《太平廣記》(北京：人民文學出版社，1959 年)，卷 175，頁 1306；《幼敏》記載"韋莊幼時，常在華州下邽縣僑居，多與鄰巷諸兒會戲。及廣明亂後，再經舊里，追思往事，但有遺蹤，因賦詩以記之"，並在此句之後引用這兩首詩。

生長自吳會,北遊逾十朞。來還遂衰老,衰老何用知。六月江湖間,煩炎若蒸炊。疇昔不憚暑,今者殊畏之。纖絺置如仇,羽扇常自隨。對案不得飡,膾炙成蒺藜。憶我童稚歲,烈日猶奔馳。鬭草出百品,承蜩睨喬枝。赬顏不待濯,流汗始為嬉。自憐筋力便,豈謂天序移。徃聞終南間,盛夏含冰澌。將家就高寒,長與卑濕辭。①

追憶了炎炎烈日下,絲毫不在意汗流浹背而熱衷於鬥草、捕蟬的童年時光。兒時的詩人,屬於王充《論衡·自紀篇》中被否定的天真頑皮的兒童形象。劉攽此詩也是帶著懷念來回憶童年的。較之杜甫的《百憂集行》,雖然悲哀感不如杜甫沉重,但從詩歌整體結構上講兩者是一致的,即均是在感慨年華老去的同時緬懷童年時代。

接下來,我們再來看一下與劉攽大致同時代的詩人蘇軾(1036—1101)的作品。嘉祐八年(1063),二十八歲的蘇軾,在鳳翔收到了身居都城的弟弟蘇轍吟詠故鄉眉山春天蠶市的詩作,之後唱和其詩創作了《和子由蠶市》,詩的後半部分寫道:"憶昔與子皆童丱,年年廢書走市觀。市人爭誇鬪巧智,野人痦啞遭欺謾。詩來使我感舊事,不悲去國悲流年。"②追憶了童年時與弟弟蘇轍逃學,跑去蠶市看熱鬧的情景:商人們爭利鬥智,巧舌如簧地鼓惑農民買商品。這裡所描述的並非勤奮好學的"大人式"的孩子,而是天真無邪的真實的兒童形象。

不容忽視的是,這首詩是兄弟間追憶童年時代的唱和詩。在此主題上,弟弟蘇轍與踏上仕途後相識的友人有何差異呢?其中之一,就是他們與蘇軾是否有共同的童年經歷。在出仕前,只有作為兄弟的蘇轍與蘇軾有同住一處的生活經驗,且有諸多共同的童年回憶。蘇軾在此詩中追憶的就是屬於兄弟倆的私有的童年記憶。

北宋的黃庭堅(1045—1105)《夏日夢伯兄寄江南》也屬兄弟間相互唱

① 劉攽:《彭城集》,《文淵閣四庫全書》本(臺北:臺灣商務印書館,1985年),卷4。
② 馮應榴輯注:《蘇文忠公詩合注》(京都:中文出版社,1979年,乾隆間踵息齋刊本),卷4。

和的詩作。此詩是熙寧四年(1071),二十七歲的黄庭堅於葉縣夢到故鄉的伯兄黄大臨,進而創作的一首七言律詩。全詩寫道:

> 故園相見略雍容,睡起南窗日射紅。詩酒一年談笑隔,江山千里夢魂通。河天月暈魚分子,槲葉風微鹿養茸。幾度白沙青影裏,審聽嘶馬自搘筇。①

其中值得注意的是頸聯寫景的詩句:朦朧的月光下,魚兒在忙著産卵;槲樹的嫩葉隨風輕輕搖曳,樹蔭下小鹿頭上剛剛長出柔軟的嫩角。此二句應是詩人在夢中對故鄉情景的追憶,且充滿童趣,可以理解為兒時的黄庭堅與其兄一起看到的情景。那種按捺心中喜悦,靜靜注視河里的魚兒與樹蔭下的小鹿的情形,與其說是成人的想像,不如說是兒童眼中的景象。

接著看南宋劉克莊(1187—1269)《烏石山》,此詩作於嘉定十二年(1219)。三十三歲的詩人在故鄉福建莆田重遊童年時代嬉戲玩耍的烏石山,産生了人生如夢,世事無常的感慨:

> 兒時逃學頻來此,一一重尋盡有蹤。因漉戲魚群下水,緣敲響石鬬登峰。熟知舊事惟鄰叟,催去韶華是暮鐘。畢竟世間何物壽,寺前雷仆百年松。②

頷聯寫童年時代捉魚、攀岩等美好回憶。在無法倒流的歲月中緬懷逝去的童年,這種情感的表達又恰當地與故土聯繫起來。順便提及的是,此詩開篇"逃學"一語,說明兒時的劉克莊與同伴們到烏石山遊玩,屬逃學行為;之前提及的蘇軾詩中有"廢書"一語,說明與弟弟跑去蠶市也是逃學。上一

① 任淵:《山谷外集詩注》,《文淵閣四庫全書》本,卷13;陳永正、何澤棠注:《山谷詩注續補》(上海:上海古籍出版社,2012年),卷2,頁180。

② 劉克莊:《後村先生大全集》,《四部叢刊》本,卷2;辛更儒校注:《劉克莊集箋校》(北京:中華書局,2011年),卷2,頁82。

節末尾所舉韋莊詩亦有"逃學"之表現。值得注意的是,他們所描述的兒時的自己,均不是在儒家規範模式下成長的勤奮好學的兒童形象。

現如今我們對故鄉的印象,也時常會帶有童年的回憶。[①] 因此透過劉克莊的詩,我們似乎很容易理解這種對童年時代的懷想。在中國,正式將自己的精神歸向、靈魂歸宿以及找回自我的地方首次定位於故鄉的,恐怕就是陶淵明。但在其詩中,我們並未發現他對自己童年的緬懷之語。我認為伴隨童年的記憶表現故鄉意象的作品到宋代才開始出現。以上所舉蘇軾、黃庭堅及劉克莊的詩中,故鄉意象正是這樣被表現的。

五、兒童的情景——陸游、楊萬里對兒童天性的肯定及與兒童的同化

即使是片段式的追憶,這種對童年時代的懷想,為何到宋代才多起來呢? 我認為是在由唐至宋的過程中,詩人對兒童的關注度逐漸提升,詩人與兒童的關係也更加親密的緣故。本章節欲藉陸游、楊萬里之詩將此問題加以闡述。

陸游(1125—1209)及楊萬里(1127—1206),他們作為同時代的詩人,同時又是親密無間的友人。雖然兩人的創作風格有所差異,但也有頗多共通之處。例如,他們分別創作了許多吟詠兒童的詩歌。從詩歌內容上說,在描寫與兒童交流、遊戲等方面也是共通的。以下,我將從這些作品所表現的兒童觀及兒童形象加以考察。較之陸游,楊萬里創作兒童題材的詩歌數量更多、更生動精彩,故在論述時將以楊萬里為重心。楊萬里的"誠齋體",素來被人指稱富於"童心"。與之相較,憂國詩人陸游詩中"童心"、"童趣"的流露不免薄弱些。

在中國古代,以陶淵明、杜甫為開端,在作品中提及兒童或兒童遊戲情景的詩人雖然很少,但也是存在的。楊萬里屬於創作兒童詩數量極多

① 例如,日本的歌曲《故鄉》(高野辰之作詞):"兔追いしかの山、小鮒釣りしかの川(追逐野兔是在那蒼翠的青山,垂釣鮒魚是在那清澈的河邊)。"歌唱追逐野兔,垂釣鮒魚的童年記憶。

的詩人之一，試觀其《閒居初夏午睡起二絕句》其一："梅子留酸軟齒牙，芭蕉分綠與窗紗。日長睡起無情思，閒看兒童捉柳花。"①詩歌描述了初夏午後，戲逐柳絮的兒童形象。同時，我們似乎也可以看到微笑地注視這一情景的詩人形象。唐詩中也有像楊萬里這樣描寫兒童追逐柳絮嬉戲的詩歌，如白居易在與劉禹錫的唱和之作《前有別柳枝絕句，夢得繼和云，春盡柳絮留不得，隨風好去落誰家，又復戲答》中寫道："柳老春深日又斜，任他飛向別人家。誰能更學孩童戲，尋逐春風捉柳花。"②白居易亦是在詩中反復描寫兒童遊戲情景的詩人之一。如前所舉《觀兒戲》"弄塵復鬬草，盡日樂嬉嬉"，另有《贈楚州郭使君》"笑看兒童騎竹馬"，③及《閑坐》"嬉戲任兒童"等詩句。④ 將以上白詩與楊詩相較，我們發現同樣是描述兒童追逐柳絮，白居易和楊萬里在對兒童的認識，及與兒童關係方面略有差異。值得注意的是，白詩後半部分表明了他已經不能像孩子那樣追逐柳絮，嬉戲玩耍了，強調了詩人與兒童之間的距離與差異，即詩人已經不能做出像孩子那樣追逐柳絮的舉動了。白居易另一首《觀游魚》也表現了此種心態："遶池閒步看魚遊，正值兒童弄釣舟。一種愛魚心各異，我來施食爾垂鉤。"⑤將自己與釣魚的兒童作對比。最後兩句寫詩人與兒童雖然喜歡魚的心情一樣，但所表現的餵魚與釣魚的心性卻是有差異的。從這一點來看，我們似乎可以窺探到白居易對兒童頑皮天性的否定。

在楊萬里詩中，也有像白詩那樣描寫詩人與兒童有差異的表現。如，《梅熟小雨》中"留許枝間慰愁眼，兒童抵死打黃梅"二句，⑥敘述的就是看見梅子可以消愁的自己，與不能理解大人心情而將梅子打落的天真無邪的兒童的差異。但是並不多見，通觀他的詩集，楊萬里表現較多的仍是與

---

① 楊萬里：《誠齋集》，《四部叢刊》本，卷 3；辛更儒：《楊萬里集箋校》（北京：中華書局，2007 年），卷 3，頁 189。

② 朱金城：《白居易集箋校》，卷 35，頁 2416。本詩實際上是白居易放手愛妓，將愛妓比喻為柳的詩作。

③ 朱金城：《白居易集箋校》，卷 25，頁 1704。

④ 朱金城：《白居易集箋校》，卷 37，頁 2551。

⑤ 朱金城：《白居易集箋校》，卷 28，頁 1995。

⑥ 楊萬里：《誠齋集》，卷 7；辛更儒：《楊萬里集箋校》，卷 7，頁 389。

兒童同化,詩人兒童一體化的傾向。如《鴉》中所云:"稚子相看只笑渠,老夫亦復小胡盧。一鴉飛立鉤欄角,子細看來還有鬚。"[①]此詩描寫了與兒童一起觀看烏鴉,相對發笑的場景,可隱約感到詩中不可言喻的幽默,亦可窺見"誠齋體"的創作風格。此外,試觀其晚年歸鄉後所作《與伯勤子、文幼楚同登南溪,奇觀戲道旁群兒》:"蒙鬆睡眼熨難開,曳杖緣溪啄紫苔。偶見群兒聊與戲,布衫青底捉將來。"[②]此詩生動描述了詩人散步時與兒童一起玩捉迷藏的情景。

順便提及,陸游與楊萬里一樣,也創作了許多與兒童一起遊玩的詩歌。列舉其晚年歸隱故鄉後的詩作如下:

閑投隣父祈神社,戲入群兒鬭艸朋。(《遣興》)

不如掃盡書生事,閒伴兒童竹馬嬉。(《紙墨皆漸竭戲作》)

花前自笑童心在,更伴群兒竹馬嬉。(《園中作》)

箬笠芒鞋橋下路,兒童争逐放翁行。(《小雨偶出,隣里小兒競隨吾後,不知其意何也》)

今朝雨歇春泥散,剩伴兒童鬭草嬉。(《定命》)

身入兒童鬭草社,心如太古結繩時。(《老甚自詠》)

垂老始知安樂法,紙鳶竹馬伴兒嬉。(《村居書事》)

老翁今日飽還嬉,常拾兒童竹馬騎。(《老歎》)[③]

由上述詩句,我們可以窺見陸游晚年融入農村的生活氛圍,與兒童玩竹馬、鬭草及放風箏的情景。由上述《園中作》中"花前自笑童心在"句,可知

① 楊萬里:《誠齋集》,卷 11;辛更儒箋校:《楊萬里集箋校》,卷 11,頁 575。

② 楊萬里:《誠齋集》,卷 37;辛更儒箋校:《楊萬里集箋校》,卷 37,頁 1922。

③ 分別見於錢仲聯:《劍南詩稿校注》(上海:上海古籍出版社,1985 年),卷 40,頁 2450、卷 40,頁 2451、卷 48,頁 2915、卷 49,頁 2938、卷 50,頁 3018、卷 56,頁 3288、卷 64,頁 3644、卷 68,頁 3808。

陸游也是一位擁有“童心”的詩人，且其童心表現不遜於楊萬里。[①]

如上所述，在陸游、楊萬里的詩中，兒童的天性得到肯定，並強烈地顯示出詩人與兒童一體化的傾向。可以說，兩位詩人在描寫兒童天性方面產生了共鳴，或者說共同感知到了兒童的特質。這種感知，通觀宋詩也是相通的，且不單局限於詩，在繪畫方面亦有展現。如，至宋確立了以“戲嬰”或“嬰戲”的繪畫題材，此類畫作主要描繪兒童遊戲的場景。其中，廣為人知的就有北宋末的宮廷畫家蘇漢臣（？—？）的《秋庭戲嬰圖》（故宮博物院藏）。此畫以細緻的筆法描繪了年幼的姐弟倆玩“推棗磨（用棗核製作的人偶）”遊戲的情景。周圍的人們看到孩童們專注於遊戲的有趣場景，內心應該會洋溢著幸福與歡樂。

我們再回到楊萬里，看其另一首典型表現詩人兒童一體化傾向的《幼圃》詩。詩的序文中有“蒲橋（杭州地名）寓居庭有刳方石而實以土者，小孫子藝花窠菜於其中，戲名幼圃”句，此詩寫其幼孫作的一個庭園式盆景：

> 寓舍中庭劣半弓，鷰泥為圃石為墉。瑞香萱草一兩本，葱葉蕹苗三四叢。稺子落成小金谷，蝸牛卜築別珠宮。也思日涉隨兒戲，一逕惟看蟻得通。[②]

詩人與幼孫一起專心致志觀賞盆景。對幼孫來說，“幼圃”可以說是蝸牛、螞蟻等昆蟲的“童話國度”。通常，成人是不會弓著腰一直熱衷於觀察蝸牛、螞蟻的，但在這裡楊萬里卻積極參與其中，像孩子一樣關注著幼圃里的小動物。

不單《幼圃》詩，楊萬里表現對蠅、蜘蛛、蜻蛉、蜂、蝶等小動物的喜愛之

---

① 陸游、楊萬里此類詩歌，讓我想起了日本江戶時代後期良寬和歌中的“霞立つ永き春日を子どもらと手鞠つきつつこの日暮らしつ（飛霞春日長，聊與稚子戲。童謠樂度日，手毬自隨意）”，陸游、楊萬里的詩歌在良寬生活的日本江戶時代後期被廣泛傳閱。由此可知，南宋的中國江南與江戶時代的日本在人們的觀念上有很多相通之處。

② 楊萬里：《誠齋集》，卷 20；辛更儒箋校：《楊萬里集箋校》，卷 20，頁 1028。

情的詩作還有很多。例如《觀蟻》:“偶爾相逢細問途,不知何事數遷居。微軀所饌能多少,一獵歸來滿後車。”[①]將獵食歸來的螞蟻比喻成裝滿獵物的車。另《凍蠅》:“隔窻偶見負暄蠅,雙脚挼挲弄曉晴。日影欲移先會得,忽然飛落別窻聲。”[②]細緻入微地描寫了冬蠅因寒冷在窗上摩娑雙脚,又因日影移動飛去別窗的情景。[③] 從上述詩作,我們似乎可以看出與兒童同化後楊萬里兒童似的眼光。

由楊萬里的詩,讓我想起了清代沈復《浮生六記·閑情記趣》中有關作者童年時代的記錄:

> 余憶童稚時,能張目對日,明察秋毫。見藐小微物;必細察其紋理,故時有物外之趣。夏蚊成雷,私擬作群鶴舞空,心之所向,則或千或百,果然鶴也。昂首觀之,項為之強。又留蚊於素帳中,徐噴以煙,使其衝煙飛鳴,作青雲白鶴觀,果如鶴唳雲端,怡然稱快。
>
> 於土牆凹凸處、花台小草叢雜處,常蹲其身,使與臺齊,定神細視,以叢草為林,以蟲蟻為獸,以土礫凸者為丘,凹者為壑,神遊其中,怡然自得。
>
> 一日,見二蟲鬭草間,觀之正濃,忽有龐然大物拔山倒樹而來,蓋一癩蛤蟆也,舌一吐而二蟲盡為所吞。余年幼方出神,不覺呀然驚恐。神定,捉蛤蟆,鞭數十,驅之別院。年長思之,二蟲之鬭,蓋圖奸不從也。古語云:“奸近殺”,蟲亦然耶。貪此生涯,卵為蚯蚓所哈(吳俗呼陽曰卵),腫不能便。捉鴨開口哈之,婢嫗偶釋手,鴨顛其頸作吞噬狀,驚而大哭,傳為語柄。此皆幼時閒情也。[④]

---

① 楊萬里:《誠齋集》,卷10;辛更儒箋校:《楊萬里集箋校》,卷10,頁533。

② 楊萬里:《誠齋集》,卷11;辛更儒箋校:《楊萬里集箋校》,卷11,頁573。

③ 日本江戶時代後期俳人小林一茶有“やれ打つな蝿が手をすり足をする(不要打呀,蒼蠅搓它的手、搓它的脚呢)”俳句,描述了同樣的情景,也可能間接地受到了楊萬里詩歌的影響。另,與以上註釋中所舉良寬的詩作一樣,可謂揭示了中國南宋文學與日本江戶後期文學的相似之處。

④ 沈復原著;俞平伯校點:《浮生六記》(北京:人民文學出版社,1980年),頁16。

第二段寫兒時的作者蹲在雜草叢生的花壇旁,定神近觀,視叢草為林,視蟲蟻為獸,陶醉其中的姿態。我相信很多人都有這種童年經歷。沈復滿懷愛惜記錄的正是我們熟知的兒童形象,這與楊萬里《幼圃》中所呈現的兒童形象有驚人的相似之處。與兒童同化後詩人眼中的世界,在楊萬里"誠齋體"所呈現的詩的世界中占有很重要的位置。當然,與兒童同化後的眼光,實際並不是真正的兒童的眼光,而應是擁有自立精神的成年人在努力扮演著與兒童同化的角色下的眼光。

在日本近代小說中,以追憶童年時代為主題且廣為人知的作品是中勘助的《銀匙》。針對此作品,哲學家和辻哲郎作了如下精彩的解說:"《銀匙》神奇而鮮活地描繪了兒童的世界。然而,那既不是成人看到的兒童的世界,也不是成人帶著自身體驗所回顧的童年記憶,而是成人以兒童的身份體驗到的世界。"①此解說亦可用來評論楊萬里的詩歌。

六、結語——老年期與衰老

以上,我們考察了詩歌中兒童及童年的表現。在此,我想對老人、老年或"衰老(年老)"的問題作簡單論述。之所以提及此話題,是因為其與兒童、童年有很多相通之處。在人生階段中,與青年期、壯年期不同,兒童期與老年期均是與"公(外面的)"世界相脫離,而置身於"私(家庭)"世界中的人生階段。文章開頭所引《禮記·曲禮上》:"八十九十曰耄;七年曰悼;悼與耄,雖有罪,不加刑焉。"七歲的兒童與八九十的老人一樣都屬於刑法之外的人。

此外,老人與兒童在文學與繪畫中也時常被組合在一起,尤其是在鄉村社會的田園空間內,老人與兒童相互融洽的嬉戲場景比比皆是。所謂的鄉村社會的田園空間,可以說是老人與兒童居住的空間。青年遠離故鄉,赴京求仕;壯年官場任職,各處旅居。滯留故鄉農村的,除操持家務的婦女外,就只有未到出仕年齡的兒童及辭官退居的老人。楊萬里、陸游在歌詠晚年農村生活的詩作中就描述過這樣的光景。較之更早,晉張協《七

① 中勘助:《銀の匙》(東京:岩波書店,1985年),附錄解說,頁193。

命》“玄齠巷歌，黃髮擊壤”，[①]陶淵明《桃花源記》“黃髮垂髫，並怡然自樂”，[②]也描繪了兒童歡歌，老人雀躍，一派祥和的鄉村生活情景。

那麼，老年期是從何時開始的呢？序言中所引《禮記・曲禮上》有相關記載：

> 三十曰壯，有室；四十曰強，而仕；五十曰艾，服官政；六十曰耆，指使；七十曰老，而傳；八十九十曰耄；……百歲曰期，頤。……大夫七十而致事。

如其所說“七十曰老”，七十歲即老年期的開始。鄭玄將“傳”注為“傳家事任子孫”，“致事”注為“致其所掌之事於君而告老”。七十歲應指告老退任，即從掌管朝廷及家庭事務中引退之年。

在中國文學中，“衰老”與“哀傷遲暮”主題，很早就被表現。中國文人常把自己當作老年人來表現，這已經成為文學表現的一種固定模式。也正因此，以往的“衰老”文學存在極為強烈的觀念性傾向，那種貼近現實生活的真實表現極少。

那麼在中國文學上，忠實且具體地表現“衰老”開始於何時呢？據我考察，杜甫發其嚆矢。其晚年作品《清明》詩言：“此身飄泊苦西東，右臂偏枯半耳聾。”[③]《小寒食舟中作》言：“春水船如天上坐，老年花似霧中看。”[④]因病體衰，手臂不能自如活動，耳不聰，目不明的狀態，皆是詩人真切的親身體驗，屬深層次正面描寫。

南宋陸游、楊萬里都是長壽詩人，晚年歸隱故鄉後創作了為數眾多的詩歌。也是因為他們的出現，中國文壇上產生了可稱之為“老年文學”的作品群。他們的作品，毫無疑問地繼承了杜甫忠實且具體地表現“衰老” 主

① 蕭統編；李善注：《文選》(北京：中華書局，1977 年)，卷 35，頁 498。
② 逯欽立校注：《陶淵明集》，卷 6，頁 165。
③ 仇兆鰲注：《杜詩詳注》，卷 22，頁 1970。
④ 仇兆鰲注：《杜詩詳注》，卷 23，頁 2062。

題的方法。

以下列舉陸游、楊萬里晚年描述自身衰老及年高昏聵的作品各一首。如陸游八十五歲作於嘉定二年(1209)的《書耄》:

我老耄已及,終日惟冥行。鄰裡少間濶,便若昧平生。家人每過前,亦或忘其名。昏昏等作夢,兀兀如病酲。不知張睢陽,何以記一城。愚知各自適,得失未易評。①

及楊萬里七十八歲作於嘉泰四年(1204)的《淋疾復作,醫云忌文字勞心,曉起自警》:“半似枯禪半似痴,也無何慮與何思。偶看清曉雙雙蜨,飛徧黄花一一枝。”②這兩首作品,真實地描寫了衰老帶來的精神上的恍惚。而此狀態,正是從當事人的角度出發忠實且深層次表現的。在表現“衰老”主題上,他們的詩作可謂是一種對中國詩歌空間的新探索。

要言之,楊萬里、陸游的詩作,不僅在表現“兒童及童年”主題時獨樹一幟,也給“老人與老年”這一文學主題帶來了清新的空氣,乃至在世界文學史上也是極其珍貴且極具價值的。

蘇漢臣《秋庭戲嬰圖》

① 錢仲聯校注:《劍南詩稿校注》,卷80,頁4345。
② 楊萬里:《誠齋集》,卷42;辛更儒箋校:《楊萬里集箋校》,卷42,頁2223。

再論詩歌內容與形式之配合

——以唐新樂府為例

珠海學院中國文學系　李立信

一、緒言

任何文學作品，基本上都是由內容與形式構成，沒有內容，沒有形式，就沒有文學。

所以任何文學作品，都不能沒有形式，沒有內容；從另一個角度來說，任何一種好的文學作品，它的內容和形式都應該要相互配合。或者說，某一種內容，比較適合以某種形式為載體。對一般有經驗的作家而言，他們對這一點是心知肚明的。

杜甫有一首很有名的詩，描寫當時在長安的八個酒鬼，醉態各有不同，極為生動傳神，那首詩叫《飲中八仙歌》，①杜甫是用柏梁臺體寫的。②這首詩內容是寫八個酒鬼，各自不同的醉態；而採用的形式，則是一般詩人較為罕用的"柏梁臺體"。杜甫為什麼要用"柏梁臺體"來寫飲中八仙的

---

① 見仇兆鰲：《杜詩詳註》(臺北：漢京文化事業有限公司，1984 年)，卷 1，頁 81。

② 柏梁臺詩最早見於《東方朔別傳》，逯欽立《先秦魏晉南北朝詩》將此詩收入《漢詩》卷 2，漢武帝名下，並有簡短的考證。見《先秦魏晉南北朝詩》(臺北：木鐸出版社，1982 年)，漢詩卷 1，頁 97。

各個醉態呢？因為柏梁臺體是一種聯句體，即是由幾個人，每人寫一句、兩句或四句，組合而成一首詩。說得明白一點，它是由幾首詩組合成的，此其一；再者各人所寫的詩句，不必有任何關聯；其三，柏梁臺聯句，基本上是一種帶有遊戲性質的作品。用柏梁臺體來寫作，實在是最恰當不過的。因為《飲中八仙》寫八個酒鬼，各有各的醉態，彼此之間毫不相干；而且這很明顯是一首調侃八人的作品，帶有濃厚的遊戲性質。杜甫果真不愧是一位了不起的詩人，在詩的內容與形式的配合上，真可說配合得天衣無縫。杜詩中如《兵車行》《茅屋為秋風所破歌》《曲江三章章五句》《飲中八仙》等，都極注意到內容與形式的配合問題。[①] 唐新樂府的作家，尤其是有名的新樂府代表作，從元結開始，幾乎都採用詩組的形式，這是十分值得我們留意的。

二、所謂新樂府

唐代的樂府主要分成三大類。其一是用漢樂府的舊題來寫作的"古樂府"，亦名"舊題樂府"。這類樂府往往題目與內容不符合，雖然也有題目與內容相關者。但畢竟題目來自漢樂府，而非作者自定。如李白《將進酒》，寫的內容雖然和喝酒有點關係，但是主要表達時間流逝的感歎與無奈，內容與題目其實沒有大的關係。這種樂府從唐初到晚唐都有。

唐人第二類的樂府是"聲詩"。[②] 這是唐人依當時流行的燕樂，配上新的歌辭而成，如李白的《清平調》等是。也有些"聲詩"是唐代樂工將當時有名詩人的名作，譜上燕樂而成，如王維的《送元二使安西》，譜上燕樂之後名為《渭城曲》，[③]唐人送別場合多唱此曲。這類聲詩基本上多用於娛樂場所。

第三類是"新樂府"。所謂新樂府，就是新題樂府，它和舊題樂府（或稱

① 李立信：《杜詩中內容與形式之完美結合》，西安：西北大學舉辦"第三屆唐宋詩詞國際學術討論會"會議論文，2004 年。

② 任半塘：《唐聲詩》上、下，臺灣世界書局本。

③ 見郭茂倩：《樂府詩集》（臺北：里仁書局，1984 年），卷 80，近代曲辭二，頁 1139。

古樂府)是相對的。古樂府都用漢樂府舊題,多少有點隔靴搔癢;而聲詩幾乎都是在娛樂場所出現,和傳統樂府的精神大有距離。對唐人而言,由於古樂府和聲詩都未能充分發揮古樂府精神,所以部分唐代作家乃刻意另闢蹊徑,以"即事名篇,無復依傍",和傳統樂府題截然不同的新題,[①]來抒發他們對當代時事的意見,而且言必有物,彈不虛發,有強烈的針對性;基本上只"刺"不"美",目的是要為民喉舌,克盡言官之責;使上位者能盡知。大體而言,它包括以下幾個特點:

一、即事名篇,無復依傍(為引其事以名之),不再藉用古樂府為題目。

二、內容必涉唐代時事。

三、不限一事,往往叢出。

四、只刺不美。

五、不為文而作,為時、為事而作。

六、雅樂幾失傳,又不適合入燕樂,是以寧可不入樂。

三、新樂府之代表作

唐人新樂府已略如前述。有許多新樂府固然是針對唐代單一事件而發,一事一題。但也有許多新樂府作家好像大家約好了似的,幾乎都採用"詩組"的形式來寫作。所謂"詩組",是指在一個總的題目下,包涵了若干首詩,每一首詩都各自有一個子題。這些不同的子題,組合成一組極有意義的詩組;但分開來,每一首詩都可以各自獨立;如果這詩組由十首詩組成,它就有十一個題目,一個是總題,另十個是子題。所以它和聯章詩不同;聯章詩只有一個總的題目,無論由多少首詩組成,都只有一個總題目,組成的各詩,不可以另加子題。如杜甫《秋興八首》,是極有名的聯章詩,題

① 元稹《樂府古題序》云:"況自風雅至於樂流,莫非諷興當時之事,以貽後代之人。沿襲古題,唱和重複,於文或有短長,於義或為贅賸,尚不如寓意古題,刺美見事,猶有詩人引古以諷之義焉……近代唯詩人杜甫《悲陳陶》《哀江頭》《兵車》《麗人》等,凡所歌行,率皆即事名篇,無復依傍。予少時與友人樂天、李公垂輩謂是為當,遂不復擬賦古題。"(《元氏長慶集》卷23,四部叢刊本)

目是《秋興》,由八首詩組成,八首均針對"秋興"而發,或者說,八首詩的題目都是"秋興"。而白居易《新樂府五十首》則是一個詩組,總題目是"新樂府",由五十首詩組合而成,這五十首詩,每一首都有一個子題。如《新樂府》下有《七德舞》《法曲歌》《二王後》等五十個題目。唐人新樂府之作,一般都認為始於杜甫,因為元積在《樂府古題序》裡頭,對杜甫《兵車行》《麗人行》等作推崇備至:認為是"即事名篇,無復依傍"之作,後人遂認杜甫創"即事名篇,無復依傍"的新樂府;但殊不知元結在杜甫寫作《兵車行》之前六年(一般共識,認為《兵車行》係杜甫寫作的第一首新樂府)已有等作。所以在唐朝最早寫作新樂府的作家是元結而非杜甫。[①] 元結在文學史上是以"文"名而不以詩名。他的詩作總共合起來還不滿一百首。因此,在文學史上,一提到唐人新樂府,大家都會想到杜甫,而不會提及元結。其實元結寫了不少新樂府,最有名的一組作品就是《系樂府十二首》,[②]詩前有序,說明寫作的背景,以及他對樂府的理念。這一組作品,對其後唐代新樂府的作家起了示範作用,產生了極重大的影響。

元結之後,我們看到唐代好幾位詩人,在寫作樂府時,都採用和元結相同的詩組形成,留下了不朽的作品,如:

元結《系樂府十二》:《思太古》《隴上歎》《頌東夷》《賤士吟》《欸乃曲》《貧婦詞》《去鄉悲》《壽翁興》《農臣怨》《謝天龜》《古遺歎》《下客謠》

李紳《新題樂府二十首》。[③]

元積《和李校書新題樂府十二首》:《華原磬》《胡旋女》《法曲》《馴犀》《陰山道》《西涼伎》《上陽白髮人》《五弦彈》《立部伎》《驃國樂》《蠻子朝》《縛戎人》

---

① 見李立信:《論元結在新樂府運動中的地位》,《第二屆唐代文化研討會論文集》(臺北:學生書局,1995 年)。

② 元結:《元次山集》,頁 18。

③ 元積《元氏長慶集》卷 23 有《和李校書新題樂府二十首》,是知李紳必有《新題樂府二十首》之作。唯李作今已不存。

白居易《新樂府五十首》[①]:《七德舞》《法曲歌》《二王後》《海漫漫》《立部伎》《華原磬》《上陽白髮人》《胡旋女》《新豐折臂翁》《太行路》《司天臺》《捕蝗》《昆明春水滿》《城鹽州》《道州民》《馴犀》《五弦彈》《蠻子朝》《驃國樂》《縛戎人》《驪宮高》《百鍊鏡》《青石》《兩朱閣》《西涼伎》《八駿圖》《澗底松》《牡丹芳》《紅線毯》《杜陵叟》《繚綾》《賣炭翁》《母別子》《陰山道》《時世妝》《李夫人》《陵園妾》《鹽商婦》《杏為梁》《井底引銀瓶》《官牛》《紫毫筆》《隋堤柳》《草茫茫》《古塚狐》《黑潭龍》《天可度》《秦吉了》《鵶九劍》《采詩官》

白居易《秦中吟十首》[②]:《議婚》《重賦》《傷宅》《傷友》《不致仕》《立碑》《輕肥》《五弦》《歌舞》《買花》

皮日休《正樂府十篇》[③]:《卒妻怨》《橡媪嘆》《貪官怨》《農父謠》《路臣恨》《賤貢士》《頌夷臣》《惜義鳥》《誚虛器》《哀隴民》

這六組新樂府作品,成為了唐代新樂府運動極重要的內容。它們不僅全用詩組的形式寫作,而且都仿元結的《系樂府十二首》,在總題目後面加上一篇小序,說明寫作此詩之背景及重申個人對樂府的理念。

四、採用詩組寫作的理由

前面我們談到過,所有新樂府作家,都是針對唐朝當代時事,有所針砭,固然有針對單一事件而發的,如杜甫的《兵車行》《悲陳陶》等。但也有許多作家,對社會作長期的觀察,發現一連串的問題,將它們一一形之於詩。這些詩歌,固然每一首都是獨立的,但是,這幾首詩所詠的事,是詩人長期鬱積於心中,不吐不快的;而且缺一不可;只要缺一首,詩人心中的不快就無法吐盡。所以對作者而言,這幾首詩是一個整體,不可分割。從每一組詩前的序,可以很清楚地體認到這一點。且看元結《系樂府十二首》,

---

① 《白居易集》(北京:中華書局,1991年),卷3至卷4,頁52290。

② 《白居易集》,卷2,頁30。

③ 《皮日休集》,卷10(四部叢刊本)。

詩前有序云：

> 天寶辛未(按:天寶間只有辛卯而沒有辛未,孫望先生懷疑是辛卯之誤)中,元子將前世嘗可稱歎者,為詩十二篇,為引其義以名之,總命曰《系樂府》。古人詠歌,不盡其情聲者,化金石以盡之,其歡怨甚邪戲,盡歡怨之聲,可以上感於上,下化於下,故元子系之。[①]

這篇短序一方面說明了這一詩組總共是十二篇,這十二篇都是“前世嘗可稱歎者”,強調這十二首是一個整體,雖然十二首各有子題,但必須是這十二個子題組合成的詩組,才是“前世嘗可稱歎者”,換了别的子題就不是“前世嘗可稱歎者”,就不是《系樂府十二首》了。

所以,他必需將“前世嘗可稱歎者”的十二個事件一一列出。每一事件賦予一個子題,將這十二個事件,寫成十二首詩,每一首詩都標示出一個題目。因而寫成《系樂府十二首》。這樣的背景,只有用詩組的方式,才是最恰當的。還有哪一種形式,更適合做為“前世嘗可稱歎者”的載體呢?其他的幾組新樂府,也是基於相同的理由,才會選用詩組的形式。

白居易的《新樂府五十首》,更是唐人新樂府中結合得最為嚴緊的一個詩組。它在詩前的序一開始就說:

> 序曰:凡九千二百五十二言,斷為五十篇……首句標其目,卒章顯其志,《詩》三百之義也。其辭質而徑,欲見之者易諭也。其言直而切,欲聞之者深誡也。其事核而實,使采之者傳信也。其體肆而順,可以播于樂章歌曲也。總而言之,為君、為臣、為民、為物、為事而作,不為文而作也。[②]

---

① 元結:《元次山集》,頁 18。
② 《白居易集》,卷 3 至卷 4,頁 32。

這篇序言簡意賅。而且一開頭就說明“凡九千二百五十言,斷為五十篇”,它的整體意識是十分明顯的;他的態度也是十分強硬的。他明白告訴在位者:我這五十篇針砭時政之作,是一個完整的篇幅,總共九千二百五十二個字,你休得刪我一個字。而且“首句標其目,卒章顯其志”,通篇文字,前呼後應;而五十個子題,也和《新樂府五十首》相呼應。

這些新樂府的代表作,每一組在題目上都清清楚楚地寫明有多少首。從元結的《系樂府十二首》到皮日休的《正樂府十首》,無不如此。而且每一組都必然有相同數目的子題相呼應。這才能構成一組完整的新樂府。它的內容是極為嚴肅的。

如果用帶有遊戲性質的柏梁臺聯句體來寫,一則顯得不夠莊重;再則每一件事只用兩三句去寫,恐怕是無法暢所欲言的;三則所詠之事不止一端,如果只能有一個題目,則其他各事件之子題就無法呈現了。所以用“柏梁臺體”來寫新樂府,顯然是不合適的。

用聯章的方式來寫新樂府,似乎也是一種可能的選擇。聯章詩固然在一題之下,可以容納許多首作品;但是它也不是寫新樂府最理想的形式。因為無論多少首的聯章詩,都只能有一個題目,如杜甫的《詠懷古跡五首》《秋興八首》等,只能有一個總的題目,各首之前只能標字其一、其二,讓我們明確知道這一首是聯章詩中的第幾首;但是,除了其一、其二之外,各詩不可另立子題。可見聯章的形式,也不適合用來寫新樂府,所以除了只詠一事的新樂府之外,如詩人要同時詠幾件事,最適合作為這種新樂府載體的詩歌形式,就是“詩組”。

五、結論

一般文學作品,除了要有好的內容之外,還需要有一個適當的形式,相互配合,這是所有作家的共識。

但所謂適當的形式,並沒有絕對的規範,這和作家個人的認知也有很大的關係。如杜甫的《飲中八仙歌》,調侃長安的八個酒鬼。杜甫刻意採用“柏梁臺體”來寫,那正是因為柏梁臺體的特點,正完全符合杜甫此詩的幾個特點，二者如合符契。杜甫還有許多作品，內容與形式之配合上，表現得十分出色。

除了杜甫之外，唐朝還有許多詩人，在內容與形式的配合上，也表現得十分可圈可點。以唐代的新樂府為例，自元結的《系樂府十二首》開始，往後許多新樂府作家，在寫作新樂府時，往往採用像元結《系樂府十二首》一樣的詩組來寫作。他們之所以用詩組來寫新樂府，是因為這些作品，都是針對唐代時政的缺失，作一連串的針砭批評，所以一寫就是好多首，而且每一首針對的事情都不一樣，所以每一首必需要有一個題目，否則就無法明確表達針砭批評的事件。而且，詩人批判的一連串事件，是長久在詩人心中的，這些批評的事件，在詩人心目中是一個整體，缺一不可。它和題目是相呼應的，題目是《系樂府十二首》，就必須針對十二個不同事件加以針砭批評。十二個事件固不可少。而且十二個子題也缺一不可。在這種特殊情況下，只有用詩組來寫作，才是最恰當的。用柏梁臺體或聯章的方式，都無法符合新樂府的特殊要求。這就是自元結以來，一直到晚唐的皮日休，為什麼都用詩組來寫的主要原因。

唐人寫新樂府，固然有許多是針對單一事件而發，但只要是同時寫幾個事件，他們一定選擇用詩組來寫，這正說明新樂府作家都注意到內容與形式的配合問題。

小令詞牌和節奏研究

——從與近體詩關係的角度展開

嶺南大學中文系　蔡宗齊

一、引言

唐宋時期詞小令的興起是中國詩歌發展史上極為重要的里程碑，標誌著詩歌文本與音樂表演的結合達到了前所未有的程度，同時也展示了詩歌語言節奏、句法、結構諸方面的重大創新。在有關詞藝術的研究中，唐五代音樂傳統對詞小令的影響無疑是學者最為關注的課題。相比之下，小令與先前上千年詩歌傳統的內在關係卻沒有受到應有的重視。雖然詞於南宋之後或褒或貶被稱為"詩餘"，但詞對古近體詩、辭賦的節奏、句法、結構的承繼和改造卻極少得以系統的研究。

在某种程度上來説，小令的誕生與其歸功於唐五代時期域外音樂的繁盛流行，毋寧視之為詩歌自身演變的自然結果。西域音樂在漢代就開始大量流入中原，然而為什麼小令要等到盛唐才問世呢？這點似乎需要從中國詩歌演變的内在邏輯的角度來解釋。自《詩經》時代以來一千多年間，詩體已經歷了從四言到五言七言、從古詩到近體詩的漫長的演變，在盛唐發展到了頂峰。詩輝煌時代的到來也意味著詩體可挖掘的資源已經不多了，而其種種局限也就日趨明顯。正因如此，盛唐以來詩人就嘗試使用各種方法來衝破詩體韻律節奏、句法、結構的限制，其中包括在絕句中使用通俗的語言，將絕句律詩入樂，在七言歌行中雜糅散文句，在七言律詩中使用有別於 4＋3 和 2＋2＋3 的散文句節奏等方法。筆者認為，詞之所以能如此迅速發展，從市井教坊的俚俗樂辭演變為雅俗共賞，文人喜聞樂見的詩歌形式，關鍵在於溫庭筠等晚唐文人在為新曲寫詞的實踐中正式創造出小令這個與詩體截然不同的詩歌形式，從而徹底地衝破了詩體局限，為詩歌的發展開拓出新的廣闊空間。鑒于小令在詩歌史上革舊創新，繼往開來的重要作用，稱之為“詩變”而不是“詩餘”，似乎更為合理。①

“詩變”一詞可以説明小令與先前詩辭賦體之間特殊的“通變”的關係：小令的節奏、句法、結構無不發軔于古近體詩、辭、賦，而又幾乎無不加以變革，乃至脱胎換骨的改造。筆者將此從“詩變”這個特殊視角來研究小令，通過與先前詩辭賦體的比較，揭示其節奏、句法、結構的重大創新，並探索這些創新如何幫助詩人創造獨特的，與詩、辭、賦迥然不同的藝術境界。由於篇幅所限，本文僅討論小令的節奏，句法和結構方面的創新將另文探討。

二、小令定義與詞牌分類

在討論小令節奏之前，我們先要釐清小令的定義，確定本文討論的範

---

① 所謂“詩餘”一詞，歷代詞話中有論述頗多。清人王弈清《歷代詞話》卷 10“唐以後詩不如詞”條摘《詞統序略》云：“周東遷，三百篇音節始廢，至漢而樂府出。樂府不能代民風，而歌謠出。六朝至唐，樂府又不勝詰屈，而近體出。五代至宋，近體又不勝方板，而詩餘出。唐之詩，宋之詞，甫脱穎而已遍傳歌工之口，元世猶然，今則盡廢矣。觀唐以後詩之腐澀，反不如詞之清新，使人怡然適性。是不獨天資之高下，學力之淺深各殊，要亦氣運、人心有日新而不能已者。故詩至於餘而詩亡，詩至於餘而詩復存也。”(《詞話叢編》第二册，頁 1323)《歷代詞話》卷 2 “詞非詩餘”條摘湯顯祖《玉茗堂選花間集序》云：“當開元盛日，王之渙、高適、王昌齡詞句流播旗亭，而李白《菩薩蠻》等詞亦被之歌曲。逮及《花間》《蘭畹》《香奩》《金荃》作者日盛。古詩之於樂府，律詩之於詞，分鑣並轡，非有後先。有謂詩降而為詞，以詞為詩之餘者，殆非通論(《詞話叢編》第二册，頁 1127)。這兩條材料中，前者認為詞是詩之餘，是為了適應歌唱而出的文體，並且認為“詩至於餘而詩亡，詩至於餘而詩復存”，而後者則反對之，認為詞非詩之餘，“古詩之於樂府，律詩之於詞，分鑣並轡，非有後先”，詩詞出現並無先後關係。或褒或貶，均反映了對於詩餘一詞，詞論家已然有不少爭議。無論詞是否可被認作是詩餘，無法否認的是，詩與詞之間存在密切的關係。從這個角度來說，本文立論基於“詩變”一點，似也可有合理之處。

圍。詞學界通常將詞分為三類：小令、中調、長調（又稱慢詞）。這種分法源自南宋坊間書賈所編的《草堂詩餘》。此書有分類而無名目，於明代頗為流行，嘉靖年間重刻之，始以小令、中調、長調之名目繫之："五十八字以內為小令，五十九字至九十字為中調，九十一字以上為長調。"①這種分類顯然有其合理之處，否則就不會被後世廣泛接受，一直沿用至今。的確，在當今的詞學研究中，小令和慢詞就是最常用的分類。

《草堂詩餘》三分詞類，定出精確字限，故為不少後世學者所詬病，被視為過於拘泥字數。這一批評固然有其道理，例如說，五十九字的詞牌，就比小令的字限多一字，為何它就要算作中調而不是小令？然而，這並非《草堂詩餘》編撰者之過，而是按字數分類之難。詞體有必要按長度來分類，而用長度分類就得列出具體的字限，可是一旦列出字限，指責詬病就難免接踵而來。

筆者認為，在五十八字左右的位置劃出小令的上限，彰示小令從近體詩脫胎而出的過程，大致是合理的。五十八字的長度涵蓋了四種近體詩體：五絕（二十字）、七絕（二十八字）、五律（四十字）、七律（五十六字）。近體詩，尤其是七絕和七律，對詞發展影響極大，在近體詩的基礎上發展出來的小令大多數是唐宋之間的主流詞體，亦是當今讀者尤為喜聞樂見，當今作者最常使用的詞牌。同樣，把九十一字以上定為長調，似乎也有同樣的好處，那就是涵括了今人所熟悉喜愛的，由柳永以及以後詞人寫就的長篇佳作的絕大部分。稱之為中調，含有六十二字至九十字的詞牌，在《欽定詞譜》中約168種，②除了《青玉案》《桂枝香》等個別例外，用這些詞牌寫就的，為後人喜聞樂見的名作很少。把這些詞牌歸為一體，似乎至少有一個好處，那就是可以將那些相對沒那麼重要的詞牌歸為一類。

鑒於詞人給近體詩體增字常達六字之多，本文把小令字數的上限改為六十二字，即在七律五十六字之上加六字。本文所討論的小令詞牌種

① 參見吳梅：《詞學通論》（上海：復旦大學出版社，2005年），頁2。

② 王奕清等編：《欽定詞譜》（北京：中國書店出版社，影印本，1983年）。

類主要依照清康熙時期王奕清、陳廷敬等所編，由康熙帝欽定的《欽定詞譜》。《欽定詞譜》綜採前代各種詞譜之長，亦參考了萬樹《詞律》，收錄詞牌較為完整，註解也較為清楚明白，基本涵蓋了所有常用詞牌，恰恰符合本文資料分析的需要。

詞牌的數目龐大，節奏又極為繁雜，對它們進行合理的分類梳理，這歷來是論詞家所面臨最棘手的問題之一。雖然本文討論的範圍限於六十二字以内的小令，需要涉及詞牌的數量仍然很大。從十四字的《竹枝》[①]到六十二字的詞牌，依新編《中華韻典》一共是 174 種詞牌，佔《中華韻典》的 174/400＝43.5％；[②]而依《欽定詞譜》則一共有 331 種詞牌，佔《欽定詞譜》的 331/826＝40％。

不過在《欽定詞譜》十四至六十二字的 331 種詞牌之中，18 種製於元代，詞例最早也為元人小令；另外有 2 種則是明顯的慢詞。這 2 種慢詞包括載於《高麗史樂志》的《太平年》與《獻天壽》，在《高麗史樂志》中已明顯稱這兩種為慢詞，即音樂表演時節奏上較為舒緩，與之對應的是，《高麗史樂志》往往給小令詞牌標上“令”字加以區別，因此這樣算來，這裡討論的唐宋小令詞牌總數應為 331－18－2＝311 種，佔據欽定詞譜的 311/826＝37.65％。[③]

如何對小令詞牌進行合理的分類？如何梳理清楚它們之間的關係，從而揭示小令發展演變的軌跡？筆者認為，由於小令在很大程度上是近體詩之“變”，從與絕句、律詩的關係角度來梳理小令詞牌和節奏，分門別類，加以分析，應該有助於我們獲得對小令藝術形式的新認識。龍榆生《詞學十講》中曾略論近體詩、絕句與短調小令之關係，並以數例論之。[④] 按此思路，本節將 331 種小令詞牌分為五大類：(一) 完全沿用近體詩體式的詞

---

① 最短的詞牌有些學者認為是《十六字令》，而《欽定詞譜》則認定十四字的《竹枝》為最短詞牌，《中華韻典》採用後說。

② 見蓋國梁主編：《中華韻典》(上海：上海古籍出版社，2010 年)，頁 581—755。

③ 本文詞牌列表的製作以及數據統計均由陳婧同學完成，謹此鳴謝。

④ 參龍榆生：《詞學十講》(北京：北京出版社，2005 年)，頁 17—20。

牌;(二) 絕句、律詩的長度稍加增減而成的詞牌;(三) 以五、七言句為主的詞牌,"為主"指句數佔全詞一半及以上;(四) 以三、四、六句為主的詞牌;(五) 以三種以上字數句混合而成的詞牌。

本文所討論的五大類的詞牌,以及每類中各種細類,都依照《欽定詞譜》舉出的正體列出。《欽定詞譜》按時間先後定正體,因此,很多情況下可從《欽定詞譜》所列正體推知具體詞牌初創的年代。《欽定詞譜》以"句"或"讀"表示詞中句與句之間的兩種長短不一的停頓,[1]而現通行詞譜則用現代標點符號表示句中的停頓。逗號","與句號"。"均表示此為一句,而句號往往表示韻之所在。頓號"、"則表示"讀",即此處一句上下部分之間短暫的停頓。[2] 在本文的列表中,筆者採用括弧()表示這類用頓號標示"讀"的句子。值得注意的是,詞譜中頓號大多出現於兩個三言句之間,或一個三言與一個四言之間。表中的方括號 []則代表詞中一闋。本文列舉的詞作均引自《全唐五代詞》《全宋詞》,以及《欽定詞譜》正體詞例。由於詞例數量較大,不一一標明出處和頁碼。

在詞牌的分類和初步分析完成之後,筆者將進一步探究小令節奏從"齊"到"雜",從五、七言擴展到三、四、六言的發展過程,分析此"雜"節奏在小令藝術形式中的關鍵作用,並在更加廣闊的詩歌史語境中評價其審美意義。

(一) 完全沿用近體詩體式的詞牌

小令中完全沿用近體詩體式的詞牌不少,共 24 種,約佔全部唐宋小令詞牌的 7%。根據與四種近體詩體的關係,24 種詞牌分為四小類。以下用列表方式介紹每小類中所有詞牌的名稱、正體節奏和詞例、詞牌產生時代等信息,然後略加評述。本文列表中對詞牌用韻和產生年代等描述均引自《欽定詞譜》,頁碼不一一列出。

---

① 見《欽定詞譜凡例》。

② 參龍榆生:《唐宋詞格律》(上海:上海古籍出版社,1978 年),頁 2。

1. 完全沿用五絕體式的詞牌(3 種)

詞牌名	節奏形式	用韻規定	與近體詩的承襲	詞例
紇那曲	5+5+5+5	四句三平韻	唐平韻五言絕句 按唐人於舟中唱得體歌,有號頭,即和聲。紇那者,或曲之和聲也。	楊柳郁青青。竹枝無限情。同郎一回顧,聽唱紇那聲。(劉禹錫)
拜新月	5+5+5+5	四句兩仄韻	唐教坊曲名 唐仄韻五言絕句,而語氣微拗。填此詞者,平仄當從之。	開簾見新月,便即下階拜。細語人不聞,北風吹裙帶。(李端)
囉嗊曲	5+5+5+5	四句兩平韻	囉嗊曲,劉采春所唱,皆當代才子所作五六七言絕句。一名《望夫歌》。元稹詩所謂"更有惱人腸斷處,選詞能唱望夫歌"也。	不喜秦淮水,生憎江上船。載兒夫婿去,經歲又經年。(劉采春)

依《欽定詞譜》注解,這三種詞牌均是唐五言絕句,《紇那曲》為"唐平韻五言絕句";《拜新月》為"唐仄韻五言絕句,而語氣微拗",且為"唐教坊曲名";《囉嗊曲》"皆當代才子所作五六七言絕句"。這幾個詞牌可稱之為"詩"也可稱之為"詞",共同點在於都用來歌唱。

2. 完全沿用七絕體式的詞牌(7 種)

詞牌名	節奏形式	用韻規定	與近體詩的承襲	詞例
採蓮子	7(+2)+ 7(+2)+ 7(+2)+ 7(+2)	四句三平韻	唐教坊曲名 此亦七言絕句。	
陽關曲	7+7+7+7	四句三平韻	亦七言絕句,唐人為送行之歌。	渭城朝雨浥輕塵,客舍青青柳色新。勸君更進一杯酒,西出陽關無故人。(王維)

續表

詞牌名	節奏形式	用韻規定	與近體詩的承襲	詞例
欸乃曲	7+7+7+7	四句三平韻	本唐七言絕句 唐元結詩自序:大曆初,結為道州刺史,以軍事詣都。使還州,逢春水,舟行不進,作《欸乃曲》,令舟子唱之,以取適於道路云。	
浪淘沙	7+7+7+7	四句三平韻	唐教坊曲名 此與宋人《浪淘沙令》《浪淘沙慢》不同,蓋宋人藉舊曲名,另倚新腔。此七言絕句也。	蠻歌荳蔻北人愁。蒲雨杉風野艇秋。浪起鵁鶄眠不得,寒沙細細入江流。(皇甫松)
楊柳枝	7+7+7+7	四句三平韻	唐教坊曲名 蓋樂府橫吹曲,有《折楊柳》名。此則藉舊曲名,另創新聲。後遂入教坊耳。此本唐人七言絕句,與顧夐詞四十字體、朱敦儒詞四十四字體,添聲者不同。	
八拍蠻	7+7+7+7	四句三平韻	唐教坊曲名 皆唐人七言絕句,當時音律必有所屬,今歌法不傳矣。	
字字雙	7+7+7+7	四句四平韻	見《才鬼記》。因每句有疊字,故名《字字雙》。	

這幾個詞牌和上一類類似,所有詞例均可看作是“詩”也可看作是“詞”,且多為“唐教坊曲名”,共同之處就是均可以用來歌唱,有的詞牌為後代“藉舊曲名,另創新聲”,如《浪淘沙》《楊柳枝》等。

3. 完全沿用五律體式的詞牌(3 種)

詞牌名	節奏形式	用韻規定	與近體詩的承襲	詞例
怨回紇	[5+5+5+5] * 2	兩平韻	此調本五言律詩,見《樽前集》。【筆者按:《樽前集》成書于北宋前後,然詞例為唐皇甫松一首。】	祖席駐征棹,開帆候信潮。隔筵桃葉泣,吹管杏花飄。　船去鷗飛閣,人歸塵上橋。別離惆悵淚,江路濕紅蕉。(皇甫松)
生查子	[5+5+5+5] * 2	前後段各四句,兩仄韻。五言八句,每句第二字,例用仄聲。	唐教坊曲名。此調創自【筆者按:唐代】韓偓。	侍女動妝奩,故故驚人睡。那知本未眠,背面偷垂淚。　懶卸鳳頭釵,羞入鴛鴦被。時復見殘燈,和煙墜金穗。(韓偓)
醉公子	[5+5+5+5] * 2	此詞四換韻……可平可仄	唐教坊曲名。……此調有兩體,四十字者,昉自唐人;一百六字者,昉自宋人。	

《欽定詞譜》所收《醉公子》詞例不同于萬樹《詞律》,稱道:"《詞律》所收唐詞,平仄換韻,終近古詩,刪之。"①

4. 完全沿用七律體式的詞牌(11 種)

詞牌名	節奏形式	用韻規定	與近體詩的承襲	詞例
瑞鷓鴣	[7+7+7+7] * 2	前段四句三平韻,後段四句兩平韻;	原本七言律詩,因唐人歌之,遂成詞調。	

① 《欽定詞譜》,卷 3,第一冊,頁 213。

續表

詞牌名	節奏形式	用韻規定	與近體詩的承襲	詞例
清江曲	[7＋7＋7＋7]*2	前段四句三平韻，後段四句三仄韻。	此宋蘇庠泛舟清江作也，體近古詩，因《花草粹編》採入，今仍之。……全似七言詩句，平仄可不拘。	
樓上曲	[7＋7＋7＋7]*2	前後段各四句，兩仄韻、兩平韻	調見《蘆川詞》……但宋、元人無填此者。【筆者按：詞例以南宋初張元幹詞為正體。應始於南宋。】	
玉樓春	[7＋7＋7＋7]*2	前後段各四句，三仄韻	《花間集》顧夐詞起句，有“月照玉樓春漏促”句，又有“柳映玉樓春日晚”句；《樽前集》歐陽炯詞，起句有“春早玉樓煙雨夜”句，又有“日照玉樓花似錦，樓上醉和春色寢”句，取為調名。【筆者按：應起自五代後蜀顧夐、歐陽炯。】	拂水雙飛來去燕。曲檻小屏山六扇。春愁凝思結眉心，綠綺懶調紅錦薦。 話別多情聲欲戰。玉箸痕留紅粉面。鎮長獨立到黃昏，卻怕良宵頻夢見。（顧夐）
虞美人	[7＋5＋7＋9]*2	前後段各四句，兩仄韻、兩平韻	唐教坊曲名。此調以李[煜]詞、毛[文錫]詞為正體，而宋、元詞依李體填者尤多。	風回小院庭蕪綠。柳眼春相續。憑欄半日獨無言。依舊竹聲新月、似當年。 笙歌未散樽罍在。池面冰初解。燭明香暗畫欄深。滿鬢清霜殘雪、思難禁。（李煜）

續表

詞牌名	節奏形式	用韻規定	與近體詩的承襲	詞例
步蟾宫	[7＋(3＋4)＋7＋(3＋4)]＊2	前後段各四句，三仄韻	此調仿自山谷，但宋、元詞，俱宗蔣捷體，惟韓淲集中一詞，則照此填。【筆者按：此調起自北宋黄庭堅，但以南宋蔣捷詞為正體。】	
思歸樂	[7＋(3＋4)＋7＋(3＋4)]＊2	前後段各四句，四仄韻	【筆者按：似起自柳永，《欽定詞譜》僅列柳永所作詞例一首。】	天幕清和堪宴聚。相得盡、高陽儔侶。皓齒善歌長袖舞。漸引入、醉鄉深處。　晚歲光陰能幾許。這巧宦、不須多取。把酒共君聽杜宇。解再三、勸人歸去。(柳永)
柳搖金	[7＋(3＋4)＋7＋(3＋4)]＊2	前段四句四仄韻，後段四句三仄韻	調見《梅苑》。【筆者按：《梅苑》，南宋黄大輿編。】	
二色宫桃	[7＋(3＋4)＋7＋(3＋4)]＊2	前後段各四句，三仄韻	調見《梅苑》。【筆者按：《梅苑》，南宋黄大輿編。】	
遍地錦	[7＋(3＋4)＋(3＋4)＋(3＋4)]＋[(3＋4)＋(3＋4)＋(3＋4)＋(3＋4)]	雙調五十六字，前段四句三仄韻，後段四句兩仄韻	調見毛滂《東堂詞》，孫守席上詠牡丹花作也。【筆者按：起自北宋毛滂。】	
玉欄杆	[7＋7＋7＋(3＋4)]＋[7＋(3＋4)＋7＋(3＋4)]	前後段各四句，三仄韻	調見《壽域詞》。【筆者按：《壽域詞》，北宋杜安世撰。】	

完全沿用七律格式的有《瑞鷓鴣》《清江曲》《樓上曲》《玉樓春》四種。《欽定詞譜》注《瑞鷓鴣》稱:"此調本律詩體,七言八句,宋詞皆同。其小異者,惟各句平仄耳。"《清江曲》則"似七言詩句,平仄可不拘"。《虞美人》雖然全篇字數也是 56 字,然《虞美人》上下兩片的第二句減二字成為五言句,第四句則加二字變為九言句。《步蟾宮》等六種詞牌較為特殊,雖然也是 56 字,然而句法上均有上三下四的變化,如《步蟾宮》上下兩片的第二、四句均可斷為三、四兩個短句,同樣,其他幾種詞牌的某句均可以斷為三言、四言兩個短句,《欽定詞譜》以"讀"標註之。

(三) 五、七言近體詩增減字而成的詞牌

唐宋詞人為曲寫詞,製作詞牌,不僅直接採用近體詩四種體式,而且根據需要自由增減這四種體式的字數,從而創造出更加豐富多樣的詞牌。以下四個列表分別展示從近體詩衍生出來的四類詞牌,共 57 種,約佔本文討論的唐宋小令 311 種詞牌的 18.3%。其中由五絕、五律增減字而來的詞牌分有 2 種與 9 種,而由七絕、七律增減字而來的詞牌則各有 17 種與 29 種。在下表所列的詞例和節奏形式中,劃底線部分為減字,黑體加粗部分為增字。

1. 五絕增減字而成的詞牌(2 種)

詞牌名	節奏形式	產生年代	詞例
閑中好	3+5+5+5	調見[唐]段成式《酉陽雜俎》,有平韻仄韻二體,即以首句三字為調名也。	
南歌子	5+5+5+5+**3**	唐教坊曲名。此詞有單調雙調。單調者,始自溫庭筠詞。	手裏金鸚鵡,胸前繡鳳凰。偷眼暗形相。不如從嫁與,**作鴛鴦。**(溫庭筠)

這類詞牌字數是 20 字左右。《欽定詞譜》中只有兩個詞牌跟五絕關係較為密切:《閑中好》18 字,是將第一句五言減去二字變成三言,《南歌子》23 字,

是五言絕句結尾增入一個三言句。

2. 七絕增減字而成的詞牌(17 種)

詞牌名	節奏形式	產生年代	詞例
竹枝	7+7	唐教坊曲名。元郭茂倩《樂府詩集》云:竹枝本出於巴渝,唐貞元中,劉禹錫在沅、湘,以里歌鄙陋,乃依騷人九歌,作竹枝新調九章,教里中兒歌之。由是盛於貞元元和之間。按:……其音協黃鐘羽,但劉白詞俱無和聲,今以皇甫松、孫光憲詞作譜,以有和聲也。	
梧桐影	3+3+7+7	【筆者按:《欽定詞譜》依南宋《庚溪詩話》《竹坡詩話》採入此詞牌,僅有一例。】	
柘枝引	7+5+5+7	唐教坊曲名。《樂府雜錄》:健舞曲。《樂苑》:羽調曲。按,此舞因曲為名,用二女童,帽施金鈴,抃轉有聲。其來也,藏二蓮花中,花坼而後見,對舞相占,實舞中雅妙者也。	
晴偏好	7+7+3+7	明陳耀文《花草粹編》云:西湖雖有山泉,而大旱亦嘗龜坼。嘉熙庚子水涸,茂草生焉。李霜崖作《晴偏好》詞紀之。取詞中結句為調名。【筆者按:只此一詞。】	
春曉曲	7+6+7+7	朱敦儒詞,有"西樓月落雞聲急"句,又名《西樓月》。	
章臺柳	3+3+7+7+7	唐韓翃制,以首句為調名。	
瀟湘神	3+3+7+7+7	調始自唐劉禹錫詠湘妃詞。	斑竹枝。斑竹枝。淚痕點點寄相思。楚客欲聽瑤瑟怨,瀟湘深夜月明時。(劉禹錫)

續表

詞牌名	節奏形式	產生年代	詞例
解紅	3+3+7+7+7	按,陳暘《樂書》載和凝作,乃唐詞也,若鳴鶴餘音。	
赤棗子	3+3+7+7+7	唐教坊曲名。……此調見《樽前集》。	
搗練子	3+3+7+7+7	因馮延巳詞,起結有"深院靜"及"數聲和月到簾櫳"句,更名"深院月"。【筆者按:詞例有馮延巳一首與南宋《梅苑》中數首,詞牌應起自南唐馮延巳。】	
桂殿秋	3+3+7+7+7	本唐李德裕送神迎神曲。有"桂殿夜涼吹玉笙"句,取為調名。	
漁歌子	7+7+3+3+7	唐教坊曲名。按,《唐書·張志和傳》:志和居江湖,自稱"江波釣徒",每垂釣不設餌,志不在魚也。憲宗圖真求其人不能致,嘗撰《漁歌》,即此詞也。單調體,實始於此。至雙調體,昉自《花間集》顧夐、孫光憲,有魏承班、李珣諸詞可校。	西塞山前白鷺飛。桃花流水鱖魚肥。青箬笠,綠蓑衣。斜風細雨不須歸。(張志和)
憶王孫	7+7+7+**3**+7	此詞單調三十一字者,創自秦觀,宋元人照此填。	萋萋芳草憶王孫。柳外樓高空斷魂。杜宇聲聲不忍聞。**欲黃昏。**雨打梨花深閉門。(秦觀)
天仙子	7+7+7+**3**+**3**+7	唐教坊曲名。……此詞有單調雙調兩體。單調始于唐人……雙調始于宋人。	
歸自謠	[**3**+7+7]+[7+**3**+7]	《樂府雅詞》注:道調宮。一名《風光子》,趙彥端詞名《思佳客》【筆者按:詞例僅有歐陽修一首,應起自歐陽修。】	

續表

詞牌名	節奏形式	產生年代	詞例
添聲楊柳枝	[7+**3**+7+**3**]*2	此詞有唐宋兩體。唐詞换頭句押仄韻,宋詞换頭句即押平韻。【筆者按:見下文分析。應起於唐代。】	
後庭花	[7+**4**+7+**4**]*2	唐教坊曲名。張先詞名《玉樹後庭花》。《碧雞漫志》云:《玉樹後庭花》,陳後主造,其詩皆以配聲律,遂取一句為曲名。偽蜀時,孫光憲、毛熙震、李珣有《後庭花》曲,皆賦後主故事,不著宮調,兩段各四句,似令也。	

這類詞牌字數是28字左右,數目較多。《欽定詞譜》中,在七絕基礎上減字的詞牌可見以下幾種:《竹枝》14字,為七絕之二分之一;《梧桐影》20字,將前兩句變為三言;《柘枝引》24字,將第二、三句各變為五言;《晴偏好》24字,將第三句變為三言;《春曉曲》27字,是將第二句七言變為六言;《章臺柳》《瀟湘神》《解紅》《赤棗子》《搗練子》《桂殿秋》27字,將第一句七言變為兩個三言句;《漁歌子》27字,是將第三句七言變為兩個三言句。這類的詞牌多為唐代教坊曲名,由此可見早期詞牌與七言近體詩之密切關係。

在七絕基礎上增加一至八字的詞牌有《憶王孫》等五種。其中《添聲楊柳枝》較為特別,顧名思義,即《楊柳枝》"添聲",據《欽定詞譜》:

> 按《碧雞漫志》云,黄鐘商有《楊柳枝》曲,仍是七言四句詩,與劉、白及五代諸子所製並同,但每句下各添三字一句,乃唐時和聲,如《竹枝》《漁父》,今皆有和聲也。舊詞多側字起頭,第三句亦復側字起,聲度差穩耳。今名《添聲楊柳枝》,歐陽修詞名《賀聖朝影》,賀鑄詞名《太平時》。《宋史·樂志》:《太平時》,小石調。[1]

① 《欽定詞譜》,卷3,第一冊,頁208—209。

因此,《楊柳枝》大概為七言四句,絕句體式,而《添聲楊柳枝》則是在每句之後加入一個三言句,唐時,加入的三言句其實為每一句唱完之後的和聲。所以這個詞牌的雛形應於唐代即有,隨後這種形式逐漸變為一個獨立的詞牌,《欽定詞譜》有選五代詞人顧夐、北宋詞人賀鑄、南宋詞人朱敦儒三種變體,可見五代時詞人已經將此用為獨立的詞牌,而後宋代詞人對此詞牌有所改造。

《後庭花》這一詞牌也較為特別,在每段的第一、三個七言句之後加入一個四言句,似乎是在七絕基礎上加入四個四言句而成。據《欽定詞譜》,這個詞牌為陳後主所造,而後蜀之時"孫光憲、毛熙震、李珣有《後庭花》曲,皆賦後主故事,不著宮調,兩段各四句,似令也",到了北宋張先,則有詞名《玉樹後庭花》。

3. 五律增減字而成的詞牌(9 種)

詞牌名	節奏形式	產生年代	詞例
踏歌詞	5+5+5+5+5+5	唐《輦下歲時記》:先天初,上御安福門觀燈,令朝士能文者,為《踏歌》。陳暘《樂書》云:《踏歌》,隊舞曲也。	
拋球樂	5+5+5+5+5+5	唐教坊曲名。……按,此調三十字者,始于劉禹錫詞。三十三字者,始於馮延巳詞……皆五七言小律詩體。至宋柳永,則藉舊曲名,別倚新聲,始有兩段一百八十七字體。	五色繡團圓,登君玳瑁筵。最宜紅燭下,偏稱落花前。上客如先起,應須贈一船。(劉禹錫)
玉蝴蝶	[**6**+5+5+5]+[5+5+5+5]	小令始於溫庭筠,長調始於柳永。	

續表

詞牌名	節奏形式	產生年代	詞例
醉花間	[**3**＋**3**＋5＋5＋5]＋[5＋5＋5＋5]	唐教坊曲名。【筆者按：詞例選毛文錫，似起自《花間集》毛文錫。】	
贊浦子	[5＋5＋5＋5]＋[**6**＋**6**＋5＋5]	唐教坊曲名。【筆者按：詞例選毛文錫，似起自《花間集》毛文錫。】	
醉垂鞭	[5＋**3**＋**3**＋5＋5]＊2	詞見張先集【筆者按：起自北宋張先。】	
卜算子	[5＋5＋**7**＋5]＊2	【筆者按：詞例有張先、蘇軾等人詞，應起自北宋張先，然蘇軾詞為正體。】	缺月掛疏桐，漏斷人初靜。時見幽人獨往來，縹緲孤鴻影。　驚起卻回頭，有恨無人省。揀盡寒枝不肯棲，寂寞沙洲冷。（蘇軾）
菩薩蠻	[**7**＋**7**＋5＋5]＋[5＋5＋5＋5]	唐教坊曲名。《宋史・樂志》：女弟子舞隊名。……唐蘇鄂《杜陽雜編》云：大中初，女蠻國入貢，危髻金冠，纓絡被體，號菩薩蠻隊，當時倡優遂制《菩薩蠻》曲，文士亦往往聲其詞。【筆者按：應起於唐代，詞例以李白一首為正體。】	**平林漠漠煙如織。寒山一帶傷心碧。**暝色入高樓。有人樓上愁。　玉階空佇立。宿鳥歸飛急。何處是歸程。長亭更短亭。（李白） **人人盡說江南好。遊人只合江南老。**春水碧於天。畫船聽雨眠。　壚邊人似月。皓腕凝雙雪。未老莫還鄉。還鄉須斷腸。（韋莊）
誤桃源	[5＋5＋5＋3]＊2	宋張耒《明道雜誌》云，掌禹錫學士，考試太學生，出"砥柱勒銘賦"題，此銘今俱在，乃唐太宗銘禹功，而掌公誤記為太宗自銘其功。宋渙中第一，其賦悉是太宗自銘，有無名子作此嘲之。	

《踏歌詞》與《拋球樂》似乎較為特殊,均為六個五言句組成的詞牌。據《欽定詞譜》,《踏歌詞》為唐時朝中"隊舞曲"。其形式較為特殊,為六個五言句組成,等於是五律的四分之三,現也列於此。而《拋球樂》為"唐教坊曲名",有單調三十字、單調三十三字、單調四十字、雙調一百八十七字四體。《拋球樂》以下的詞牌字數在 41 至 44 字之間。若以五律對應來看,增字主要出現在全詞的首聯與頸聯。《玉蝴蝶》將第一個五言句改為六言句,《醉花間》則將第一個五言句改為兩個三言句,《菩薩蠻》則是將首聯改為兩個七言句,而《贊浦子》將頸聯改為兩個六言句,《卜算子》則將上下片的第三句均改為七言句。在五律基礎上減字者僅有《誤桃源》一例,上下片第四句均變為三字句。詞例僅一,出自北宋張耒筆記作品《明道雜誌》,傳為唐人所作。

和由七絕衍生而成的詞牌相比而言,這類詞牌似乎沒有那麼多(9種),由此可見與詞體發展關係較為緊密的主要還是七言近體詩。不過《卜算子》這一詞牌因蘇軾、陸游等人多選以填詞,而為後人所熟知,蘇軾《卜算子》一首被認為是正體,故選之為例。《菩薩蠻》一體"平仄遞轉,情調由緊促轉低沉,歷來名作最多"①,此處選李白與韋莊二首为例。

4. 七律增減字而成的詞牌(29 種)

詞牌名	節奏形式	產生年代	詞例
浣溪沙	[7+7+7] * 2	唐教坊曲名。【筆者按:詞例最早為唐代韓偓一首,且為正體。】	宿醉離愁慢髻鬟。六銖衣薄惹輕寒。慵紅悶翠掩青鸞。 羅襪況兼金菡萏。雪肌仍是玉琅玕。骨香腰細更沈檀。(韓偓)

① 龍榆生:《唐宋詞格律》(上海:上海古籍出版社,1978 年),頁 160。

續表

詞牌名	節奏形式	產生年代	詞例
山花子	[7+7+7+3]*2	唐教坊曲名。……此詞即《浣溪沙》之別體,不過多三字兩結句,移其韻於結句耳,此所以有"添字"、"攤破"之名,然在《花間集》,和凝時已名《山花子》,故另編一體。	
木蘭花令	[7+7+3+3+7]+[7+7+7+7]	唐教坊曲名。 《木蘭花令》,始於韋莊,係五十五字,全用韻者。	獨上小樓春欲暮。愁望玉關芳草路。消息斷,不逢人,卻斂細眉歸繡戶。　坐看落花空歎息。羅袂濕斑紅淚滴。千山萬水不曾行,魂夢欲教何處覓。(韋莊)
偷聲木蘭花	[7+7+4+7]*2	此調亦本於《木蘭花令》,前後段第三句,減去三字,另偷平聲,故云偷聲。 自南唐馮延巳,製《偷聲木蘭花》,五十字,前後起兩句,仍作仄韻七言,結處乃偷平聲,作四字一句、七字一句,始有兩仄兩平四換頭體。	落梅著雨消殘粉。雲重煙深寒食近。羅幕遮香。柳外秋韆出畫牆。　春山顛倒釵橫鳳。飛絮入簾春睡重。夢裏佳期。只許庭花與月知。(馮延巳)
減字木蘭花	[4+7+4+7]*2	《減字木蘭花》,前後段起句四字,則又從此調【筆者注:《偷聲木蘭花》。】減去三字耳。【筆者注:詞例最早為北宋歐陽修一首。】	歌檀斂袂。繚繞雕樑塵暗起。柔潤清圓。百琲明珠一線穿。　櫻唇玉齒。天上仙音心下事。留住行雲。滿座迷魂酒半醺。(歐陽修)
雙頭蓮令	[7+5+7+5]*2	調見趙師俠《坦庵集》,詠信豐雙蓮,故製此詞。【筆者按:趙師俠,南宋人。】	
望江東	[7+(3+3)+7+(3+3)]*2	調見《山谷集》。【筆者按:詞例僅黃庭堅一首,起自黃庭堅。】	

續表

詞牌名	節奏形式	產生年代	詞例
醉紅妝	[7＋3＋3＋7＋3＋3]＊2	調見張先詞集。【筆者注：此調始於張先。】	
雙雁兒	[7＋(3＋3)＋7＋(3＋3)]＊2	此調微近《醉紅妝》，但《醉紅妝》後段第三句不用韻，此則前後俱用韻也。【筆者按：詞例僅楊無咎一首，應始於南宋。】	
臨江仙	[7＋6＋7＋7]＊2	唐教坊曲名。《花庵詞選》云：唐詞多緣題所賦，《臨江仙》之言水仙，亦其一也。……按，《臨江仙》調，起于唐時，惟以前後段起句、結句辨體，其前後兩起句七字、兩結句七字者，以和凝詞為主，無別家可校。【筆者按：此詞有四體，惟第一體五十四字，這裡僅列第一體。五代和凝詞為第一體正體。】	海棠香老春江晚，小樓霧縠空濛。翠鬟初出繡簾中。麝煙鸞佩惹蘋風。 碾玉釵搖鸂鶒戰，雪肌雲鬢將融。含情遙指碧波東。越王臺殿蓼花紅。（和凝）
金錯刀	[3＋3＋7＋7＋7]＊2	漢張衡詩"美人贈我金錯刀"，調名本此。此調見《花草粹編》，一名《醉瑤瑟》，葉李押仄韻詞，名《君來路》。【筆者按：詞例最早為馮延巳二首，應起於馮延巳。】	
端正好	[7＋(3＋4)＋7＋(3＋3)]＊2	【筆者按：詞例最早為北宋杜安世，應始於北宋。】	
杏花天	[7＋(3＋4)＋7＋6]＋[(3＋4)＋(3＋4)＋7＋6]	此調以此詞【筆者按：朱敦儒。】為正體，若侯詞、盧詞之添字，皆變格也。按，宋、元人俱照此填。	淺春庭院東風曉。細雨打、鴛鴦寒悄。花尖望見鞦韆了。無路踏青鬥草。 人別後、碧雲信杳。對好景、愁多歡少。等他燕子傳音耗。紅杏開還未到。（朱敦儒）

續表

詞牌名	節奏形式	產生年代	詞例
天下樂	[7+(3+3)+7+(3+4)]+[(3+4)+(3+3)+7+(3+3)]	唐教坊曲名。【筆者按:詞例僅選楊無咎一首,應始於南宋楊無咎。】	
戀繡衾	[7+(3+4)+(3+3)+(3+4)]*2	此調以此詞【筆者按:朱敦儒詞。】為正體,若周詞之句法小異,辛、韓、趙三詞之添字,皆變格也。	木落江南感未平。雨瀟瀟、衰鬢到今。甚處是、長安路,水連空、山鎖暮雲。　老人對酒今如此,一番新、殘夢暗驚。又是灑、黄花淚,問明年、此會怎生。(朱敦儒)
鬢邊華	[6+(3+4)+(3+4)+(3+4)]*2	調見《梅苑》詞,因詞中有"映青鬢、開人醉眼"句,取以為名。【筆者按:《梅苑》成於南宋,應始於南宋。】	
玉樓人	[7+(3+4)+6+(3+4)]*2	調見《梅苑》詞選本。【筆者按:《梅苑》成於南宋,應始於南宋。】	
鷓鴣天	[7+7+7+7]+[3+3+7+7+7]	【筆者按:詞例中最早為晏幾道一首,且尊晏詞為正體。】	彩袖殷勤捧玉鍾。當年拚卻醉顔紅。舞低楊柳樓心月,歌盡桃花扇影風。　從別後,憶相逢。幾回魂夢與君同。今宵剩把銀釭照,猶恐相逢是夢中。(晏幾道)
望遠行	[7+7+7+7]+[3+3+7+7+7]	唐教坊曲名。令詞始自韋莊。	
金蓮繞鳳樓	[7+(3+4)+7+(3+4)]+[6+(3+4)+7+(3+4)]	調見《花草粹編》,此宋徽宗觀燈詞也,故名《金蓮繞鳳樓》。	

續表

詞牌名	節奏形式	產生年代	詞例
睿恩新	[7+(3+4)+(3+4)+(3+4)]+[6+(3+4)+(3+4)+(3+4)]	【筆者按:僅選晏殊一首,應起自晏殊。】	
夜行船	[6+(3+4)+7+(3+4)]+[7+(3+4)+7+(3+4)]	【筆者按:詞例多首,最早為歐陽修一首,似乎起自歐陽修。】	憶昔西都歡縱。自別後、有誰能共。伊川山水洛川花,細尋思、舊遊如夢。　　今日相逢情愈重。愁聞唱、畫樓鐘動。白髮天涯逢此景,倒金樽、殢誰相送。(歐陽修)
鼓笛令	[7+(3+4)+7+(3+4)]+[6+(3+4)+7+(3+4)]	調見《黃山谷集》。【筆者按:詞例僅黃庭堅一首,起自黃庭堅。】	
徵召調中腔	[7+(3+4)+7+3+3]+[7+(3+4)+7+7]	唐段安節《樂府雜錄》云:徵音,有其聲而無其字。宋大晟樂府始補《徵招調》,凡曲有歌頭,有中腔,此《徵招調》之中腔也。	
踏莎行	[**4**+**4**+7+7+7]*2	【筆者按:詞例中最早為晏殊一首,應起於晏殊,宋人如黃庭堅、歐陽修、晏幾道等多有作品。】	**細草愁煙,幽花怯露。**憑欄總是消魂處。日高深院靜無人,時時海燕雙飛去。　　帶緩羅衣,香殘蕙炷。天長不禁迢迢路。垂楊只解惹春風,何曾繫得行人住。(晏殊)
宜男草	[7+(3+4)+(3+4)+**8**]*2	調見范成大《石湖詞》【筆者按:詞例僅列出范成大兩首,似起自范成大。】	

續表

詞牌名	節奏形式	產生年代	詞例
倚西樓	[7+7+7+7]+[7+7+7+**9**]	調見《苕溪詩話》。【筆者按:詞例僅一首,為韋彥溫之作,《苕溪詩話》出自南宋胡仔之手。】	
定風波	[7+7+7+**2**+7]+[7+**2**+7+7+**2**+7]	唐教坊曲名。【筆者按:詞例以歐陽炯詞為正體,又有孫光憲一首,應起自《花間集》。】	莫聽穿林打葉聲。何妨吟嘯且徐行。竹杖芒鞋輕勝馬。**誰怕。**一蓑煙雨任平生。　料峭春風吹酒醒。**微冷。**山頭斜照卻相迎。回首向來蕭瑟處。**歸去。**也無風雨也無晴。(蘇軾)
漁家傲	[7+7+7+**3**+7]*2	此調始自晏殊,因詞有"神仙一曲漁家傲"句,取以為名。此調以此詞【筆者按:晏殊詞。】為正體,宋、元人俱如此填。	

這類詞牌字數是56字左右,數量較多,增減字的位置和方式應有盡有,詳情查看"節奏形式"一項即可,不再贅述。

小令與近體詩在形式上的近似早已引起詞學家的注意。清人李漁《窺詞管見》稱:

> 詞之關鍵,首在有別於詩固已。但有名則為詞,而考其體段,按其聲律,則又儼然一詩,覓相去之垠而不得者。如《生查子》前後二段,與兩首五言絕句何異。《竹枝》第二體、《柳枝》第一體、《小秦王》《清平調》《八拍蠻》《阿那曲》,與一首七言絕句何異。《玉樓春》《採蓮子》,與兩首七言絕句何異。《字字雙》亦與七言絕同,只有每句疊一字之別。《瑞鷓鴣》即七言律,《鷓鴣天》亦即七言律,惟減第五句之一字。凡作

> 此等詞，更難下筆，肖詩既不可，欲不肖詩又不能，則將何自而可。①

同時，詞學家還注意到，造成這種近似的原因是唐初大量近體詩入樂，逐漸蛻變為詞體。

宋胡仔《苕溪漁隱詞話》斷定“唐初無長短句”，稱：“唐初歌辭多是五言詩，或七言詩，初無長短句。自中葉以後，至五代，漸變成長短句。及本朝則盡為此體。今所存止《瑞鷓鴣》《小秦王》二闋，是七言八句詩，並七言絕句詩而已。”②宋人王灼在《碧雞漫志》中也談到唐代歌辭與近體詩的關係：

> 唐時古意亦未全喪，《竹枝》《浪淘沙》《拋球樂》《楊柳枝》，乃詩中絕句，而定為歌曲。故李太白《清平調》詞三章皆絕句。元、白諸詩，亦為知音者協律作歌。白樂天守杭，元微之贈云：“休遣玲瓏唱我詩，我詩多是別君辭。”自注云：“樂人高玲瓏能歌，歌予數十詩。”樂天亦醉戲諸妓云：“席上爭飛使君酒，歌中多唱舍人詩。”又聞歌妓唱前郡守嚴郎中詩云：“已留舊政布中和，又付新詩與豔歌。”元微之見人詠韓舍人新律詩，戲贈云：“輕新便妓唱，凝妙入僧禪。”……舊史亦稱，武元衡工五言詩，好事者傳之，往往被於筦弦。又舊說，開元中，詩人王昌齡、高適、王之渙詣旗亭飲。梨園伶官亦招妓聚燕。……以此知李唐伶伎，取當時名士詩句入歌曲，蓋常俗也。③

結合上述幾條材料可知，唐代時俗以詩句為歌辭，歌辭初時皆為齊言的近體詩，而後逐漸變為長短句參差的歌辭，這便是“詞”的起源。詞牌與詩體的關係若是如此，無怪乎小令詞牌中與四種近體詩體式和字數相同或相近的詞牌如此之多。

---

① 李漁認為“雅”、“俗”是詩與詞的最大區別。參見李漁：《窺詞管見》第二則“詞與詩有別”，《詞話叢編》第一冊，頁 549—550。

② 胡仔：《苕溪漁隱詞話》，卷 2“唐初無長短句”條，《詞話叢編》第一冊，頁 177。

③ 王灼：《碧雞漫志》，卷 1“唐絕句定為歌曲”條，《詞話叢編》第一冊，頁 77—78。

（三）五、七言句為主的詞牌

這類詞牌是對近體詩作更大改動而發展出來的。它們的長度不復為近體詩四個體式所限制，而詩行字數的變換也更加頻繁。然而，五、七言句在這些詞牌中佔總句數的一半以上，故仍與五、七言詩有著較緊密的關係。這類詞牌一共有 26 種，佔唐宋小令詞牌的 8%。

1. 五言句超過一半以上的詞牌(9 種)

詞牌名	節奏形式	產生年代	詞例
飲馬歌	5+5+5+5+3+3+5+3	調見《松隱集》。自序：此曲自金源傳至邊城，飲牛馬，即橫笛吹之，不鼓不拍，聲甚淒斷。【筆者按：《松隱集》為曹勳詞集，曹勳為北宋末年(1098—1174)人。】	
感恩多	[5+5+5+3]+[6+3+3+5+5]	唐教坊曲名。……此詞後段第三句必用疊句。【筆者按：詞例選唐牛嶠二首。】	
女冠子	[4+6+3+5+5]+[5+5+5+3]	唐教坊曲名。小令始於溫庭筠，長調始于柳永。	含嬌含笑。宿翠殘紅窈窕。鬢如蟬。寒玉簪秋水，輕紗捲碧煙。　雪肌鸞鏡裏，琪樹鳳樓前。寄語青娥伴，早求仙。(溫庭筠)
傷春怨	[5+6+5+5]+[5+5+5+3+3]	見《能改齋漫錄》，王安石夢中作。【筆者按：《能改齋漫錄》為南宋筆記，而詞例僅王安石一首。】	
憶悶令	[7+5+6+5]+[5+5+(3+4)+5]	調見《小山樂府》。【筆者按：《小山樂府》為晏幾道詞集，應起於晏幾道。】	

續表

詞牌名	節奏形式	產生年代	詞例
導引	[4＋5＋5＋7＋5]＋[7＋5＋7＋5]	按，宋鼓吹四曲，悉用教坊新聲，車駕出入奏《導引》，此調是也。	
思遠人	[7＋5＋5＋4＋5]＊2	調見《小山樂府》，因詞有"千里念行客"句，取其意以為名。【筆者按：《小山樂府》為晏幾道詞集，應起於晏幾道。】	
醉花陰	[7＋5＋5＋4＋5]＊2	【筆者按：詞例僅有毛滂一詞，應起源自北宋毛滂。】	檀板一聲鶯起速。山影穿疏木。人在翠陰中，欲覓殘春，春在屏風曲。 　勸君對客杯須覆。燈照瀛洲綠。西去玉堂深，魄冷魂清，獨引金蓮燭。（毛滂）
荷葉鋪水面	[4＋5＋7＋5＋7]＋[5＋5＋6＋5＋5＋3]	調見《花草粹編》。【筆者按：詞例僅南宋康與之一首，應起於南宋。】	

這類有以上九種。其中兩種（《感恩多》《女冠子》）原為唐教坊曲名，《導引》一種為宋代教坊曲名，其他幾種均為宋代文人新創。

2. 七言句超過一半以上的詞牌（17 種）

詞牌名	節奏形式	產生年代	詞例
南鄉子	4＋7＋7＋2＋7	唐教坊曲名。此詞有單調、雙調。單調者始自歐陽炯詞，馮延巳、李珣俱本此添字。雙調者始自馮延巳詞。	單調： 畫舸停橈。槿花籬外竹橫橋。水上遊人沙上女。回顧。笑指芭蕉林裏住。（歐陽炯）

續表

詞牌名	節奏形式	產生年代	詞例
南鄉子			雙調： 細雨濕流光。芳草年年與恨長。回首鳳樓無限事，茫茫。鸞鏡鴛衾兩斷腸。　　魂夢任悠揚。睡起楊花滿繡床。薄倖不來門半掩，斜陽。負你殘春淚幾行。（馮延巳）
彩鸞歸令	[4+7+7+3]+[7+7+7+3]	【筆者按：詞例僅張元幹一首，大概起於南宋初期。】	
蝶戀花	[7+4+5+7+7]*2	唐教坊曲，本名《鵲踏枝》，宋晏殊詞改今名。【筆者按：馮延巳詞為正體，起自南唐】	
惜春令	[7+(3+4)+7+5]+[5+(3+4)+7+5]	調見《壽域詞》。【筆者按：《壽域詞》，宋杜安世撰，約北宋時人。此詞牌起於北宋。】	
秋夜雨	[7+6+5+(3+4)]+[7+(3+4)+5+(3+4)]	調見蔣捷《竹山樂府》，題詠秋雨。【筆者按：蔣捷，南宋詞人，此調始於南宋。】	
伊州令	[7+5+7+(3+4)]+[6+5+7+(3+4)]	唐教坊曲名，一作《伊川令》。	西風昨夜穿簾幕。閨院添蕭索。才是梧桐零落時，又迤邐、秋光過卻。　　人情音信難託。魚雁成耽閣。教奴獨自守空房，淚珠與、燈花共落。（《花草粹編》無名氏）

續表

詞牌名	節奏形式	產生年代	詞例
菊花新	[7+7+5+(3+4)]+[7+(3+4)+5+(3+4)]	《齊東野語》云:《菊花新》譜,教坊都管王公謹作也。…… 此調以此詞【筆者按:張先詞。】為正體,有柳永詞可校,若杜安世詞之多押一韻、或少押一韻,皆變格也。	
鋸解令	[7+(3+4)+7+(3+4)]+[4+6+7+(3+4)]	調見《逃禪詞》。【筆者按:《逃禪詞》,南宋詞人楊無咎(1097—1171)作,此調應始於楊無咎。】	
壽延長破字令	[7+5+7+(3+4)]*2	調見《高麗史・樂志》。……此高麗壽延長舞隊曲也,因其雜用唐樂,故採之。	
獻天壽令	[6+6+7+6]+[7+(3+4)+7+6]	調見《高麗史・樂志》。……此高麗獻仙桃舞隊曲也,因所用唐樂,故採之。	閬苑人間雖隔,遙聞聖德彌高。西離仙境下雲霄。來獻千歲靈桃。　上祝皇齡齊天久,猶舞蹈、賀賀聖朝。梯航交輳四方遙。端拱永保宗祧。(《高麗史・樂志》無名氏)
冉冉雲	[7+(3+4)+(3+6)+(3+4)]+[7+(3+4)+(3+6)+6]	【筆者按:詞例為南宋詞人盧炳、韓淲二首,應始於南宋。】	
紅窗聽	[7+(3+4)+7+5]+[7+(3+4)+4+4+5]	【筆者按:此調詞例僅晏殊一首,應始於北宋晏殊。】	
上林春令	[6+(3+4)+6+(3+4)]+[7+(3+4)+6+(3+4)]	【筆者按:詞例最早為毛滂一首,應始於北宋時期。】	

續表

詞牌名	節奏形式	產生年代	詞例
尋梅	[7+(3+4)+7+5+4]*2	調見《樂府雅詞》及《梅苑》，蓋詠梅花也，因詞中有"朝來尋見"句。取以為名。【筆者按：詞例選北宋末詞人沈會宗二首，應起於北宋末。】	
荔子丹	[7+5+7+(3+5)]+[7+5+7+(3+4)]	調見《高麗史·樂志》。……宋賜高麗大晟樂，故《樂志》中猶存宋人詞，此亦其一也，無別首可校。	
金蕉葉	[7+(3+4)+4+7+6]*2	此調始自柳永，因詞中"金蕉葉泛金波霽"句，取以為名。	厭厭夜飲平陽第。添銀燭、旋呼佳麗。巧笑難禁，豔歌無閑聲相繼。准擬幕天席地。　金蕉葉泛金波霽。未更闌、已盡狂醉。就中有個，風流暗向燈光底。惱遍兩行珠翠。（柳永）
撥棹子	[3+3+7+(3+4)+(3+7)]+[7+7+(3+4)+(3+7)]	唐教坊曲名。【筆者按：詞例選黃庭堅等人宋詞，然以五代尹鶚《花間集》一首為最早，應起於《花間集》。】	

需要注意的是，這裡將現代詞譜中以頓號分隔的(《欽定詞譜》以"讀"分隔)前後算是一句的前三後四的句子也算是七言句，這樣一來，以七言句為主的這類詞牌便有以上 17 種，其中 4 種原為唐教坊曲名，而後為《花間集》時期的五代詞人用以填詞。而調見《高麗史·樂志》的 3 種應原也為唐宋之際宮廷樂曲，剩下的 10 種均為宋代詞人新創。

(四) 以三、四、六言句為主的詞牌

唐宋詞人填詞配樂或自製樂譜，並不僅僅使用時下最為流行的五、七言句，而且重新啟用盛行於遠古的四言句，還努力挖掘尚未發展出主流詩

體的三言和六言句，創造出以下 55 種以三、四、六言句為主的詞牌。這類詞牌佔據唐宋小令詞牌的 17.68%。

1. 三言句超過一半以上的詞牌(16 種)

詞牌名	節奏形式	產生年代	詞例
三字令	[3＋3＋3＋3＋3＋3＋3＋3] * 2	調見《花間集》。前後段俱三字句，故名。	春欲盡，日遲遲。牡丹時。羅帳捲，翠簾垂。彩箋書，紅粉淚，兩心知。　人不在，燕空歸。負佳期。香燼落，枕函攲。月分明，花淡薄，惹相思。(歐陽炯)
醉妝詞	3＋3＋5＋3＋3＋5	唐孫光憲《北夢瑣言》：蜀王衍嘗裹小巾，其尖如錐。宮人皆衣道服，簪蓮花冠，施胭脂夾臉，號醉妝，因作《醉妝詞》。【筆者按：詞例僅五代前蜀王衍一例。】	
花非花	3＋3＋3＋3＋7＋7	調見白居易《長慶集》。以首句為調名。……此本《長慶集》長短句詩，後人採入詞中，其平仄亦不拘。	花非花，霧非霧。夜半來，天明去。來如春夢不多時，去似朝雲無覓處。(白居易)
甘州曲	3＋3＋3＋7＋5＋(3＋4)	唐教坊曲名。《唐書・禮樂志》：天寶間樂曲。皆以邊地為名，甘州其一也。顧敻詞名《甘州子》。	
西溪子	6＋6＋3＋3＋3＋6＋3＋3	唐教坊曲名。【筆者按：詞例最早為唐牛嶠詞，應始於《花間集》。】	
江城子	7＋3＋3＋(4＋5)＋7＋3＋3	唐詞單調，以韋莊詞為主，餘俱照韋詞添字，至宋人始作雙調。	髻鬟狼藉黛眉長。出蘭房。別檀郎。角聲嗚咽、星斗漸微茫。露冷月殘人未起，留不住，淚千行。(韋莊)

續表

詞牌名	節奏形式	產生年代	詞例
相見歡	[6+3+(6+3)]+[3+3+3+(6+3)]	唐教坊曲名。南唐李煜詞，有"無言獨上西樓，月如鉤"句，更名《秋夜月》，又名《上西樓》，又名《西樓子》。【筆者按：詞例選《花間集》中薛昭蘊一首，此調應起於薛昭蘊。】	無言獨上西樓。月如鉤，寂寞梧桐深院鎖清秋。　剪不斷。理還亂。是離愁。別有一番滋味在心頭。（李煜）
風光好	[3+3+7+3]+[7+3+7+3]	調見《本事曲》，陶谷作。【筆者按：陶谷（903—970）為五代人，此調應起於五代。】	
春光好	[3+3+3+6+3]+[6+6+7+3]	唐教坊曲名。【筆者按：《碧雞漫志》認為此詞始於唐明皇，然《欽定詞譜》駁之，認為"《羯鼓錄》載《春光好》曲，入太簇宮，本正月律也，豈明皇所作，乃太簇宮。而和凝等詞，入夾鍾宮耶。今明皇詞已不傳，所傳只《花間》《樽前》集中詞也"。】	紗窗暖，畫屏閑。嚲雲鬟。睡起四肢無力，半春間。　玉指剪裁羅勝，金盤點綴酥山。窺宋深心無限事，小眉彎。（和凝）
酒泉子	[4+6+3+3+3]+[7+5+3+3+3]	唐教坊曲名。【筆者按：詞例為溫庭筠、孫光憲、韋莊等人，此調應起於溫庭筠。】	
沙塞子	[6+3+3+6+3]*2	唐教坊曲名。【筆者按：雖為唐教坊曲名，然最早詞例為朱敦儒，應於南宋時為詞人用為詞牌。】	
更漏子	[3+3+6+3+3+5]*2	此調有兩體，四十六字者始於溫庭筠，唐宋詞最多。……一百四字者，止杜安世詞，無別首可錄。 此調以溫、韋二詞為正體，唐人多宗溫詞，宋人多宗韋詞。	玉爐香，紅燭淚。偏照畫堂秋思。眉翠薄，鬢雲殘。夜長衾枕寒。 梧桐樹，三更雨。不道離情正苦。一葉葉，一聲聲。空階滴到明。（溫庭筠）

續表

詞牌名	節奏形式	產生年代	詞例
芳草渡	[3+3+3+3+7+3+3+3]+[3+3+6+3+3+3+3+3]	此調有兩體。令詞始自歐陽修……慢詞始自周邦彥……	
廳前柳	[3+3+3+3+6+3+3+3]+[(3+5)+7+5+3+3+3]	【筆者按:詞例最早為南宋趙師俠一首,應起於南宋。】	
花上月令	[7+3+3+7+3+3+3]*2	宋吳文英自度曲。	
掃地舞	[3+3+7+3+3+7+3]*2	唐教坊曲名,一名《掃市舞》。	

目前所見詞牌中,純以三言句構成的詞牌有 48 字的《三字令》,三言句佔整首詞一半以上的詞牌則有 15 種。

2. 四言句達一半或以上的詞牌(20 種)

詞牌名	節奏形式	產生年代	詞例
醉吟商	[4+6+4]+[5+6+4]	《胡渭州》,唐教坊曲名,《醉吟商》,其宮調也。姜夔自度,乃夾鐘商曲,蓋藉舊曲名,另倚新腔耳。【筆者按:此為姜夔自度曲。詞例僅姜詞一例。】	正是春歸,細柳暗黃千縷。暮鴉啼處。　夢逐金鞍去。一點芳心休訴。琵琶解語。(姜夔)
錦園春	[4+5+4+4+5]+[4+(3+4)+4+4+4]	調見《全芳備祖・樂府》。【筆者按:詞例僅一首,為張孝祥作品,《全芳備祖》為南宋初編成之類書,此調起於南宋初。】	

續表

詞牌名	節奏形式	產生年代	詞例
西地錦	[6+5+4+4+4]*2	【筆者按：詞例最早為蔡伸一首，應起於北宋末。】	
賀聖朝	[7+4+4+4+4]+[4+4+4+4+4+4]	唐教坊曲名。……此調昉自此詞，【筆者按：馮延巳一首。】如杜詞、黄詞、葉詞、趙詞，皆由此添字或攤破句法，其實同出一原也。	
金盞子令	[4+7+4+5+4]+[4+4+4+(3+4)+4]	見《高麗史・樂志》。【筆者按：此詞牌收入《高麗史・樂志》之《唐樂》部分，應始於唐代。同書又載為慢詞的《金盞子慢》。】	
撼庭秋	[6+5+4+4+4]+[4+4+4+5+4+4]	唐教坊曲名。一作《感庭秋》。【筆者按：詞例僅晏殊一首。應起於北宋。】	別來音信千里。恨此情難寄。碧紗秋月，梧桐夜雨，幾回無寐。　高樓目斷，天涯雲黯，只堪憔悴。念蘭堂紅燭，心長焰短，向人垂淚。（晏殊）
慶春時	[4+4+4+4+4+5]+[4+6+4+4+5]	調見《小山樂府》，凡二首，俱慶賞春時宴樂之詞。【筆者按：詞例僅晏幾道二首，始於北宋晏幾道。】	
眼兒媚	[7+5+4+4+4]*2	此調以左詞、賀詞為正體。【筆者按：左譽、賀鑄也。左譽與柳永同時。此調即始於北宋。】	
人月圓	[7+5+4+4+4]+[4+4+4+4+4+4]	此調始于王詵，因詞中"人月圓時"句，取以為名。【筆者按：王詵，與蘇軾同時，此調始於北宋。】	

續表

詞牌名	節奏形式	產生年代	詞例
喜團圓	[4+4+4+7+5]+[4+4+4+4+4+4]	調見《小山樂府》。【筆者按:此調始於晏幾道。】	危樓靜鎖,窗中遠岫,門外垂楊。珠簾不禁春風度,解偷送餘香。　眠思夢想,不如雙燕,得到蘭房。別來只是,憑高淚眼,感舊離腸。(晏幾道)
極相思	[6+5+4+4+4]+[7+(3+4)+4+4+4]	【筆者按:詞例最早載於宋彭乘《墨客揮犀》,後有呂渭老、蔡伸、陸游、吳文英詞,應大約起於北宋年間。】	
柳梢青	[4+4+4+4+4+4]+[6+(3+4)+4+4+4]	【筆者按:此調最早詞例為秦觀、賀鑄等人詞,應大約起於北宋年間。】	
鹽角兒	[4+4+4+4+4+4]+[3+3+7+(3+4)+6]	【筆者按:詞例僅晁補之一詞,應起於北宋。】	
促拍採桑子	[5+(3+4)+4+4+4]+[7+(3+4)+4+4+4]	調見朱希真《太平樵唱詞》,一名《促拍醜奴兒》。促拍者,即促節繁聲之意,《中原音韻》所謂"急曲子"也,字句與《採桑子》《添字採桑子》迥別。【筆者按:詞例僅朱敦儒一首,應起於南宋。】	
玉團兒	[7+(3+4)+4+4+4]*2	調見周邦彥《片玉詞》。	
恨來遲	[4+4+4+5+4+4]+[(3+5)+6+5+4+4]	此調以此詞【筆者按:王灼詞。王灼,北宋末南宋初人。】為正體。	

續表

詞牌名	節奏形式	產生年代	詞例
一翦梅	[7＋4＋4＋7＋4＋4]＊2	周邦彥詞，起句有“一翦梅花萬樣嬌”句，取以為名。【筆者按：周邦彥詞為正體，應起於周詞。】	一翦梅花萬樣嬌。斜插疏枝，略點梅梢。輕盈微笑舞低回，何事樽前，拍手相招。　夜漸寒深酒漸消。袖裏時聞，玉釧輕敲。城頭誰恁促殘更，銀漏何如，且慢明朝。(周邦彥)
綖紅	[4＋4＋(3＋4)＋4＋4＋(3＋4)]＊2	調見《梅苑》。【筆者按：《梅苑》，南宋黃大輿編。】	
賀熙朝	[7＋4＋4＋4＋4＋4＋4]＋[7＋5＋5＋5＋4＋4]	調見《花間集》。	
贊成功	[4＋4＋7＋4＋4＋4＋4]＊2	調見《花間集》。	

3. 全為六言句的詞牌(8 種)

詞牌名	節奏形式	產生年代	詞例
漁父引	6＋6＋6	唐教坊曲名。此與張志和《漁歌子》，極為宋人傳誦。【筆者按：詞例僅選唐顧況一首。】	新婦磯邊月明。女兒浦口潮平。沙頭鷺宿魚驚。(顧況)
回波樂	6＋6＋6＋6	《樂府詩集》：《回波》，商調曲，唐中宗時造，蓋出於曲水引流泛觴也。後亦為舞曲，《教坊記》謂之軟舞。……即唐六言絕句。	

續表

詞牌名	節奏形式	產生年代	詞例
舞馬詞	6+6+6+6	《唐書・禮樂志》:明皇嘗命教舞馬四百蹄,各為左右分部目,衣以文繡,絡以金珠,每千秋節舞於勤政樓下。賜宴設酺,其曲數十疊,馬聞聲奮首鼓尾,縱橫應節。又施三層板床,乘馬而上,抃轉如飛。或命壯士舉榻,馬舞其上,歲以為常。……此亦唐人六古絕句,其平仄不拘。【筆者按:詞例為唐張說二首。】	彩旄八佾成行,時龍五色因方。屈膝銜杯赴節,傾心獻壽無疆。(張說)
三臺	6+6+6+6	唐教坊曲名。宋李濟翁《資暇錄》:三臺,今之啐酒三十拍促曲。啐,送酒聲也。【筆者按:詞例選唐王建六言絕句二首。】	
塞姑	6+6+6+6	見《樂府詩集》。蓋唐時邊塞閨人之詞也。……此亦六言絕句,其平仄不拘。	
河滿子	6+6+6+6+6+6	唐教坊曲名。一名《何滿子》。白居易詩注:開元中滄州歌者姓名。元稹詩云"便將何滿為曲名,御府新題樂府纂"是也。又《盧氏雜說》:唐文宗命宮人沈翹翹,舞《河滿子》詞。又屬舞曲。	寫得魚箋無限,其如花鎖春輝。目斷巫山雲雨,空教殘夢依依。卻愛熏香小鴨,羨他長在屏幃。(和凝)
雙鸂鶒	[6+6+6+6]*2	調見朱敦儒《樵歌詞》,因詞有"一對雙飛鸂鶒"句,故名。	
壽山曲	[6+6+6+6+6]*2	調見趙德麟《侯鯖錄》,南唐馮延巳作,因詞中有"聖壽南山永同"句,故名。	

《欽定詞譜》中全為六言句的詞牌有 8 個，即三個六言句的《漁父引》；四個六言句，頗似六言絕句的《回波樂》《舞馬詞》《三臺》《塞姑》；六個六言句，頗似六言律詩的《雙鸂鶒》；及馮延巳首創的，由十個六言句組成《壽山曲》。

《雙鸂鶒》形式似為六言律詩。趙翼對王維的六言詩評為"至王摩詰等又以之創為絕句小律"，則《雙鸂鶒》可看作是王維所創之六言絕句兩首之和。《欽定詞譜》所載詞例僅周敦儒一首而已，似乎別無他體，《雙鸂鶒》此詞牌"前後段各四句，四仄韻"，似僅為南宋周敦儒之發明。《壽山曲》則是五代馮延巳所創。這 2 種詞牌均文人新創。

4. 以六言句为主的詞牌(11 種)

詞牌名	節奏形式	產生年代	詞例
如夢令	6+6+5+6+2+2+6	宋蘇軾詞注：此曲本唐莊宗制，名《憶仙姿》，嫌其名不雅，故改為《如夢令》。蓋因此詞中有"如夢、如夢"疊句也。周邦彥又因此詞首句，改名《宴桃源》。【筆者按：詞例中後唐莊宗之作為正體，應起於五代後唐時期。】	曾宴桃源深洞。一曲舞鸞歌鳳。長記別伊時，和淚出門相送。如夢。如夢。殘月落花煙重。（後唐莊宗）
古調笑	2+2+6+6+6+2+2+6	《樂苑》：商調曲。一名《宮中調笑》。白居易詩《打嫌調笑易》，自注：調笑，抛打曲名也。此調王建詞四首，韋應物詞二首，戴叔倫詞一首，馮延巳詞三首。【筆者按：此調應始於唐王建。】	蝴蝶。蝴蝶。飛上金枝玉葉。君前對舞春風。百葉桃花樹紅。紅樹。紅樹。燕語鶯啼日暮。（王建）
風流子	6+6+3+3+6+2+2+6	唐教坊曲名。單調者，唐詞一體；雙調者，宋詞三體。【筆者按：詞例選《花間集》孫光憲詞，單調應起於《花間集》。宋周邦彥發明雙調。】	

續表

詞牌名	節奏形式	產生年代	詞例
望梅花	6+6+7+6+7+6	唐教坊曲名。【筆者按:詞例選和凝、孫光憲為最早,應起於《花間集》。】	
清平樂	[4+5+7+6]+[6+6+6+6]	《碧雞漫志》云:歐陽炯稱李白有應制《清平樂》四首,此其一也,在越調,又有黃鐘宮、黃鐘商兩音。【筆者按:李白一首為正體,則應起於唐。然《碧雞漫志》為南宋筆記,真實性待考。龍榆生先生《唐宋詞格律》以李煜詞為正體。】	禁闈清夜。月探金窗罅。玉帳鴛鴦噴蘭麝。時落銀燈香灺。　女伴莫話孤眠。六宮羅綺三千。一笑皆生百媚,宸遊教在誰邊。(李白)
江亭怨	[6+6+5+6]*2	《冷齋夜話》云:黃魯直登荊州亭,見亭柱間有此詞,夜夢一女子云"有感而作",魯直驚悟曰:此必吳城小龍女也。因又名《荊州亭》。【筆者按:《冷齋夜話》為北宋僧惠洪撰筆記一種。】	
相思兒令	[6+5+6+5]+[6+(3+4)+6+6]	此調只晏殊一詞。	
河瀆神	[5+6+7+6]+[7+6+6+6]	唐教坊曲名。《花庵詞選》云:唐詞多緣題所賦,《河瀆神》之詠祠廟,亦其一也。【筆者按:詞例最早為溫庭筠,應起於溫庭筠詞。】	
醉鄉春	[6+6+3+3+6]+[6+6+3+3+7]	宋惠洪《冷齋夜話》云:少游在黃州,飲于海棠橋,橋南北多海棠,有書生家于海棠叢間。少游醉宿於此,題詞壁間。按,此則知此調創自秦觀,因後結有"醉鄉廣大人間小"句,故名《醉鄉春》;又因前結有"春色又添多少"句,一名《添春色》。	

續表

詞牌名	節奏形式	產生年代	詞例
西江月	[6+6+7+6]*2	唐教坊曲名。此調始於南唐歐陽炯,前後段兩起句,俱協仄韻,自宋蘇軾、辛棄疾外,填者絕少,故此詞必以柳詞為正體。	鳳額繡簾高捲,獸鐶朱戶頻搖。兩竿紅日上花梢。春睡懨懨難覺。　好夢枉隨飛絮,閒愁濃勝香醪。不成雨暮與雲朝。又是韶光過了。(柳永)
傾杯令	[4+4+6+6+6]+[7+(3+4)+6+6]	唐教坊曲有《傾杯樂》,調名本此。【筆者按:詞例僅呂渭老詞,呂渭老,宣和間人,北宋末詞人。】	

5. 以三種以上字數句混合而成的詞牌

最後一類詞牌由兩、三種以上字數句混合而成,而其中沒有一種字數句多至全詞的一半。這類詞牌看來是最有創新意味的,因為它們不依賴任何現有詩體,自成一家。若說詞的節奏有本色可言,似乎非此類莫屬。如下表所示,這類詞牌的數量共有 149 種,佔據 311 種唐宋小令詞牌的 47.9%。

詞牌名	字數	節奏形式	產生年代	詞例
歸字謠	15	1+7+3+4	【筆者按:詞例選南宋張孝祥為正體,其他亦有蔡伸詞、袁去華詞,此詞牌應起自活動於北宋末南宋初的蔡伸。】	
荷葉杯	23	6+2+3+7+2+3	唐教坊曲名。此詞有單調、雙調。單調者有溫庭筠、顧敻二體,雙調者只韋莊一體。俱見《花間集》。	一點露珠凝冷。波影。滿池塘。綠莖紅豔兩相亂。腸斷。水風涼。(溫庭筠)
摘得新	26	3+5+5+3+7+3	唐教坊曲名。【筆者按:詞例僅唐皇甫松一首。】	

續表

詞牌名	字數	節奏形式	產生年代	詞例
憶江南	27	3＋5＋7＋7＋5	宋王灼《碧雞漫志》：此曲自唐至今，皆南呂宮，字句皆同，止是今曲兩段，蓋近世曲子，無單遍者。按，唐段安節《樂府雜錄》：此詞乃李德裕為謝秋娘作，故名《謝秋娘》，因白居易詞更今名。又名《江南好》。	江南好，風景舊曾諳。日出江花紅勝火，春來江水綠如藍。能不憶江南。（白居易）
十樣花	28	6＋6＋5＋3＋3＋5	宋李彌遜詞十首，分詠十樣花，故名。【筆者按：李彌遜，宋大觀三年（1109）進士，北宋末南宋初人。】	
秋風清	30	3＋3＋5＋5＋7＋7	此本三、五、七言詩，後人採入詞中，其平仄不拘。	秋風清。秋月明。落葉聚還散，寒鴉棲復驚。相思相見知何日，此時此夜難為情。（李白）
法駕道引	30	3＋3＋5＋7＋7＋5	宋陳與義詞。	
蕃女怨	31	7＋4＋3＋3＋4＋7＋3	唐溫庭筠二詞，俱詠蕃女之怨，故詞中有"雁門沙磧"諸語。	
一葉落	31	3＋3＋7＋5＋5＋3＋5	《五代史》云，後唐莊宗能自度曲。此其一也。取首句為調名。	
遐方怨	32	3＋3＋4＋7＋7＋5＋3	唐教坊曲名。此調有兩體。單調者始於溫庭筠，雙調者始於顧敻、孫光憲。	
訴衷情	34	5＋3＋3＋3＋2＋3＋5＋2＋5＋3	唐教坊曲名。按，《花間集》此調有兩體，單調者，或間入一仄韻，或間入兩仄韻，韋莊、顧敻、溫庭筠三詞略同。雙調者，全押平韻，毛文錫、魏承班三詞略同。	

續表

詞牌名	字數	節奏形式	產生年代	詞例
定西番	35	[6＋3＋3＋3＋6]＋[5＋6＋3]	唐教坊曲名。【筆者按：詞例選溫庭筠、韋莊數首，此調應起自《花間集》溫庭筠、韋莊等人。】	
望江怨	35	3＋7＋5＋7＋3＋5＋5	調見《花間集》。……《花間集》此調只有牛嶠一詞，平仄當遵之。	東風急。惜別花時手頻執。羅幃愁獨入。馬嘶殘雨春蕪濕。倚門立。寄語薄情郎，粉香和淚泣。（牛嶠）
長相思	36	[3＋3＋7＋5]＊2	唐教坊曲名。【筆者按：此調詞例選白居易兩首，晏幾道、歐陽修各一首，此調應始於白居易。】	汴水流。泗水流。流到瓜州古渡頭。吳山點點愁。 思悠悠。恨悠悠。恨到歸時方始休。月明人倚樓。（白居易）
思帝鄉	36	2＋5＋6＋3＋6＋5＋(6＋3)	唐教坊曲名。此調創自溫詞，若韋作則本此減字者。《詞律》列韋詞在前，此詞在後，失其源流矣。【筆者按：此調應起於溫庭筠。】	花花。滿枝紅似霞。羅袖畫屏腸斷，卓金車。回面共人閑語，戰篦金鳳斜。惟有阮郎春盡、不還家。（溫庭筠） 春日遊。杏花吹滿頭。陌上誰家年少，足風流。妾擬將身嫁與，一生休。縱被無情棄、不能羞。（韋莊）
上行杯	38	6＋(3＋4)＋7＋4＋3＋3＋2＋2＋4	唐教坊曲名。【筆者按：詞例為孫光憲二首，韋莊一首，均選自《花間集》。】	

續表

詞牌名	字數	節奏形式	產生年代	詞例
醉太平	38	[4+4+6+5]*2	一名《淩波曲》。孫惟信詞，名《醉思凡》；周密詞，名《四字令》。《太平樂府》注：南呂宮。《太和正音譜》注：正宮，又入仙呂宮、中呂宮。【筆者按：詞例選辛棄疾、劉過二首，應起於南宋。】	
長命女	39	[3+7+5]+[6+6+7+5]	唐教坊曲名。【筆者按：詞例選馮延巳一首，然五代和凝(898—955)即有此詞，應起於五代。】	春日宴。綠酒一杯歌一遍。再拜陳三願。　一願郎君千歲，二願妾身長健。三願如同樑上燕。歲歲長相見。(馮延巳)
蝴蝶兒	40	[3+3+7+5]+[5+5+7+5]	調見《花間集》。取詞中起句為名。	
昭君怨	40	[6+6+5+3]*2	【筆者按：詞例中最早為北宋末南宋初詞人萬俟詠一首，應起於北宋末南宋初。】	
紗窗恨	41	[7+3+7+3]+[(3+4)+(3+4)+4+3]	唐教坊曲名。【筆者按：詞例為毛文錫詞，應起於《花間集》。】	
中興樂	41	[7+6+3+2+3]+[7+3+4+2+4]	見《花間集》。【筆者按：應起源於《花間集》。】	
點絳唇	41	[4+7+4+5]+[4+5+3+4+5]	此調以此詞【筆者按：馮延巳詞。】為正體，若蘇詞之藏韻、韓詞之添字，皆變格也。【筆者按：應起源於南唐馮延巳。】	蔭綠圍紅，飛瓊家在桃源住。畫橋當路。臨水開朱戶。　柳徑春深，行到關情處。顰不語。意憑風絮。吹向郎邊去。(馮延巳)

續表

詞牌名	字數	節奏形式	產生年代	詞例
歸國遙	42	[2+7+6+5]+[6+5+6+5]	唐教坊曲名。【筆者按：詞例選溫庭筠、韋莊等人詞，應起於溫庭筠。】	
戀情深	42	[7+4+7+3]+[7+5+6+3]	唐教坊曲名。【筆者按：詞例選毛文錫詞，應起於《花間集》。】	
雪花飛	42	[6+6+6+4]+[5+5+6+4]	此調僅見山谷一詞。【筆者按：應起於北宋黃庭堅。】	
朝天子	43	[5+(3+4)+4+5]+[(3+5)+7+(3+4)]	唐教坊曲名。【筆者按：詞例為晁補之一首，應始於北宋。】	
霜天曉角	43	[4+5+6+(3+3)]+[2+3+5+6+(3+3)]	【筆者按：詞例最早為林逋，似起於北宋林逋。】	冰清霜潔。昨夜梅花發。甚處玉龍三弄，聲搖動、枝頭月。　夢絕。金獸熱。曉寒蘭燼滅。更捲珠簾清賞，且莫掃、階前雪。（林逋）
清商怨	43	[7+5+4+5]+[6+(3+4)+4+5]	古樂府有《清商曲辭》，其音多哀怨，故取以為名。周邦顏以晏詞有"關河愁思"句，更名《關河令》，又名《傷情怨》。【筆者按：最早詞例為晏殊。】	
採桑子	44	[7+4+4+7]*2	唐教坊曲，有《楊下採桑》，調名本此。【筆者按：詞例最早為五代和凝，應起於《花間集》。】	

續表

詞牌名	字數	節奏形式	產生年代	詞例
攤破採桑子	60	[7＋4＋4＋7＋1＋1＋(3＋3)]＊2	調見《惜香樂府》，即《採桑子令》也，因前後段俱添入和聲，自成一體。【筆者按：詞例為南宋趙長卿一例，應起於南宋。】	
訴衷情令	44	[7＋5＋6＋5]＋[3＋3＋3＋4＋4＋4]	【筆者按：詞例最早為晏殊，且晏殊詞為正體，應起於晏殊。】	青梅煮酒斗時新。天氣欲殘春。東城南陌花下，逢著意中人。 回繡袂，展香茵。敘情親。此時拌作，千尺遊絲，惹住朝雲。(晏殊)
好時光	45	[6＋(3＋3)＋7＋5]＋[5＋3＋3＋5＋5]	詞見《樽前集》，唐明皇制，取結句三字為調名。……或疑此詞非明皇筆，然《尊前集》所收，固唐詞也，編入以備一體。	
謁金門	45	[3＋6＋7＋5]＋[6＋6＋7＋5]	唐教坊曲名。此調以此詞【筆者按：韋莊詞。】為正體。【筆者按：應起於韋莊。】	
柳含煙	45	[3＋3＋6＋7＋3]＋[7＋6＋7＋3]	唐教坊曲名。《花間集》毛文錫詞有"河橋柳，占芳春，映水含煙拂露"句，取為調名。	
杏園春	45	[6＋6＋7＋3]＋[7＋6＋7＋3]	調見《花間集》。	
好事近	45	[5＋6＋6＋5]＋[7＋5＋6＋5]	【筆者按：最早詞例見宋祁一首，應起於北宋宋祁。】	
華清引	45	[7＋4＋6＋5]＋[7＋6＋5＋5]	詞賦華清舊事，因以名調。【筆者按：此調僅蘇軾一詞。】	

續表

詞牌名	字數	節奏形式	產生年代	詞例
天門謠	45	[5+(3+4)+3+5]+[8+7+3+(3+4)]	賀鑄詞,有“牛渚天門險”句,因取為調名。	
散餘霞	45	[7+5+6+5]+[6+5+6+5]	謝朓詩“餘霞散成綺”,調名本此。【筆者按:詞例僅北宋毛滂一首。】	
好女兒	45 62	[5+5+6+5]+[5+(3+4)+4+4+4](黃庭堅) [4+4+(3+5)+5+4+4]+[6+(3+3)+(3+5)+5+4+4](晏幾道)	此調有兩體。四十五字者,起於黃庭堅。……六十二字者起于晏幾道,與黃詞迥別。	
萬里春	45	[4+5+(3+4)+5]+[5+(3+4)+(3+4)+5]	調見周邦彥《片玉詞》。	
一落索	46	[6+4+7+(3+3)]*2	此調以毛詞及秦、歐二詞為正體。其餘皆變格也。而毛詞此體,宋人填者尤多。【筆者按:北宋毛滂詞為正體,應起於北宋。】	
憶秦娥	46	[3+7+3+4+4]+[7+7+3+4+4]	此詞昉自李白,自唐迄元,體各不一。要其源,皆從李詞出也。	簫聲咽。秦娥夢斷秦樓月。秦樓月。年年柳色,灞陵傷別。　樂遊原上清秋節。咸陽古道音塵絕。音塵絕。西風殘照。漢家陵闕。(李白)
巫山一段雲	46	[5+5+7+5]+[6+6+7+5]	唐教坊曲名。【筆者按:詞例為唐昭宗兩首,應始於唐昭宗(867—904)。】	

續表

詞牌名	字數	節奏形式	產生年代	詞例
望仙門	46	[7+3+7+3]+[5+6+7+3+5]	調見《珠玉詞》,取詞中結句為名。【筆者按:詞例為晏殊一首,應始於晏殊。】	
占春芳	46	[3+3+5+6+6]+[5+(3+4)+7+4]	蘇軾詠梨花制此調,取詞中第三句為名。	
憶少年	46	[4+4+4+5+5]+[7+(3+4)+5+5]	【筆者按:詞例最早為晁補之一首,以此為正體,應始於北宋。】	
相思引	46	[7+7+4+5]*2	此調有兩體,四十六字者,押平聲韻……四十九字者,押仄聲韻。【筆者按:詞例最早為南宋初袁去華一首,四十六字,應起於南宋初。】	
落梅風	46	[7+6+7+3]*2	調見《梅苑》。【筆者按:《梅苑》,南宋黃大輿編。】	
烏夜啼	47	[5+6+7+5]+[6+6+7+5]	唐教坊曲名。……按,郭茂倩《樂府詩集》有清商曲《烏夜啼》,乃六朝及唐人古今詩體,與此不同,此蓋藉舊曲名,另翻新聲也。【筆者按:詞例最早為南唐李煜一首。】	昨夜風兼雨,簾幃颯颯秋聲。燭殘漏斷頻攲枕,起坐不能平。 世事漫隨流水,算來一夢浮生。醉鄉路穩宜頻到,此外不堪行。(李煜)
喜遷鶯	47	[3+3+5+7+5]+[3+3+6+7+5]	此調有小令、長調兩體。小令起于唐人……長調起于宋人。【筆者按:詞例選韋莊、馮延巳、李煜等人數首,應起於韋莊。】	

續表

詞牌名	字數	節奏形式	產生年代	詞例
阮郎歸	47	[7＋5＋7＋5]＋[3＋3＋5＋7＋5]	唐宋人填此調者，只此一體【筆者按：即以南唐李煜詞為正體。】	
甘草子	47	[2＋4＋5＋5＋5]＋[7＋(3＋4)＋7＋5]	【筆者按：詞例有寇準、柳永二體。應起於北宋。】	
珠簾捲	47	[3＋3＋6＋6＋5]＋[6＋6＋6＋3＋3]	調見歐陽修詞，因詞有"珠簾捲"句，取以為名。	
畫堂春	47	[7＋6＋7＋4]＋[6＋6＋7＋4]	調見《淮海集》。即詠畫堂春色，取以為名。……此調以此詞【筆者按：秦觀一首。】為正體，其餘減字、添字，皆變格也。	落紅鋪徑水平池。弄晴小雨霏霏。杏花憔悴杜鵑啼。無奈春歸。柳外畫樓獨上，憑欄手撚花枝。放花無語對斜暉。此恨誰知。（秦觀）
喜長新	47	[7＋4＋7＋6]＋[6＋4＋7＋6]	唐教坊曲名。【筆者按：此詞惟北宋王勝之一例，應起於北宋。】	
憶餘杭	48	[4＋7＋7＋5]＋[7＋6＋7＋5]	見《湘山野錄》，潘閬自度曲，因憶西湖諸勝，故名《憶餘杭》。【筆者按：潘閬（？—1009），宋初隱士。】	
秋蕊香	48	[6＋6＋7＋6]＋[7＋3＋7＋6]	此調有兩體，四十八字者始于晏殊，九十七字者始於趙以夫。	
秋蕊香引	60	[3＋4＋4＋3＋3＋7＋5]＋[3＋6＋3＋4＋5＋3＋3＋4]	此柳永自度曲。	

續表

詞牌名	字數	節奏形式	產生年代	詞例
胡搗練	48	[7+6+6+5]*2(三仄韻)	【筆者按:此詞應起於晏殊。詞例最早為晏殊之作,為正體。】	
桃源憶故人	48	[7+6+6+5]*2(四仄韻)	此調以此詞【筆者按:歐陽修一首。】為正體,宋人多依此填。	
慶金枝	48	[5+(3+3)+7+5]+[7+(3+3)+7+5]	《高麗史・樂志》名《慶金枝令》。【筆者按:《高麗史・樂志》載此詞牌於唐樂部分,應為唐代始創。然詞例有張先及南宋編《梅苑》另二體,可見宋代之新變。】	
朝中措	48	[7+5+6+6]+[4+4+4+6+6]	此調以此詞【筆者按:歐陽修詞。】為正體,宋人填者甚多,若辛詞、趙詞之攤破句法,蔡詞之添字,皆變體也。	平山欄檻倚晴空。山色有無中。手種堂前垂柳,別來幾度春風。　文章太守,揮毫萬字,一飲千鍾。行樂直須年少,樽前看取衰翁。(歐陽修)
洞天春	48	[6+6+7+5]+[6+6+4+4+4]	調見《六一詞》,蓋賦院落之春景如洞天也。【筆者按:歐陽修詞為正體,始於歐陽修。】	
海棠春	48	[7+(3+4)+5+5]*2	此調始自秦觀,因詞中有"試問海棠花,昨夜開多少"句,故名。	
武陵春	48	[7+5+7+5]*2	【筆者按:詞例最早為毛滂詞,毛詞為正體,此調應起於北宋。】	

續表

詞牌名	字數	節奏形式	產生年代	詞例
東坡引	48	[5+5+7+5]+[4+4+(3+3)+7+5]	此調採詞五體，無疊句者兩體，有疊句者三體。【筆者按：詞例最早為曹冠一首，應起於南宋初。】	
鬲溪梅令	48	[7+3+(6+3)+5]+[7+3+(6+3)+5]	姜夔自度曲。	
伊州三臺	48	[6+6+5+(3+4)]*2	按，唐有《宮中三臺》《江南三臺》等曲，此云伊州者，亦本唐曲，取邊地為名也。《三臺》皆用六字成句，觀趙師俠詞，前後起兩句，亦作六言，猶沿唐人舊體。【筆者按：詞例僅趙師俠詞一首，趙師俠為南宋人。】	
梅弄影	48	[4+5+6+4+5]*2	調見《丘崇集》詠梅詞。【筆者按：丘崇，南宋人。】	
陽臺夢	49 57	[7+7+7+5]+[5+6+7+5](唐莊宗) [4+5+6+7+(3+3)]+[7+5+7+4+(3+3)](解昉)	此調有兩體，四十九字者，調見《尊前集》，唐莊宗制，因詞有“又入陽臺夢”句，取以為名。……五十七字者，調見《花草粹編》，宋解昉制，即賦陽臺夢題。	
月宮春	49	[7+5+7+5]+[7+7+6+5]	調見《花間集》毛文錫詞。	水晶宮裏桂花開。神仙探幾回。紅芳金蕊繡重台。低傾瑪瑙杯。 玉兔銀蟾爭守護，姮娥奼女戲相偎。遙聽鈞天九奏，玉皇親看來。（毛文錫）

續表

詞牌名	字數	節奏形式	產生年代	詞例
歸去來	49	[6+5+7+(3+3)]+[5+(3+4)+7+(3+3)]	調見《樂章集》。……此調只有柳詞二首。【筆者按:此調起於柳永。】	
惜春郎	49	[7+5+4+4+4]+[7+5+(3+4)+6]	調見《花草粹編》柳永詞。	
鳳孤飛	49	[6+5+6+(3+3)]+[7+(3+4)+7+5]	調見《小山樂府》。【筆者按:此調僅見於晏幾道詞,應起於晏幾道。】	
太常引	49	[7+5+5+(3+4)]+[4+4+5+5+(3+4)]	【筆者按:此調最早詞例為辛棄疾,應起於南宋。】	
雙韻子	50	[4+4+4+6+(3+3)]+[3+3+(3+4)+6+(3+4)]	調見張先詞集。【筆者按:此調僅見於張先詞,應起於北宋張先。】	
應天長	50	[7+7+3+3+7]+[3+3+6+6+5]	此調有令詞、慢詞。令詞始於韋莊,又有顧敻、毛文錫兩體……慢詞始於柳永。	
滿宮花	50	[3+3+6+7+6]*2	調見《花間集》,尹鶚賦宮怨詞,有"滿地禁花慵掃"句,取以為名。	
少年遊	50	[7+5+4+4+5]*2	調見《珠玉集》,因詞有"長似少年時"句,取以為名。……晏詞實為正體,宋、元人悉依此填。【筆者按:此調起於晏殊。】	芙蓉花發去年枝。雙燕欲歸飛。蘭堂風軟,金爐香暖,新曲動簾帷。 家人並上千春壽,深意滿瓊卮。綠鬢朱顏,道家裝束,長似少年時。(晏殊)

續表

詞牌名	字數	節奏形式	產生年代	詞例
滴滴金	50	[7+(3+3)+7+5]*2	此調以此詞【筆者按:李遵勖。】及晏詞【筆者按:晏殊。】為正體。【筆者按:應起於北宋。】	
憶漢月	50	[6+6+7+6]+[5+(3+4)+7+6]	唐教坊曲名。【筆者按:詞例有歐陽修為正體,應始於北宋。】	
留春令	50	[4+4+4+7+(3+3)]+[7+5+7+(3+3)]	調見《小山樂府》。【筆者按:此調始於晏幾道。】	
梁州令	50	[5+6+7+7]+[7+5+6+7]	唐教坊曲名。……晁補之詞名《梁州令疊韻》,蓋合兩首為一首也。【筆者按:詞例最早為晏幾道詞,晁補之、柳永、歐陽修均有詞,應起於北宋。】	
歸田樂	50	[3+7+3+(3+3)+5+3]+[(3+3)+5+(3+4)+5]	黃庭堅詞,名《歸田樂引》。【筆者按:黃庭堅詞雙調七十一字,又一體為晁補之、蔡伸,雙調五十字,此調應起於北宋。】	
惜分飛	50	[7+6+5+7]*2	此調以此詞【筆者按:毛滂詞。】為正體,宋、元人俱照此填,其餘添字,皆變體也。【筆者按:此調應始於北宋。】	
孤館深沉	50	[7+5+5+4+4]+[(3+4)+5+3+4+6]	調見宋黃大輿《梅苑》詞。【筆者按:此調應始於南宋。】	

續表

詞牌名	字數	節奏形式	產生年代	詞例
怨三三	50	[7+4+7+(3+3)]+[6+(3+4)+5+4+4]	調見李之儀《姑溪詞》,取詞中前段結句意為名。【筆者按:李之儀,北宋詞人,此調應始於北宋。】	
使牛子	50	[7+6+5+7]*2	調見曹冠《燕喜詞》。【筆者按:曹冠,南宋詞人,此調應始於南宋。】	
折丹桂	50	[7+5+7+(3+3)]*2	調見《相山詞》,送人應舉之作,取詞中"仙籍桂香浮"句意為名,與《步蟾宮》別名《折丹桂》者不同。【筆者按:正體為北宋王之道詞,此調應始於北宋。】	風漪欲皺春江碧。我寄江城北。子今東去赴春官,挽不住、摶風翼。 修程好近天池息。何處堪留客。預知仙籍桂香浮,語祝史、休占墨。(王之道)
竹香子	50	[6+6+7+5]+[6+(3+4)+7+6]	調見劉過《龍洲集》。【筆者按:劉過,南宋詞人。此調應始於南宋。】	
城頭月	50	[7+5+4+4+5]*2	調見李昴英《文溪詞》,和廣帥馬天驥韻,贈道士梁青霞作。【筆者按:李昴英,南宋詞人。此調應始於南宋。】	
四犯令	50	[7+5+7+(3+3)]*2	調見侯寘《嬾窟詞》。【筆者按:侯寘,南宋詞人。此調應始於南宋。】	
破字令	50	[5+(3+4)+7+5]+[7+(3+4)+4+4+4]	調見《高麗史·樂志》……此宋賜高麗五羊仙隊舞曲也,名曰唐樂,故採入以備一體。	
花前飲	50	[7+(3+4)+5+(3+3)]*2	調見宋楊湜《古今詞話》,取詞中前段結句為名。【筆者按:楊湜,南宋人。此調應起於南宋。】	

續表

詞牌名	字數	節奏形式	產生年代	詞例
思越人	51	[3＋3＋6＋7＋6]＋[7＋6＋7＋6]	調見《花間集》。	
探春令	51 52	[4＋4＋4＋7＋(3＋3)]＋[7＋5＋(3＋4)＋7](宋徽宗體) [7＋5＋(3＋5)＋(3＋3)]＊2(晏幾道體)	此調宋人俱詠初春風景,或詠梅花,故名《探春》。……此調有兩體,或前段四字三句起,或前段七字一句、五字一句起。【筆者按:前一體正體為宋徽宗詞。後一體正體為晏幾道詞。因晏幾道年代早於宋徽宗,本文暫只考慮晏幾道一體。】	
越江吟	51	[7＋2＋6＋3＋4＋3]＋[(3＋4)＋3＋6＋3＋4＋3] [4＋3＋2＋6＋3＋4＋3]＋[(3＋4)＋3＋6＋3＋4＋3]	按,宋釋文瑩《續湘山野錄》云:太宗酷愛琴曲十小詞,命近臣十人,各探一調,撰一詞,蘇翰林易簡,探得《越江吟》,遂賦此詞。【筆者按:詞例有二,體例有蘇易簡與蘇軾二體,此調應起於北宋。】	非煙非霧瑤池宴。片片。碧桃冷落誰見。黃金殿。蝦鬚半捲。天香散。 春雲和、孤竹清婉。入霄漢。紅顏醉態爛漫。金輿轉。霓旌影亂。簫聲遠。(蘇易簡)
燕歸梁	51	[7＋5＋7＋(3＋3)]＋[4＋4＋5＋7＋(3＋3)]	調見《珠玉詞》,因詞有"雙燕歸飛繞畫堂,似留戀虹梁"句,取以為名。【筆者按:此調始於晏殊詞。】	
雨中花令	51	[6＋6＋7＋5]＋[7＋(3＋4)＋(3＋5)＋5]	此調始於此詞【筆者按:晏殊詞。】,宋人照此填者,或於前段起句添一字,或於前段第二句添一字,或於後段第二句減一字,或於前後段第三句添一字、攤破句法,一句作兩句,其源皆出於此。	剪翠妝紅欲就。折得清香滿袖。一對鴛鴦眠未足,葉下長相守。 莫傍細條尋嫩藕。怕綠刺、罥衣傷手。可惜許、月明風露好,恰在人歸後。(晏殊)

續表

詞牌名	字數	節奏形式	產生年代	詞例
鳳來朝	51	[5+(3+4)+(5+3)+(3+3)]+[6+(3+4)+(3+3)+(3+3)]	調見周邦彦《清真詞》。	
迎春樂	52 53	[7+(3+3)+(3+5)+(3+3)]+[(3+4)+(3+4)+6+5](柳永) [7+(3+3)+(3+5)+(3+3)]+[(3+5)+(3+4)+6+5](晏殊)	此體始于晏詞,【筆者按:晏殊詞。】因晏詞換頭句八字,宋人無照此填者,故取此詞【筆者按:柳永詞。】作譜。	近來憔悴人驚怪。為別後、相思煞。我前生、負汝愁煩債。便苦恁、難開解。　良夜永、牽情無奈。錦被裏、餘香猶在。怎得依前燈下。恣意憐嬌態。(柳永)
夢仙郎	52	[4+4+(3+4)+5+5]+[6+4+(3+4)+5+5]	調見張先詞集。【筆者按:應始於北宋張先。】	
青門引	52	[5+6+7+4+5]+[7+5+6+7]	調見《樂府雅詞》及《天機餘錦》詞,張先本集不載。【筆者按:詞例為張先詞一首,應始於北宋張先。】	
入塞	52	[3+(3+3)+5+5+3+3]+[7+(3+4)+7+3+3]	古樂府橫吹曲有《入塞辭》,調名本此。【筆者按:詞例為程垓詞一首,程垓為北宋人,傳為蘇軾中表,於1192年前後在世。】	
品令	52	[3+(3+6)+(3+5)+(3+3)]+[6+6+(3+5)+(3+3)](曹組)	宋人填《品令》者,類作俳語,其句讀亦不一,即前段起句,或三字、或四字、或五字不同,今擇其尤雅者,各以類列。【筆者按:此詞有	

續表

詞牌名	字數	節奏形式	產生年代	詞例
品令	55	[4+(3+4)+7+4+5]+[7+5+7+4+5](周邦彥)	四體，前兩體為五十二、五十五字，因本文討論範圍，僅列出前兩體，正體各為曹組、周邦彥詞，因此此調應起於北宋年間。】	
引駕行	52	[4+7+(3+3)+6]+[2+5+7+(3+4)+(3+3)+2]	此調有五十二字者，有一百字者，有一百二十五字者。五十二字詞，即一百字詞前段，一百二十五字詞，亦就一百字詞，多五句也。【筆者按：此詞五十二字者詞例為晁補之，一百字詞例者為柳永，可見此調應起於北宋年間。】	梅梢瓊綻，東風次第開桃李，痛年年、好風景，無事對花垂淚。　園裹。舊賞處幽葩，柔條一一動芳意。恨心事、春來間阻，憶年時、把羅袂。雅戲。(晁補之)
尋芳草	52	[5+(3+4)+(3+5)+(3+3)]*2	調見《稼軒詞》。【筆者按：此調應起於辛棄疾。】	
珍珠令	52	[7+3+(3+4)+5+5]+[7+(3+4)+2+5+4]	調見張炎《山中白雲詞》。……張炎自度曲。	
折花令	52	[4+7+(3+3)+5+4]*2	調見《高麗史・樂志》。……此高麗《抛球樂》舞隊曲也，因所用唐樂，故採之。	
紅窗迥	53	[3+3+5+4+6+5]+[7+5+4+6+5]	調見周邦彥《片玉詞》。	
紅羅襖	53	[5+5+5+4+4+4]+[(3+4)+6+5+(3+5)]	唐教坊曲名。……此詞前段第一、二句及三、四、五、六句，例作對偶。【筆者按：詞例僅周邦彥一首，大概始於周邦彥。】	

續表

詞牌名	字數	節奏形式	產生年代	詞例
擷芳詞	54 58 60	[3＋3＋7＋3＋3＋4＋4]*2 [3＋3＋7＋3＋3＋4＋4＋1＋1]*2 [3＋3＋7＋3＋3＋4＋4＋1＋1＋1]*2	《古今詞話》云:政和間,京師妓之姥,曾嫁伶官,常入內教舞,傳禁中《擷芳詞》以教其妓,人皆愛其聲,又愛其詞,類唐人所作。張尚書帥成都,蜀中傳此詞,競唱之,卻于前段下添"憶憶憶"三字,後段下添"得得得"三字,又名《摘紅英》,殊失其義。不知禁中有"擷芳園",故名"擷芳詞"也。按,程垓詞名《折紅英》,曾覿詞名《清商怨》,呂渭老詞名《惜分釵》,陸游因詞中有"可憐孤似釵頭鳳"句,改名《釵頭鳳》,《能改齋漫錄》無名氏詞名《玉瓏璁》。	
浪淘沙令	54	[5＋4＋7＋7＋4]*2	【筆者按:最早詞例為南唐李煜,應始於李煜。】	簾外雨潺潺。春意闌珊。羅衾不耐五更寒。夢裏不知身是客,一晌貪歡。　獨自莫憑欄。無限江山。別時容易見時難。流水落花春去也,天上人間。(李煜)
江月晃重山	54	[6＋6＋7＋3＋5]*2	調見楊慎《詞林萬選》,每段上三句《西江月》體,下二句《小重山體》。【筆者按:詞例為陸游所作,大概始於南宋。】	
南鄉一剪梅	54	[5＋7＋7＋4＋4]*2	每段上三句《南鄉子》體,下二句《一剪梅》體。【筆者按:詞例為南宋虞集一首,應始於南宋。】	

續表

詞牌名	字數	節奏形式	產生年代	詞例
一七令	55	1+2+2+3+3+4+4+5+5+6+6+7+7	按,計敏夫《唐詩紀事》:白樂天分司東洛,朝賢悉會興化池亭送別,酒酣,各請一字至七字詩,以題為韻,後遂沿為詞調。【筆者按:詞例最早為白居易一首,又有韋式、張南史數首。】	
河傳	55	2+2+3+6+7+2+5+7+3+5+3+3+2+5	按,《河傳》之名,始于隋代,其詞則創自溫庭筠。《花間集》所載唐詞,句讀韻協,頗極參差,然約計不過三體。	
金鳳鉤	55	[3+3+(3+4)+4+4+6]+[7+(3+4)+4+4+6]	見晁補之《琴趣外篇》。【筆者按:詞例最早為晁補之,應起於北宋年間。】	
鳳銜杯	56	[7+(3+4)+(4+5)+(3+3)]+[3+3+(3+4)+(6+3)+5](仄韻) [7+(3+4)+(6+3)+(3+3)]+[3+3+(3+4)+9+5](平韻)	此調有平韻、仄韻兩體。【筆者按:平、仄韻最早詞例均為晏殊之作,應始於北宋晏殊。】	青蘋昨夜秋風起。無限個、露蓮相倚。獨憑朱欄、愁放晴天際。空目斷、遙山翠。 彩箋長,錦書細。誰信道、兩情難寄。可惜良辰好景、歡娛地。只恁空憔悴。(晏殊)
鵲橋仙	56	[4+(4+6)+7+(3+4)]+[4+4+6+7+(3+4)]	此調有兩體,五十六字者始自歐陽修,因詞中有"鵲迎橋路接天津"句,取為調名。……八十八字者始自柳永。……此調多賦七夕。	月波清霽。煙容明淡、靈漢舊期還至。鵲迎橋路接天津,映夾岸、星榆點綴。 雲屏未捲,仙雞催曉,腸斷去年情味。多應天意不教長,恁恐把、歡娛容易。(歐陽修)

續表

詞牌名	字數	節奏形式	產生年代	詞例
翻香令	56	[7＋7＋(3＋3)＋(3＋5)]＊2	此調始自蘇軾。	
茶瓶兒	56	[7＋(3＋4)＋5＋4＋5]＋[7＋7＋5＋4＋5]	調見《花庵詞選》,始自北宋李元膺,至南宋趙彥端、石孝友二家,又攤破兩結句法,減去兩起句字,自成新聲。	
卓牌子	56	[5＋(3＋4)＋6＋6＋4]＋[5＋(3＋4)＋6＋4＋6]	此調有兩體,五十六字者始自楊無咎,一名《卓牌子令》。【筆者按:應始於南宋。】	
市橋柳	56	[(3＋4)＋6＋6＋(3＋5)]＋[7＋(3＋6)＋(3＋3)＋(3＋4)]	調見《齊東野語》,因第二句有"折盡市橋官柳"句,取以為名。【筆者按:《齊東野語》,南宋周密著,此調應起於南宋。】	
一斛珠	57	[4＋7＋7＋4＋5]＋[7＋7＋7＋4＋5]	【筆者按:詞例有李煜、張先、周邦彥等。最早為李煜,應起於李煜。】	
夜遊宫	57	[6＋(3＋4)＋7＋3＋3＋3]＋[5＋(3＋4)＋7＋3＋3＋3]	【筆者按:詞例最早為毛滂,應起於北宋。】	
家山好	57	[7＋3＋3＋7＋3＋3＋3]＋[7＋5＋4＋7＋5]	調見《湘山野錄》。【筆者按:《湘山野錄》,北宋筆記,此調應始於北宋。】	
步虛子令	57	[7＋5＋4＋6＋3＋3]＋[7＋3＋3＋4＋6＋3＋3]	調見《高麗史・樂志》。……此宋賜高麗樂中,《五羊仙》舞隊曲也,採以備體。	

續表

詞牌名	字數	節奏形式	產生年代	詞例
梅花引	58	[3+4+7+3+3+4+5]+[7+7+3+3+4+5]	【筆者按:詞例僅賀鑄一首,應起於北宋。】	
小重山	58	[7+(5+3)+7+(3+5)]+[5+(5+3)+7+(3+5)]	此調以此詞【筆者按:薛昭蘊詞。】為正體,宋、元詞俱照此填。【筆者按:薛昭蘊,五代前蜀人,此調應起於《花間集》。】	春到長門春草青。玉階華露滴、月朧明。東風吹斷玉簫聲。宮漏促、簾外曉啼鶯。愁起夢難成。紅妝流宿淚、不勝情。手挼裙帶繞花行。思君切、羅幌暗塵生。(薛昭蘊)
接賢賓	59	[7+5+6+4]+[7+6+7+6+3+3+5]	此調有兩體,五十九字者始於毛文錫詞,一百十七字者始於柳永詞。【筆者按:詞例為毛文錫一首,應起於《花間集》。】	
恨春遲	59	[7+(3+4)+5+5+5]+[7+(3+4)+6+4+6]	調見張先詞集。	
惜瓊花	60	[3+3+5+4+7+4+4]*2	調見張先詞集。	
朝玉階	60	[7+5+3+7+(5+3)]*2	見杜安世《壽域詞》。【筆者按:《壽域詞》,宋杜安世撰,約北宋時人。此詞牌起於北宋。】	
散天花	60	[7+5+3+7+(5+3)]*2	唐教坊曲名。……此調與《朝玉階》同,只後段起句平仄異。【筆者按:詞例選北宋詞人舒亶一首,應起於北宋。】	

續表

詞牌名	字數	節奏形式	產生年代	詞例
荷華媚	60	[5+(3+6)+5+4+5]+[(3+5)+5+4+(3+3)+4+5]	調見東坡詞集,即賦題本意也。……此詞兩結句,俱上一下四句法,填者宜遵之。【筆者按:詞例僅蘇軾一首,應始於蘇軾。】	
少年心	60	[6+(3+4)+6+4+(3+4)]+[6+(3+4)+5+4+(3+5)]	調見山谷詞。【筆者按:應起於北宋黃庭堅。】	
七娘子	60	[7+(3+5)+4+4+7]*2	【筆者按:詞例選毛滂詞為正體,詞牌似起於北宋年間。】	
錦帳春	60	[4+4+7+3+3+5+4]*2	此調以辛詞、程詞為正體。【筆者按:詞例最早為辛棄疾,應起於南宋。】	
唐多令	60	[5+5+(3+4)+7+(3+3)]*2	此調以此詞【筆者按:劉過詞,此調應起於南宋。】為正體,宋、元人俱如此填。	蘆葉滿汀洲。寒沙帶淺流。二十年、重過南樓。柳下繫船猶未穩,能幾日、又中秋。 黃鶴斷磯頭。故人曾到不。舊江山、渾是新愁。欲買桂花同載酒,終不似、少年遊。(劉過)
後庭宴	60	[4+4+7+7+7]+[6+6+4+5+5+5]	《庚溪詩話》云:宋宣和中,掘地得石刻唐詞,調名《後庭宴》。……此詞前段近《踏莎行》,後段字句,又與前段不同。《庚溪詩話》定為唐詞,然無別首可校。	

續表

詞牌名	字數	節奏形式	產生年代	詞例
玉堂春	61	[4+6+4+4+4+5+7]+[6+5+4+5+7]	調見《珠玉集》。【筆者按：起自晏殊。】	
繫裙腰	61	[7+(3+3)+7+4+3+3]+[7+(3+3)+7+4+4+3]	調見張先詞集。宋媛魏氏詞，名《芳草渡》。【筆者按：起自張先。】	
破陣子	62	[6+6+7+7+5]*2	唐教坊曲名，一名《十拍子》。陳暘《樂書》云：唐《破陣子樂》，屬龜茲部，秦王所制，舞用二千人，皆畫衣甲，執旗旆，外藩鎮春衣犒軍設樂，亦舞此曲，兼馬軍引入場，尤壯觀也。按，唐《破陣樂》，乃七言絕句，此蓋因舊曲名，另度新聲。……此調始自此詞，【筆者按：晏殊詞。】宋詞俱照此填。	
蘇幕遮	62	[3+3+4+5+7+4+5]*2	唐教坊曲名。按，《唐書·宋務光傳》：此見都邑坊市，相率為渾脫隊，駿馬戎服，名《蘇幕遮》。又按，張說集有《蘇幕遮》七言絕句，宋詞蓋因舊曲名，另度新聲也。……此調只有此體，【筆者按：范仲淹一體。】宋、元人俱如此填。	碧雲天，黃葉地。秋色連波，波上含煙翠。山映斜陽天接水。芳草無情，更在斜陽外。　黯鄉魂，追旅思。夜夜除非，好夢留人睡。明月樓高休獨倚。酒入愁腸，化作相思淚。（范仲淹）
攤破南鄉子	62	[5+(3+4)+7+4+4+4]*2	此調以此詞【筆者按：程垓詞。】為正體，宋、元人俱如此填。【筆者按：程垓為北宋人，傳為蘇軾中表，於1192年前後在世。】	

續表

詞牌名	字數	節奏形式	產生年代	詞例
明月逐人來	62	[4＋4＋(3＋4)＋4＋5＋6]＋[4＋6＋(3＋4)＋4＋5＋6]	按《能改齋漫錄》云:李持正自撰譜,蓋因詞有"皓月隨人近遠"句,故名。【筆者按:李持正為北宋人,政和五年進士】	

這類的主要特色是詞牌中沒有哪種句式佔據一半或一半以上的數量,即由各種不同句式組合而成,在詞牌中較多,此處一一列出,共149種。這類詞牌多出現於詞已經發展到較為成熟的時期以後,詞興於唐而盛於宋,唐代詞體初起之時,這類詞牌並不太多,因詞初起時,詞人往往是將五七言近體詩、六言詩加以修改而成的。晚唐五代之後,二、三、四、五、六、七言混合而成的詞牌數量開始變得相當多,近人研究發現《花間集》中溫庭筠等人已經在小令創作時不再滿足五七言近體詩的固有格式,而是極力探索所有不同字數句之排列組合之可能性,宋人則承襲之並加以平仄配置上的某些變化或拓展。①

三、小令節奏的歷史發展和審美特徵

以上的詞牌列表幫助了我們直觀地瞭解小令詞牌的分佈狀況,梳理清楚小令節奏的大小類別。這裡,筆者將進一步綜合分析這些列表,進而勾勒小令節奏從近體詩到詞本色,由簡到雜的發展過程,探究此"詩變"過程不同階段的特點,以及詞"雜"節奏興起在古典詩歌史上的重要意義。為了清晰起見,筆者試把自己綜合分析的結果歸納為以下七點。

其一,詞牌的類別和數目統計告訴我們,近體詩對小令的影響巨大,遠遠超過學界現存的認識。龍榆生、高友工等前輩學者率先研究近體詩與小令的關係,通過比較分析個別具體作品,揭示前者對後者的影響,但

① 龍榆生先生嘗對《花間集》中由二、三、四、五、六、七言諸種句法變換結合構成之小令加以舉例分析,參龍榆生:《令詞之聲韻組織》,收入《龍榆生詞學論文集》,頁165—175。

至於這種影響的程度如何，似乎並沒有深入討論。筆者認為，量化的統計不失為幫助解答此問題的好方法。以上五類詞牌的頭三類都是近體詩不同程度的衍生物。沿用近體詩的詞牌有 24 種，近體詩增減字而成的詞牌有 57 種，五、七言句為主的詞牌有 26 種，三者共佔小令總數的 34.4%。

其二，仔細比較這三類詞牌小類的數目，不難看出，七言律詩對小令的影響比五言律詩要大，而七言絕句比五言絕句則更不用說，24 比 5 之懸殊。詳情下表一目了然，無需贅述。

詞牌類別	五言絕句	七言絕句	五言律詩	七言律詩
完全沿用近體詩體式的詞牌	3	7	3	11
近體詩增減字而成的詞牌	2	17	9	29
五、七言句為主的詞牌			9	17

其三，詞牌列表中"節奏形式"和"詞例"兩項表明，詞人對近體詩節奏的改造是一個循序漸進，由易到難，乃至完全徹底的歷史過程。在《欽定詞譜》中，沿用五、七言絕句體式的詞牌絕大多數列為唐教坊曲。據唐崔令欽《教坊記》殘本，開元天寶期間，俗樂繁榮，教坊十分發達。這些詞牌多半是產生於盛唐時間。這些詞牌對近體詩的改造限於韻律和結構方面，如使用仄韻，摒棄近體詩格律，把律詩八句改為上下兩片，猶如連用兩首絕句等等。同時，其他幾類詞牌也有小部分被列為唐教坊曲。可見，在近體詩體式之外創作詞牌的努力在盛唐就開始了。

時至晚唐，詞人已不愛完全沿用近體詩體式，而更追崇其他類別的詞牌。例如，《花間集》選溫庭筠詞 66 首，詞牌 18 種，其中《菩薩蠻》《歸國遙》《南歌子》《女冠子》《玉蝴蝶》等 5 種是近體詩增減字而成，而完全沿用近體詩體式的詞牌只有《楊柳枝》1 種。同時，溫氏還用了三言為主的《更漏子》《酒泉子》；六言為主的《清平樂》；以及混合多種字數句的《定西番》《遐方怨》《訴衷情》《思帝鄉》《夢江南》《河傳》《蕃女怨》《荷葉盃》等詞牌。《花間集》選韋莊詞 25 首，詞牌類別分佈與溫詞大致相同。由此可見，晚唐詞人已衝破五、七言句的樊籬，創作出體現詞"雜"而美本色的傑作。

然而,到了宋代,文人詞人對近體詩,尤其是七律,又產生了極濃厚的興趣。上表列出了 11 種完全沿用七律體式的詞牌,據《欽定詞譜》,除了成於唐教坊的《瑞鷓鴣》、五代後蜀顧敻《玉樓春》和李煜的《虞美人》,而其他 8 種均為宋人所創,其中包括起自北宋柳永的《思歸樂》、毛滂的《遍地錦》和蘇庠的《清江曲》,以及南宋張元幹《樓上曲》、黃庭堅的《步蟾宮》等等。一個值得注意的新傾向是,這些創於宋代的詞牌都將兩個以上七言句從 4+3詩節奏改為 3+4 詞節奏,只有蘇庠的《清江曲》一個例外。毛滂的《遍地錦》第一句用 4+3,接下來連用七個 3+4 句。這樣的改造可謂是脫胎換骨,律詩體式近乎是名實俱亡。

其四,詞牌列表中“節奏形式”一項彰顯了詞“雜”節奏的獨特之處。雜言並非是專屬於詞的特色,漢魏六朝樂府詩和唐代七言歌行中都有不少雜言詩。在多數雜言詩中,整首詩仍然都是以五、七言為主,間或夾雜有少數其他字數的詩句。例如,《唐詩三百首》中七言古詩與七言樂府兩卷中共收 43 首,其中以下 18 首夾帶雜言:

《唐詩三百首》中雜言七言古詩和七言樂府		
雜言類別	篇名	雜言位置
間雜三言	1. 岑參《走馬川行奉送出師西征》	首
	2. 杜甫《韋諷錄事宅觀曹將軍畫馬圖》	尾
	3. 元結《石魚湖上醉歌》	首、中
	4. 李白《長相思》(其一)	首、尾
	5. 李白《行路難》	中
間雜五言	6. 李頎《古意》	首
	7. 李白《廬山謠寄盧侍御虛舟》	首
	8.《長相思》(其二)	尾
	9. 杜甫《麗人行》	中
間雜四言	10. 李白《宣州謝脁樓餞別校書叔雲》	首
間雜九言	11. 李商隱《韓碑》	尾

續表

《唐詩三百首》中雜言七言古詩和七言樂府		
兼三、五言	12. 李頎《聽董大彈胡笳聲兼寄語弄房給事》	中
	13. 高適《燕歌行》	尾
	14. 李白《將進酒》	首、中
	15. 杜甫《兵車行》	首、中
兼三、四、五言	16. 李白《蜀道難》	首、中、尾
兼四、五、六、九言	17. 李白《夢遊天姥吟留別》	首、中、尾
不規則散文句	18. 陳子昂《登幽州臺歌》	

在這18首中的雜言詩句,較之七言的主體部分,數量是很小的。與此情況相反,在脱離近體詩束縛的後三類小令詞牌裏,六十二字之内的短小篇幅裏頻繁換用不同字數句,所謂"雜"往往已不是齊言主體"間雜"其它字數句,而是不同字數句平等的相互雜糅。但若把詩體雜言與詞小令的節奏形式作比較,我們不難看到兩者本質的不同。

雜言在詩、詞二體中所佔比例和出現頻率都顯示巨大的差異。筆者認為,這一現象是雜言功能轉變所造成的。在詩體中,雜言句主要在篇章結構層次上起作用。如上表所示,它們通常出現在篇首或篇末,而篇中出現的頻率要少很多。篇首的雜言句往往起著引起注意力的作用,如李白《將進酒》開端之"君不見";篇末的雜言句往往起著總結的作用,如李白《長相思》末尾之"長相思,摧心肝"二句;篇中的雜言句則往往起著連接不同敘述板塊的作用。

相反,小令雜言句的主要作用並非是引發、連接或總結。即使在五言、七言句為主的詞牌中,五、七言部分並不構成龐大的敘事板塊,故無需使用雜言句搭建篇章結構。小令中不同字數句頻繁變換,主要是為了把長短不一的散文句引入詩篇,以求更好地配合樂譜,用更加貼切自然的言語抒發情感。散文句長短沒有限制,完全由言情表意的需要而定,因而,從一言句到九言或更長的句,詞人都不拘一格予以使用,不像詩體作者那樣,基本限於用三、四、五、七言句。計有功《唐詩紀事》記載有關詞牌《一七令》

起源的逸事足以説明這點：

> 白樂天分司東洛，朝賢悉會興化池亭送別，酒酣，各請一字至七字詩，以題為韻，後遂沿為詞調。單調五十五字，十三句，七平韻：
>
> 白居易
>
> 詩。綺美，瑰奇。明月夜，落花時。能助歡笑，亦傷別離。調清金石怨，吟苦鬼神悲。天下只應我愛，世間惟有君知。自從都尉別蘇句，便到司空送白辭。①

同時，這段逸事又彰示出詩雜句用法對白居易影響何等之深。這首遊戲打趣的作品雖後來被稱為《一七令》，但嚴格說是詩，而不是詞。白氏每換用一種新的句數，必定使用一聯，絕不用單句。這正是詩體中變換不同字數句的典型手法。例在上表所收含有雜言的 18 首七言詩中，每次引入雜言多用兩句或數聯，若使用單句雜言，不管是套語"君不見"還是正常詩句，其必定與下面的七言句結合為一個完整的句子，如"與君歌一曲，請君為我傾耳聽"(李白《將進酒》)、"棄我去者，昨日之日不可留"(《宣州謝朓樓餞別校書叔云》)諸例。但在成熟的詞中，不同字數句的變換經常是以單句為單位的，原因似乎很簡單，我們説話所用散文句的長短和停頓，是隨思想情感跌宕起伏的節奏而靈活變化的，該用單句就用單句，該用一聯就用一聯，絕不會墨守以雙句為變換單位的陳規。與詩中情況截然不同，詞中的雜句往往是意思完整獨立的句子，如"簾外雨潺潺。春意闌珊。羅衾不耐五更寒。夢裏不知身是客，一晌貪歡。　獨自莫憑欄。無限江山。別時容易見時難。流水落花春去也，天上人間"(李煜《浪淘沙令》)。總而言之，只需看看以上詞牌列表中"節奏形式"一項，小令這種雜而靈動多變的自然節奏就躍然紙上了。

其五，小令節奏由"詩變"而來，但其抒情的作用卻是青出於藍而勝於

---

① 引自《欽定詞譜》，卷 11"一七令"，《欽定詞譜》第二冊，頁 707。

藍。詞牌與情感的緊密關係已為近人所注意。例如,劉坡公《學詞百法》就指出,不同的詞牌適合於表達不同的情感,而作詞者要根據自己要抒發的情感選擇詞牌:

> 詞之題意,不外言情、寫景、紀事、詠物四種。題意與音調相輔以成,故作者拈得題目最宜選擇調名。蓋選調得當,則其音節之抑揚高下,處處可以助發其意趣。其法須將各調音節爛熟胸中,而後始有臨時選擇之能力。惟是詞調多至千有餘體,何題宜用何調豈能一一記憶。神而明之,仍在學者。茲試述其大略於下:
>
> 《滿江紅》《念奴嬌》《水調歌頭》三體,宜為慷慨激昂之詞。
>
> 小令《浪淘沙》,音調尤為激越,用之懷古撫今最為適當。
>
> 《浣溪沙》《蝶戀花》二體,音節和婉,作者最多,宜寫情,亦宜寫景。
>
> 《臨江仙》《淒清道上》二體,最宜用於寫情,對句兩兩作結,句法更見挺拔。
>
> 《洞仙歌》,宛轉纏綿,可以寫情,可以紀事,一疊不足,作若干疊者更妙。
>
> 《祝英台近》,頓挫得神,用以紀事,亦甚佳妙。
>
> 《齊天樂》,音調高雋,宜用於寫秋景之詞。
>
> 《金縷曲》,宜用以寫抑鬱之情。此調變體甚多。別名《賀新郎》,可賦本意,用以賀婚。
>
> 《沁園春》,多四字對句,宜於詠物。別名壽星明,可賦本意。用以祝壽。
>
> 《高陽臺》,跌宕生姿,亦為寫情佳調。

劉氏顯然認為,詞的音調抑揚多變,與情感跌宕起伏的節奏是相通的,因而特定詞牌與特定的情感有著緊密的聯繫,為作詞者提供了極大的方便。劉氏的觀點是正確的,但忽視了字句節奏這個比音調格律更為原始、更為重要的因素。在齊梁詩人發現漢語四聲著手製定音律之前,字句長短變化的節奏一直是文章加強情感表達的主要手段。即使在入律的近體詩和詞風靡天下的唐宋時期，古文家們仍不斷強調字句長短節奏在以文明道大業中的重要作用。為了適應抒情的需要，唐宋詞人大量採用長短不一的散文句，並通過配平仄聲律、密集用韻等方法將它們詩化，從而製作出數以百計像散文句那樣靈活多變，而又富有優美音樂性，抒情效果甚佳的詞牌。

其六，以上詞牌列表不僅顯示出節奏類別的繁雜，而且還點明了單獨詞牌自身之"雜"。正如筆者在列出表格前所強調，表中列舉的節奏形式都是正體。顧名思義，有正體，就必然有變體。的確，在《欽定詞譜》裏，大部分詞牌都列有兩三個異體。所謂變體，通常是在不改變全詞字數的前提下，調整個別詩行的字數或者改變句讀的位置。明人楊慎《詞品》"填詞句參差不同"條有此記載：

> 填詞平仄及斷句皆定數，而詞人語意所到，時有參差。如秦少游《水龍吟》前段歇拍句云："紅成陣、飛鴛甃。"換頭落句云："念多情但有，當時皓月，照人依舊。"以詞意言，"當時皓月"作一句，"照人依舊"作一句。以詞調拍眼，"但有當時"作一拍，"皓月照"作一拍，"人依舊"作一拍，為是也。維揚張世文云：陸放翁《水龍吟》，首句本是六字，第二句本是七字。若"摩訶池上追遊客"則七字。下云"紅綠參差春晚"，卻是六字。又如後篇《瑞鶴仙》，"冰輪桂花滿溢"為句，以滿字叶，而以溢字帶在下句。別如二句分作三句，三句合作二句者尤多。然句法雖不同，而字數不少。妙在歌者上下縱橫取協爾。古詩亦有此法，如王介甫"一讀亦使我，慨然想遺風"是也。[①]

秦觀、陸游按照語義改變每句字數，恰如楊氏所評述"句法雖不同，而字數不少。妙在歌者上下縱橫取協爾"。詞人即可用現成的變體，也可自己創

① 楊慎：《詞品》卷1，《詞話叢編》第一冊，頁436。

造新的變體來滿足音樂表演和自己抒情的具體需要。

如果詞人仍不滿意，還可以自行增加或減少詞牌的總字數，正如《欽定詞譜》如下的描述：

> 《木蘭花令》，始於韋莊，係五十五字，全用韻者。……自南唐馮延巳，製《偷聲木蘭花》，五十字，前後起兩句，仍作仄韻七言，結處乃偷平聲，作四字一句、七字一句，始有兩仄兩平四換頭體。①

> （《偷聲木蘭花》）此調亦本於《木蘭花令》，前後段第三句，減去三字，另偷平聲，故云偷聲。若《減字木蘭花》，前後段起句四字，則又從此調減去三字耳。②

增減字數後的詞牌時常被冠以"攤破""減字""促拍""添聲""偷聲"等稱號，有時則被冠以新的詞牌名。因陸游與唐琬一段故事而為人所知的《釵頭鳳》便是著名的一例：

> 《古今詞話》云：政和間，京師妓之姥，曾嫁伶官，常入內教舞，傳禁中《擷芳詞》以教其妓，人皆愛其聲，又愛其詞，類唐人所作。張尚書帥成都，蜀中傳此詞，競唱之，卻于前段下添"憶憶憶"三字，後段下添"得得得"三字，又名《摘紅英》，殊失其義。不知禁中有"擷芳園"，故名"擷芳詞"也。按，程垓詞名《折紅英》，曾覿詞名《清商怨》，呂渭老詞名《惜分釵》，陸游因詞中有"可憐孤似釵頭鳳"句，改名《釵頭鳳》，《能改齋漫錄》無名氏詞名《玉瓏璁》。③

由此可見，原為北宋禁中歌曲之《擷芳詞》經文人改動，遂將前後兩段末尾

---

① 《欽定詞譜》卷5"減字木蘭花"，頁299—300。

② 《欽定詞譜》卷8"偷聲木蘭花"，頁516。

③ 《欽定詞譜》卷10"擷芳詞"，頁693。

各添三字,便成為新的詞牌,冠以不同名稱,後來此一詞牌又因陸游一段淒惋故事變為《釵頭鳳》,從而廣為後人熟知。

其七,詞的"雜"節奏幫助造就了在中國詩歌傳統中史無前例,在世界詩歌史也是罕見的一種不自由的詩體。在美學理論的層次上來說,詞體的最大特點是,它取得了不自由的詩體與自由抒情之間張力的理想平衡。一般說來,用不自由的詩體來創作,無論是近體詩還是英文的十四行詩,都是為了音樂和語言結構之美而承受固定體式對自由抒情的束縛,猶如佩戴精美的枷鎖去跳舞。然而,詞人並不像近體詩人那樣從四種體式擇一,而是從數百上千的詞牌中選取其長度、節奏、音律與自己情感脈動最為一致的詞牌。如果所選用的詞牌仍不甚理想,詞人還可以採用或再創變體,或增減詞牌的字數,直至能淋漓盡致抒情為止,正如陸游所做那樣。由此可見,詞牌大小種類之雜、單一詞牌變體之雜,實際上為詞人開闢了自由抒情的空間。還值得一提的是,此空間不是空白的,而是一種由"互音"和"互文"構成的藝術空間。由於填詞者和讀詞人都主要通過背誦名作來記憶詞牌韻律,用一種詞牌寫就的作品自然會喚起該詞牌中聲文俱美的先前佳作。因此,按詞牌填詞,既盡得固定詩體音形之美,互音互文之境界,而又享受極大的抒情自由。不自由詩體與自由抒情的矛盾取得這種理想的辯證統一,正是詞成為中國乃至世界詩歌傳統中奇葩的根本原因。

不同語境中的詩句内涵

——以宋代詩歌和掌故為例

斯坦福大學東亞語言與文化系　艾朗諾(Ronald Egan)

這個話題可以從惠洪和尚(1111—1113)的筆記《冷齋夜話》談起。《冷齋夜話》中提到惠洪被流放到海南島時，看到蘇東坡十年之前，在海南島寫下的詩和文字：

予遊儋耳，及見黎氏，為予言：東坡無日不相從乞園蔬，出其臨別北渡時詩："我本儋耳民，寄生西蜀州。忽然跨海去，譬如事遠遊。平生生死夢，三者無劣優。知君不再見，欲去且少留。"其末云："新醞佳甚，求一具，臨行寫此詩以折菜錢。"又登望海亭，柱間有擘窠大字曰："貪看白鳥横秋浦，不覺青林沒暮潮。"又謁姜唐佐，唐佐不在，見其母，母迎笑，食予檳榔。予問母識蘇公否，母曰："識之，然無奈其好吟詩。公嘗杖而至，指西木橙，自坐其上。問曰：'秀才何往?'我言入村落未還。有包燈心紙，公以手拭開，書滿紙，囑曰：'秀才歸，當示之。'今尚在。"予索讀之，醉墨欹傾，曰："張睢陽生猶罵賊，嚼齒空齦；顏平原死不忘君，握拳透爪。"①

① 惠洪撰：《冷齋夜話》，載上海師範大學古籍整理研究所編，朱易安主編：《全宋筆記》第2編(鄭州：大象出版社，2006年)，第9冊，卷5，頁54—55。

這篇文可分為三段,每段引述了蘇東坡一首詩或一句話。第一段引的是蘇東坡相當有名的一首詩,是他在流放三年後臨別海南時寫的,題為《別海南黎民表》,被收入《蘇軾詩集》中。這首詩我們在其他蘇軾詩歌選本裡也常看到。第一句相當誇張地戲說自己本來是海南人,最後一句則有點嘲諷地說他不太捨得走。我們知道,那時候海南是個偏遠貧窮的地方,往來的交通既不便,過程又艱苦危險,因此流放海南在當時來說差不多是等於被判死刑了,但蘇軾在那裡卻能和當地的農民打成一片,把自己當為本地人,走時還不太捨得。能夠適應最惡劣的環境,苦中作樂,是蘇東坡為自己樹立的理想,也是他無論流放到黃州、惠州還是海南島,在詩中替自己塑造的形象。惠洪又引述了蘇東坡在詩後加上的短跋,說新酒非常好,他寫這詩算是還菜錢,讓此詩又加添了一層幽默,而且讓我們感到惠洪確實看到蘇東坡贈送菜農的詩稿。

第二段關於惠洪見到蘇東坡在望海亭柱子上留下的字跡,這亭子顯然建築在一個臨海的山上,所以說"貪看白鳥橫秋浦,不覺青林沒暮潮"這短短的兩句,勾畫了一種心態,"貪看"和"不覺"是其中兩個關鍵詞,表示他很貪婪地享受那黃昏,忘了時間的流逝。

第三段是掌故的高潮,敘述惠洪去探望姜唐佐。姜唐佐是蘇東坡在海南島時結識的年輕學者,乃土生土長的當地人。蘇東坡曾和他唱和,並寫信給他,對姜唐佐似乎有栽培之恩。蘇東坡離開海南島後,姜唐佐也離開了海南島到京城應試,結果成了海南島第一位進士。惠洪第一次去探望姜唐佐,但剛巧姜唐佐不在家,於是惠洪便和姜母聊起天來,問她認不認識蘇東坡,這時蘇東坡已經離開海南島有十二年,老太太拿了一張有蘇東坡字跡的紙條給惠洪看,這是蘇東坡曾訪姜唐佐不遂而留下的紙條,上面寫的是"張睢陽生猶罵賊,嚼齒穿齦;顏平原死不忘君,握拳透爪"。我們知道,張睢陽就是張巡,任睢陽太守時因抵抗安祿山的叛軍而聞名,《新唐書・張巡傳》裡說他每次帶領士兵防衛睢陽時,就咬牙切齒地在城牆上罵陣，竟激動得咬破了牙齦。[1] 這與《太平廣記》裡關於顏真卿的故事相似，說顏真卿被安祿山的叛軍抓了，被處死前還罵著他們，數月後挖開他的墓，棺材裡顏真卿屍體的手仍緊握拳頭，緊得使指甲穿過掌心。[2]

姜唐佐的母親說蘇東坡寫下這紙條後，叫她等到兒子回來就給兒子看。這兩句話顯然在蘇東坡腦中翻騰多時，禁不住把它寫下來，是寫給姜唐佐看的，似乎本來不要給別人看，我們現在能在《蘇軾文集》見到它，是因為惠洪在《冷齋夜話》把它記錄了下來。它在《蘇軾文集》裡被收在題跋這文類下，然而這並不是個關於某作品的題跋，它本來是種私人的資訊，不打算公開的，和蘇東坡其他的題跋不同。如果那天惠洪去探望姜唐佐，而姜唐佐不是恰好不在家，而且若不是他母親記得蘇東坡寫下了這紙條，拿出來給惠洪看，我們絕不會看得到。

蘇東坡居然會寫這麼憤恨的文字，無論是在什麼情景下，都會令我們相當驚訝。這兩句話充滿著戾氣和暴力，與蘇東坡平常的形象很不相稱。惠洪前面的文字氣氛是那麼平和而有情趣，告訴我們蘇東坡在海南島怎麼怡然自得，卻突然出現了這樣的文字，讓我們更吃驚。我們必定明白蘇東坡在這寫給一位親密朋友的紙條上，談的並不是亂殺忠貞之士的唐代叛軍，而是當時在朝廷上亂造謠言詆毀蘇東坡的敵人。

惠洪對他在姜唐佐家見到的這紙條沒有加以解釋，這是他在《冷齋夜話》裡慣用的筆法。他頭兩段引述他親眼見到蘇東坡在海南島寫的文字，都強調蘇東坡在那裡生活愉快，高潮也是引述了他親眼見到的蘇東坡文字，卻展示蘇東坡如何憤怒。惠洪的筆記習慣這種寫法，把反差擺在讀者面前，不加解釋，讓讀者思考為何有這樣的反差，自己作結論。

因為第三段的文字是蘇東坡私下寫給姜唐佐看的，而且囑咐姜母待兒子回家後一定要給他看，我們就會揣測紙上寫的這些東西對蘇東坡必定有特別意義，而這紙條上的文字和前面兩段文字那麼不相稱，讓我們領

---

① 歐陽修、宋祁合撰：《新唐書》(北京：中華書局，1975 年)，卷 192，列傳第一一七，忠義中，頁 5534—5541。

② 李昉撰：《太平廣記》(北京：人民文學出版社，1959 年)，卷 32，頁 205—208。

悟到前面的文字不反映整個事實,原來蘇東坡平和的表面下,有股強烈的不平之氣,只向密友披露。我們讀了,再回頭看前面兩段,感受就不同了。並且惠洪把這段文寫進他的《冷齋夜話》就是要我們瞭解這點。這是我論文題目中的"不同語境下"詩句的意義會變化的第一個例子。

其實對蘇東坡的詩文熟悉的讀者來說,這並不足怪。蘇東坡到海南之前在惠州寫詩偶然也透露不快。他流放期間寫給朋友和家人的尺牘上,偶爾也披露了他對自身處境的不滿,只是從沒有這麼強烈地表露出來而已。

我們要問:惠洪是不是要告訴我們蘇東坡寫詩時有個特定的詩人角色,我們不能把詩人在詩中所展現的形象認為他本人就是那個樣子?惠洪把這兩種本來不相關聯,而反差又那麼大的文字放在一起,是要替蘇東坡的流放詩提供一個新的語境。我們把蘇東坡的流放詩放入這框架裡,讀的時候就多了一層的理解。

讀者大概都有這樣的經驗,同一首詩或相同的詩句,在兩個以上的筆記或詩話掌故裡出現,而因為語境不同,詩句的意思變更了。下面的例子關於兩個掌故,對同一首詞如何產生及應該如何解釋,有兩個不同的看法。這首詞據說是南宋一位名叫嚴蕊的歌妓寫的。我們現在看到的《全宋詞》裡有三首詞歸於嚴蕊的名下,這是其中一首。

嚴蕊《卜算子》:

不是愛風塵,似被前身誤。花落花開自有時,總是東君主。
去也終須去,住也如何住?若得山花插滿頭,莫問奴歸處。[①]

這首詞的來源是洪邁1196年編的《夷堅志》。據《夷堅志》說,嚴蕊是台州的一名歌妓,與台州太守唐仲友相好。這事被朱熹聽到了,認為有違官員和官妓間的規矩,故向皇帝上奏告唐仲友。朱熹還把嚴蕊抓了來逼她招

① 唐圭璋編:《全宋詞》(北京:中華書局,1965年),第3冊,頁1677。

供,但把她打得半死她都不肯屈服,說不願誣告無辜。不久朱熹被調任,案子轉交一位叫岳霖的判官處理,岳霖判嚴蕊無罪並把她從監獄裡放了出來,命她在一個宴會上表演,於是嚴蕊作了這首詞在宴會上表演。《夷堅志》的故事最後說嚴蕊表演得很好,岳霖就讓她不必再做官妓而讓她從良。根據這故事,這首詞通篇便是講做歌妓怎麼可憐,身不由主,全要看花神君,也就是指岳霖,怎樣裁定。①

沒想到朱熹也引了這首:朱熹上奏孝宗皇帝告唐仲友有六大狀,收在《朱熹集》裡,第四狀引了這首詞的第二段,對它有完全不同的解釋。朱熹說唐仲友要霸佔嚴蕊,叫她躲在黃巖這地方,唐仲友的親戚高宣教寫了這首詞叫嚴蕊在一個宴會唱,讓在座的客人錯以為她自己要出走,而朱熹就在黃巖抓到她的。②

這詞到底是誰寫的,動機如何? 應該怎麼解釋,我們現在已經無法確定。我們知道《夷堅志》裡許多故事本來是口耳相傳的,洪邁聽到這故事把它寫下來的時候可能已經完全變了質。然而,我們對這詞的瞭解,因"語境"不同而存在差異。

前頭我們談到惠洪在《冷齋夜話》裡把蘇東坡寫給姜唐佐的紙條和他在海南島寫的兩首詩並列在一起,讓那兩首詩增添了另一層意義。而嚴蕊這首詞因寫作動機不同,意思也就不同。兩者都是宋人筆記裡的例子。其實宋代文人深懂詩詞的意義會隨語境不同而轉變,而且在詩詞中利用這現象製造特別效果。這成了宋詩中一種常用的技巧。

把別人的詩句寫進自己的詩裡,和我們通常所說的"用典"不同。用典一般是引用經書裡的例子,而這裡專指詩。用典一般只引兩三個字,這裡

① 洪邁《夷堅志》記載:"台州官奴嚴蕊,尤有才思,而通書究達今古。唐與正為守,頗屬目。朱元晦提舉浙東,按部發其事,捕蕊下獄。杖其背,猶以為伍伯行杖輕,復押至會稽,再論決。蕊墮酷刑,而係樂籍如故。岳商卿霖提點刑獄,因疎決至台,蕊陳狀乞自便。岳令作詞,應聲口占云:'不是愛風塵,似被前身誤,花落花開自在時,總是東君主。 去也終須去,住也如何住,若得山花插滿頭,莫問奴歸處。'岳即判從良。"見洪邁撰,何卓點校:《夷堅志》(北京:中華書局,1981年),支庚卷10,"吳淑姬嚴蕊",頁1216—1217。

② 朱熹撰,郭齊、尹波點校:《朱熹集》(成都:四川教育出版社,1996年),卷18—19,《按知台州唐仲友第一狀》至《按唐仲友第六狀》,頁725—761。

指引用整句詩或者一段詩,但把這些詩句放在新的語境裡。

宋代文人為什麽特别喜歡這樣做呢?這有它經濟、社會及政治的原因。首先,宋代文人可以沿用的前代詩句很多。北宋最初一百年社會安定,朝廷鼓勵人讀書應試,大量的手稿在文人間傳抄傳閲,唐代的詩集、類書等廣為流傳。到了北宋末年印刷術發達,南宋的詩人更容易看得到大量前人的詩作。他們使用前人的詩句有各種方法和效果,有的文人在詞裡引了一句唐詩作為點綴,讓詞"迴響"了這句唐詩,表示唐人也曾表達同樣的思緒或感情。歐陽修和他的朋友晏殊常這樣做。更有意思的是有些詩人引用前人的句子,卻刻意在新的框架下扭曲了它原來的意思。李清照很喜歡這麽做,譬如她用了歐陽修一首詞開頭第一句"庭院深深深幾許",卻把它帶到完全不同的地方發展。李清照第一次這麽做時,還清楚向讀者解釋她這技巧。她不但引了前人的句子,有時還明顯地和前人競爭,要寫出比前人更優越的詩詞。[①] 周邦彥是另一個樂於此道的詞人。

宋人有兩種與此相關的詩體值得提一提。一種是檃括體。檃括本來的意思是一種矯正曲木的工具,而詞的檃括則是把别人的詩文改成詞的形式。蘇東坡就曾把陶淵明的《歸去來辭》加以剪裁讓它成為合乎"哨遍"詞牌的詞,又把韓愈的《聽穎師彈琴》改為《水調歌頭》,還把杜牧的《九日齊山登高》改為《定風波》,甚至把自己先前寫的詩改寫為詞。經蘇東坡帶頭,許多宋代文人便爭相仿效。

另一種文體是宋代"集句詩"。集句是把現有的詩句湊在一起寫成一首新的詩,通常詩句來自不同的詩,甚至是不同詩人寫的詩,但有時候引用的詩句均出於某人。其實晉朝已經有人創作集句,但無以為繼;而宋代文人不知道,重新做起,起初似乎當一種文字遊戲,但看到王安石那麽有名望的人也做集句,大家便覺悟到要寫好這種詩體其實並不容易,便著重工整,而且講究自然流露——要作者把原來的詩句融會貫通,用來表達自

① 《臨江仙並序》:"歐陽公作《蝶戀花》,有'庭院深深深幾許'之句,予酷愛之,用其語,作'庭院深深'數闋。其聲蓋即舊《臨江仙》也。"見李清照著,徐培均箋注:《李清照集箋注》(上海:上海古籍出版社,2002年),頁105。

己的思想感情。讀者看集句,當然知道是用了別人的句子,但湊成一首新的詩卻因此特別有意思。到了南宋末年,蒙古朝廷要文天祥投降仕蒙,不然就把他處死。文天祥寧願選擇死,死前在監獄裡湊集杜甫的詩句作了兩百首詩,可見集句詩在這時已經從遊戲文字演變成非常嚴肅的文體了。

結論

詩和詩句是不穩定的,往往在不同的語境下有不同的意涵。我們讀《詩經》就知道,不同的注釋傳統對同一句詩有完全迥異的理解。我們讀後來的詩詞常忘了這一點,因文字對我們來說不那麼晦澀,便以為可以確定詩詞"真正"的意思,而忘了要理解詩詞,除了字面的意思外,還需要瞭解它的語境。我從宋代筆記裡舉出那兩個例子,就是讓大家看看語境怎樣改變詩詞的意涵。蘇東坡寫給姜唐佐的紙條雖然和他的流放詩沒有直接關係,但它可改變我們對這些詩的看法;嚴蕊寫的一首詞,被洪邁引了和被朱熹引了有不同的讀法。宋代文人巧妙地利用詩詞這種意涵不穩定的特徵,發展成一種技巧。他們把前人所寫的詩句鑲嵌入自己的詩詞裡,讓詩詞多了一層意義。文人有時持的是遊戲心態,有時創作的動機卻很嚴肅。我們可把它視為隱喻的一種,因為大量出現了前人既有的詩句;也可把它當為隱喻之外一種新的文學技巧。無論如何,引用、更改、操縱前人詩句成了宋人詩詞一種新的特徵和技巧,它是宋代文人和前代詩人"對話"的一種管道。

江湖與廟堂之間

——晚宋詩歌的邊緣化與詩人的游士化

香港中文大學中文系　張　健

一、外學與內學:晚宋科舉世界中的文體秩序及詩歌之地位

我們現在研究文學,往往是將各種屬於文學性質的文體從當時的各種文體並存的文壇生態中抽離出來而獨立研究。這自有其合理性。但如果回到具體的歷史情境中,不同的文體(包括非文學文體與文學文體)之間不是絕緣隔離的,而是共生互聯的,往往形成某種文體的"生態",同一文體在不同的範圍內往往會有不同的地位與評價,因而可以說存在著某種文體秩序。在晚宋的科舉世界中,文體秩序實是以舉業文為中心者。劉克莊(1187—1269)說:"國家以科舉取士,一名之中否,終身之通塞繫焉。故中則族戚朋友之倫皆為之喜,否則戚。"(《方東叔墓誌銘》,《大全集》卷149)這是從個人與家族的角度看科舉,科舉不僅關乎一人終身之通塞,亦關乎家族之命運。科舉文是科舉的通行證,與士子本人的前途乃至家族的興衰密切相關,所以舉業是從事科舉的士人的核心事務。歐陽守道(1209—1273)稱:"國家以科舉取士,士不為舉業者吾見罕矣。"(《巽齋文集》卷8《李氏賦編序》)在當時,人們將科舉文體稱為"本經"或"內學",而

將詩、古文及四六文稱為"外學"。劉克莊《傅渚詩卷》:

> 國家設三場校士,士謂程文為本經,他論著為外學。(《大全集》卷110)

又《李炎子詩卷》:

> 然士生叔季,有科舉之累,以程文為本經,以詩、古文為外學,惟才高能並工。(《大全集》卷109,《全宋文》330冊,頁44—45)

又其《黄牧四六》:

> 文章於道為小技,四六又文章中之小技,然自唐以來,朝廷大典冊率用此體,不習則不工。顧今之士有科舉之累,多未暇焉。間有留意者,儕輩非笑之,曰:"是子工外學。"夫均之為雕蟲,乃以其施之於場屋者為內學,施之臺閣者為外學,四六之衰也宜矣。(《後村先生大全集》卷107)

本經是宋代科舉中本人所選習之經,乃是本人所考核心科目。內學、外學之說,本來是佛家指稱佛典與儒學的,站在佛家的立場上說,內學自然高於外學。在這裏,已經脱離了宗教色彩而僅具有價值層次的涵義。當時士人把本經、內學與外學的説法移用來指稱科舉文與非科舉文,以科舉文為"本經"、"內學",以非科舉文為"外學",顯然是以科舉文體為核心文體。

在時人的觀念中,習內學與習外學是互相妨礙的,"今士非黄策子(即舉業文)不暇觀,不敢習"(《大全集》卷106《黄孝邁長短句》),故劉克莊説只有"才高"者才能做到兼工。正是因為當時人以為習內外學互相妨礙,所以士人會優先學習科舉文,習非科舉文會被認為是不務正業。林希逸(1193—1271)《竹溪鬳齋十一藁續集》卷13《林君合詩四六跋》:"今場屋之士為詩文四六者,皆曰外學,固有哂其必荒舉業者。”此可與劉克莊之說相印證。

以詩文為外學在葉適之時代已然。葉適(1150—1223)《水心集》卷29《題周簡之文集》謂:

> 頗記十五六,長老詰何業,以近作獻,則笑曰:“此外學也。吾憐汝窮不自活,幾稍進於時文爾。夫外學乃致窮之道也。”余愧,詩即棄去,然時文亦不能精也。故自余輩行累數十百人皆得大名,登顯仕,而終不以文稱。比歲詞人文士角立傑出,盛哉盛哉!一日垂出門,周君簡之遺余書及雜詩文,立讀駭異,因同登明遠樓,徧示坐客,無不改觀屬目,所謂角立傑出者也。然外學既工,而時文又精,所以難也。

在科舉時代,要顯達必須經由科舉之途,而在世人觀念中,習舉業與習詩文四六有矛盾,外學妨礙科舉,所以“外學乃致窮之道也”。基於現實利益的考慮,士人必然應該以內學為中心。樓鑰(1137—1213)《跋戴式之詩卷》云:“唐人以詩名家者眾,近時文人多而詩人少。文猶可以發身,詩雖甚工,反為屠龍之技,故好之者寡。”(《攻媿集》卷76)所謂“文猶可以發身”即指科舉文,詩不能有實際的用處,所以成“屠龍之技”,“好之者寡”。

外學妨礙內學,詩歌、古文創作影響科舉,這在當時社會基本上可以說是共識。程公許(1182—?)《滄洲塵缶編・自序》:

> 余自童丱從師,習舉子藝業,每竊窺古文章,輒欣然慕之。日課有程度,稍間則滌筆研,屏處一室中,試為詩章騷賦等作,父兄密窺,進而責之曰:“士生今世,捨科舉何自致身?而所嗜獨不爾,得無左乎?”拱手對曰:“小子不敏,敢不斂手於父兄之命!”

在當時,即便士子喜歡外學,但因有父兄監督,亦不敢為之。

由以上這些材料,我們可以看出,在以科舉為中心的現實功利世界中，詩、古文、四六等外學是邊緣化的。

宋代科舉科目雖然幾經變化，但南宋進士基本上為詩賦、經義兩科。在詩賦科中，省題詩是必考的內容，人們或許認為，既然考省題詩，必然會刺激士子習詩，何以當時人會認為習詩會妨礙時文呢？劉克莊曾有說明：

> 唐世以詩賦設科，然去取予奪一決於詩，故唐人詩工而賦拙。……本朝亦以詩賦設科，然去取予奪一決於賦，故本朝賦工而詩拙。（《大全集》卷99《跋李耘子詩卷》）

省題詩雖然為考試科目，但一方面因為省題詩是一種專門化的應試詩體，尤其是因為它在決定取錄時不作為一個決定性標準，故在應試者的心目中沒有重要地位，因而不去花大量氣力學習。歐陽守道《省題詩序》：

> 壽翁來訪，與予縱言，至省題詩，予歎此詩幼學之所從事，而書市所刊，或雜以輕薄子鄙褻語，口授之業不為删擇，或反賞愛其流麗而使效習之，如此而責以習尚莊謹，不可得已。是亦賊夫人之子最先者。（《巽齋文集》卷10）

這裏值得注意的是稱省題詩是"幼學之所從事"，言下頗有輕視之意，亦可以與劉克莊之說相印證。

作為"外學"的詩歌被作為"內學"的時文邊緣化，直接影響到詩歌創作。劉宰(1166—1239)《書碧崖詩集後》：

> 年來詩社久廢，山川寂寞。後生束於科舉，不復為詩。間有切切從事其間者，父兄師友爭尤之，以為用意不專。前輩風流盡矣。（《漫塘劉先生文前集》，明正德十六年刻、嘉靖八年續刻，《宋集珍本叢刊》71冊，北京：線裝書局，2004年）

值得注意的是,劉宰將"後生束於科舉,不復為詩"與"前輩風流"相對,則揭示出一種變化:在科舉世界中,詩歌邊緣化了。

二、晚宋學術與權力世界中的文體秩序及詩歌地位

以上所說是科舉世界中的文體秩序與詩歌地位,現在我們從現實的利益世界轉向學術價值世界,看看當時價值世界中的文體秩序及詩歌地位。

從南宋寧宗嘉定(1208—1224)起,理學地位逐漸提高,到理宗朝,已經官方化。在理學的價值世界裏,文學是受到貶斥的。作為晚宋時代最著名的文人,又是理學家真德秀的門人,劉克莊非常強烈地感受到理學與文學之間的緊張關係。他說:"本朝文治雖盛,諸老先生率崇性理,卑藝文。"(《大全集》卷96《迂齋標注古文序》)"卑藝文"的"諸老先生",具體來說,就是程朱一系的理學家。劉氏《跋黃孝邁長短句》說"為洛學者,皆崇性理而抑藝文",可以印證。

程、朱本人"卑藝文"之論已為人熟知,此不必稱引。真德秀是晚宋最有影響的理學家,他又是通過詞科考試快速步入仕途的。但就是這個詞科出身的理學家也一樣貶抑辭章之學。他說:"蓋道德者,君子成身之本。功名,則因乎時,而詞章又其末也。"(《西山先生真文忠公文集》卷34《許介之詩卷》)道德、功名與詞章三者,詞章為末。其《鉛山縣修學記》云:

> 世降益末,為士者壹以辭藝為宗,内無窮理盡性之功,外無開物成務之益。此子朱子所為深憂而屢歎也。今之學者……若夫群居終日,惟雕鏤琢刻是工,於本心之理不暇求,當世之務不暇究,窮居無以獨善,得志不能澤民,平生所習歸於無用而已。(《西山先生真文忠公文集》卷25)

他所說的"以辭藝為宗",乃是脱離性命之理、當世之務的文章,即是程頤所謂"詞章之文"。在真德秀看來,這種文章"雕鏤琢刻是工",只在審美上講

求,卻與性命道德無關,與當世之務亦無關,直是無用。文人詩人工於此,是他所不屑的。他說:"夫文辭,末也;事業,本也。向令公平生用力僅在筆墨蹊徑中,不過與詞客騷人角一日之譽,亦何貴之有?"(《西山先生真文忠公文集》卷28《沈簡肅四益集序》)

魏了翁是晚宋另一位著名理學家,他也是崇理而貶藝文者。其《彭忠肅公止堂文集序》云:

> 某聞之程子曰:"聖賢之言,不得已也。有是言,則是理明;無是言,則天下之理有闕焉。"又曰:"後之人,始執卷,則以文為先。平生所為多於聖人,然有之無補,無之無闕。"竊嘗以是讀聖賢之書,如《易》《書》《詩》《春秋》,篇具一體,不相襲沿。至於曾子、子思、孟子,亦皆孔氏不言之意,非為是以求聞于世也。……自靈均而後,始有文辭之士,或競相摹擬,或刋落陳言,千七百季,何啻數千百家?然而所謂無是言則理有闕者,自漢毛、董而後,至近世諸儒宗,蓋可屈指,而所謂有之無補、無之無闕者,則不知其幾千百家矣。(《鶴山先生大全文集》卷54)

他上沿程氏,以理作為衡量文章價值的標準,將屈原以來作家稱作"文辭之士",否定其文章價值,認為"有之無補,無之無闕"。

洛學者所貶斥的"藝文"必然包括詩歌。真德秀所謂"詞客騷人"正是求工於文、工於詩者,既包括文人,也包括詩人。王埜是真德秀的門人,詩作得好,真德秀在《送王子文宰邵武》一詩中說"餘事作詩人"(《西山先生真文忠公文集》卷1),這正反映出詩歌在理學系統中的地位。歐陽守道對晚宋人人談理之風氣有所不滿,但其《送諶自求歸建昌序》亦云:

> 大抵作詩足以病學。《書》曰"玩物喪志",先儒猶以記誦之學為玩物,詩非玩物之尤者乎?詩如《三百篇》,不能不可作也。後之號稱詩人者,窮思極致於一草一木,爭奇競巧於一韻一字,此何所益?而耗費精神,虛老歲月,謂不為學之病,可乎?(《巽齋文集》卷12)

其對待詩歌的態度與程朱並無二致。劉克莊說“近世貴理學而賤詩”(《大全集》卷111《題恕齋詩存稿》),可見在主流學術世界中,詩歌也被邊緣化了。

詩既如此,詞更下之。劉克莊在指出理學家“抑藝文”之後說:

> 詞尤藝文之下者也,昉于唐而盛於本朝,秦郎“和天也瘦”之句,脫換李賀語爾,而伊川有褻瀆上穹之誚。① (《跋黃孝邁長短句》)

程頤對秦觀的批評在劉克莊看來正是理學家對詞體的貶斥。其《跋湯埜孫長短句及四六》又云:

> 孫花翁死,世無填詞手;後有黃孝邁,近又有湯野孫,惜花翁不及見。此事在人賞好,坡、谷亟稱少游,而伊川以為褻瀆,莘老以為放潑;半山惜耆卿謬用其心,而范蜀公晚喜柳詞,客至輒歌者也。余謂坡、谷,憐才者也;半山、伊川、莘老,衛道者也;蜀公感熙寧、元豐多事,思至和、嘉祐太平者也。今諸公貴人憐才者少,衛道者多,二君詞雖工,如世不好何?(《大全集》卷111)

在北宋時代,雖有衛道者貶斥詞體,但亦有蘇、黃等重視。劉克莊指出,在晚宋時代,“憐才者少,衛道者多”,孫、黃二位詞人雖然有才,也不能得到稱賞。

對於科舉文,理學家一方面批評其為俗學,但又承認有其存在的現實合理性。朱熹說:“居今之世,使孔子復生,也不免應舉。”(《朱子語類》卷

---

① 《水心集》卷29《題畫婆須密女》:“舊傳程正叔見秦少游,問:‘天知否,天還知道,和天也瘦。’是學士作耶?上穹尊嚴,安得易而侮之?薄徒舉以為笑。”王楙《野客叢書》卷20:“少游詞有‘天還知道,和天也瘦’之語,伊川先生聞之,以為媟黷上天,是則然矣。不知此語蓋祖李賀‘天若有情天亦老’之意爾。”程伊川所以批評秦觀“和天也瘦”,站在理學的立場上看天,天是道的體現,而不是感性的,在他看來,將天感性化為一個多情的人,正是對天的褻瀆。

13)既然應舉為後世所不可避免,那麽做舉業也不可避免。既然不可避免,理學家便力圖使舉業的負面影響降到最小,而又試圖利用舉業為理學服務,化負面為正面。朱熹便探討如何利用俗學的舉業形式為理學服務。《朱子語類》卷13:

> 或問科舉之學。曰:做舉業不妨,只是把它格式䕲括自家道理,都無那追逐時好、回避忌諱底意思便好。

這是主張以舉業文的形式來表達理學的觀念。真德秀(1178—1235)《送徐元傑子祥序》云:

> 讀聖賢之書,而不知聖賢之道,自累於俗學始。何謂俗學?科舉之業是已。然自賓興廢,上以是求於下,下以是應之。則士之業乎此,固有所不可已而。所謂程試之文,必是堯禹,必非桀跖,必祖仁義,必尚忠孝,雖士之不可已,要亦未為害道也。

舉業雖是俗學,但不得不從事。在承認其為俗學的前提下,也承認舉業的正面價值,認為其不害道。

在晚宋,不僅在價值世界中,詩歌被邊緣化,在權力世界中,也是如此。我們知道,江西詩派的影響是在高宗朝迅速擴大的。高宗喜黄庭堅,其外甥徐俯、洪炎等都受到高宗的優寵。孝宗皇帝推崇蘇軾,給蘇軾賜謚,並給蘇軾文集作序,甚至曾與大臣議論將其入祀孔廟。這些都表明最高統治者對文學的愛好。隆興初年(1163),孝宗曾命胡銓搜訪詩人,楊萬里為胡氏所作《行狀》云:

> 上在講筵,謂公曰:"卿之學術,士所甚服。"因及:"此日文士如蘇軾、黄庭堅者誰與?"對曰:"未見其人。""詩人如張耒、陳師道者誰與?"對曰:"太上時如陳與義、吕本忠,皆宗師道者。"上曰:"如韓駒、徐俯,

皆有詩名。卿可廣訪其人。"退而乃薦王廷珪、朱熹、楊萬里、周必正、弟鎬、猶子昌齡籍云。

案此所說薦十詩人事在乾道六年(1170)。據《宋史全文》卷25上,乾道六年十二月己未,"工部侍郎胡銓奏:'於隆興之初,仰蒙聖訓,令臣搜訪詩人,臣已物色得數人。'上曰:'可具姓名來'"。《鶴林玉露》卷6云:"胡澹庵上章薦詩人十人,朱文公與焉,文公不樂,誓不復作詩,迄不能不作也。"儘管朱熹不樂於被作為詩人推薦,但至少說明在當時世人眼中,詩人的地位還是相當之高。

但是,這種狀況到理宗朝發生了根本性的變化。從光宗嘉定年間開始,雖然是史彌遠當權,但是,朝廷對於理學已持正面之態度。到理宗朝,全面肯定理學,理學已經官方化,與之相隨,理學之士進入朝廷,主持朝政。理學對待文學的態度也在權力結構中體現出來。真德秀向理宗皇帝進奏的是他所編纂的理學書籍《大學衍義》,魏了翁應詔奏事,勸誡理宗皇帝不要喜歡文章:

臣昔歲聞之道路,陛下聽政之暇,時以詞翰自娱。夫詞翰非聖賢之學也。然在今能為二漢以前詞章,能知魏晉以前字法者,亦無幾人,況其大者乎。所謂大者,必知聖賢相傳者何事,朝夕所講者何學,自修身齊家、涖朝政官、分土授田、建學制賦,其規模制度,視秦漢以来率意更張之事,精粗詳略為何如。……若徒分章析句,為誦説詞章之資,則年盛氣强,猶可勉而能,迨其久也,志不能以帥氣,則志亦隨其氣而靡,此最為講學之要。(《鶴山先生大全文集》卷18《應詔封事》)

理學家在權力結構中,對於詩歌自然不會推賞,對於詩人自然不會提拔。另一方面,晚宋面臨著內外的政治及軍事危機,政治家需要具有政治軍事知識的人才,而對於詩人則不重視。劉克莊《送謝旿序》比較詩歌與詩人在唐宋權力世界中的地位說:

蓋詩至唐尤盛。人主以此拔士……主司以此取士……藩鎮以此取士……本朝文治過唐遠甚,經義詞賦之士,悉尊寵用事,惟詩人遇合者少。內而公卿,外而強大諸侯,窮貴极富,致士滿門,類多抵掌談功名、飛筆作箋記者,未嘗容一詩人也。(《大全集》卷 96)

詩歌與詩人在唐代受到權力世界的重視,但在宋代,權力世界重視談論功名即實際政治軍事事務者,對於文章之士則招納擅長四六文寫作者,而不重視詩人。即以宋代而論,元祐及嘉定時代,詩與詩人也受重視。劉克莊《跋徐總管詩卷》稱"元祐間最為本朝文章盛時",當時有蘇、黄好詩,能夠"深嘉屢歎"劉季孫、賀方回之作;南渡以來有項安世(1129—1208)、葉適好詩,能夠賞重劉翰、潘檉;徐氏之詩,雖然可與劉、賀等四人並駕,但"今世無好詩者",自己雖然好詩,但"老病得謝,雖欲效見素誦少陵之佳句、摩詰薦浩然於明主,不可得已"(《大全集》卷 110)。劉克莊感嘆"今世無好詩者"是感嘆權力世界中無好詩者,他雖然自視為詩人,欲為詩人發聲,但是,自己已經離開了權力世界,無法像韋見素那樣誦杜甫詩於朝廷之上,也無法像王維那樣向皇帝薦舉孟浩然了。

事實上宋朝有投匭獻書的制度。劉克莊《題吳垚投匭書後》云:"先朝稍於科舉尺度之外拔士,徐禧、韓駒以上書至侍從,鄧肅以《艮嶽》詩擢諫官。"但是,在晚宋,布衣或沉淪下僚的低級官吏因投獻而獲擢拔之事已經不復存在。劉克莊説:"前余承乏後省,見韋布匭函,已奏御付下者如山,未嘗有遇合者。雖拈出,諸公無顧省者。"(《大全集》卷 107)阮秀實為著名的江湖詩人,曾以其文稿投進,由劉克莊審查。劉氏有《看詳阮秀實進所撰文稿申省狀》,謂其"才高命窮,頓挫場屋,失身右弁。老之將至,手抄所作文稿十六冊兩部投進",劉克莊稱讚其文,建議朝廷"詳酌於格法之外,將秀實時加旌異,少慰其一生燈窗之勤,亦以見聖世蒐羅遺逸之意"(《大全集》卷 81),然而劉克莊的提議並沒有得到響應。趙庚夫(1173—1219)是著名詩人,"平生志業無所洩,一寓之詩,叢稿如山",卻阨窮終身。劉克莊説:

予觀昔之文人若相如、李白,世稱薄命,然所為文,親蒙天子賞識,給札捧硯之事,極一時之榮焉。近世林逋、魏野,皆以匹夫名字流入禁中,數下詔書徵聘。仲白才追昔人,會開禧、嘉定間,天下多事,三邊用武,君相所急,多才健功名之士,而山林特起之禮,其廢已久,由是仲白阨窮終身。其文不達於天子,徒為閑人退士、衲僧羽客誦詠歎息之具而已。(《大全集》卷148《趙仲白墓志銘》)

趙庚夫雖然是個有才能的詩人,但"天下多事,三邊用武"之時,權力世界多看重的是"才健功名之士",而非山林的詩人。在劉克莊看來,文能達於天子,受到權力世界的認可,才算真正有價值。但在晚宋時代,卻不能如此。當不能受到權力世界的重視,只能是"閑人退士、衲僧羽客"這些邊緣人士的表達工具而已。

前面說,四六文、詩、古文均為外學,為從事科舉者所拒斥,在思想學術世界中,四六在文章中屬於低下者。劉克莊說:"文章於道為小技,四六又文章中之小技。"(《大全集》卷107《跋黄牧四六》)即是謂此。然而一旦及第,進入權力世界,四六文就有其實用的價值,其重要性便凸现出来。按照當時一般的狀況,士子先是從事於科舉,當科舉成功之後,便從事於箋記等四六文。真德秀《送徐元杰子祥序》:

讀聖賢之書,而不知聖賢之道,自累於俗學始。何謂俗學?科舉之業是已。……幸而得之,則以前日之技為已足,方且移疇昔之工,用之於箋記,以市寵貿利,終其身弗知止焉。(《西山文集》卷28)

真德秀站在價值立場上批評習四六文的功利目的,恰恰反映出當時四六文在功利世界中的位置。歐陽守道《通荆溪吳運使書》:

昔人入仕,舍詩、書而學法律;今人入仕,脱舉業而學四六,何降而愈下也?(《巽齋文集》卷1)

為什麼要習四六？一方面因為“朝廷大典冊率用此體”，故劉克莊謂此體是“施於臺閣者”，另一方面當時的箋啟亦用此體。在當時，涉及禮節的正式的書信當用四六文。歐陽守道《通蕭宰書》：

> 此來當用今所謂四六語者通姓名於下執事，而半生學文，雅好莊直，不敢以四六語為當然。(《巽齋文集》卷 3)

歐陽守道致書於蕭氏縣令，稱“當用今所謂四六語”，可見這是慣例，歐陽氏以古文通書，不符合當時的慣例，所以要特別解釋是自己不喜四六，故不用之。《代人謝解書》：

> 某以舉子之文，辱在鄉貢之末，出而一謝太守，當有所謂四六文、今世之所謂啟者，以贄於下執事。舉子之文有志者羞為之，然而不得不為者，舍之無以自獻，雖有聖賢之學、經濟之才，欲一日而見於用，不可得也。今之法，率天下而為時文，其孰能違之？某固有大不得已於此者矣。四六之文，今世所謂啟，某未嘗學也，文史足以自娛，藜藿足以自給，朝夕所與遊者，蓬蒿之士，擇其志向之同，義理薰炙，未知世間王公貴人之門奔走伺候，當用何禮，則所謂啟者，非我之所得用，夫亦焉用學此？(《巽齋文集》卷 2)

中鄉貢而致信謝太守，按照禮儀應該用四六文“啟”，歐陽守道雖然是代人致書，但也不用其體，而用古文，故也在書信中解釋其由。由此，可以看出，四六文在當時社會認知中的地位。

事科舉則習時文，中舉則習四六文，這些都與功利相關。四六文因為屬於實用文體，在科舉的世界雖然屬於邊緣，但在當時的權力世界尚具有存在的重要性。相比之下，詩、古文較之四六更為邊緣。古文與詩之間，古文較詩體較有實用性，因而在功利世界中，詩歌屬於更為邊緣的文體。

三、江湖遊客與山林幽子：詩人群體的邊緣化

詩歌在晚宋的邊緣化地位如上所論，前面說科舉群體、理學家群體以及權力群體中都貶斥詩歌，詩人群體的主流乃是放棄科舉者以及仕途失意者。

相當多的士人是在科舉無望，放棄科舉之後纔從事詩歌創作。劉克莊自稱："念頃為舉子之詞章，屢不合主司之程度。既無用於斯世，遂專攻乎古文。"(《大全集》卷116《謝傅侍郎舉著述啟》)此處"古文"與前"舉子之詞章"即時文相對，據下文，此所謂"古文"是包括詩歌在內的。只有通過科舉才能為斯世所用，劉克莊科舉屢敗，放棄科舉，即所謂"無用於斯世"，轉而專攻"外學"。舒岳祥(1219—1298)《陳儀仲詩序》："方宋承平之時，士有不得志於科舉，則收心於學問，放情於吟詠，自是天下樂事。"此文作於至元十五年(1278)，其所回憶的正是晚宋年間事。此所說棄科舉後有兩條道路：一是學問，二是詩歌。何夢桂(1229—?)《潛齋集》卷五《清溪吟課序》：

> 詩始《三百篇》，其上公卿大夫，其下樵夫賤隸，其性情之所發，皆得以託於詩。古詩逸，五言始李陵，七言始沈宋。詩非古意，去古猶近。科舉興，併與五、七言俱廢。士非阨於山林，逸於湖海，與夫失志於朝廷之上而竄逐遐荒者，不暇於詩。清溪詩友暇日有詩課，蓋其不用於舉子業，而用於詩。

當時士子大都忙於科舉，不為詩。作詩者有兩類人：一是山林湖海之士，一是被放逐的失意官員。正因為從事科舉者一般不為詩，所以清溪詩友暇日課詩，反倒成為一個特殊的現象。施樞《芸隱倦遊稿序》："余下壬辰(紹定五年，1232)第，始學詩。"劉克莊集中所記多有此類士子：

> (章橪)博極群書，有《易》學，秋賦危中鵠者屢矣，而輒失之，遂棄場屋，以琴詩自娛(《晚覺閑稿序》，《大全集》卷97)。

此是科舉屢敗放棄場屋後轉而寫詩者。又其《跋李巖孫詩卷》：

> (李)巖孫者示余詩一卷，乃舍黄策捷徑而为山林幽子、江湖遊客之語。(《大全集》卷 110)

李巖孫也放棄科舉(黄策捷徑)而從事於詩。此言詩乃"山林幽子、江湖遊客之語"，可見在當時人的心目中，詩人群體乃是山林幽子、江湖遊客。

在當時，如果是主動放棄舉子業而吟詩，則被認為是不尋常的舉動。林希逸序劉翼《心游摘稿》，謂其"鄙夷場屋之事，技獨力於詩"(《江湖小集》卷 30)，嚴羽早棄科舉，戴復古稱"羽也天姿高，不肯事科舉"(《石屏詩集》卷 1《祝二嚴》)。歐陽守道(1209—1273)《送諶自求歸建昌序》：

> 盱江諶君自求好學能詩，年方壯，不事舉子業，獨以所學與詩走千百里求師友。(《巽齋文集》卷 12)

這裏特別指出諶氏壯年放棄科舉，而從事於學問與詩，可見這非當時士子的通常做法。所謂"走千里求師友"就是江湖遊客。高翥(字九萬，號菊磵)亦屬此類。孫德之《菊磵高君墓銘》說：

> (菊磵)幼有異質，其父兄教以科舉學，下筆出常兒上，人謂必且大高氏門户。長乃卓越不羈，踏槐黄不利，輒棄去，曰："此不足為吾學。"益取古書讀，專用力於詩。(《太白山齋遺稿》卷下)

高菊磵是著名的江湖詩人。先是事科舉(踏槐黄[①])，科舉不利，乃棄去而攻詩。方審權(1180—1264)棄科舉後，耕讀吟詩，隱於家。劉克莊《方隱君

---

① 聶奉先《續本事詩》"槐黄"條："俗云：'槐花黄，舉子忙。'謂槐之方花，乃進士赴舉之時。"

墓誌銘》：

> 君諱審權，字立之……少抱奇志，從伯父特魁鎬仕江湖，所至交其豪儁。及歸，慨然罷舉。家有善和之書、東岡之陂、汾曲之田，君曰："吾讀此耕此，足了一生矣。"始者人疑其功名頓挫憤悱而然，既而久幽不改，以至大耄，安之如一日。……君博通古今，父子皆能詩，有《真窖》《聽蛙》二集，其志業不少概見於世者，皆於詩發之。（《大全集》卷161）

正是因為詩人多是科舉失利者，故在當時多為舉子輕視，認為這些詩人乃是科舉失敗者。舒岳祥《閬風集》卷12《跋王榘孫詩》（景炎二年十一月，1277）：

> 自京國傾覆，筆墨道絕，舉子無所用其巧，往往於極海之涯，窮山之巔，用其素所對偶聲韻者，變為詩歌，聊以寫悲辛、敘危苦耳，非其志也。……方科舉盛行之時，士之資質秀敏者，皆自力於時文，幸取一第，則為身榮，為時用，自負遠甚。惟窘於筆下，無以爭萬人之長者，乃自附於詩人之列，舉子蓋鄙之也。今科舉既廢，而前日所自負者反求工於其所鄙，斯又可歎也已。

根據舒氏說法，在當時人的心目中，從事科舉者乃是"資質秀敏者"，即天資聰明者，只有沒有能力從事科舉者纔為詩人，直到宋末科舉廢，舉子無所用其心，才轉向詩歌，詩歌遂成為士子心目的中心文體。劉辰翁說："科舉廢，士人無一人不為詩矣。"（《須溪集》卷6《程楚翁詩序》）何夢桂《王石澗臨清詩稿跋》："近世學者廢舉子業，好尚為詩。"（《潛齋集》卷10）《宋君巽詩序》謂"宋君巽少以文鳴場屋"，宋亡之後便轉而作詩，何氏感嘆："科舉業廢，士以醖噫之氣鬱發於詩，詩之工而文之窮也。時異世殊，士之技亟變如此。"（《潛齋集》卷7）宋氏可謂從舉業轉而為詩的例證。本來科舉群體不為詩,但因科舉廢而加入詩人群體,宋元之際詩歌因科舉之廢止而進入一種異常的興盛狀態。

從以上的文獻,我們大致可以判斷,晚宋詩人的主流乃是處於科舉群體以及權力集團邊緣或外圍的士人群體,所謂江湖詩人正概括了這一群體的身份特徵。劉克莊《王子文詩序》:"蓋江湖草野之士,白首專攻,不過得數十篇。潛齋方有權位,竊意豐於彼者必嗇於此,而其詩至二十卷。"(《大全集》卷94)此以江湖草野與有權位者對舉。又其《徐貢士百梅詩序》乃以"縉紳先生"與"江湖社友"並列。《中興五七言絕句序》:"至於江湖諸人,約而在下,姜夔、劉翰、趙蕃、師秀、徐照之流,自當別選。"(《大全集》卷94)所謂"約而在下"的"江湖諸人"即"江湖草野之士"。

由於南宋科舉考詩賦者眾,而考詩賦者須習省題詩,因而多數的舉子都有作詩的基本訓練。但學江西詩派需要較多的學問基礎,而學"四靈"之"晚唐體"則不需要很深的學問基礎亦能為之,當舉子放棄科舉而轉向作詩時,較易入手,故作詩者眾,遂使江湖詩人數量眾多。劉克莊說"自四靈後,天下皆詩人"(《大全集》卷106《何謙詩》),"詩人滿江湖。人人為詩,人人有集"(《大全集》卷109《毛震龍詩稿》)。為什麼"自四靈後"而"詩人滿江湖"?即因"四靈"體較易入手,詩變得"易"的緣故。

以上諸種因素造成了晚宋江湖詩人群體的興起。這個群體的人數究竟有多少?無法準確統計。學術界根據晚宋《江湖集》及其相關文獻來試圖確定江湖詩人群體成員的數量,其意圖及努力固然值得肯定,但是並不能反映江湖詩人群體的全貌。這些人當中之著名者,或與書商陳起有交往者,其作品被編入了《江湖集》,但並非意味著只有列名於《江湖集》者纔是江湖詩人。如嚴羽作品未收入《江湖集》,因而未被歸入江湖詩人,但實際上他正是江湖詩人,他早年即放棄科舉,游於江湖,自謂"同是江湖客"(《三衢邂逅周月舡論心數日臨分賦此二首》),又稱"奈何平生志,鬱抑江湖間"(《登豫章城》),顯然是以江湖游客自視。我們在論述江湖詩人群體時,《江湖集》固然是一個參照標準,但決不應是唯一標準。

四、游士:江湖與廟堂之間

由於詩歌的邊緣化地位,作詩不能給詩人帶來實際的利益,那麼,詩人的生活來源在哪裏? 處於士人階層邊緣的詩人群體的另一特徵就是江湖游士,他們是晚宋游士群體中的一部分。關於游士問題,晚宋不少文獻都有觸及,張宏生教授在其《江湖詩派研究》中亦有專門論述。[①] 但本人則擬揭出劉宰(1167—1240)一篇論事劄子,即《上錢丞相論罷漕試太學補試劄子》,這是一篇考察游士問題的極為重要的歷史文獻。本節以下將圍繞這篇文章展開,試圖揭示游士問題的制度性因素。劉宰在這篇文章開首說:

> 游士之聚於都城,散於四方,其初惟以鄉舉員窄,經營漕牒,夤緣京庠,補試太學為名,積而久之,来者日眾,其徒實繁,而又迫於饑寒,誘於聲色,始有並緣親故,以求獄訟之關節者,而獄訟始不得其平;有事縉紳之脣吻者,而毀譽始不得其真;有為場屋之道地者,而去取始不得其實。其甚也,挾眾負氣,以取必於朝廷,而朝廷之勢日輕。

根據劉宰的說法,游士之成為一大問題,根源在於科舉。科舉的根本問題就在於應試者多而取錄額少。所謂"鄉舉員窄"即是說各地解額少,而最甚者為溫州與福州:"顧今天下士子多而解額窄者,莫甚於溫、福二州。"劉宰列舉了開僖三年(1207)溫州與福州終場(即通過最後一場考試)人數,福州為一萬八千人,而解額只有五十四人,溫州為八千人,而解額則只有十七人。這意味著此年福州有一萬七千九百四十六人落選,溫州有七千九百八十三人落選。福州、溫州的情形如此,其他各州可以推知。由於士子多與解額少的矛盾,於是士子便謀求其他途徑以爭取機會。

---

① 張宏生教授《江湖詩派研究》對於江湖游士問題有專章探討,見第二章"文化傳統的傾斜——江湖謁客的生活形態及其他"及附錄專文《南宋江湖謁客考論》。

本來,為防止官員在府州試中作弊錄取自己親戚門生等,規定由轉運司類聚本路現任官牒送隨侍子弟和五服內親戚,以及寓居本路士人、有官文武舉人、宗女夫等,舉行單獨的考試,即所謂漕試,漕試合格,可赴省試。由於漕試的錄取比率高於府、州試,又因為身份核查不易,故導致原本沒有漕試資格的士子通過舞弊的手段獲得漕試的資格。劉宰說:"今之牒試,凡曰避親,曰隨侍,曰門客,鮮非僞冒者,而販鬻者居其半。士大夫皆知之,而不忍絕之者,正以解額不均之故。"據《宋史全文》載,乾道元年(1165)六月,"臣僚言科舉之制,州郡解額狹而舉子多,漕司解其數頗寬,士取應者往往捨鄉貫而圖漕牒,至於冒親戚,詐戶籍而不之恤。……或宛轉請求,或通問囑托,至有待闕得替官一人,而牒十餘名者"(卷 24 下)。此處所言雖在劉宰之前,亦可與劉宰所言前後相印證。由於漕試的資格可以通過買賣等途徑獲得,希望取得漕試資格士子便離開自己的本籍客游。這些人便成為游士群體的一部分。

劉宰所謂"夤緣京庠"者,指士子設法進入都城杭州府學。由於杭學地處有京城之優勢,故向來吸引四方之士。周密《齊東野語》卷六"杭學游士聚散"謂"杭學自昔多四方之士"。周氏記載淳祐辛亥(十一年,1251),杭州府尹與教官曾欲定制,"三百名內一半取土著,一半取游士",可見其時大半皆是游士,這一批人成為聚集在京城的游士。

太學解額較州府試為高,成為士子科舉考試的捷徑之一,因而趨之者眾。這也成為大批士子從地方聚集京城的動因之一。李心傳《建炎雜記》甲集卷 13:

> 學補弟子員,故例每三歲科舉,候朝廷差官銷院,凡四方舉人皆得就試,取合格者補入之,謂之混補。淳熙後,朝議以就試者多,欲為之限制,乃立待補之法,諸路漕司及州軍皆以解試終場人為準,每百人取六人,許赴補試,率開院後十日揭榜,然遠方士人多不能,則為他人取其公據代之,冒濫滋甚。慶元中遂罷之。嘉泰二年,復行混補。就試者至三萬七千餘人,分六場十八日引試云。

以嘉泰二年(1202)就試者算,達三萬七千餘人。按照解試終場百人取六人的參試率,可以推算出嘉泰二年各地解試的終場人數之和為六十一萬六千餘人。

根據劉宰所言,士子爭取漕試資格,進入杭州府學,補入太學,成為士子聚集京師,散之四方的主要原因。因為能夠幸運獲得以上機會的是少數,而為了獲得機會而奔走者是多數,眾多人從地方會集京城,再從京城散之四方,這就造成了一個龐大的游士群體,即所謂江湖游士。這些游士當中,一部分仍心繫科舉,而另一部分人則棄去科舉,轉而業詩,於是游士便兼有了詩人的身份,成為江湖詩人。

這麼大的游士群體,如何生存?劉宰主要從負面批評的角度涉及到了游士的生存問題。其一是通過參與刑事訴訟而獲取報酬。他說:

> 大率富人之麗於獄,負者求勝,刑者求貸,死者求生,無辜者則欲其陷於罪,而理不可行也,游士則為之文致,為之游談,為之請託,為之行賂,或藉權勢以刼攘,或與胥吏相表裏,不直於憲,則轉而漕,不理於部,則伸於臺,以省寺為常行,以伏闕為常事,千變萬化,必欲獲所求而後已。所謂獄訟不得其平者此也。

周南《山房集》卷2《代人上殿論州郡事劄子》:

> 今朝廷責成郡縣之意固重,然恩威無素,風采消鑠。過客游士得以短長鉗制囂訟,姦豪得以越訴動揺,小吏不敢廉按,惰兵不敢教閱,小小興革,輒畏生事。

從劉宰到周南,都關注到游士參與訴訟的實事,並且形之於奏章,可見這已非個別事件,而成為帶有普遍性的現象了。

游士的另一出路是從軍,這一點劉宰未有論及。李曾伯(1198—1268)《可齋雜藁》卷十七《除淮閫内引奏劄》第二劄:

> 自頻年用兵以來，功狀之上于有司者，動以萬計，少亦什百，遂至四方遊士挾策兵間，補授書塡，比比皆是。至勤詔旨飭戒銓曹，限以從軍之條，嚴其出仕之路。將懲冒濫，不得不然。當邊鄙未清之時，得士者强，尚賴其用，其間竄名附籍，藉勢謀身，以此待之，固未為過。

劉克莊說："古有狄難，布衣之負材智喜功名者，皆游邊以求售其說。"（《大全集》卷 109《三山薛璞講義》）正是指此。嚴羽集中《送吳會卿再往淮南》所寫之吳會卿即是這類游士：

> 故人身披紫綺裘，腰佩寶玦騎驊騮。英風俠氣横四海，辭我遠向淮南遊。淮南桂樹應猶在，八公舉手遙相待。明月高懸五兩頭，隨君千里過淮流。十年鞍馬邊城道，又向邊城見春草。春草萋萋路入秦，長安北望空愁人。荆楚奇材多劍客，感慨相逢思報國。男兒事業早致身，青鬢須防霜雪迫。我向人間久拂衣，白雲相伴掩巖扉。調琴皷罷清商曲，愁見孤鴻天際飛。

當時淮南是宋金對峙之前線，吳會卿游淮南，即是欲從軍，所謂"荊楚奇材多劍客，感慨相逢思報國"者也。

在宋代的制度設計中，負責監察中央及地方官員的給舍、臺諫官允許"風聞"或"訪聞"言事，即允許根據主動或被動聽聞的信息評價官員的政績，而"風聞"與"訪聞"的信息來源可以不公佈；[①]在地方，監司、郡守也需要瞭解地方的政情。在這種制度下，由於游士具有流動性，恰恰就成為重要的信息來源，而游士也利用這種制度設計謀求獲得最大的生存空間與實際利益。劉宰說：

---

① 參見虞雲國：《制度與文具之間：宋代臺諫考察地方的信息渠道》，載鄧小南主編：《政績考察與信息渠道——以宋代為重心》（北京：北京大學出版社，2008 年），頁 85—91；鄧小南：《"訪聞"與"體量"：宋廷考察地方的路徑舉例》，同上書，頁 125—161。

> 朝廷耳目之寄，外則付之監司、郡守，内則付之給舍、臺諫。而監司、郡守不能盡知一路一州之事，給舍、臺諫不能知天下之事也，則有採訪焉，有風聞焉。游士知其然也，於是擇其厚己者，則多方延譽；違己者，則公肆詆訾。或形之書疏，或形之歌咏，或述之短卷。為耳目之官者幸其然也，招徠之，誘進之，採用之，或又畏憚而彌縫之，遞遞相承，賢否易位，所謂毀譽不得其真者此也。

由於游士是"採訪""風聞"的重要的信息源，相當於民間輿論，因而上述朝廷及地方的"耳目之官"便會積極地招納游士，使之成為自己的"耳目"；於是有意在仕途上進取的官員們會結交善待游士，以形成有利於自己的美好聲譽。即便是那些"耳目之官"的聲譽與仕途也要受制於民間輿論，所以他們也必須善待游士。而游士深明自己的毁譽攸關官員的仕途，便積極結交官員以獲利。因而游士雖身處江湖，卻也與廟堂關係密切，形成了廟堂與江湖之間的互相依賴互動的生態。

官員與游士之間的這種微妙關係使得游士得以利用其身份獲利，這也加劇了地方財政負擔。樓鑰在為其舅氏汪大定(字季應，1137—1198)所撰墓誌中特別表彰其為減輕財政負擔而拒買游士之事跡。《攻媿集》卷103《知江州汪公墓誌銘》：

> 遂除知江州。江素號名郡，訟簡財裕，可以卧治。及公之至，大異故時。帑藏不盈萬緡，而負諸司之錢幾二十萬，官兵俸給亦積至萬五千。公為之矍然，日與同寮圖之。蓋征賦既弗辦，而游士耗之又特甚。公曰："浚民膏血，而使往来者挹取之，以邀虚譽，吾不忍為也。"會有旨申游謁之禁，公奉行尤嚴。凡有挾而來者，止以尊酒謝遣之。或恐由此起謗，公不為動。

這裏值得注意的是，當汪大定拒絕厚待游士時，就有人擔心"由此起謗"，汪氏不為所動，但最終的結果是汪氏因為"游言"而被罷官。衛博(乾道間在

世)則向上司抱怨自己不通世故,不擅長此道:

> 某讀書不多,而蚤有科目之累,應舉甚拙,而偶成禄養之謀,潦倒孏踈,動不切事,淒涼奔走,甘為折腰。顧方自於山來,了未更於世故,近無以買游士、寓公之目,[1]上不能藉當世有位之言鞭策疲駑,彌縫短橛,如拆襪線,如折轅車,敢論千里之功?(《定庵類稿》卷3《贄見運使啟》)

"買游士、寓公之目",即是花錢結交厚待游士、寓公,以使其為自己美言。

以上的例子可見官場忌憚並且利用游士的實情。我們還可舉出更晚出的文獻以證之。李昂英(1201—1257)《文溪集》卷一《增城新創貢士庫記》:

> 余又怪近士大夫欲蓋其厲民之跡,必厚於内交士,謂游談聚議,足以好醜我,濃墨大字,足以輕重我也,則禮貌焉,贈遺焉,惟恐少失懽。蓋蠢且弱之,莫予毒也,則漁獵椎剝,苟可以自豐殖,無所不至,不知一得罪於百姓,已得罪於名教,雖日畀之千金,安能遏鄉校議政者之喙!(《全宋文》344冊,頁95)

"游談聚議",形之於言語;"濃墨大字",形之於文字作品,這些口頭議論和文字作品可以代表民間輿論,正是"採訪"和"風聞"的信息,這些輿論可以影響到官員的形象,從而直接影響到官員的仕途。為此,官員們必然要結交並厚待游士。吳泳《與馬光祖互奏狀》指責馬光祖(1201?—1270)"豐飾厨傳,[2]優待過客,買囑遊士,使之揚譽於中都"(《鶴林集》卷23)。另一方面,如果官員不能滿足游士索求的話,可能會遭報復。劉克莊《方景絢判官

---

① 寓公乃寄居他鄉之士大夫。

② 厨傳乃接待過往人員食宿、車馬之所。

墓誌銘》記載方武子(字景絢,1159—1217)為游士謁索事:

> (景絢)既而中乙未(1175)第,歷潮陽尉。某士謁索不厭所欲,適白石黃公景說將漕壓境,士造飛語投牒。漕見君題驛壁詩有"明月照齊州,玉龍樓欲起"之句,倒屨迎揖。君乞辯誣,漕呼投牒者,則已遁。(《後村先生大全集》卷160,《全宋文》332冊,頁24)

這個故事頗富戲劇性,如果不是漕使黃景說偶然見方氏題詩,游士的"飛語"很可能奏效。

游士索求往往是向中朝官索書,然後前往地方干謁。方逢辰(1221—1291)《蛟峰文集》卷2《回吳退庵》:

> 每見一等無賴子自為箚目,列注宅銜,沿門作謁,以乞書名者,某甚嫉之,惟只堅拒而排去。已嘗榜於門曰:"例不書列箚,不作監司州郡書。"凡游士過訪者,必先扣其無索書之諭,然後見之。

這封書信中述及江湖游士在京城謁朝官之情形頗值得注意。游士列出官員住址官銜,沿街拜訪,一是求簽名,一是索求致監司州郡長官書,然後持以往地方謁求。方回說:"蓋江湖游士,多以星命相卜挾中朝尺書,奔走閫臺郡縣餬口耳。"(卷2戴復古《寄尋梅》評語)此所謂"挾中朝書"即向中朝官索書,"奔走閫臺郡縣",即謂所作書乃是給在外統兵的軍事首長及地方首長,與方逢辰所謂"作監司州郡書"的說法是一致的。

索書、作書之事,可舉劉克莊集為例。劉克莊同郡人黃牧,游江湖間,善四六文,因欲應漕舉,欲干賈似道求資,便向劉索書,劉遂作書與賈云:

> 士友黃牧,與某同邑所居,相去可二十餘里。某多在田里,黃兄多遊江湖,前此未及識之。年來聞其儁聲籍籍,一日忽攜其四方之文相訪,讀之鍛煉有功夫,警拔出胸臆,不蹈襲古人已陳之芻狗。因扣其客

遊，有何人賞識，黄曰："……惟同知相公以一命官我，我將挾初補文牒以應漕舉，然家貧早孤，扉屨僕馬之資無所出，我將杖策謁同知相公於轅門。"……某老矣，於邑子皆不能忘情，而此士又同知相公之所已識，故敢犯顏開薦口焉。(《大全集》卷 133《與淮閫賈知院書》)

賈似道自寶祐二年除同知樞密院事、兩淮制置大使兼淮東安撫使、知揚州軍州事。黄牧曾在侍郎王爚書館，王曾薦之賈似道。此又向劉克莊索書向賈再薦。劉克莊不僅向賈似道作薦書，亦向賈的幕府方澄孫薦之，其薦書亦載於《大全集》(卷 133《與方蒙仲制幹書》)。

由於從朝廷到地方距離遙遠，所以有人竟僞造在朝官員的書信往地方謁索。方逢辰致吳淵書就是為此。方氏在館中，即所謂中朝官，吳淵曾任京湖制置大使知江陵府(《宋史全文》卷 35"寶祐三年三月")。方氏說："乃知江湖不肖子以贗書干瀆，且辱臺餽而遣之。……某自束髮受趨庭教，干請之戒甚嚴，而況代他人干請乎？某自去載之夏入館，未嘗為人作一字乞丐於監司州郡。……兹承鈞諭，所謂裘其氏者，某不知其謂何人，慾望鈞旨索而鞠之，重置於憲。"(《蛟峰文集》卷 2)根據這封書信，有自稱裘其者僞造方逢辰書干謁吳淵，吳淵接待並有所饋贈，然後致書方逢辰言及，方逢辰回書辯其書為僞造。

方回指出，江湖游士當初多以星命卜相干謁，事實上慶元、嘉定以後，這些人依然活躍。真德秀是不相信相術的，但他依然與相士有交往。其《贈小鐵面王相士》：

君以鐵面名，自謂相人無軟語；我亦鐵心人，不把窮通来問汝。獨有一事欲叩君：學海無底難窮尋，幾時鐵拳透鐵壁，直窺千年賢聖心？(《西山文集》卷 1)

顯然，真德秀以理學對抗相術。其《贈岳相師》小序："余方與友人劉定甫論《西銘》，而岳相師来索詩，遂直書以贈。"(《西山文集》卷 1)其詩也是此意。

但是,儘管真德秀還是為這些相士作送序,其文集中有《贈華相士序》(《西山文集》卷28)、《贈相士郭道人序》(《西山文集》卷29),這些贈序往往成為相士聲名的資本,可以用來獲利的。

五、作為游士的江湖詩人

我們回到詩人身上。晚宋的詩人群體以放棄科舉的士人群體為主,這個群體中的一部分人也屬於游士的一部分,即所謂江湖謁客。方回(1227—1307)稱這批人"至不務舉子業,干求一二要路之書為介,謂之濶匾,副以詩篇,動獲數千緡,以至萬緡"(《瀛奎律髓》卷2戴復古《寄尋梅》評語)。可以看出,這些江湖詩人與科舉群體之間具有密切關係:他們本來是科舉群體中的成員,但是他們放棄舉業而成為詩人。他們一樣面臨生存問題,以詩游謁便成為其中相當一部分人的生存途徑。"干求一二要路之書為介"即上節所謂"索書",然後攜書去謁求。我們這裏要問:為什麼朝廷重要官員會給游士作書,地方官會給饋贈?這其實還是有上節所云制度上的原因。方回謂阮秀實、林洪等人"往往雌黄士大夫,口吻可畏",即前節所謂游士輿論可以影響官員仕途,所以官員懼之,甚至於"望門倒屣"。但是,這些應該是已經有名且具一定輿論影響力的詩人,一般的詩人則無此待遇。

詩人的謁求帶有詩人的特點,即是要送詩。這一點林希逸曾有非常明確的說明:

> 今世之詩盛矣,不用之場屋,而用之江湖,至有以為游謁之具者。少則成卷,多則成集,長而序,短而跋,雖其間諸老亦有密寓箴諷者,而人人不自覺,所以後村有錦裹刀之喻。(《竹溪鬳齋十一藁續集》卷13《跋玉融林鏻詩》)

為了造就與證明自己的詩歌江湖的地位及影響,詩人便請求名公貴人為自己的詩卷題跋作序。

> 江湖諸友人人有序,有跋,若美矣,或以其淺淡,則曰玄酒太羹;或以其虛泛,則曰行雲流水;踈率失律度,則以瑞芝曇華目之;放浪無繩束,則以翔龍躍鳳譽之。譏侮變幻,而得者亦以自喜。後村翁每以錦裹刀為笑者,此也。(《竹溪鬳齋十一藁續集》卷13《林君合詩四六跋》)

姚勉(1216—1262)指斥"江湖繆妄詩客索遊者之所為"道:

> 方其能吟數語,粗知有韻之仄平,多未識李杜蘇黄門逕,即詑然自足,號為詩客,持其巨編長軸,求有官銜人序之跋之。間有顔面柔軟,不能拂人情者,往往强徇其意,得之者輒號於人曰:某已得某名公序且跋矣。由是欲列於名公者,續續而次之,至有序跋多於詩者。夫序與跋固信皆名公也,如吾詩之未足以名何?徒資識者醒睡一笑耳!(《雪坡集》卷37《再題俊上人詩集》)

這就造成了此一時期詩歌史的特殊現象:江湖詩人的作品卻是廟堂人士序跋,而且隨時結集,序跋眾多。這也表明:邊緣化的詩人群體需要得到作為主流與中心的權力世界的認可。這種認可對於他們的生存十分重要,因為權力世界實事上掌握著他們賴以生存的主要資源。事實上,來自權力世界的序跋者越多,序跋者的官銜越大,聲望越高,索題者的聲名身價自然就越高,這樣獲得的利益就越多。

劉克莊一方面屬於權力世界,另一方面又是著名詩人,因而江湖詩人投贈詩卷求題序評論者特多。他自述晚年在朝期間接受投贈詩卷說:"輦路二年,閱士友贄卷多矣。率叢編鉅帙,多千篇,少亦數百。"(《大全集》卷109《跋歐陽司戶文卷》)即便是居鄉也是如此:"余少嗜章句……既老,遂廢不為。然江湖社友猶以疇昔虛名相推讓,雖屏居田里,載贄而來者,常堆案盈几,不能遍閱。"(《大全集》卷96《送謝旿》)劉克莊集中有大量的序跋都是為這些送詩索序者而作。

戴復古可謂送詩索序者的典型例子。嘉定三年(1210),戴復古四十四歲,在京城謁參知政事樓鑰(嘉定二年任參政),向其索詩序。樓氏在是年年末(嘉定三年歲未盡三日,臘月二十八日)為題其詩,其《跋戴式之詩卷》:

一日,攜大編訪予,且言吾以此傳父業,然亦以此而窮。求一語以書其志。

戴復古於其作跋四天後,即嘉定四年元日即有上樓鑰詩,即《石屏詩集》卷六《辛未元日上樓參政攻媿齋先生》:

東風入仗慶雲翔,百辟朝元奉玉皇。一代安危寄黃髮,群生枯瘁轉青陽。梅花結果調勳鼎,栢葉宜年上壽觴。宰相黑頭天子聖,賴公同與措時康。

獲得參政接見與題序,這對戴復古來說是巨大的榮耀。他在是年二月呈詩太府卿黃犖,①即《春日二首呈黃子邁大卿》云:"野人何得以詩鳴,落魄騎驢走帝京。白髮半頭驚歲月,虛名一日動公卿。"野人落魄入京,不意而名動公卿,詩中透出得意之感。這也激發了戴復古更大的企圖心,他想更上層樓,謁見宰相史彌遠。嘉定五年壬申(1212),他通名於宰相史彌遠,然未獲召見。其《都中書懷呈滕仁伯祕監》:

北風朝暮寒,園林日蕭條。自非松栢姿,何葉不飄搖。儒衣歷多難,陋巷困簞瓢。無地可躬耕,無才仕王朝。一饑驅我來,騎驢吟灞橋。通名丞相府,數月不見招。欲登五侯門,非皓齒細腰。索米長安街,滿口讀詩騷。時人試靜聽,霜枝囀寒蜩。倘可悅人耳,安望如簫韶。

---

① 黃犖,字子邁,《咸淳臨安志》卷 50:"嘉定二年運判,三年除太府卿。"復古詩題"大卿"即指此職。此詩列在《辛未元日上樓參政攻媿齋先生》後,當撰於是年二月。

滕強恕,字仁伯,嘉定五年五月至六年四月為祕書少監。[①] 戴氏詩中有“北風朝暮寒”“霜枝轉寒蜩”句,當作於嘉定五年深秋。據《宋史・宰輔表》,史彌遠嘉定元年拜相,是年十一月丁母憂,然嘉定二年五月即起復,獨相於朝。故戴復古所要謁見的正是史彌遠。此詩云“通名丞相府,數月不見招”二句,可知未被召見。“索米長安街”云云,他在京城顯然是生活困窘,靠人餽贈。但他依然等待機會。

嘉定七年(甲戌,1214),戴氏謁真德秀,德秀題其詩云:

> 戴君詩句,高處不減孟浩然,予叨金鑾夜直,顧不能邀入殿廬中,使一見天子,予之媿多矣。嘉定甲戌月日,建安真德秀書。

以詩人身份被薦的故事,戴復古當然熟悉,甚至充滿期待。真德秀藉孟浩然見天子事告訴戴復古,他無法舉薦戴氏。正是此年,戴復古有《嘉定甲戌孟秋二十有七日,起居舍人兼直學士院真德秀上殿直前奏邊事,不顧忌諱,一疏萬言,援引古今,鋪陳方略,忠誼感激,辭章浩瀚,誠有補于國家。天台戴復古獲見此疏,伏讀再三,竊有所感,敬效白樂天體以紀其事,錄于野史》,對真德秀充滿讚譽。

戴復古在京城雖然未能如其期待,但卻在公卿間建立聲名。這為其以後的江湖游謁奠定了基礎。我們再看戴復古詩被持續地選編題跋,除了樓鑰、真德秀之外,還有嘉定七年鞏豐、嘉定十七年(1224)趙汝談、紹定六年(1233)姚鏞、端平元年(1234)趙以夫、端平元年王埜、端平三年(1235)李賈、淳祐二年(1242)包恢、淳祐三年(1243)吳子良等人的序跋。這些序跋者都是權力世界的官員,這與戴復古游謁獻詩有密切的關係。僅以戴氏與知邵武軍王埜的交往為例。戴復古與王埜、嚴羽、李賈邵武論詩,在中國詩學史上是重要的歷史事件,但是,這一在詩學具有重要地位的詩學事件卻與戴復古的游謁活動有密切關係。王埜是真德秀的門生,真德秀曾

---

① 《南宋館閣錄續錄》卷 7《少監》:“(嘉定)五年五月除,六年五月為宗正少卿。”

稱譽戴氏,王埜又是詩人,故與戴氏有較密切的交往,並給予戴氏經濟上的援助。《謝王使君送旅費》:

> 風撼梅花雨,霧籠楊柳煙。如何殘臘月,已似半春天。歲裏無多日,閩中過一年。黄堂解留客,時送賣詩錢。

如果王埜不送賣詩錢(並非真正意義上的賣詩,而只是一種自嘲式的說法),中國詩學史可能就要改寫。

詩歌本來因其沒有功利的價值而被邊緣化,但江湖詩人卻又試圖賦予其功利性以獲取現實的利益。歐陽守道《題姚幼開皆山樵語》批評道:

> 江湖間以詩人自命,吾謂其侶魚蝦而友麋鹿,然開卷視之,則題曰呈某人者,往往貴人也。(《巽齋文集》卷19)

我們即以方回所舉江湖謁客的代表之一劉過為例。《江湖小集》卷37所載劉過《龍洲道人詩集》中,即有《辭周丞相》《紅酒歌呈京西劉漕(立義)》《寄趙湖州侍郎》《喜雨呈吳按察》《上劉和州煒》《和危府教》《王農丞舟中》《歸自金陵上周益公》《謁京口張守》《上袁蘇州》《謁江華曾宰》《呈徐直院二絶》《同郭殿帥遊鳳山》《除夜寄盧申之》《謁郭馬帥倪》。其《喜雨呈吳按察》:

> 使君人物舊烏臺,天聽雖高力挽回。湖水欲平江為退,秋田未旱雨先來。雲隨黄鶴遊何許,風滿南樓亦快哉。涼意入秋清可畫,月巖知有桂花開。

這乃是吹捧吳按察感動上天而降喜雨,這種詩句傳播開去,自然對於官員有利,自己也會因此獲利。

以上現象,在晚宋已非個別,而是具有相當的普遍性,甚至波及至僧道。姚勉《再題俊上人詩集》說:

> 俊上人，余庚申年（引者注：景定元年，1260）春在感山見其詩，欲進之，為擷摘十數句。今年初夏，特來錦江見余，讀其全集，猶在感山時詩也。問别後曾誰見，曰：豐城後林李先生也，廬陵約山朱先生也。二先生者，當今之詩伯也，必有以警策子矣，而詩猶前日，甚矣，余之有以誤子也。雖然，數十篇之詩，而擷摘止數十句，余雖進子，亦深有以曉之子矣，而子猶未之悟，今之來方且盡出其全集，俾余品題，將以行乎世，余何敢重誤子乎？此江湖繆妄詩客索遊者之所為也。

俊上人景定元年曾向姚勉索序，姚勉有《贈俊上人詩序》，序中摘評其句。其後俊上人再次出其全集，再次索序，姚勉以為這是江湖詩客所為，雖然再題其集，卻直接提出了批評。

江湖詩人向名人或有權威人索序，如果被拒絕或拖延則可能受到索求者之責難。劉克莊即曾有此遭遇。其《林子彬詩》：

> 玉融林君子彬示詩七十篇，其言曰："吾藏之意待後子云，然講清楚人不可待，今江湖間多以此事推君，試為吾評之。"余耄惛，未暇細觀，君貽箋督過。……君自謂可以見古人矣，又曰可以藉口白先君矣，自許如此，使余道何物語？（《大全集》卷110）

林子彬當屬姚勉所謂"江湖繆妄詩客索遊者"，自視甚高，故可以"督過"。

但是，江湖詩人與權力世界的這種關係亦造成了權力與審美之間的矛盾與緊張。因為掌握權力的官員往往並不懂詩，他們序跋詩集，必然要對詩歌作出評論，但他們的評價並不代表真正的審美標準，詩人看重的也並非官員的審美評價，而是他們所代表的權力與聲望，這就出現了詩向權力的臣服，以及與審美的背離。劉克莊《跋劉瀾詩集》[①]：

---

① 劉瀾正是干謁者。方回《瀛奎律髓》說："江郫劉瀾，字養原，天台人，嘗為道士，還俗。學唐詩，亦有所悟。然干謁無成，丙子年（1276）卒。予熟識之。"（卷14劉瀾《夜訪侃直翁》評語）

> 詩必於詩人評之。今世言某人貴名揭日月,直聲塞穹壤,是名節人也;某人性理際天淵,源派傳濂洛,是學問人也;……某人萬里外建侯,某人立談取卿相,是功名人也。此數項人者,其門揮汗如雨,士群趨焉,詩人亦攜詩往焉。然主人不習為詩,於詩家高下深淺,未嘗涉其藩牆津涯,雖彊評,要未抓著癢處。……君足跡遍江湖,宜訪世外本色人與之評。(《大全集》卷109)

本色人代表的是詩歌的審美標準,而名節人、功名人、學問人等等代表的是權力(聲望也是一種權力),在劉克莊看來,評詩就應該堅持審美標準,由本色人來評詩,但現實卻是,江湖詩人乞求於權力世界。劉克莊實對此不滿。劉氏《章仲山詩》又云:

> 詩非達官顯人所能為,縱使為之,不過能道富貴人語。……故詩必天地畸人、山林退士,然後有標致;必空乏拂亂,必流離顛沛,然後有感觸;又必與其類鍛煉追琢然後工。或曰:孰為類?曰:有子桑必有子輿,有孟郊必有賈島,有盧仝必有馬異。天台章仲山示予吟稿……意君之友必有若子輿、若賈島、若異者,求之集中,未見其人。若達官顯人之評,蓋富貴人語也,非詩家語也。惜予老病,不得與君細論此事。(《大全集》卷109)

按照劉克莊之論,就詩歌的本質而言,其性質就應該是江湖的,而不屬於權力世界的;詩人就應該是在江湖的,權力世界的人不能真正懂詩。就詩歌批評而言,應該"與其類鍛煉追琢然後工",也就是上節引文中所說的要與"本色人"來評論,這才是詩家的審美標準;而不能求之於權力世界。

劉克莊承認詩歌在現實世界中的邊緣化的事實,所以他認為詩歌屬於"天地畸人、山林退士"的世界,但是,他對詩歌曾經有過的光榮一方面認為詩歌應該受到權力世界的認可,另一方面認為詩歌是一個獨立的領域,有其自主性,排斥權力世界對詩歌自主性的侵入。

蘇天爵的《元文類》與元代中後期的大都文壇

香港浸會大學中文系　陳漢文

元代出版事業興旺，官方委派杭州私人書商刊行的著作最少有 31 種，西湖書院更存有 200000 個排印原板。在蓬勃的出版氛圍下，元人在資料彙編、詩文合輯、辭典編纂等方面均累有創獲。[①] 蘇天爵（字伯修，1294—1352）編纂的《元文類》（釐為 70 卷，又稱《國朝文類》）就是一個重要詩文選本。[②] 此書得到朝廷資助於元順帝至正二年（1342）在西湖書院刊行。[③]

---

① K.T. Wu, "Chinese printing under four alien dynasties," *Harvard Journal of Asiatic Studies* 13.3－4 (1950): 463, 473—474.周少川:《中華典籍與傳統文化》(廣西:廣西師範大學出版社,1996 年)第十一章"元代歷史文獻的成就與特徵",頁 138—155。

② 蘇天爵乃元代著名官員。為國子生時,在大都師從吳澄(1249—1333)、虞集。延祐四年(1317),御史監馬祖常考核國子員,擢蘇天爵為首名,對他有"負斯文之任"的期望(馬祖常《跋》,見《滋溪文稿》,北京:中華書局,1997,頁 3)。至順二年(1331),蘇擢江南行臺監察御史,後回到大都,遷監察御史、禮部侍郎、淮東道肅政廉訪史。至正四年(1344)召為集賢侍講學士兼國子祭酒。《元史》譽其"進為師長,端己悉心,以範學者"。宋濂:《元史》(北京:中華書局,1976 年),頁 4224—4226。

③ 林申清編著的《宋元書刻牌記圖錄》指出:"西湖書院至正二年刊《國朝文類》,是書前有至正二年二月浙江儒學提舉移文,詳載刊書本末;文後有'右下杭州西湖書院準此'一行。案此書元時有二本,一翠嚴精舍密行小字本,一即此西湖書院本。"(北京:北京圖書館出版社,1999 年),頁 76。《元文類》分部計為 33 類,包括賦、騷、詩、冊文、表、銘、頌、記、序、題跋等。現行有兩個排印本:(Ⅰ)楊家駱主編的歷代詩文總集《元文類》(臺北:世界書局,1962 年),此本即西湖書院本;(Ⅱ)國學基本叢書《元文類》(北京:商務印書館,1936[1958]年)。本文以世界書局的排印本為研究底本。《元文類》的版本考證,見清人錢泰吉:《甘泉鄉人稿》,卷 4,中國基本古籍庫,頁 34—37。中國國家圖書館和上海圖書館藏有錢氏手校本《元文類》。

近代學者多從史學角度肯定蘇天爵的文章整理功夫和《元文類》在史料學上的價值,[①]傅海波（Herbert Franke）則從文學角度審視之:"在異族統治下,當中國知識份子還在掙扎求存自我,(《元文類》這樣)一部重要的資料結集乃是傳統儒家文學觀念的倖存物。"[②]可見知識份子在異族統治下難以一展抱負,雖然仁宗延祐二年(1315)科舉重開,但是朝廷官員的任命以蒙古貴族和色目人為主,漢人南人為副,而後二者的入仕途徑狹窄。虞集(1272—1348)《蘇志道墓碑銘》指出元廷以干戈平海內,尚"武力有功之臣";其次就是吏員,因為"錢穀轉輸期會,工作計最,刑賞伐閱,道里名物,非刀筆簡牘,無以記載施行"。[③] 相對於此,講究治國理念的知識份子在元廷難以一展所長。[④] 延祐天曆後(中後期),帝位紛爭和蒙古貴族的角力帶來不少問題,蘇天爵作為漢人官員,任監察御史,上疏四十五篇,彈劾朝中大臣;[⑤]又藉《元文類》的編纂和出版反映元代典章文物之燦然大備。陳旅(1288—1343)《國朝文類·序》(寫於元順帝元統二年,1334)指出,蘇天爵從延祐元年(1314)起,"蒐摭國初至今,名人所作","皆類而聚之";譽為"不惟有以見斯文之所以盛,亦足以見伯修平日之用心矣"。[⑥]《元文類》的編纂體現蘇天爵傳承"斯文"的決心。這裡值得探討的是,知識份子如何在元

① 孫克寬:《元儒蘇天爵學行述評》,《東海學報》6:1（1964 年第 6 期）,頁 55—66。江湄:《獨身任一代文獻之寄——元代杰出史家蘇天爵》,《文史知識》(1995 年第 5 期),頁 85—89。屈寧:《蘇天爵與元代史學》,《史學集刊》第 3 期（2011 年）,頁 60—67。

② 原文為:"An impressive source-book for the survival of traditional Confucian literary values into a period when the Chinese intellectuals had to struggle for self-preservation under an alien rule."《元文類》簡介,見 William H. Nienhauser JR. et al., *The Indiana Companion to Traditional Chinese Literature* (Taipei: SMC publishing INC, 1986), 523.

③ 王頲:《虞集全集》(天津:天津古籍出版社,2007 年),頁 868。

④ Sun KeKuan, "Yu Ji and Southern Daoism during the Yuan Period," in *China under Mongol Rule*, translated and edited by John D. Langlois (Princeton: Princeton University Press, 1981), 220.

⑤ 論者以延祐天曆年間(約 1297—1333)為中期,天曆以後至元亡為後期(1333—1367)。見 Hsiao Chi-ching,"Mid-Yuan Politics,"in *The Cambridge History of China, vol. 6. Alien Regimes and Border States*, 907 - 1368, edited by Herbert Franke and Denis Twitchett (Cambridge; New York: Cambridge University Press, 1978 -), 490. 蘇天爵的章疏曾結集為《松廳章疏》(已佚),見其《滋溪文稿》(北京:中華書局,1997 年),頁 473。

⑥ 《元文類》,頁 5。

代中後期的紛亂政局下仍然堅守一己之理想,《元文類》的入選篇章正好為此提供線索。

本文把《元文類》的編纂放在元代中後期的政治和文化環境中考察,並以此書編列的大都(今北京)文人官員作品為研究重點。延祐天曆是為人稱頌的治世,大都又是全國中心,此時期在大都供職的著名文人官員虞集和馬祖常(1279—1338)與蘇天爵關係密切,[①]《元文類》編入他們多篇作品,反映蘇氏對延祐天曆間大都文壇的重視,其編纂著重呈現大都文人的兩難:既要在蒙元治下推廣儒家理念,惜又未能一展抱負。本文先討論蘇天爵編纂當代作品的原因,再循元代中後期政局與《元文類》的編目入手,分析編者如何藉入選作品指出大都文人恪守美刺並重的詩學傳統。至於以《元文類》的詩選部分對讀兩部元代詩選集《皇元風雅》,[②]是為了指出大都文人選詩在中後期文壇上的示範意義以及蘇氏為延續漢文化所作的貢獻。

一、從元代的政治文化背景看蘇天爵《元文類》的編纂理念

蘇天爵從延祐元年起搜集當代作品,前後共二十年始成《元文類》,此書雖然大體以"作者與翰林院士和前輩的聯繫"為基礎,[③]但入選篇目還包括元初文人作品,因此,我們還需從整體上考察《元文類》的編纂理念。本節分三層論述,從律典變更、漢文化的延續以及科舉制度探討蘇天爵《元文類》的編纂理念。蘇氏著重入選文章的批判精神,期以彌補元代律典制度的流弊,他又以金末元初文人為理想楷模,作為其延續漢文化的思想淵源,而他標舉的"雅製"理念又與元代科舉的取錄標準相關,通過這三方面

① 虞集和馬祖常以詩文名於當世,蘇天爵《書吳子高詩稿後》指出虞、馬二人之詩乃"雅正之音"。《滋溪文稿》,頁 495。清人顧嗣立(1665—1724)謂元代詩人以"虞楊范揭"或"虞揭馬宋"並稱。《寒廳詩話》,收入《清詩話》(上海:上海古籍出版社,1999 年),頁 83—84。

② 分別為傅習、孫存吾:《皇元風雅》(四部叢刊本);蔣易:《皇元風雅》(續修四庫全書本)。

③ William H. Nienhauser JR, et al., *The Indiana Companion to Traditional Chinese Literature*, 523.

的討論,蘇氏的編纂用心便可得見。

陳旅《元文類·序》明確指出蘇氏所取文章的原則:"必其有繫於政治,有補於世教,或取其雅製之足以範俗,或取其論述之足以輔翼史氏。"①"政治、世教、補史"可視為一個整體,強調文章的社會功能;"雅製"指入選作品在藝術表現方面要合乎"雅"。先論文章的社會功能。雖然蘇天爵得到官方資助出版《元文類》,但是其編纂並沒有受到干預,他以"政治、世教、補史"為重,藉篇章寓褒貶以收警世之效。這裡試從金元律典制定的情況說去。至元九年(1272)忽必烈廢除金代的《太和律》,終元一代沒有頒行適用於蒙古、色目、漢人、南人的法律條文和典籍。② 元代官員審理案件時,一般以條格和斷例為判刑根據;為人詬病者在於中央和地方政府處理同類案件時卻有不同的判刑考量。③ 元丞相拜住(1298—1323)倡議設立律典制度,以統一全國的判刑依據,經過討論和整理,英宗纔於至治元年(1321)頒布《大元通制》(包括皇令、條格、斷例)。④ 判刑依據已備妥,但一套完整的法律條文仍缺;由於《大元通制》難起阻嚇,元人另辟新徑,保存和介紹《春秋》一書,期以警醒世人。他們認為干犯罪行者或能避過法律制裁,但若其罪行被寫入史書,就逃不過後人的指責。藍德彰(John D. Langlois)指出《春秋》為當政者提供了古代不同的政治案例和規範準則,官員可據此判別政治形勢。有元一代,《春秋》約有 127 種注本,蘇氏老師吳澄

---

① 《元文類》,頁 5。

② 元代官方曾編纂兩部律典:《大元新律》(編於 1273 年)和《大元律令》(編於 1305 年);兩部律典均沒有頒布。洪武元年(1368)才由明人重新制定和頒佈適用於全國的法律典籍。Paul Chen Heng-chao, *Chinese Legal Tradition under the Mongols: the Code of 1291 as Reconstructed* (Princeton: Princeton University Press, 1979), 3-40, esp. 15, 19.

③ John D. Langlois, "Law, Statecraft, and The Spring and Autumn Annals in Yuan Political Thought," in *Yuan Thought: Chinese Thought and Religion Under the Mongols*, edited by Hok-lam Chan and Wm. Theodore de Bary (New York: Columbia University Press, 1982), 94.

④ Paul Chen, *Chinese Legal Tradition under the Mongols: The Code of 1291 as Reconstructed*, 28.

(1249—1333)便著有《春秋纂言》。[①] 蘇天爵也非常注重《春秋》之學,他在《御史中丞魏忠肅公文集序》讚揚魏順聖之學"本諸《春秋》",而《春秋》具"褒善貶惡"之精神,故譽魏乃"天下之心也"。[②]

從《元文類》編列的忠臣碑文和皇帝即位詔書,可見蘇天爵繼承了《春秋》的批判精神。這些深具寓意的篇章,以大都官員的作品為主,包括元明善(1269—1322)《丞相東平忠憲王碑》、[③]虞集《平章政事張公墓誌銘》、[④]袁桷(1266—1327)《丞相拜住贈諡制》、[⑤]虞集《即位改元詔》等。[⑥] 把這些篇章放在中後期帝位紛爭的背景下細讀,便會得見蘇天爵在編纂中寄寓批判時政的《春秋》精神。這些篇章的詮釋更可聯繫《元文類》的詩選,有助於我們分析大都文人官員在面對政局變化時所承受的心理壓力。

蘇天爵肩負著延續漢文化的責任,此自覺意識體現在《元文類》的編纂中,其使命感承自其老師安熙(1269—1311)。蘇氏《默庵先生安君行狀》謂北宋靖康之難後,"中原文獻悉輦而南";在北方,士大夫則傳承斯文之任,蘇天爵譽安熙"俾吾道不絕如線"。[⑦] 蘇氏既問學於安熙,又搜集和整理前代古文遺事,因而也進入了這個傳統中。從《元文類》編入元好問(1190—1257)的作品可見蘇氏之用心。《元文類》卷一至八為詩選部分,選元好問詩八首,而其《上耶律中書書》被選入卷37,反映蘇氏視元好問為異代知音。《上耶律中書書》說:"獨有一事,繫於斯文甚重。"[⑧]有識之士要拯救文人於亂世,因為他們是"衣冠禮樂、紀綱文章"的代表。《上耶律中書書》強調漢唐以來,國家培養人才,必藉學校教育、父兄淵源、師友講習,使

---

① John D. Langlois, "Law, Statecraft, and The Spring and Autumn Annals in Yuan Political Thought," 119, 127.

② 《滋溪文稿》,頁69。

③ 《元文類》,卷24,頁1—10。

④ 《元文類》,卷53,頁9—22。

⑤ 《元文類》,卷12,頁19—20。

⑥ 《元文類》,卷9,頁15—16。

⑦ 《滋溪文稿》,頁365。

⑧ 《元文類》,卷37,頁1—3。

“士之有立於世”。[①] 惜自喪亂以來,此三種形式俱瓦解。元好問認為聚養“可以立言,可以立節”的知識份子,“不能泯泯默默,以與同草木同腐”。為保存漢文化,他編纂《金源君臣言行錄》和《中州集》。前者乃君臣論國要言,後者以文學彙編傳承知識份子(包括漢人和女真)的漢文化傳統。[②] 就《元文類》選錄《上耶律中書書》而言,元好問在異族統治下為延續漢文化所作的貢獻備受尊崇。這便說明了為什麼在元代“中原前輩,凋謝殆盡”之時,蘇天爵“獨身任一代文獻之寄”,期望時人可以從文獻(典籍與賢人)傳統裡獲得啟發。[③]

《元文類》除了強調入選作品的社會功能外,還標舉其作為“雅製”的藝術價值。此觀念與元代中後期的文化制度有關。皇慶二年(1313)十月,仁宗下旨頒佈科舉考試“經問”部分的標準,黜“浮華過實”而取“義理精明,文辭典雅”的文章。[④] 延祐二年(1315)科舉重開,當時的禮部尚書馬祖常強調“崇雅黜浮”,“雅”成為評核“古賦”的標準。[⑤] 延祐四年(1317),蘇為國子生,撰《碣石賦》應試。試後禮部尚書潘景良、集賢直學士李源道列蘇天爵第二,首名賜予“文氣踈宕,才俊可喜”的鞏弘。時任御史監的馬祖常認為蘇氏之文“雅馴美麗”“考究詳實”;鞏的行文風格雖予人閱讀上的快感,然內容乏深思,可以推想其人最終“流於不學”。馬力排眾議,擢蘇為首

---

① 蘇天爵對此非常贊同。他在撰於至正五年(1345)的《國子生試貢題名記》文中,向國子生親述如何以行之有效的學校制度培養人才。《滋溪文稿》,頁 30—31。

② 蕭啟慶:《蘇天爵和他的元朝名臣事略》,《大陸雜誌》22.5 (1961 年),頁 143—146。Peter Bol, “Seeking Common Ground: Han Literati under Jurchen Rule,” 491, 529. 值得注意的是,蘇天爵編有《國朝名臣事略》。歐陽玄(1283—1357)《國朝名臣事略・序》讚揚蘇天爵為國子學生時,已博取國初以來文獻之足徵者,日鈔而彙編,例如記錄耶律楚材之“器業”或著名士人之“謀猷”和“方略”;《元文類》,卷 36,頁 13—14。

③ 陳旅:《元文類・序》,《元文類》,頁 4—5。關於典籍方面,蘇氏的滋溪書堂藏書超過十萬卷,包括大量宋遼金元典籍。《元史》,頁 4226—4227。井上進:《中国出版文化史:書物世界と知の風景》(名古屋:名古屋大学出版会,2002 年),頁 207—209。

④ 方齡貴:《通制條格校注》(北京:中華書局,2001 年),頁 239。

⑤ 蘇天爵:《御史中丞馬公文集序》,《滋溪文稿》,頁 65。

名。[1]準此,“雅製”可理解為措辭典雅的作品。《元文類》卷三編入虞集《滋溪書堂為蘇伯修賦》,稱許蘇氏“積學抱沉默,時至有攸行。抽簡魯史存,采詩商頌并”。[2] 積學以培養沉靜柔順的性情,以《春秋》(魯史)的批判精神為寫作根本,繼承《詩經・商頌》的典雅文辭和風格。虞詩指出蘇氏重美刺兼備的文學傳統。四庫館臣謂“天爵乃詞華淹雅,根柢深厚,蔚然稱元代作者”,“蓋其文章原本由沈潛典籍研究掌故而來”。[3] 從歷史及文學傳統中積累學問,培養德性,寫作自然詳實有據。蘇天爵的文學見解是以儒家文學觀念為本。[4]

在元代中後期政治和文化的背景中細讀《元文類》,可知蘇天爵在編纂中寄寓《春秋》的褒貶精神,並以傳承斯文的積極態度搜集元代作品,又以文辭典雅、內容詳實為尚。以下部分將從編目入手,分析蘇氏的編纂與元代中後期大都文壇的關係。

二、《元文類》編錄的大都文人及其作品

本節由內緣角度論書中作者與作品的編列,分兩層論述,一層見蘇氏的理想大都文人群體的示範意義,另一層見選詩表現的美刺傳統用心,藉以揭示此群體與元代中後期大都文壇的關係。

(一) 理想的大都文人群體

《元文類》卷 1 至 8 有 387 首作品,其中劉因(1249—1293)詩 53 首,為全集之最,次為趙孟頫(1254—1322)的 42 首,再次為虞集(34 首)和馬祖常(31 首)。劉、趙皆為元初重要文人,虞、馬二人乃延祐天曆間最為時人

---

① 馬祖常:《跋》,《滋溪文稿》,頁 3。孫克寬:《元代漢文化之活動》(臺北:臺灣“中華書局”,1968),頁 409。

② 《元文類》,卷 3,頁 14。

③ 《滋溪文稿》,頁 577。

④ 例如從儒家文學觀念評價時賢之作,稱許自幼“習六經百家之說”的西林先生,謂其詩“興寄高遠,託諸諷議,不為空言,欲有補於世教”。見《西林李先生詩集序》,《滋溪文稿》,頁 62—63。

敬重的文人官員。蘇氏《元故翰林侍講學士知制誥同修國史贈江浙行中書省參知政事袁文清公墓誌銘》有言：

> (袁桷)公為文辭,奥雅奇嚴,日與虞公集、馬公祖常、王公士熙作為古文,論議迭相師友,間為謌詩倡酬,遂以文章名海內。士咸以為師法,文體為之一變。①

《書吳子高詩稿後》則謂：

> 延祐以來,則有蜀郡虞公、浚儀馬公以雅正之音鳴於時,士皆轉相效慕,而文章之習今獨為盛焉。②

指出袁、虞、馬與其他大都文人砥礪切磋,後學從而為師,形成文人群體。上引兩篇都收錄在蘇天爵的《滋溪文稿》中。將《滋溪文稿》與《元文類》的入選篇章互為參照,得見理想大都文人群體的意涵所在:喜酬唱和討論切磋,以師友淵源體現和諧的大都文人文化,並以中後期文人虞集和馬祖常等為重心。這裡以虞集為例。延祐元年(1314),國子學生蘇天爵始問學於太常博士虞集。泰定元年(1324),天爵出任翰林國史院典籍官,虞集仍任教國子學。③ 自始,天爵與虞集有較多機會一起工作。泰定二年(1325),朝廷於長春宮舉行黃籙普天大醮,天爵協助虞集制定青詞。當虞集於天曆二年(1329)任奎章閣侍書學士兼翰林直學士之時,蘇天爵也升任為奎章閣授經郎。④ 由此可見,理想大都文人群體以師友淵源的關係為基礎。

在師友淵源的基礎上,蘇氏藉大都文人撰寫的序指出文人怎樣可以

---

① 《滋溪文稿》,頁 137。

② 《滋溪文稿》,頁 495。

③ 《元史》卷 183,頁 4224—4227。姜一涵:《元代奎章閣及奎章人物》(臺北:聯經出版事業公司,1981 年),頁 130。

④ 《元史》,頁 4225。

獲得時賢的認可。卷35引虞集《送冷敬先序》謂"大德(1297—1306)中,集始來京師,江左耆舊名家、故國衣冠之裔,同仕於朝者"包括袁桷。十餘年後,只有袁桷與虞尚在朝廷,"最後至者,得冷君敬先"。隱然有大都文人前後相承之意。虞譽冷敬先之"溫溫儒雅,有退讓之風,非朝夕之積者矣",故大都文人"愛而勉之者,皆為詩以為贈"。[①] 蘇氏極為推許儒雅之風,卷36編入馬祖常《臥雪齋文集序》謂文人及其創作如能表現中正平和之情,"賦天地中和之氣,而又充之以聖賢之學",其人其文便能得到時賢賞識。[②] 中後期文人以贈序方式把各人的"關係"網絡連結起來,蘇天爵把這些序文編纂在《元文類》裡,進一步強調儒雅之風、中正平和的傳統觀念乃是理想大都文人群體體現的文化價值。

再者,大都文人的社會定位和創作都是以傳承"斯文"為重心,蘇氏於卷39引吳澄《書貢仲章文稾後》可說明此點。吳謂貢奎(1269—1329)乃"江南之英",貢晉身官場後,與當時有名的中後期大都文人官員鄧文原(1258—1328)和袁桷(1266—1327)"俱掌撰述於朝",並砥礪切磋,吳因而對貢奎與大都文人群體有所期許。[③] 朝廷的公文撰作,有既定格套,文人"掌撰述",就必定要掌握固有的寫作傳統,這也是體現文化秩序的一環。吳稱譽貢,謂其與時賢鄧、袁"俱掌撰述",即是說,貢在朝中建立的形象並非以其江南身份示人,而是以恪守漢文化傳統的文人身份出之。這是對他作為大都文人群體一員的肯定。吳既而論及貢詩:"溫然粹然,得典雅之體,視求工好奇,而卒不工不善者,相去萬萬也。"內容溫柔敦厚、體式典雅,符合蘇天爵所謂"雅製"的詩歌範式。《元文類》選貢詩兩首,《讀伯庸學士止酒詩》謂"風雅久已衰,作者微君誰",推許馬祖常《止酒》上接風雅,"嗟我重景仰,老大將何為",藉以明己之憂慮與抱負;[④]貢奎《司業禮公哀挽元禮》

---

① 《元文類》,卷35,頁22—23。又參《道園類稿》,卷21,收入《元人文集珍本叢刊》(臺北:新文豐出版公司,1985年),頁31—32。

② 《元文類》,卷36,頁4。

③ 《元文類》,卷39,頁4。

④ 《元文類》,卷3,頁14。

中的李元禮曾於元貞元年(1295)任監察御史,上疏奏明五台山建佛寺一事勞民傷財,後獲罪;①貢大為欣賞李氏既有頌聖文章,又有監察議政之文,有詩譽為"文章清廟藏琛玉,勳業烏臺鎮羽翰",嘆李氏之死乃"百年耆舊彫零盡,展卷哀辭忍淚看"。② 從貢奎之例子可見,傳承漢文化傳統——"政治、世教、補史"的"雅製"——是中後期大都文人關注的重點。

大都文人群體以師友淵源的方式傳承共同的漢文化傳統,並體現在其"雅製"作品中,蘇天爵把此精萃部分編入《元文類》,便傳承了"斯文"。下面從理想大都文人群體的角度看《元文類》收錄的詔書,考察其內容如何突顯元代中後期政局的困境,並進而分析詩選部分,期以揭示蘇天爵如何結合詔書與詩歌以寓美刺。

(二) 諷與頌:《元文類》與大都文壇

就《元文類》三十三個分目而言,"詔赦"(卷 9)、③"冊文"(卷 10)、"制"(卷 11 和 12)、"奏議"(卷 13 至 15)、"表"(卷 16)、"表、牋、箴、銘"(卷 17)、"頌、贊"(卷 18)各種朝廷公文都具"補史"之用,而以卷 9"詔赦"最能反映元代中後期政局的嬗變。大都文人群體的代表人物虞集所撰寫的詔書,曲折反映朝廷對至治三年(1323)發生的南坡之變(暗殺英宗的計畫)的評價;沿此編纂策略對讀詩選部分,得見蘇氏之用心:既側寫南坡之變,又寄託漢人官員在異族統治下的矛盾心情。

首先看卷 9"詔赦"的編排與"晉邸"一詞的運用。

一般來說,詔書是用來告示百官有關日常行政事務的文書,體現了皇權的絕對意義,皇帝先以口頭或文書方式下達命令,由輔政部門草擬公文,再由皇帝核准內容後分發各部門執行。④《元文類》卷 9 共二十六篇作

---

① 《元史》,頁 4101—4103。

② 《元文類》,卷 7,頁 6。

③ 世界書局排印本《元文類》和國學基本叢書《元文類》的卷九都以"詔赦"命名,而非"詔敕"。

④ 柏華、李春明:《中國古代重要公文書——詔敕和奏章》,《檔案學通訊》(1992 年第 4 期),頁 46。

品，其中與元代中後期政局相關的有以下數篇：

仁宗至大四年(1311)三月即位	姚燧《即位詔》
仁宗皇慶二年(1313)十一月擬重開科舉詔	程鉅夫《行科舉詔》
英宗延祐七年(1320)三月即位	張士觀《即位詔》
英宗至治(1321)改元	元明善《至治改元詔》
英宗至治二年(1322)十二月	袁桷《命拜住為右丞相詔》
泰定帝泰定元年(1324)	曹元用《諭安南國詔》
文宗天曆元年(1328)九月即位	虞集《即位改元詔》
文宗天曆二年(1329)八月第二次即位	虞集《即位詔》
文宗至順三年(1332)八月歿，寧宗繼位	虞集《即位詔》

就元代中後期四位皇帝(仁宗、英宗、泰定帝、文宗)的繼位次序而言，只有泰定帝(1324—1328在位)時期的即位詔書被略去。頗堪玩味的是，蘇氏強調文章的政教與補史功能，《元文類》的編纂缺少一朝皇帝即位公文說不過去。這反映了一個情況：泰定帝繼位的合法性受到時人質疑，與他曾參與暗殺英宗的計畫有關。以下先概述南坡之變的背景，再從虞集的三篇即位詔書看去，說明中後期的混亂政局以及朝廷對南坡之變的評價，這裡體現蘇氏對於大都文人群體及其風尚的道德價值的判斷與引導。

元代中後期的混亂政局源自蒙古派系的爭鬥，以皇太后答己及其黨羽鐵木迭兒殊為專擅。① 馬祖常曾上書彈劾鐵木迭兒任意升黜官員。② 仁宗延祐六年(1319)，約四十位御史聯合上書揭露鐵木迭兒之惡行。鐵木迭兒藉答己的包庇避過彈劾，但那些御史卻被流放或被逼告老歸田。為了抗衡答己一派的勢力，英宗於延祐七年(1320)任命拜住(1298—1323)為左

① 鐵木迭兒於1311和1314年兩次被任命為右丞。Hsiao Chi-ching, "Mid-Yuan Politics," 525-534.

② 馬祖常:《彈右丞相帖[鐵]木迭兒》，收入李叔毅、傅瑛:《石田先生文集》(河南：中州古籍出版社，1991年)，頁154。

丞。在擔任太常禮儀院使期間,拜住與虞集和吳澄(1249—1333)建立良好穩固的情誼。[①] 英宗和拜住聯手保護朝中儒臣免受答己派系的欺凌。[②] 鐵木迭兒和答己先後於至治二年(1322)十月去世,拜住於同年十二月被任命為右丞後,[③]他在集賢院和翰林院起用漢人以行儒法,包括王約(生卒年不詳)、吳澄、吳元珪(1251—1323)、張珪(1264—1328)、王結(1275—1336)、宋本(1281—1334)。[④] 在儒臣輔助下,英宗和拜住實行改革,減少皇太后和皇后的隨從數目,以免助長派系鬥爭,繼而鼓勵御史揭露瀆職的官員。[⑤] 後來,鐵木迭兒的石碑被毀,以示朝廷絕不包庇叛變者,而其舊有部屬則被逐。[⑥] 然而,鐵木迭兒的支持者鐵失(生卒年不詳)仍安然無恙,因為他是英宗皇后速哥八剌的兄長。鐵失為求自保,與也先帖木兒(生卒年不詳)謀害英宗。英宗新政令蒙古貴族的五位宗王年收入鋭減,尊貴地位被動搖,他們因之而參與計劃。[⑦]

至治三年(1323)八月初四日,英宗和拜住自上都回大都,在南坡驛稍作停留。當晚,鐵失與阿速衛兵突襲,英宗和拜住被殺,史稱南坡之變。[⑧] 鐵失等人立即赴大都,控制朝中大臣,掠奪皇印,擁立身在蒙古的晉王也孫鐵木耳(泰定帝)為王。[⑨] 鐵失和叛變者在大都命令集賢院和翰林院官員隨扈上都。文人官員曹元用(1268—1330)認為晉王突然被擁立乃不尋常之舉,故寧死不從。[⑩] 晉王即位為泰定帝後,朝中重臣擔心新政府不再

---

① 蕭功秦:《英宗新政與南坡之變》,《元史論叢》第 2 期 (北京:中華書局,1983 年),頁 147。王頲:《虞集全集》(天津:天津古籍出版社,2007 年),頁 493。

② Hsiao Chi-ching, "Mid-Yuan Politics," 530.

③ 《元史》,頁 624。

④ 《元史》,頁 627。蕭功秦:《英宗新政與南坡之變》,頁 149。

⑤ Hsiao Chi-ching, "Mid-Yuan Politics," 531. 蕭功秦:《英宗新政與南坡之變》,頁 149—150。

⑥ 《元史》,頁 626,630—631。

⑦ 李治安:《元代分封制度研究》(北京:中華書局,2007 年),頁 291。蕭功秦:《英宗新政與南坡之變》,頁 152。

⑧ 關於參與計畫的官員名單,見《元史》,頁 632—633。

⑨ 虞集:《書王貞言事》,《元文類》,卷 39,頁 12—13。

⑩ 《元史》,頁 4027。

以儒治國,許有壬(1287—1364)和趙成慶(1284—?)上書彈劾瀆職的鐵失等人。① 鐵失最後被泰定帝處死,五位宗王被流放。② 據蕭啟慶研究,晉王極有可能參與謀害計畫,其王府內史倒剌沙在南坡之變事發前兩天告知晉王將有叛變,這說明至少他是在知情之下默許剌殺行動的。③

把《元文類》卷九的詔書放在元代中後期的政治背景下閱讀,我們發現蘇天爵藉大都文人官員的詔書質疑泰定帝繼位的合法性。以下就虞集的三篇詔書討論此情況。

泰定帝死後,文宗於天曆元年(1328)九月即位,虞集《即位改元詔》即撰於此時。詔書首先肯定元世祖統一海內,確立制度的功績,接著指出:

> 宗親各授分地,勿敢妄生覬覦。此不易之成規,萬世所共守者也。世祖皇帝之後,成宗皇帝、武宗皇帝、仁宗皇帝、英宗皇帝,以公天下之心,以次相傳,宗王貴戚,咸遵祖訓。至於晉邸,具有盟書,願守藩服,而與賊臣帖失、也先帖木兒等,潛通陰謀,冒干寶位,使英皇不幸罹於大故。④

"晉邸"即泰定帝,泰定帝的父親甘麻剌乃是真金(裕宗)之長子,1294 年,甘麻剌極有可能問鼎可汗之位;而泰定帝在 1302 年襲封晉王,在漠北地區擁有強大的勢力。虞集的詔書指出一個重點:成宗、武宗、仁宗、英宗才是合法的統治者。成宗是真金的第三子,武宗乃真金第二子答剌麻八剌的兒子,而仁宗和英宗同屬於答剌麻八剌一脈。元代中後期的混亂政局源自甘麻剌與答剌麻八剌兩系之爭:

甘麻剌一系:

---

① 蕭功秦:《英宗新政與南坡之變》,頁 155。
② Hsiao Chi-ching, "Mid-Yuan Politics," 536.
③ Hsiao Chi-ching, "Mid-Yuan Politics," 535.
④ 《元文類》,卷 9,頁 15—16。

答剌麻八剌一系:武宗　仁宗　英宗　泰定帝　文宗

答剌麻八剌一系掌握大權,而甘麻剌一系只有泰定帝在群臣的幫助下通過南坡之變而登上帝位。虞集在文宗的即位詔中刻意使用“晉邸”來否定泰定帝的正當性,應該是得到文宗一朝的允許。這不可能是虞集個人的決定,而是背後兩個集團的爭鬥。因此,文宗於 1328 年即位時更需要在詔書裡嚴辭譴責“晉邸”與賊臣。文宗此次即位,同時宣布只要其兄長和世剌從中亞回國後即讓出帝位。1329 年和世剌即位為明宗,在位僅七個月便去世,文宗於同年八月十五日再次即位。文宗任命虞集另撰《即位詔》。此詔書與上述一篇的寫作類同:

> 晉邸違盟構逆,據有神器,天示譴告,竟隕厥身。於是宗戚舊臣,協謀以舉義,正名以討罪。[1]

同樣以“晉邸”代泰定帝之名,並書寫其罪行。至順三年(1332)八月文宗歿,其生前欽點和世剌之子寧宗(年僅 6 歲)繼位,虞集奉命撰寫另一篇《即位詔》。詔書完全不提“晉邸”或泰定帝,直接指出答剌麻八剌一系的統治者:仁宗、英宗、文宗、明宗、文宗(第二次繼位)、寧宗。[2] 這裡可以發現蘇天爵的文選確有著更深層的寓意。第一,這三篇即位詔說明《元文類》於順帝至正二年(1342)在西湖書院出版之際,文宗朝全盤否定甘麻剌一系的政治取態。第二,在一定程度上反映大都文人官員在元廷的工作只是執行文書職務而已。以虞集為例。上述虞集的三篇詔書都是在文宗朝前後撰寫。文宗一向寵信虞集,任命他為奎章閣侍書學士,重要公文咸出公手。[3]

---

① 《元文類》,卷 9,頁 16。

② 《元文類》,卷 9,頁 18—19。

③ 歐陽玄:“至治天曆,[虞]公仕顯融,文亦優裕,一時宗廟朝廷之典冊、公卿大夫之碑板,咸出公手,粹然自成一家之言。山林之人,逢掖之士,得其贈言,如獲拱璧。”《雍虞公文序》,《道園類稿》,頁 252。

虞集又曾為文宗撰寫另一篇詔書(已佚)詆毀明宗之長子妥懽貼睦爾(後來的順帝)的野心,文宗並宣布以明宗之次子懿璘質班(寧宗)為他的繼任人。① 寧宗在位僅兩月便辭世,順帝於 1333 年繼位。由於文宗與順帝爭權,虞集作為文人官員無可避免地捲入紛爭之中。虞集撰寫的公文(包括上述三篇即位詔)是他作為文人官員必須完成的工作,他根本沒有選擇權利。當文宗與寧宗相繼去世,虞集知道此時已不可能再待在朝中,故他在順帝繼位時退隱江西。② 這說明了為什麼虞集常在詩中表現"時行不違矩"的處世之道。③《元文類》卷 53 收錄虞集《平章政事張公墓誌銘》,張公乃平章政事張珪。是篇也收錄在虞集親自審訂的《道園學古錄》(1341 年刊行)中。相較兩個版本,其中一段描寫"密書"內容(約 390 字)只見於《元文類》。④ "密書"觸及南坡之變、鐵失夜扣國門奪符印、張珪與魏王商略是否應以密書恭迎晉邸為王等重要情節。結合上述三篇即位詔的"晉邸"來看,蘇天爵是以補史之原則將"密書"一段全文收錄,體現選本的批判意識。虞集於 1340 年與門生一起審訂《道園學古錄》時,⑤刪去如斯重要的"密書",大概考慮到此書會在順帝一朝出版,自己又曾撰寫詔書詆毀順帝而牽涉在文宗與順帝的爭鬥中,一己著作中容易挑起紛爭的文字都予以刪除,這符合了虞集相對謹慎的政治取態,也可避免再次捲入漩渦。馬曉琳指出虞集考慮到在順帝一朝,朝野對張珪一家的功過仍沒有定評,而且張氏家族之死還是一樁冤案,因而把"密書"一段刪去。⑥ 從虞集三篇即位詔的背景、內容以及"密書"在《道園學古錄》中的處理方式來看,大都文人官

---

① John D. Langlois, "Yu Chi and His Mongol Sovereign: The Scholar as Apologist," *The Journal of Asian Studies* vol. 38.1 (1978), 111.

② John D. Langlois, "Yu Chi and His Mongol Sovereign: The Scholar as Apologist," 110 - 112.

③ 《次韻陳溪山樓履》,《道園學古錄》,卷 27,四部備要本(上海:中華書局,1936 年),頁 4A。

④ 《元文類》,卷 53,頁 17—18。《道園學古錄》,卷 18,頁 9A—9B。

⑤ 《道園學古錄》,卷 29,頁 9A。

⑥ 馬曉琳,《張珪墓志銘文本流傳研究——兼論〈元史·張珪傳〉的史源》,《中國典籍與文化》總第 79 期(2011 年第 4 期),頁 28—33。

員的身不由己於茲可見。① 虞集歸隱江西後創作的《次韻陳溪山棲履》說："憐我涉世深，垂誡不待造。兢兢歷淵冰，縮縮奉師保。時行不違矩，庶慊歲年老。"②是他回望過去三十年在朝廷工作的總結。身為監察御史的蘇天爵並沒有此顧慮，藉《元文類》書寫文宗朝對甘麻剌一系（特別是泰定帝）的評價，寓褒貶於選篇裡，而泰定帝的即位詔在卷9"詔赦"的缺席恰好與以下描寫英宗朝拜住的篇章作一對比。《元文類》卷12編入袁桷《丞相拜住贈謚制》：

> （拜住）斥聚斂之臣，以靖四表；誅黷貨之徒，以正庶官。……天下望其治平，朝廷以之模楷。然盡言招過，儉謀愈深，選賢與能，奸黨滋懼，變成肘腋，禍起股肱，山嶽動搖，日月昏翳，雖元兇正罰，吹明朕心……③

謂其正義具謀略，惜被奸黨（即擁立晉邸之謀臣）所害。編錄在卷24的元明善《丞相東平忠憲王碑》更明確指出拜住在朝中之升降起跌：

> 議者不能不歸罪阿合馬、桑葛也，之二罪魁，孰與並立，良相之去朝也宜矣。④

蘇天爵藉大都文人撰寫的篇章串連中後期政局，以對比寓諷刺，表現朝廷的政治風向以及選集的批判精神。大都文人因職務之關係而牽涉入權鬥中，他們所面對的生活壓力可從《元文類》的詩選部分觀之。

其次是美刺並重的詩學傳統。

---

① 藍德彰（John D. Langlois）以"辯護式學士"（The Scholar as Apologist）形容虞集，可謂切中。

② 《道園學古錄》，卷27，頁4A。

③ 《元文類》，卷12，頁19—20。

④ 《元文類》，卷24，頁9。

卷9"詔赦"的編排體現蘇天爵寓褒貶精神的編纂宗旨。沿此思路探索《元文類》詩選部分,蘇氏選詩重點呈現大都文人在公私兩方面的困局:既質疑一己在朝中推廣儒家理念的成效,以及反思作為文人官員"位卑力莫及"之嘆。這些無論是以婉轉筆法寫南坡之變,還是寫頌聖隨扈,或是抒發個人對朝廷生活之嘆的詩歌,都是以合乎"雅製"的方式出之。選詩從各個方面紀錄大都文人的心理變化,褒貶精神實貫穿其中。

南坡之變的發生為中後期政局的轉捩點,詩選部分寫及南坡之變的作品都極其委婉,并以虞集詩為重,其《榆林對月》收錄於卷三。① 是詩在《道園學古錄》題為《至治壬戌八月十五日榆林對月》。② 至治壬戌即至治二年(1322),翁方綱將是詩繫於此。③ 然而,至治二年夏,虞集身處南方。虞詩應繫於至治癸亥三年(1323),即寫於南坡之變後。這裡試從虞集在江南的行蹤說明之。延祐六年(1319),虞集父親虞汲去世,集奔喪江西臨川。至治二年(1322),於池口與其老師吳澄(1249—1333)會面,同往金陵。④ 是年,往吳郡祭祖。⑤ 集還在吳時,元廷任命他為國史院一員,拜住遣使者往蜀、江西、吳等地召他回朝,惜未能聯繫。⑥ 至治二年六月,趙孟頫(1254—1322)去世。集在其撰於至治二年八月四日的《題趙子昂書過秦論真迹》說:趙去世之後的第五十日,集與友人同在吳郡一同欣賞趙書。⑦ 可見於至治二年的夏天,他並不在北方,編纂《道園學古錄》時,大概曾把《榆林對月》改為《至治壬戌八月十五日榆林對月》,標明年月,以免添亂。⑧ 袁桷《秋闈唱和》指出至治三年(1323)八月十五日,他與虞集等同在榆林驛。

---

① 《元文類》,卷3,頁12。袁桷有和詩《次韻伯生榆林中秋》,《清容居士集》,四庫全書本,第1203冊(臺北:臺灣商務印書館,1985年),頁69。

② 《道園學古錄》,卷1,頁4A。

③ 翁方綱:《虞文靖公年譜》,收入《北京圖書館藏珍本年譜叢刊》第36冊(北京:北京圖書館出版社,1999年),頁451—452。

④ 虞集:《跋吳文正公題朱子寫陶詩與劉學古略蹟卷》,《道園類稿》卷35,頁158。翁方綱:《虞文靖公年譜》,頁452。

⑤ 虞集:《送趙茂元序》,《道園類稿》,卷20,頁535。

⑥ 《元史》,頁4176。

⑦ 《虞集全集》,頁464。

⑧ 上引"密書"不見於《道園學古錄》就是一例。

準此，本文將虞詩繫於至治三年八月十五日，即南坡之變發生後的第十一日，是詩可說是大都文人的第一身感受，值得重視。

《元文類》卷 3 收錄的虞集《榆林對月》，全詩如下：

> 日落次榆林，東望待月出。大星何煜煜，芒角在昴畢。草樹風不起，蛩蜩絕啁唧。天高露如霜，客子衣盡白。羸驂齕餘棧，嫠婦泣空室。[1] 行吟毛骨寒，坐見河漢沒。驛人趣晨征，[2]曈曈曉光發。

至治三年(1323)八月初四日，英宗與拜住啟程往大都途中被殺，事發十一日後，虞集與其他大都文人官員在榆林驛獲悉此事，忐忐不安。袁桷為《秋闈唱和》寫的序(撰於 1326 年)回顧了這樁往事：

> 至治三年(1323)八月十五日，乘驛騎抵榆林。於時，善之(鄧文原，1259—1328)、祭酒仲淵(李仲淵)、學士伯生(虞集)、伯庸(馬祖常)二待制同在驛舍，傷感增悵。今忽同校文於江浙，因述舊懷。[3]

袁桷於 1324 年辭官，寫《秋闈唱和》時已不在大都生活，然南坡之變為大都文人帶來的不安一直縈繞不去。那麼虞集在事發後撰寫的《榆林對月》表現了怎樣的心情？詩的三、四句連用兩個星宿意象："大星"一般指傑出之士，在南坡之變的背景下，此處指拜住。"昴畢"位處冀州上方，意即皇城，[4]這裡暗寓英宗。兩句指英宗和拜住之英明管治就如天上星宿。[5] 二人之離世讓詩人感到不安：自然界一草一物都為之惋惜而沉寂(五六句)，既明且冷的夜星照在露水與詩人白衣上(七八句)，[6]"白"讓人聯想到喪

① 《道園學古錄》作"幽室"，卷 1，頁 4A。

② 《道園學古錄》作"告晨征"。

③ 《清容居士集》，頁 188。

④ 班固：《漢書》(北京：中華書局，1962 年)，頁 1278，1288。

⑤ 袁桷《次韻伯生榆林中秋》以星宿"玄宮"、"營室"代指英宗。《清容居士集》，頁 69。

⑥ 虞詩第七句的用字讓人聯想至《詩經・蒹葭》"白露為霜"的句意。

服。接下來,詩人用兩個意象寫哀痛落寞——就如羸驂回到破爛之馬棧與嫠婦之空嘆無助。意象的縱橫交錯讓詩人的情緒積澱,繼而表現在第十一句"行吟毛骨寒"的總體感受裡。詩人除了恐懼,還有對朝廷叛逆者的行為感到無可奈何,大概只可以"坐見河漢沒",此句既指夜色將盡,也指"大星"、"昴畢"的消逝。《榆林對月》描述的榆林景色和詩人的心理狀況成功表現當時大都文人的不安與恐懼。

《榆林對月》是否可評為"雅製"? "雅"指向措辭典雅,表現一種中正平和的情感。① 使詩歌典雅一般也以用典的方式呈現,詩人化用前人詞藻與句子,可使詩句具古典氛圍。② 虞詩用典不多,除"昴畢"一詞出自《漢書》外,還有第七句"天高露如霜"可聯繫《詩經》"白露為霜"的意境。全詩只用了"泣"和"寒"直接言情,其餘部分則較為平實含蓄,婉轉地以兩條脈絡塑造憂鬱氣氛,虞集把哀傷之情化為第五至第十句的情境,並把情緒統攝在第十一句中。另一條脈絡則以第三、四句的星宿通過"比"的方式構成:星光(英宗與拜住)照在露水與客子衣服上(七、八句),由反照之白色喻君臣的純淨無瑕,最後以曙色初現,星光漸褪暗喻二人之離世(十二、十四句)。星光的出現與消逝委婉道出英宗與拜住人生之起跌。這種委婉含蓄的表情方式恰到好處,與當代同題作品相比,虞集這首詩確實較為"典雅",符合上文所論蘇氏的詩學見解。③

蘇天爵又選入虞集《沉沉行》。④ 前四句寫大漠風光,後四句"去年八月羽書急,婦女上城小兒泣。今年八月天子來,身屬櫜鞬月中立"的意義並

① Stephen Owen 指出作為風格術語的"雅",一般指向"莊嚴"、"節制",具古典氛圍。*Readings in Chinese Literary Thought* (Cambridge, Massachusetts and London: Harvard University Press, 1992), 594.

② Chou, Shan. "Allusion and Periphrasis as Modes of Poetry in Du Fu's Eight Laments," *Harvard Journal of Asiatic Studies* 45.1 (1985), 86.

③ 馬祖常、虞集、袁桷曾寫了《至治癸亥八月望,同袁伯長、虞伯生過槍竿嶺馬上聯句》,詩中"鉤鈐挂闌干,欃槍斂鋒鍔"用上兩個星宿意象"鉤鈐"與"欃槍"代指皇帝座駕與南坡暗殺之事。相較《榆林對月》的"昴畢",就用字表意的層次而言,"鉤鈐"與"欃槍"塑造了緊張氛圍,暗示刺殺行動的刀光劍影,這與所謂"雅"要求的中正平和的情感與含蓄的表達方式相距甚遠。詩見《虞集全集》,頁 39。

④ 《元文類》,卷 4,頁 11。

不明確,連寫“八月”可能指向兩種情況:(Ⅰ)緊扣南坡之變的背景。先營造去年八月緊張之氣氛,再以婦兒逃難側寫英宗朝之動盪;末二句的突轉寫及當朝泰定帝英姿煥發的神情。(Ⅱ)或將後四句聯繫至文宗朝。致和元年(1328)七月,與南坡之變有密切關係的泰定帝崩於上都,是年九月,天順帝在上都繼位,在位僅一個月便去世,文宗倉卒在大都繼位(第一次登基),後來其兄長和世剌(明宗)回朝,文宗讓位,然明宗在位七個月便去世,文宗於天曆二年(1329)八月在上都再次登基。大概第二種情況較為接近虞詩的寫作背景,因他與文宗關係密切,又曾替文宗撰寫即位詔批評泰定帝繼位之合法性,如虞詩最後兩句詮釋為威風凜凜的文宗應較為合理。就此而言,這首詩表現了虞集的政治取向。結合《元文類》的文選與詩選部分看大都文人的生活,一個相對立體的詩人生活便能呈現。

《元文類》的文學價值在於強調美刺並重的精神。除了注重那些體現大都文人對時局關注的詩歌外,蘇氏並不忽略頌聖之作。他為翰林直學士宋褧(1294—1346)寫的《宋翰林文集序》曾說:“昔者仁皇(仁宗)開科貢舉,本以敷求賢才,作興治化。今觀累舉得人之盛,或才識所長裨益國政,或文章之工黼黻皇猷,議者不當盡以迂滯巽懦詆訾之也。”[①]仁宗於延祐元年(1314)重開科舉,廣招賢士,蘇氏言於此治世,頌詩亦無不可。中後期大都文人在治世下的回響也見於《元文類》。卷七編入袁桷《和周待制朝迴詩韻》(其二、其三)和虞集《朝迴和周待制韻》。周待制即周應極(字南翁),仁宗即位時遷集賢院待制。[②] 三首作品都是以宮廷詩的文學傳統出之:描寫仁宗朝宮廷盛大儀式,寫樂官吹奏、侍臣移扇,如“三十六竽吹鳳皇,九重春色絢天光”(虞詩首二句)、“雉尾高張擁玉皇,彤庭金榜粲明光”(袁詩其二之首二句);用典以求詩之雅,如“卿雲微動旌旗煖”(虞詩第三句)化用杜甫

① 《滋溪文稿》,頁 81—82。

② 《元史》,卷 187,頁 4296。《元文類》,卷 7,頁 4,6—7。袁桷《清容居士集》題作《次韻周南翁退朝三首》,頁 178。虞集《道園遺稿》題作《朝迴和周南翁待制韻》,頁 747。

《奉和賈至舍人早朝大明宮》"旌旂日暖龍蛇動,宮殿風微燕雀高"句意、[①]"舞階飛絮呈滕六,執鈗傳臚轉阿香"(袁詩其二之三四句)以神話傳說雪神與推雷車之女神寫宮殿內外之景;最後以詩人自我矮化作結,"小臣職在歌功德,拜手陳詩對日長"(虞詩七八句)及"侍臣誰近前階立,願紀堯年化日長"(袁詩其二之七八句),通過自我矮化從而頌揚仁宗之德行與其任用賢臣之舉。此三種寫作手段既使詩歌典雅,而又符合宮廷文學的創作傳統。[②]

《元文類》的文學價值除了肯定美刺的詩學傳統外,更由此傳統中帶出大都文人官員在朝中推廣儒家理念時的矛盾心情。南坡之變後,泰定帝為籠絡朝中文人官員,實行調和政策,於泰定元年(1324)重開經筵,由文人官員向皇帝進講儒家思想。[③]《元文類》卷7收錄王士熙的《寄上都分省僚友》(兩首)卻道:"腐儒無補漫獨坐,故人不來勞寸心。"(其二)[④]該如何理解"腐儒"一義?卷39編入虞集在泰定四年(1327)撰寫的《書經筵奏議稿後》,述及在泰定帝一朝舉辦經筵四次,中後期大都文人吳澄、曹元用、馬祖常、鄧文原等都曾參與其中,虞文記錄翰林學士趙簡的懊惱:"於是四年矣,未聞一政事之行,一議論之出,顯有取於經筵者,將無虛文乎?"虞卻認為泰定帝必定把經筵聽講之事放在心上,因為泰定帝"又欲方冊便觀覽,命西域工人擣楮為帙,刻皮鏤金以護之",虞最後以勉勵的語氣說能夠恭敬地做好經筵的工作便完成責任。[⑤] 虞集所言,當然是他在其公共領域所作的努力,更值得我們注意的是,這群大都文人是如何看待一己在朝廷的位置。《元文類》卷五有虞集的《送孟修兄南歸》,詩寫送友歸江西臨川,末

① 《周禮》記載"旌旗"上需畫有龍蛇。仇兆鰲:《杜詩詳註》(北京:中華書局,1979[1995]年),頁427—428。

② 關於宮廷文學的寫作傳統,參看 Wu Fusheng, *Written at Imperial Command: Panegyric Poetry in Early Medieval China* (Albany: State University of New York Press, 2008).

③ Hsiao Chi-ching, "Mid-Yuan Politics," 538-539.

④ 《元文類》,卷7,頁10。

⑤ 《元文類》,卷39,頁13—14。

云:"明年乞身向天子,共讀父書歌太平。"①虞欲辭官,原因除了臨川乃其故鄉外,大概還有他在朝中所受的壓力。袁桷曾經這樣形容虞集:"在德良自防,居屯詎為折?"②在朝中做事要步步為營,碰到違背道德價值之事該如何面對? 只管做好朝廷下達的要求? 翰林學士趙簡期望經筵可為朝廷帶來實質的轉變,虞集卻說做好本份便是,似乎部分大都文人看清了在元廷做事的限制。③《元文類》卷七錄袁桷《無題次伯庸韻》四首,伯庸即翰林待制馬祖常,袁桷自況"白髮詞臣兩耳垂"(其四),④大都文人在朝中生活久了,然未可一展抱負,馬祖常《寄鄉友》(編入卷五)說:"莫戀官家有俸錢,長年作客心如束。"⑤其作客心情更能具現在卷三的《書上都學宮齋壁》中:

齋居芹宮旁,永日少人跡。清心慕官蠲,簡編頗紬繹。徒自傷迷民,位卑力莫及。苟祿亦可羞,吾將反蓬蓽。⑥

馬祖常反思其朝中生活。首句以"芹宮"代指學宮,把《魯頌・泮水》的古典氛圍帶進詩裡;⑦然而,這個上都學宮並非如西周時的學宮那樣熱鬧非常。馬祖常以詩人的道德感作為描寫主線,用平淡語調訴說理想之幻滅,為民眾所受之苦而嘆息,既寫不欲尸位素餐之心情,又表達無道則隱的無奈。詩把怨憤之情減退,最後塑造一己的道德形象。聯繫元代中後期的政治背景,是詩深刻反映文人面對的生活困局。令馬祖常慚愧的是,作為受薪的文人官員,在政治上無可作為,唯一可以做的,就是在上都學宮裡寫詩聊以遣懷。詩意深刻而表現含蓄,合乎雅的表現方式。這首作品進一步說明在元代中後期的政壇,文人官員只需執行命令,虞集在《書經筵奏議稿

① 《元文類》,卷 5,頁 8—9。
② 袁桷:《懷伯生》,《元詩選》初集上,頁 599。
③ 本文開首引用虞集的《蘇志道墓誌銘》也表達如此看法,他對政治現實看得很透徹。
④ 《元文類》,卷 7,頁 5。
⑤ 《元文類》,卷 5,頁 9。
⑥ 《元文類》,卷 3,頁 15。
⑦ 朱熹,《詩集傳》(南京:鳳凰出版社,2007 年),頁 279。

後》所說的，其實乃是通達之理。

《元文類》的歷史與文學價值藉著文選與詩選的結合而得到呈現，蘇天爵以大都文人群體與南坡之變的關係為編纂重點，寓美刺兼備的文學傳統。就此而言，蘇氏與大都文人群體的文學見解是一致的，"因詩以寓規諫"是他們共同秉持的寫作宗旨。①

三、《元文類》的詩選在元代中後期大都文壇上的示範意義

為了進一步揭櫫蘇天爵選詩的示範意義，這節我們比對《元文類》與元代兩部選集：傅習、孫存吾《皇元風雅》和蔣易《皇元風雅》，三部選集都刊行於元代中後期。② 元末孔齊《至正直記》(序於至正二十年，1360)謂"國朝文典"包括《元文類》與《皇元風雅》，雖然未能確定後者是指傅、孫選本或是蔣氏之書，但可知的是文學選本在元代當世已受重視。③ 相較下，《元文類》是面向國家精英的選本，地方傳統的詩歌幾乎找不到蹤影；傅習、孫存吾選本則表現對地方傳統的重視，蔣易選本著重選錄詩人刻劃生命感悟的詩歌。這部分的比對，可以凸顯《元文類》以國家傳統為重的特點，藉大都文人"雅製"詩歌來傳承儒家的文學觀，在元代中後期詩壇具有鼓舞學者和團結大都文人群體的示範意義。

(一)"隨得即刊"的朝野群英詩歌：傅習、孫存吾《皇元風雅》

傅習、孫存吾《皇元風雅》(虞集序於1336年)在《後集》目錄後有出版

---

① 蘇天爵《元故資德大夫御史中丞贈攄忠宣憲協正功臣魏郡馬文貞公墓誌銘》記錄了一段文宗與馬祖常之事："文宗最喜公(馬祖常)文，嘗擬稾進，上曰：'孰謂中原無碩儒乎！'文宗北幸，還駐龍虎臺，公奏事幄殿敕近侍給筆札，命公榻前賦詩。卒章言兩京巡幸非以遊豫，蓋為民爾，因詩以寓規諫，上覽之甚悅。"蘇天爵強調大都文人寓規諫於應制詩的創作方針(《滋溪文稿》，頁144)。馬詩為《龍虎臺應制》，末云"兩京巡省非行幸，要使蒼生樂至和"，詩見《石田先生文集》，頁59—60。

② 兩部選集的名稱在大部分著錄裡都稱作《皇元風雅》，傅、孫選本有時作《元風雅》。關於兩部選集的名稱、版本和流衍，見王忠閣、葉盈君：《〈元風雅〉考辨》，《洛陽師範學院學報》29.3(2010)，頁89—92。

③ 孔齊：《至正直記》(上海：上海古籍出版社，1987年)，頁26。

者杭州勤德書堂的"啟示"一則,謂此本乃"求名公詩篇,隨得即刊,難以人品年齒爵秩為序,四方吟壇士友,幸勿責其錯綜之編,倘有佳章,毋惜附示"。[①] 這裡有三點值得注意。(1) 詩歌隨得即刊;(2) 沒有特定的作者群,不以人品、年紀、爵位、職級來編列;(3) 選本讀者群的定位是普羅大眾。傅習、孫存吾二人的生平資料極少,只確知他們分別來自清江和廬陵(今之江西),四庫館臣謂:"(此本)所錄江西人詩最多……首尾頗無倫序。"[②]因為地緣關係,傅、孫以江西詩人作品為重點,對照選集內容,其實還有其他地方詩人作品。由於是編沒有特定的編纂原則,以及側重於個別地方詩歌,因而予人編次無序、選詩不均的印象。[③] 勤德書堂位處杭州,而杭州自南宋以來都是全國的出版中心,書籍刊印相對便宜,更擁有大量讀者群。[④] 如果從書商的角度去考慮勤德書堂具宣傳作用的"啟示",正好說明此選本的編纂和發行,面向的是普羅大眾而非文人群體,傅、孫的編纂大概不在體現什麼詩學見解,而是以紀實的方式收錄詩歌。

《皇元風雅》分為前集 6 卷、後集 6 卷的模式。全集選詩最多者為後集的陳野雲(生卒年不詳)31 首,次為前集的趙孟頫 25 題 30 首、范德機 27 首、虞集 20 題 26 首、楊載 21 題 24 首、揭傒斯 24 首、騰玉雪 14 題 19 首,還有大部分生平不詳的地方詩人。選本都有編入趙、范、虞、楊、揭等當世已有名的大都文人詩歌,[⑤]這是否意味傅、孫選本像《元文類》具有延續儒家文學觀念的意識? 本文認為這個選本缺乏這個意識。試從以下幾個角度言之。

---

① 傅習、孫存吾:《皇元風雅》,收入《四部叢刊》初編集部,上海商務印書館縮印高麗翻元本,1919 年),頁 53。

② 《元風雅》提要,《文淵閣四庫全書》電子版(香港:迪志文化出版,2007 年),頁 1。

③ 楊鐮:"如劉辰翁、劉將孫父子各存幾首詩,而水準、聲望無法比肩的劉立雪,卻收入 11 首,超過劉氏父子的總和。"《元代文學編年史》(太原:山西教育出版社,2005 年),頁 390。

④ Joseph P. McDermott, *A Social History of the Chinese Book: Books and Literati Culture in Late Imperial China* (Hong Kong: Hong Kong University Press, 2006), 56–57. Chow Kai-wing, *Publishing, Culture, and Power in Early Modern China* (Stanford, California: Stanford University Press, 2004), 34.

⑤ 陶宗儀:"故國朝之詩,稱虞、趙、楊、范、揭。"《南村輟耕錄》(北京:中華書局,1959 [2008]年),頁 50。

選本内文有小字,謂"奎章學士虞集伯生校選",此處值得商榷。觀乎選本收錄大量口語化的詩歌,與虞集崇尚"言淡意深"的詩學觀念相違。[①]虞集《皇元風雅・序》云:"清江傅説卿行四方得時賢詩甚多,卷帙繁浩,廬陵孫存吾略為詮次,凡數百篇,而求予為之題辭……(虞集詩)則在所不足錄云。"指出孫氏選詩,並謙稱己詩不足錄。如果虞集曾校選,在選本的體例上應有更恰當的處理。已標明"隨得即刊"的《皇元風雅》,其前集和後集"詩人名目"的處理並不統一,前集只列出詩人名稱,後集則大體以"詩人名稱+官職+籍貫"的方式安排。後集編入文人官員作品,或如虞序所言,乃是為了使朝廷製作流於民間,[②]不過,更合理的解釋應該是《皇元風雅》藉著虞序和文人官員作品以提升選本的文學價值,以便銷售。後集在目錄前刻有大字"皇元朝野群英姓氏",將朝中文人與地方詩人並列,是為了增加地方詩人的地位與名聲。[③] 在後集中可以見到如此隨意的編列:卷一列有官職的地方詩人"吳養浩 儒學提舉 饒州人","祝直清 儒學教授 上饒人",再次地方詩人"上官伯圭 安仁人","祝元美 上饒人","周鈞山","李仲公 安仁人",又回到具官職的詩人"梁彥中 儒學提舉","夏誠中 安仁人",其後接著羅列一眾來自江西上饒的地方詩人。卷二列"薛宗海 國子助教","黃晉卿 同知","李坦之","范約莊 杭州人","胡石塘 永康人","戴祖禹 越人","鄧牧心 杭州人"等。將朝、野詩人夾雜,而各首詩歌的題材、內容、風格都有著差異。綜合以上各點,《皇元風雅》都難以說成像《元文類》般具有延續儒家理念的編纂原則,只是一部羅列"朝野群英"詩歌選本,其中又側重於地方詩人作品。

前集方面,入選詩歌以思索人生價值為主題,如"何事江湖人,山林未成願"(趙孟頫《張簷事遂初亭》);[④]寫"詩書吾所好,農圃也須明"(揭傒斯

① 虞集《送熊太古詩序》:"夫學古者,言淡而意深,固不足以逞夫衒鬻之場,多識而博援,亦不足以較夫涉獵之次。"《道園學古錄》,卷5,頁17B。

② 虞序言:"京師朝廷之制作,或不盡於民間,山林之高風,必不俯於流俗,以詠歌為樂者,固嘗病其不見也。"

③ 前集僅刻有"皇元風雅群英姓氏",頁2,52。

④ 《皇元風雅》,前集卷1,頁11。

《寄題胡氏園趣亭》)①來表現自適的生活;在選集中有較為少見的主題,如宮廷生活的描述,"朝廷禮樂須製作,六經隱義資發蒙"(范椁《奉寄翰林鄧侍講》)。② 選集重點還在於地方詩人作品。入選的地方詩人生平不詳,作品的藝術價值普遍不高。詩歌反映現實的民眾生活,例如:

舉頭見新月,低頭過新年。新年幾回新,新月幾度圓……③

鏡是何年鑄,我是何年生。朝朝長見面,相對如兄弟……④

詩句用字淺白,都是寫人生之出處與無常。下面的例子或含諷刺,體現平民的生活憂慮:

征戰幾何餘百骨,鄉關如此隔青山……滿月黃花一盃酒,人生何地不開顏。⑤

民面生黃苦憔悴,縣不申聞郡不知。⑥

傅、孫《皇元風雅》的詩歌內容有以民生為題材,俱有紀實之意,反映各地方詩人關心的議題,有別於《元文類》以理想大都文人群體作品為主的嚴謹選擇。

(二)"朝廷與山澤"的個人情感:蔣易《皇元風雅》

蔣易編纂《皇元風雅》的原則在於詩歌"義禮之中而不失性情之正"

① 《皇元風雅》,前集卷4,頁31。
② 《皇元風雅》,前集卷5,頁38。
③ 上饒人王子東:《新春新月》,收入《皇元風雅》,後集卷1,頁59。
④ [籍貫不詳]熊澗谷:《覽鏡》,收入《皇元風雅》,後集卷4,頁83。
⑤ [籍貫不詳]楊原巖:《九日過大勝關宿黃坡小飲》,《皇元風雅》,後集卷1,頁60。
⑥ [籍貫不詳]黃君瑞:《蕨萁歌》,《皇元風雅》,後集卷3,頁70。

(1337年自序),把朝廷公卿大夫和山林閭巷布韋之詩歌編列在一起:卷1至卷4、卷20乃理學家詩歌,寫人生哲理。卷5至卷18是延祐天曆文人官員詩。卷19以戰爭描寫為主。卷21輯錄遺民詩人,文天祥《正氣歌》、杜本、謝枋得《示兒》等。卷22、23、24、25、26編入地方詩人。卷27有道士詩、劉辰翁、蘇壽(蔣易的老師)。卷28、29、30為雜篇。①

蔣易輯錄不少元代中後期大都文人官員的作品,不過,選本並沒有相關中後期政局或與南坡之變有關的詩,其中有頌聖與描寫宮廷生活的詩,但編者更著意於呈現文人官員的失落與孤獨,例如寫滯在京師而歸家不得:

> 幾年留滯客京師,每憶江邊話別離。落魄已甘心似鐵,蹉跎無奈鬢成絲……②

> 城中車馬多於雲,載酒問字無一人……落紅滿地送客去,十年不見江南春。③

> 閑愁一萬緒,強半是思家……京城豈不戀,其奈故園賒。④

或寫強烈的孤獨感、蹉跎歲月之嘆:

> 平生一杯酒,及此慰漂零。⑤

① 蔣易:《皇元風雅》,收入《續修四庫全書》,據北京圖書館藏元建陽張氏梅溪書院刻本影印(上海:上海古籍出版社,1995年),頁2—3。

② 楊載:《懷應中父》,《皇元風雅》,卷5,頁45。

③ 薩都剌:《訪揭曼碩秘書》,《皇元風雅》,卷13,頁103。

④ 揭傒斯:《和族了京城客思》,《皇元風雅》,卷15,頁112。

⑤ 黃溍:《陪仇先生登石頭城》,《皇元風雅》,卷16,頁124。

客裡光陰遽如許，人間歧路正茫然。[①]

這部分詩歌是蔣易《皇元風雅》獨有的部分。

卷22、23、24、25、26編入地方詩人作品。每位詩人都列明籍貫，詩歌題材廣泛，例如卷24武夷彭炳《青藜》寫"人心如海水，世路有風波"；[②]卷25泗水陳新甫《思親都下與愛兒夜半聞歸雁作》"江城此夜正春雨，獨倚欄杆心到家"。[③] 用字平白如話，並不以藝術技巧取勝，直截了當表現地方平民的生活壓力。可惜的是，這些詩傷於直露，刻劃不夠細緻。蔣易《皇元風雅》並沒有受到明清詩評家的重視。相對傅、孫《皇元風雅》，蔣氏選本較為關注文人官員那種厭倦在大都官場留滯太久，又歸鄉無期的感嘆。

（三）上本風雅：《元文類》選錄大都文人群體詩的文化意義

從上所論，元代中後期的兩部選集都有不同的側重點。傅、孫《皇元風雅》以地方詩人為重，蔣易《皇元風雅》則以詩人個人化的生活為本，準此，兩部選集題中的"風雅"可理解為廣義的"詩歌"。另一方面，"風雅"作為文學批評術語，其意義指向"風"與"小雅"，即美刺兼備之意。[④] 由此角度切入，《元文類》確實可譽為上本風雅的國朝文典，它無論在編纂原則、詩歌選錄、選本內容三方面都比其餘兩部選本更具深意，以美刺兼備的形式呈現大都文人對時局的關注。下面試從元代中後期的文化格局以及兩部《皇元風雅》的編纂意義看《元文類》的價值所在。

蘇天爵選錄"雅製"的大都文人詩歌給予時人一個正面的文學範式，此範式代表著這個以國家精英為主的作家群體重視美刺的文學傳統。《元文類》以大都文人官員的詩總括延祐天曆詩風，其列出的代表詩人計

---

① 吳師道：《和黃晉卿客杭見寄》其二，《皇元風雅》，卷18，頁136。

② 《皇元風雅》，卷24，頁173。

③ 《皇元風雅》，卷25，頁175。

④ 葛曉音：《從詩騷辨體看'風雅'和'風騷'的示範意義——兼論歷代詩騷體式研究的思路和得失》，收入氏著：《先秦漢魏六朝詩歌體式研究》（北京：北京大學出版社，2012年），頁147—151。

有虞集、馬祖常、袁桷等等。這些詩人都是當世著名的文人官員,其詩歌範式對時人來說具有“鼓舞學者”的作用。[①] 其主要原因在於“雅製”詩代表朝、野之别。元代中後期的“雅製”詩以用典方式含蓄寫情,表現中正平和的情感,又把古典氛圍帶入詩裡。[②] 它是肯定文人身份、地位、學養的一個標準,而這個體式的作者群大部分供職於大都朝廷;即是說,文人如要聯繫大都文人群體,最理想的途徑就是創作“雅製”詩歌,從而得到群體内部文人的認可。[③] 蘇天爵列舉的代表詩人,非祖籍大都,他們或通過引薦、科舉等方式進入朝廷。文人可以通過一己之努力,達仕途高峰。就如薩都剌《芒鞋》所言“南人求名赴北都,北人徇利多南還”的情況,寫作“雅製”詩歌是進入大都文壇的途徑。[④] 大都文人群體的“雅製”詩盛行於延祐天曆間,這段時期剛好是科舉重開之時(共六科,1315 年至 1330 年)。由外地進入大都的士子,看到由元廷和馬祖常倡導的“崇雅黜浮”的科舉取録標準,讀到風厲天下的“雅製”詩,大概會追尋它所背負的“斯文”意義,繼而嘗試創作。元代江浙等處儒學提舉司曾寫及《元文類》在西湖書院的開雕緣起,謂是書:“雖文字富於網羅而去取多關於政治,若於江南學校錢糧内刊板印行,豈惟四方之士廣其見聞,實使一代之文煥然可述矣。”[⑤]就“四方之士”這個層面來説,《元文類》編入虞集、馬祖常、袁桷等人的“雅製”詩,便具有正面的示範意義了,因為後學可以通過閱讀而瞭解當世文壇的創作風尚,並加以學習。包弼德(PeterBol)指出選集的作用是將值得推介的文章保

---

① 釋來復(1319—1391)《蛻庵集・序》謂:“至若德機范公之清淳,仲弘楊公之雅贍,伯生虞公之雄逸,曼石揭公之森嚴,更唱佚和於延祐、天曆間,足以鼓舞學者而風厲天下,其亦盛矣哉。”見張翥:《蛻庵集》,文淵閣四庫全書電子版,頁 1。

② Chan Hon-man, “The Concept of *yazheng* (Orthodox Correctness) in the Chinese Poetic Tradition with Special Reference to Yuan Period Criticism of Poetry,” in *Monumenta Serica* 62 (2014), forthcoming.

③ 這裡相對於同期的地方詩人群而言。元代中後期的東南詩人群,其寫作風格異於大都文壇以“雅”為尚的詩風,顧嗣立形容東南詩人群為“標奇競秀”、“開闔變怪”。《寒廳詩話》,收入《清詩話》,頁 84。

④ 薩都剌:《雁門集》(上海:上海古籍出版社,1982 年),卷 1,頁 12。

⑤ 《元文類》,頁 1—2。

留下來,以備後學藉選集中的標準來衡量他們自己的創作。[①] 在《元文類》中,大都文人的"雅製"詩具美刺兼備的特質,而又與傳統的儒家文學觀念(中正平和的情感)相符,這使得元代中後期的"雅製"詩成為延祐天曆詩風的代名詞,蘇天爵在《書吳子高詩稿後》更形容此時段的文人官員詩歌為"雅正之音",從此影響著後世對元詩的評價,《元文類》實在有其不可磨滅之功。

《元文類》的編纂建構了詩人的鮮明形象,通過與南坡之變的敘述,把入選詩人置於一個道德境地,從而確立了理想大都文人群體作為承繼儒家思想的代表。這裡從三部選本的比較說去。傅、孫《皇元風雅》編入大都文人詩歌的原因是為了提高選本的文學價值,蔣氏《皇元風雅》的重點體現"朝廷與山林"之士的"性情"和大都文人的失落與孤獨的詩歌。拿以上兩部選本比對《元文類》的詩選部分,可知兩部《皇元風雅》都忽略了大都文人在元廷中負"斯文"之任的特殊意義。大都文人官員以國家傳統為本,地方文人則以個人生活為主線。蘇天爵為監察御史,以官方身份描述中後期的大都文壇,尤其專注於"雅製"詩的編列與南坡之變、中後期政局的關係,即是說他既放棄對地方詩風的描述,也不是以呈現完整的"元詩史"為目的,而是要記錄大都文人群體如何以詩歌繼承《春秋》的批判精神,並完成延續漢文化傳統的目的。

蘇天爵選錄美刺兼備的大都文人詩,說明元廷對文學創作持相對寬容的藝術精神。元廷對書籍出版有嚴格規定,書稿必須經中書省審核,批准後才可付梓。[②]《元文類》在官方資助下於西湖書院出版,既讓時人看到蘇天爵的膽識與堅持,也讓南人看到大都文人群體,特別是南人官員如何在蒙古貴族的爭鬥中秉持儒家理念,就這個層面來說,《元文類》的詩選標示了一個開放的寫作空間,文人可以參與其中並暢所欲言,而不怕受到政

---

① Peter Bol, "The Rise of Local History: History, Geography, and Culture in Southern Song and Yuan Wuzhou," *Harvard Journal of Asiatic Studies* 61.1 (2001), 70.

② 陸容:《菽園雜記》,卷 10,文淵閣四庫全書電子版,頁 18B。

治牽連。[1] 蘇氏的一生都是以傳承斯文、明時政得失作為目標,其《奉酬見寄清製元韻敬賀致政榮歸惟面同一捧腹》有云:

> 三入詞林官太史,年年載筆立宮門。欲明得失裨時政,獨歷清華荷國恩。天上玉堂勞夢想,禁中金櫃有書存。鄉閭故老風流在,為教衣冠後世孫。[2]

謂身在大都史館任職,乃國家精英身份的呈現,而議政、治國之道應以歷史典籍為本,最後指出傳承"斯文"於後世的理想。蘇天爵這首七律裡的文化意涵,恰好是其編纂《元文類》的最佳注腳。

四、結語

嚴謹的編纂與政治寓意使《元文類》達到很高的水平,然而,明清學人研讀此書卻有不同的側重點。他們多從史料角度使用《元文類》一書,文人別集和類書等的版本校對、補遺、補誤、訂正都以蘇氏選本為重。黃宗羲(1610—1695)、夏之蓉(1697—1784)、張大受(1711 前後)則從藝術角度切入,謂《元文類》的文選與姚鉉《唐文粹》、呂祖謙《宋文鑑》鼎立而三。[3] 黃宗羲更指出姚燧、虞集之文章乃元之代表,足與唐之韓杜、宋之歐蘇、金之遺山相匹。[4] 就本文的論述重心而言,《元文類》所引虞集的二篇即位詔書,已可見其書寫廟堂製作之功力,翁方綱(1733—1818)謂"虞文靖公承故相之世家,本草廬之理學,習朝廷之故事,擇文章之雅言,蓋自北宋歐蘇以

---

① 元朝並不見有文學審查之案例,見 Jennifer Jay, "Memoirs and Official Accounts: The Historiography of the Song Loyalists," *Harvard Journal of Asiatic Studies* vol. 50 no. 2 (1990), 589 - 612.

② 《滋溪文稿》,頁 523。

③ 夏之蓉:《答張解元世犖論古文書》,《半舫齋古文》,卷 4,中國基本古籍庫,頁 29。張大受:《勸學十六條》,《匠門書屋文集》,卷 30,中國基本古籍庫,頁 219。《四庫全書總目》,卷 188,文淵閣四庫全書電子版,頁 17。

④ 黃宗羲:《明文案》序上,《南雷文定》,卷 1,《南雷文定前後三四集》,中國基本古籍庫,頁 1。

後,老於文學者,定推此一人"。① 意謂虞集重視儒學傳統、文學傳統與典雅文辭的運用,這與元代中後期文壇"崇雅黜浮"的寫作標準相稱,虞集作為此時段的代表,蘇氏又選入虞的代表文章,無形中提升了《元文類》文選部分的文學價值,這也是清人肯定蘇氏選本的原因。

《元文類》是詩文合輯,其文選的文學價值已為清人肯定,相較下,詩選部分大多為人忽視。考之文獻,只有清人王昶(1725—1806)從"以詩證史"角度譽蘇氏之選詩:

> 古人選詩者有二,一則取一代之詩,擷精華,綜宏博,并治亂興衰之故,朝章國典之大,以詩證史,有裨於知人論世,如《唐文粹》《宋文鑑》《元文類》,所載之詩與各史相為表裏者是也。②

《元文類》詩選寄託了深刻的政治寓意,體現了王昶所言"以詩證史"的效果。不過,蘇氏詩選的文學價值,諸如中後期大都文人追求含蓄委婉的表現手法、延續宮廷詩的典雅風格、發揚美刺並重的詩學傳統卻沒有得到後人肯定。或許與元詩在明清詩學的位置從來都是依附在唐宋詩之爭的論述有關。論元詩者常以唐宋詩為參照點,先貶低宋詩之價值,繼而指出元詩近唐卻不足為法,例如李東陽(1447—1516)謂:

> 宋詩深,卻去唐遠;元詩淺,去唐卻近。顧元不可為法,所謂"取法乎中,僅得其下"耳。極元之選,惟劉靜修、虞伯生二人,皆能名家,莫可軒輊。③

---

① 翁方綱:《石洲詩話》(北京:人民文學出版社,1981[1998]年),卷5,頁162。

② 王昶:《湖海詩傳自序》,《春融堂集》,卷41,中國基本古籍庫,頁564。

③ 李東陽:《麓堂詩話》,收入丁福保《歷代詩話續編》(上海:上海古籍出版社,1999年),頁1371。

只能列於第三等(名家)之列。[①] 胡應麟(1551—1602)《詩藪》則從律詩角度評元詩:

> 元人專務華而離實……觀律體於五季宋元,而知律之無出唐也。[②]

概括元詩"肉盛骨衰,形浮味淺"的缺點。[③] 元詩文學價值之發揚有待王士禎(1634—1711)《古詩選》標舉吳萊、虞集之古詩,以及顧嗣立(1665—1722)窮半生之力始成的《元詩選》。顧嗣立在《寒廳詩話》指出:

> 延祐、天曆之間,風氣日開,赫然鳴其治平者,有虞、楊、范、揭,一以唐為宗,而趨於雅,推一代之極盛,時又稱虞、揭、馬、宋。[④]

以"雅"總評元代中後期詩風。追本溯源,自蘇天爵《元文類》標舉"雅製"以及在《書吳子高詩稿後》歸結的"雅正之音"的論點後,元詩的文學價值才能在顧嗣立的編纂與論述下走出唐宋詩之陰影,確立自身面目。本文以蘇天爵的《元文類》及其編纂原則重新闡釋元代中後期詩的文學價值與藝術特點,指出大都文人堅守儒家文學觀念及美刺傳統,以"雅"作為標準書寫政事與生活,其運用的藝術表現手法絕不亞於唐宋詩人。[⑤]《元文類》作為

---

① 以高棅《唐詩品彙》的標準"正宗、大家、名家、羽翼"而言,元詩只能列於第三等。參見 Richard John Lynn, "Tradition and the Individual: Ming and Ching Views of Yuan Poetry," in Ronald C. Miao (ed.), *Studies in Chinese Poetry and Poetics* vol. 1 (San Franciso: Chinese Materials Center, INC. 1978), 326 - 327.

② 胡應麟:《詩藪》,收入《和刻本漢籍隨筆集》第十九集(東京:汲古書院,1972年),頁126。

③ 胡應麟:《詩藪》,頁137。

④ 顧嗣立:《寒廳詩話》,收入《清詩話》,頁83—84。

⑤ 戴燕指出文學選本的功能與價值在於:"可以學習古人的批評經驗,因為能從廣泛作品中篩選出作品精華,恰恰由於選編者具有批評判斷的眼光,這種批評判斷的眼光,也是傳統文學批評中極其精彩的一個內容,它是在作品閱讀中培養的,又經過鑒賞與創作兩方面的千錘百鍊……"《文學史的權力》(北京:北京大學出版社,2002年),頁24。

詩文合輯,有嚴謹的編纂理念,重要價值在於其"文史兼備"的特質;中後期文人通過是書,不但從鑒賞中看到時賢的文學創作特點,更可從作品中見出他們對時政的批判,以及因為中後期的混亂政局而引發詩人如何回應人生出處等問題。就此而言,《元文類》提供一個新的角度讓我們瞭解元人的心態,實在值得仔細研讀。

新輯詩話摭議

——以若干晚明詩話為例

福建師範大學文學院　陳慶元

《歷代詩話》所收詩話，第一種是梁代鍾嶸的《詩品》，由梁而歷唐五代，第一部有"詩話"二字的詩話著作，是北宋時期歐陽修的《六一詩話》。宋元明清，以至晚近民國，詩話漸夥，研究詩話成為專門的學問，稱為"詩話學"。近年，《宋詩話全編》《明詩話全編》《全明詩話》和《民國詩話》相繼問世，為研究者提供了許多便利。《全明詩話》《民國詩話》所錄，均為約定俗成的詩話著作，而《宋詩話全編》和《明詩話全編》，則有所創新，即不僅仝錄有"詩話"二字的詩話著作和專門談詩的著作，而且廣錄詩文集論詩的片段(間或錄論詩詩)，以人立目，遂成廣義的大型詩話輯本。這兩種《全編》，有宋一代，五百多家；有明一代，多達七百餘種，嘉惠學林，值得大加贊許。《宋詩話全編》和《明詩話全編》是當今新輯詩話的集成之作。

相對於約定俗成、流傳既久的傳統詩話著作，新輯詩話是輯纂者從歷代(主要是宋代以後)文人的文集、筆記和其他著作採摭若干詩歌理論、詩歌觀念和詩評的片段，加以輯纂成編，然後在"詩話"二字冠於作者之名(或其字號)編纂成的詩話。縱觀近年新輯詩話，佳者固然有，不太完滿的居多，粗劣者也間或有之。本文擬對某些新輯的詩話的原作者小傳、內容的採摭及詩話輯者的眼光等問題發表一點淺見。為了論述方便，本文所舉的例子,多為晚明詩話。

一、原作者生卒年與里籍

有別於舊詩話,《明詩話全編》新輯,每位作者都有一則小傳,是一個創舉。由於新輯本出自眾手,水平參差,有不少輯者原本對所輯對象一無所知,接受任務後倉猝上馬,留下不少遺憾。本文首先論述原作者的生卒年及里籍,然後論述原作者的經歷及詩學理論、評論等。

生卒年里籍試舉數例:

(一) 徐熥生卒年

《徐熥詩話》徐熥生平:"徐熥(約 1637 前後在世),字惟和,閩縣(今福建閩侯)人。徐𤊹之兄。萬曆十六年(1588)鄉薦。"①

按:徐熥生卒年並非不可考。《徐熥傳》:"生嘉靖四十年辛酉三月初三日寅時。"②(《荊山徐氏族譜・世系考》)陳价夫《徐惟和行狀》:"歲己亥七月,以事之玉田,遘疾而歸……至仲秋八日,疾竟不起。"③徐𤊹有《己亥除夕是歲有伯兄之喪》④。喻政《徐熥傳》:"卒年三十九。"⑤綜合以上數條,徐熥生於嘉靖四十年(1561)辛酉,卒於萬曆二十七年(1599)己亥,得年三十九。

徐熥為徐𤊹(1570—1642)之兄,《明詩話全編》徐熥弟徐𤊹列於第七冊,頁 7133,而徐𤊹兄徐熥反而列在第九冊,頁 9092。由於不明徐熥生卒年致誤,前後順序的顛倒,可能對讀者產生誤導。

(二) 馬欻里籍與生卒年

《馬欻詩話》馬欻里籍與生卒年:"馬欻(約 1624 年前後在世),字、里

---

① 《明詩話全編》(南京:江蘇古籍出版社,1997 年)第九冊,頁 9092。

② 鈔本《荊山徐氏族譜・世系考》。

③ 陳价夫:《招隱樓稿》,徐𤊹選,鈔本,藏上海圖書館。

④ 《鼇峰集》,卷 14,天啟刻本。

⑤ [萬曆]《福州府志》,卷 62,《人文志》。

籍,生卒年均不詳。”[①]按:馬欻,字季聲,森次子,懷安(今福州)人。萬曆中鄉貢,任潮州判官。有《漱六齋集》《廣陵遊草》。曹學佺選其詩入《石倉十二代詩選》之《社集》。曹學佺《題松石圖為馬季聲壽》:“夫君生年自辛酉,閲世已過六十九……余今五旬仍踰六,著書不成生碌碌。”[②]曹學佺生於萬曆二年(1574),馬欻長曹學佺十三歲,生於嘉靖四十一年(1561)辛酉;馬六十九時,曹五十六。崇禎十年(1637)八月,曹學佺與馬欻等在福州組織三山耆社,時馬欻年七十七,詳曹學佺《三山耆社詩敬述》[③],與前條合。馬欻活到此年或之後。

(三) 羅明祖里籍與生卒年

《羅明祖詩話》羅明祖生平:“羅明祖(1599? —1643?),字宣明,別號紋山,延平(今福建南平)人。宋儒羅從彥之後。”[④]

羅明祖里籍可商。明祖子羅艱《先子行狀》:“先子諱明祖,字宣明,號晝人,別號紋山,豫章二十七代孫。自戎馬播遷,卜居沙邑,先文質公挺生焉,後世避元,多入碧溪、紫雲間。越我明景泰年,割沙之西廿五諸都為永,永之東鎮為貢川,貢川之有羅氏自此始大也。”[⑤]此則說,羅明祖之號為“晝人”,“紋山”則為其別號。沙邑,即福建沙縣;永,即福建永安縣。明祖之先世,先是卜居沙縣,宋元間,避地至明永泰間立縣的永安貢川,食指日繁,遂為永安人。李世熊《羅紋山先生傳》:“羅明祖,字宣明,別號紋山,閩之永安人。”[⑥]明代沙縣、永安二縣均屬延平,如一定要掛鉤“延平”,可稱延平府永安人,單稱延平,括注“今福建南平”,恐不妥。

羅明祖生年誤,卒年不必懷疑。羅艱《先子行狀》:“先子生於萬曆庚子年六月十六日□時,終於崇禎癸未年四月廿□時,享年四十有四。”[⑦]李世

---

① 《明詩話全編》第七冊,頁 7680。

② 《賜環篇》,卷下,《石倉全集》,日本内閣文庫藏本。

③ 《西峰六四草》,《石倉全集》,日本内閣文庫藏本。

④ 《明詩話全編》,第九冊,頁 9534。

⑤⑥⑦ 《羅紋山先生全集》卷首,崇禎刻本。

熊《羅紋山先生傳》:"卒,年僅四十有四。"[①]萬曆二十八年(1600)庚子生,崇禎十五年(1643)癸未卒,年四十四。如依新輯詩話,則享年四十五。

(四) 董應舉生卒年

《董應舉詩話》董應舉生平:"董應舉(約1630前後在世),字崇相,閩縣(今福建閩侯)人。萬曆進士。"[②]

按:董應舉,字崇相,一字見龍,閩縣人,家連江。董應舉生卒年非不可考。董應舉《先慈馬太孺人墓誌銘》,母馬氏生於嘉靖元年(1522)壬午,馬氏年三十六。嘉靖三十六年(1557),應舉生,與曹學佺崇禎十年(1637)所作《三山耆社詩敬述·附記》"董崇相司空,年八十一"所記合。又,董應舉《己巳壽洪汝含七十嘲其遣妾》:"君年七十我加三。"(《崇相集·詩》)崇禎二年己巳(1629),年七十三,亦與《先慈馬太孺人墓誌銘》所記合。曹學佺崇禎十二年(1639)年九月作《挽董司空》,[③]則董應舉卒於是歲。小傳董應舉成進士時間亦可補,為萬曆二十六年(1598)。

董應舉(1557—1639)生年早於徐熥、徐𤊹,由於不明董應舉生年,《明詩話全編》列於在第十冊,反而列於徐熥、徐𤊹之後,亦誤導讀者;考得董應舉生年,董則應排於徐熥、徐𤊹之前。

新輯詩話生卒年問題不少,本文僅舉四例而已。新輯詩話首要的工作,弄清作者從生至卒的整個時段是必須的。新輯詩話推斷徐熥約生活於崇禎十年(1637)左右,其時徐氏去世已經近四十年,由萬曆歷泰昌、天啟以至崇禎,四十年間,詩壇發生很大的變化,新輯詩話者不能不察,這個問題,下文還將涉及。

二、詩話作者小傳

詩話作者小傳,和常見的作家小傳、詩人小傳有相通的一面,如最基

---

① 《羅紋山先生全集》卷首,崇禎刻本。

② 《明詩話全編》,第十冊,頁10881。

③ 《西峰用六篇詩》,《石倉全集》,日本內閣文庫藏本。

本的姓名、字、號、里籍、科第功名、仕途、著作或代表作、文學主張等，但也應有所不同，因為是詩話作者，小傳應當簡要介紹作者的詩歌活動，如結社或者在某個流派中的作用、地位（如果作者沒有這方面的活動，則從略），概括作者的詩歌理論、詩歌主張、詩評，便於讀者在閱讀詩話文本之前，有一個大致的、或粗淺的瞭解。《徐𤊹詩話》條小傳，"鄉薦"之後介紹道：

> 十餘年不第。然風流吐納，居然名士。其詩為張獻翼、王百穀所推許。著有《幔亭集》。①

這則小傳沒有介紹或者交代上文我們提到的某些重要內容，只是說徐𤊹有名士之風，詩為名流推許，這兩個方面與徐𤊹作為一個詩話作者關切不是十分緊密，或者說對我們瞭解這位詩話作者幫助不大。小傳提到《幔亭集》無疑是對的，但是徐𤊹還有一部重要的詩歌選集《晉安風雅》，小傳沒有提及，也可能小傳的執筆者不知道有此集，也未讀過此集。《晉安風雅》專錄有明一代晉安（今福州）一郡詩："屏居之暇，采輯遺編，搜羅逸刻，得梨棗朽壞之餘，起桑梓敬恭之念，摛為一十二卷，總二百六十人有奇。上而格合漢魏六朝，下而體宗貞元、大曆，調有偏長，詞必兼善者，不論窮達顯晦，皆因時采拾，以彰吾郡文物之美。"②這篇序對明初至萬曆中各期的詩歌有一個提綱挈領的評價，故小傳不應遺漏。

陳薦夫《晉安風雅敘》："於是錄國家以來，凡吾郡作者，身無顯晦，人無存歿，但取其情采適中，聲調爾雅，詞足千古，體成一家者，得二百餘人，詩若干首，名曰《晉安風雅》。"③"情采"四句，是徐𤊹《晉安風雅》的選詩標準。綜合二序論述，《明史・文苑傳》以為萬曆中年閩中鄧原岳、謝肇淛、徐𤊹、徐𤍵等人有重振閩中風雅之舉。閩中詩人認為，明初在地有"閩中十才子"，弘正間鄭善夫繼起，足於與中原爭旗鼓，萬曆以來，閩中詩人輩出，人

① 《明詩話全編》，第九冊，頁 9092。
② 徐𤊹：《晉安風雅序》，《晉安風雅》，卷首，萬曆刻本。
③ 《晉安風雅》，卷首。

各有集,重振旗鼓,與中原爭一高低,萬曆中正是其時。前於徐𤊹,鄧原岳編選了《閩中正聲》,徐𤊹認為其集視野不夠廣闊,選詩數量也有限,遂潛心編選《晉安風雅》,以張聲勢。謝肇淛《小草齋詩話》列數嘉靖、隆慶以來閩中詩人十八位,以為此十數子"各成一家,瑕瑜不掩,然皆祢漢宗唐,間出中晚,彬彬皆正始之音也。南方精華,盡於是矣"。[①] 此外,他還作有《讀明詩二首》《讀閩詩三首》《五子篇》(詠陳椿、趙世顯、鄧原岳、陳薦夫、徐𤊹),《後五子篇》(詠陳鳴鶴、陳宏已、陳價夫、徐𤊹、曹學佺)。因此,在撰寫徐𤊹、謝肇淛、徐𤊹、曹学佺小傳時不能離開閩中重振風雅的背景。《明詩話全編》謝肇淛、徐𤊹、曹学佺小傳都寫得比徐𤊹小傳好,尤其是謝肇淛小傳,可惜以上諸傳,都未能將他們置於此背景之中加以介紹。

謝肇淛、徐𤊹、曹学佺小傳寫得比徐𤊹小傳好,但也有瑕疵。小傳的文字不能太多,對詩話作者詩論的介紹,應當直截了當,得其要領。曹學佺小傳提到詩學觀念只有一句話:"其論詩崇儒家詩教。"[②]似乎過於簡單,且不得要領。曹學佺除了《蜀中詩話》,編選《石倉十二代詩選》數百卷,另有文集五十多卷,[③]詩學思想豐富,晚明諸家少有能與之比肩者。"崇儒家詩教",未免失之寬泛,未得要領;仍就儒教言之,曹學佺論詩主"溫厚而和平,雍容而不迫",[④]比泛泛說"崇儒家詩教"具體。筆者輯有《石倉詩話》近二百條。曹學佺論古詩、唐宋元及當代詩,頗多獨到見解,例如他認為詩歌諸體,五古最難,閩中同社開口便是七律,不可取。這一見解,在晚明閩中詩人中十分獨特,傳中不能不表。

結社與交遊。明人所結詩社,通常是鬆散的組織,詩社的存在時間有長有短,成員多寡不一,常有變動,且活動的時間、地點,都帶有隨意性。詩話作者或是詩社有組織者,或是參與者,他們有時會在結社的活動中發表

① 謝肇淛著:《小草齋集詩話》,卷 3,《小草齋詩話》,日本天保二年(1821)據明林氏耕讀齋刊本摹刻。

② 《明詩話全編》,第七冊,頁 7612。

③ 詳陳慶元:《日本內閣文庫藏〈石倉全集〉編年考證》,《文獻》,2013 年第 2 期。

④ 《文漪道人詩序》,《西峰用六集文》,《石倉全集》,日本內閣文庫藏本。

這樣或那樣的意見，這些意見，可供新輯詩話的採摭。曹學佺一生組織或參加了不少詩社，晚歲在其鄉組織洪山社(學佺，福建閩侯縣洪山鄉人)，甲申之變後，作《序洪山社詩》，略云："詩不能無感慨，而禪不欲有感慨。詩不能忘今昔，而禪則欲齊死生，其所以有同異處，要在精心者會之。"又云："非禪之能益詩，乃詩之不能不歸于禪也。"①向來論禪與詩者，多限於詩歌的作法，曹學佺認為禪固然能益詩，但禪也會讓人遠於世事；詩講感慨，講切於世事，禪理固能益詩，但作詩不可歸於禪。世變之後，曹學佺希望同里小詩友林崇孚能切記此點於心，厚望莫大焉。如將《序洪山社詩》此條輯入《石倉詩話》，曹學佺小傳不妨加上"晚結洪山社"一句。每一位詩話作者肯定都有交遊，小傳不可能對每位作一一交代，徐熥僅活了三十九年，弟為其撰碑陰，單單福建之外的名單已經多達一百多人。《全編》徐熥小傳曰："其詩為張獻翼、王百穀所推許。"②交遊提及張獻翼和王穉登二位，或有必要，但同社的謝肇淛、曹學佺也很重要，似不當遺漏。曹學佺小傳未提交遊，同社的謝、徐必須提一筆，因為都是同振風雅的詩人。萬曆後期，鍾惺、譚元春竟陵詩人崛起，閩人蔡復一、商梅、林古度與之遊，詩風受其影響；曹學佺也與之遊，朱彝尊曰："能始與公安、竟陵往還唱和，而能皭然不滓，尤人所難。"③曹與鍾、譚遊，不為其氣習所染，事關詩學觀念，小傳也當提及。

詩話作者，著作如何介紹？撰寫小傳時，也應當斟酌。以個人之見，詩文別集，如果只有一種的，當然沒問題；有全集者舉其全集，有多種別集者，則擇其要，臚列一二種。其次，是詩話作者的重要詩歌或者詩文選本。再次，詩話作者所作各種與詩歌相關的筆記著作。最後，是其他有與詩歌評論相關的各種著作。徐熥小傳、謝肇淛小傳，分別列《幔亭集》《小草齋集》都是正確的；徐熥傳不列《晉安風雅》則為缺失。曹學佺小傳，列《夜光堂集》而不列《石倉全集》，則存小而失大。《石倉全集》，《明史・經籍志》著錄一百卷，以日本內閣文庫藏本最完備，國內各圖書館所藏均不全。小傳所

① 《瓿餘》，卷首，可閑堂彙刻本，日本淺草文庫藏本。
② 《明詩話全編》，第九冊，頁 9091。
③ 《靜志居詩話》(北京：人民文學出版社，1990 年)，卷 21"曹學佺"條，頁 637。

列《夜光堂集》,只是曹氏別集數十種中的一種,未必是曹氏的代表詩文集,無特別拈出的必要。至於傳中提及的《易經通論》《周易可說》等經學著作,則在可列與不必列之間,依淺見,可不列入。

三、誤植與論詩詩的植入

把現成的詩話採入新輯詩話,並作為新輯詩話的主體,最為重要,但是也相對簡便,如《謝肇淛詩話》錄《小草齋詩話》,《曹學佺詩話》錄《蜀中詩話》。然而,新輯或重輯的詩話,其難處卻在於"輯錄"的部分,問題最多的也在於這一部分。

如果僅僅輯錄一兩條,或兩三條,不能成編,如《馬欻詩話》[①]《王志遠詩話》都只輯得一條,[②]《徐熥詩話》輯得兩條,[③]恐怕難於成為一部《詩話》;如果真的只有這一兩條的內容,不輯纂也罷。《徐熥詩話》僅有兩條,而且兩條都有問題,第一條:

> 詩豈易言哉?求其成一家言,良不易易,況備諸體稱大家乎?蓋工近體者或弱於古風,長古風者或短於五字。即王、孟二氏,盛唐名家,一以清婉稱近體,一以風骨雄古風,且各擅所長,況其他乎?(《幔亭集》卷首原序)

"原序",作者是誰?沒有交代。原序可能是作者的自序,也可能是他人之序。經核,《徐熥詩話》所錄之"原序"為張獻翼之序,而非徐熥自序。張冠李戴,"詩豈易哉"云云,是張序序文開篇的一小段話,輯錄者可能連一篇三數百字的短序都未讀完,便順手抄摘,錄於徐熥名下。《徐㶿詩話》所輯錄之第一六、一七條,括注出自《重編紅雨樓題跋》卷一所錄《閩中詩選序》。這是把張獻翼的序文,誤植入《徐熥詩話》。《重編紅雨樓題跋》,繆荃孫在

① 《明詩話全編》,第七冊,頁 7680—7681。
② 《明詩話全編》,第十冊,頁 10824。
③ 《明詩話全編》,第九冊,頁 9091—9092。

林佶的《紅雨樓集題跋》的基礎上重輯,《閩中詩選序》一文也在其中。繆氏之後,今人覆輯,亦同。[①]《徐𤊹詩話》輯者將此序文析為兩條。經核,《閩中詩選序》,實為徐熥《晉安風雅序》,文字小異,如"王檢討輩",《晉安風雅序》作"王檢討唐觀察泰",唐泰,閩中十才子之一,《重編紅雨樓集題跋》脱。又如"摘為八卷,總二百人有奇",《晉安風雅序》作"摘為十二卷,總二百六十人有奇"。為是沿前人之誤,把徐熥文誤作徐𤊹文植入《徐𤊹詩話》。

《徐熥詩話》第二條:

> 蹤跡年來混酒徒,獨留名姓滿江湖。卜居已傍三天竺,處世猶悲五石瓠。刻石好辭傳幼婦,閉門高論著潛夫。胸中莫是波斯國,寄得瑤函字字珠。[②]

此詩只是泛泛稱道胡氏詩而已,屬應酬詩之類。詩一沒有評論胡氏詩之特色,二沒有展現作者的詩學觀念,説它是一首論詩詩,顯得勉強。《幔亭集》中,《五君詠》(分詠陳椿、陳鳴鶴、陳邦注、陳价夫、陳薦夫)方可稱得上論詩詩,[③]第二首《陳汝翔》:

> 汝翔好奇古,遯跡在柯嶼。詞藻何離離,才情尤楚楚。能追正始音,不作齊梁語。臭味既已同,素心自相許。睽乖勞我思,山中正延佇。

陳鳴鶴,字汝翔,家住福州水西柯嶼,徐熥住城中,故見面不易。"能追正始音,不作齊梁語",鳴鶴詩的特點;"臭味既已同,素心自相許",徐熥説自己趣味與之相同。力追正始音,反對作齊梁語,也是作者的詩歌觀念。類似的論詩詩,《幔亭集》還可以輯錄一兩首。問題是,新詩話將論詩詩也納入

---

① 沈文倬:《紅雨樓集序跋》(福州:福建人民出版社,1993年)。
② 《得胡御長詩却寄》,《幔亭集》卷7。
③ 徐熥《幔亭集》卷2,萬曆刻本。

輯錄的範疇合適不合適?《徐熥詩話》總共只有兩條,其中論詩詩一條;《謝肇淛詩話》和《徐𤊹詩話》不錄論詩詩;《曹學佺》除《蜀中詩話》,輯錄六條,全是論詩詩(其中一條為詩前小引);《王志遠詩話》總共只有一條,為論詩詩。這樣看來,新輯詩話,有的輯錄了論詩詩,有的不輯錄。舊詩話與論詩詩,嚴格説是兩種不同文體,即便舊詩話也常有引詩,它還是詩話,屬於"文"的範疇;論詩詩偶有小序、小引,就其整體而言,仍然屬於"詩"的範疇。

《徐熥詩話》《王志遠詩話》篇幅太小,似有"文太少,詩來湊"之嫌。《徐熥詩話》一條誤植,一條是詩(還是應酬詩),如果詩不能入"話",《徐熥詩話》就不復存在;《王志遠詩話》總共只有一條,詩不能入"話",《王志遠詩話》同樣不能存在了。《曹學佺詩話》有《蜀中詩話》很大的篇幅在那兒,但是曹學佺著述宏富,沒有進行補輯,似乎説不過去,於是輯纂者從《崇禎八家詩選》中的《夜光堂集》輯得六條。是不是謝肇淛、徐𤊹沒有論詩詩可供輯錄?當然不是。就謝肇淛而言,如上文我們提及的《讀明詩二首》《讀閩詩三首》《五子篇》《後五子篇》都可輯錄,其中前二題,從題目看,就是很正統的論詩詩。新輯詩話的輯纂者在植入不植入論詩詩存在不同的看法。本人以為,新輯詩話還是不植入論詩詩為妥;如果一定要輯錄,可以作為詩話的附錄;或者,將來可以別輯一部《全明論詩詩全編》,估計部頭也不至於太小。如果可以輯入,則應界定何者是論詩詩,何者不是。

四、詩話的採摭

傳統的舊詩話,是詩話作者有意識地進行詩話寫作,如謝肇淛的《小草齋詩話》和曹學佺的《蜀中詩話》等;新輯詩話,是輯纂者從輯纂對象的詩文別集、筆記和其他著作加以採摭而成的。而採摭的對象,最重要的是詩話作者的別集,其次是筆記和其他相關著作。採摭時應使用好版本。

《徐熥詩話》只有兩條,一條誤植,一條論詩詩,是否就可以不輯纂?輯纂的工作還是可以做的,而且應該做,徐熥是閩中重振風雅的重要人物,而且有《晉安風雅》《幔亭集》可供採摭。誤作《閩中詩選序》且誤植入《徐𤊹詩話》的《晉安風雅序》那兩條,可以輯補入《徐熥詩話》。其次,據《徐熥詩話》輯纂者介紹，他們使用的徐熥《幔亭集》為文淵閣《四庫全書》本。然而此本只有十五卷，有詩無文，非足本。徐熥過世後，經過徐㶿所編的《幔亭集》隨即刊刻，由於費用不足，先刻詩，後刻文，全書共二十卷。兩刻的時間間隔雖然很短，而流傳於世便成了十五卷本和二十卷本兩種。《四庫全書》館臣很可能只看到十五卷本，也可能兩種版本都看到，但棄文取詩，加以鈔錄。[①]《徐熥詩話》輯纂者使用四庫本，有詩無文，無從採摭，故付其他文於闕如。

二十卷本《幔亭集》，卷 16 為序文，三十七篇，其中序詩者約二十篇，可供採摭。《竹田世詠錄序》云：

> （唐）最著者，無如李、杜、王、孟、高、岑、錢、劉諸君。然此數君者，或淪落不偶，或沉冥下僚。傳於世者，不過藻績之末，其功業不足稱也。如房、杜、姚、宋、裴、韋數公，其勳業爛然於世，乃其詩不少概見。即曲江燕公有集行世，試取其詩與李、杜諸人絜長比短，不同日論矣。豈功業文章，判若枘鑿，而兼之之難哉！則以名公鉅卿雍容廊廟，服勞王家。竹帛旂常，昭垂萬禩。即有譔述淩厲作者，然文章掩於功業，故後世徒誦其勳伐，而略其雕蟲有以也。若夫騷人墨士、遷客逐臣，抒情於孤憤，著論於窮愁，隻語片辭，驚心動魄。故解頤者多，而聲稱易譟耳。

此條講功業勳績與詩文的關係，唐人中詩作得好的，勳業不濟；勳業突出的，詩名不甚。徐熥認為，名公鉅卿的詩名多為其勳業所掩，後世徒誦其勳伐而暫別其雕蟲；而遷客逐臣，抒情於孤憤，易打動人心。這一段文字，應當是一條很"標準"的詩話。

《沈從先詩序》云：

① 文淵閣《四庫全書》本《幔亭集》還篡改了原刻的一些文字。

> 從先貧,不能為孺子設榻,但與王生共跏趺几上耳。因得卒業其所著《尊已》《撚枝》《閉戶》諸集。樂府、古詩取材於漢,近體得格于唐。要皆抒所自得,意不必古人有,語不必古人道。苟已披之朝華,直咳唾視之,不以煩子墨也。即置之古人中,其誰能辨之?夫詩,所以言志也。從先三旬九食,捉襟見肘,而閉戶弦歌,聲出金石,此其趣操,列之參憲,曾無異同。未有胸臆古人,而搦管操觚,反掇拾餖飣,落時人窠臼者也。誦詩論世,而其人可知矣。

沈野,字從先,吳人,與徐熥、徐𤊹、曹學佺友善。此條評沈野詩。沈野貧甚,三旬九食,捉襟見肘,詩皆抒其志,語意必己出,誦其詩,論其世,可知其人其詩。此條既評沈野詩,又以沈野詩申說"誦詩論世,而其人可知"之詩論。

《緩帶編序》云:

> 不必模擬于唐而自合于唐,其法在有意無意之間,所必傳者也。然文章小技,壯夫不為。廷愉業已學劍,不得復事雕蟲之技。況當今國家,北苦虜,南苦倭,求猛士如渴。廷愉黃鬚鮮卑,有河朔健兵之氣,犁庭掃廬,揚旌萬里,此士之一時也,安得佔俾故業,而令馬上輩有賦詩退虜之誚乎?廷愉勉之矣。

顏廷愉,即顏容軒,漳州人。少攻詩,入王世貞之門。每奏一篇,世貞未嘗不稱善,從此名遂大譟于江淮、吳越之間。長於騎射,棄文從武於海上,駐守海壇(今福建平潭)等地,著有《緩帶編》。此條結合明代嘉靖以還北苦虜、南苦倭的背景,評顏容軒軍旅詩,是一則有特色的詩評。總之,從二十卷本《幔亭集》採摭詩話十條、八條當是沒問題的,如果再加上書信等文,可超過十條。可見新輯詩話使用好版本的重要。

上文我們說過,《曹學佺詩話》的輯纂者未見到《石倉全集》,故除了《蜀中詩話》及幾首論詩詩外一無所獲。《石倉全集》文多達五十多卷,還有佚文,如採摭寬一點,可得詩話三四百條,精一點,亦可得一二百條。曹學佺交遊遍天下,萬曆中曾主金陵社,不僅廣交吳越詩友,又與公安袁氏、竟陵鍾、譚,乃至緇流羽士都有來往;明清易代之際,曾為錢謙益、夏完淳、王夫之詩文或其他著作寫過序,論詩評詩常有獨到見解。《曹學佺詩話》一概付闕,不能不說非常遺憾。

《徐𤊹詩話》素材來源有二:《重編紅雨樓序跋》和《徐氏筆精》,《小傳》提到的《榕陰新檢》《紅雨樓集》等書未進入編纂者視野,因此《徐𤊹詩話》也是很不完整的詩話。《榕陰新檢》卷16《詩話》,多達七十四條,每條都有四字(少數三字)的標題,如:"山居遺詠""守杭題詠"等,其中"風流太守"條云:

> 宋辛稼軒為福州守,所作詞甚多,有《西江月》,云:"貪數明朝重九,不知過了中秋。人生那得許多愁。只有黃花如舊。　萬象亭中置酒,九仙閣上扶頭。城鴉喚我幾歸休。細雨斜風時候。"時有盧國華由閩憲移漕建安,陳端仁給事同諸公餞別,稼軒為酒困臥清塗堂,三鼓方醒,乃賦《滿江紅》,云:"宿酒醒時,算只有,清愁而已。人正在,清塗堂上,月華如洗。紙帳梅花歸夢覺,蓴羹鱸鱠秋風起。問生得意幾何時,吾歸矣。　君若問,相思事。料長在,歌聲裏。這情懷只是,中年如此。明月何妨千里隔,顧君與我何如耳。向尊前,重約幾時來,江山美。"稼軒,歷城人,可謂風流太守矣。棄官後僑寓鉛山而卒。今分水嶺下有稼軒墓在焉。①

辛棄疾宦閩,其集有《七閩之什》,作於福建。此條引辛詞二首,以為辛棄疾是"風流太守"。辛稱"風流太守",前於徐𤊹,或後於徐𤊹,都為他人所未道,可備一說。

又"玉岑詩社"條云:

① 《榕陰新檢》,卷16《詩話》引《竹窗雜錄》。

> 祝時泰，字汝亨，閩人。舉嘉靖壬午鄉薦，歷任德府長史，棄官隱於杭州西湖，築室以居。與光州守高應冕、承天守方九敘、憲副童漢臣、處士沈仕、王寅、劉子伯結玉岑詩社，人主一山，即景賦詩，時推祝為祭酒。一日登鳳山，各賦懷古詩，祝云："白馬南來定宋京，五雲長繞鳳山城。星隨數盡中天隕，潮讓沙屯兩日兵。輦路獨餘春草綠，行人猶說故宮名。當年多少難平恨，並作江流萬古聲。"衆作皆弗及也。[①]

此條提到的嘉靖間杭州玉岑詩社及其成員、活動場景，可供近時研究詩社者參考。諸如此類，《徐𤊹詩話》未採摭《榕陰新檢》一整卷的《詩話》，是輯纂的重大失誤。

《榕陰新檢》各卷，也有不少可以歸入"詩話"，卷 2 忠義類"疏忤權奸""太學直諫"條，卷 3 貞烈類"截耳表貞"條，卷 6 方技類"雪逢草聖"條，卷 7 名僧類"詩僧百煉"條，卷 8 神仙類"劍仙再世"條，卷 10 錄異類"花神托夢"條，卷 12 數兆類"金梅枯枝"條，卷 13 勝跡類"喝水巖""黃蘗山""芙蓉洞""宿猿洞"條，卷 14 物產類"閩中方物""鼓山細茶"條，卷 15 幽期類"沙陽哭妓""破鏡分離""玉主報仇""烏山幽會"條等都是。《榕陰新檢》卷 16 詩話各條，其內容多為詩歌批評，例如"雲崩塔勢"，評價謝肇淛詩，引鄭琰詩為證，說明謝肇淛詩當時為人稱誦。以上所舉忠義等類各條，主旨都比較明確，一部分還有故事，屬於詩話中的佚聞佚事之類。

《徐𤊹詩話》小傳提到《紅雨樓集》，編纂者亦未見到此集，有其客觀原因，因為《紅雨樓集》徐𤊹生前身後都未刻過，稿本藏上海圖書館，《徐𤊹詩話》輯者當時欲睹此本也不是一件容易的事。2009 年，《紅雨樓集・鼇峰文集》編入《上海圖書館未刊古籍稿本》，由復旦大學出版社出版。《紅雨樓集・鼇峰文集》中的書信約佔十之八。徐𤊹在他的書信中發表了不少詩歌的見解。徐𤊹年稍長於鍾惺、譚元春，親歷詩壇鍾、譚一變，其《寄楊參知》云："當今詩文一道，大非古人遺軌，詩自鍾譚一變，海內爭效法之，遂至

① 《榕陰新檢》，卷 16《詩話》引《竹窗雜錄》。

莫解其義,從風而靡,不能挽回。臺翁向所梓集,可稱正脈,續稿定當充滿奚囊矣。"[①]《寄蔡宣遠明府》又云:"當今海内為詩,多宗楚派,全用之乎也者,入在詩内。伯敬作俑,而效法成風,只為識者唾棄。願兄熟覽古人,參閱王、李諸公,自然名世矣。"[②]不論批評是否中肯、得當,畢竟是當時的一種意見。《寄屠田叔》云:"先兄詩草撰述頗多,蓋棺之後,某為删潤,十去其四,而簡佚猶為重大,即敝鄉家置一部為難,況能傳佈海内乎? 承教嚴選,實獲我心。明公若不惜針砭,為選二册,盡去應酬,獨存近古者,則惟和白骨可肉矣。留念留念!"[③]徐熥《幔亭集》為徐𤊹所選,已經十去其六,刊刻之後,徐𤊹不滿意,認為存留還是過多,應盡去應酬之作,再删過半,存其精華,以流佈海内。徐𤊹致曹學佺書,偶也批評自己的詩,《寄曹能始大參》云:"承示新作,題目佳,而造語亦典實。弟于詩調稍僻澀,少欠情采,在杭已有定評,不知以為然否?"[④]此數條都可以入《詩話》。

《鼇峰集》二十八卷,有詩無文;《紅雨樓集·鼇峰文集》有文無詩。《紅雨樓集·鼇峰文集》之外,還有佚文,某些佚文,也可採入《詩話》,《劍津集序》略云:

> 予不敏,嘗與人論詩曰:五言古,工于漢魏,莫盛于晉。七言古、五言律、絕,工于盛唐,亦莫盛于盛唐,惟七言律,至我朝而始工、始盛,足掩三唐作者,宋元無論矣。昔人評文,以昌黎為起八代之衰,至我朝亦始工、始盛。予友邵肇復先生以《易》起家,少年聯弟進士,由大行銓曹晉西蜀參藩、兩浙觀察,輶軒所至,或故都古跡,必憑弔悲歌;乞假林居,或宴客開尊,必分題角韻。蓋自釋褐以來,吟草不下千首,選其粹美,皆駸駸入唐人之室,而七言極工極盛,尤號長城。[⑤]

① 《紅雨樓集·鼇峰文集》,册五,《上海圖書館未刊古籍稿本》(上海:復旦大學出版社,2009年),第43册。

② 《紅雨樓集·鼇峰文集》,册七,《上海圖書館未刊古籍稿本》,第44册。

③ 《紅雨樓集·鼇峰文集》,册三,《上海圖書館未刊古籍稿本》,第42册。

④ 《紅雨樓集·鼇峰文集》,册六,《上海圖書館未刊古籍稿本》,第43册。

⑤ 《劍津集》,卷首,崇禎刻本。

邵捷春(？—1642),字肇復,一字見心,侯官人。萬曆十七年(1589)進士,歷官都御史,巡撫四川,兵敗下獄,仰藥死。有《劍津集》《入蜀吟》。邵捷春與徐𤊹同為閩中詩人,此序論提及詩歌史上七律發展的問題,按照徐𤊹的說法,唐詩除了七律,各體都可稱鼎盛;唐代韓愈文起八代之衰,而七律到了明代始工,意即明七律超邁李唐。同社中邵捷春七律尤佳,唐劉長卿稱"五言長城",邵捷春七言律極工,可稱"七言長城"。盛稱邵氏七律,實則是極力肯定晚明閩中詩人的七律。晚明閩中詩人作詩大多動輒七律,追求工穩妥貼,不可否認,閩中不少詩人七律作得不錯,邵捷春就是其中一位,但或應酬、或應景,不勉有落入熟套之嫌。同時代的閩中詩人的曹學佺對此有所批評,清初周亮工入閩,也有論述。這方面的問題,我們將另文詳述。"七言律,至我朝而始工、始盛"的觀點固然有偏頗,但作為一家之言,輯錄詩話,此條就顯得比較重要了。

五、輯纂者的眼光

新輯詩話的篇名或書名,通常以詩話作者的姓名來命名,一目了然,如上文所引《徐熥詩話》《謝肇淛詩話》等,也有用作者的字號來命名,如筆者所輯《興公詩話》,[①]興公是徐𤊹的字,後進學他的詩,人稱"興公詩派"。同時他又是藏書家;興公,治明詩或治目錄學者耳熟能詳。新輯詩話,有一種是全部內容由輯纂者新輯,如《董應舉詩話》;另一種是先錄已有的詩話,後再補輯,如《謝肇淛詩話》;謝肇淛已有《小草齋詩話》。新輯詩話,是當代古代文學研究者的創舉,因為詩話各條都是從原作者的詩文別集、筆記或其他著作輯出的,代古人輯其詩話,這個工作,前人沒有做過。新詩話的輯錄,本質上是替代某個作家編一個詩論、詩歌理念和詩評的選本,而這個選本,不是文章的編選,而是從他的文集、筆記和其他著作採摭、擷取某些片段,再稍加編輯而成的。多數新編詩話各條都沒有標題,本人所輯《興公詩話》,由於受到興公《榕陰新檢》的啟示,各條都冠有標題。嚴格說,新輯詩話,是輯

① 陳慶元、陳煒編纂:《鼇峰集》(揚州:廣陵書社,2012年),附錄。

纂者代某個作家編的一部詩話,如果這個作家還活著,或者雖然他不在了,在他的版權歸其親屬的期限內,我們編完詩話,還得徵求他本人或版權所有者,看看你所編的東西,作者本人或版權所有者是否同意,然後才有可能出版公諸於世。我們現在看到的新輯詩話的原作者,都早已不在人世了,可以免掉這一程序。儘管如此,輯纂也應當為原作者著想,想想你所輯纂的這個詩話,所收各條是不是原作者論詩評詩最精彩的、最能代表其本意的那些部分?你編的這個詩話有沒有誤入濫入的?是不是存在大量失收、漏收的狀況?假如原作者還活著,他看到你輯纂的詩話會不會滿意?因此,新詩話輯纂的進程也是一種研究的過程,輯纂而成的一部詩話,也是一種研究成果。

新詩話的輯纂,既然屬於中國古代文學科學研究的範疇,就存在文獻基礎的問題,存在研究眼光的問題。

先說文獻基礎。新詩話的輯纂過程,和其他古代文學的研究一樣,存在文獻基礎的問題。新詩話的輯纂表面上看似乎很簡單,找一兩本書輯纂對象的書抄,能抄多少算多少。其實不然。研究對象相關文獻的搜集是第一要義。巧媳婦難為無米之炊,基本文獻的失缺,何來採輯?上文已經提到的《徐𤊹詩話》,使用《重編紅雨樓題跋》及《徐氏筆精》兩種,未使用《紅雨樓集》《榕陰新檢》;《重編紅雨樓題跋》《紅雨樓集》還有不少佚文,如《劍津集序》《還山草序》《遊鼓山詩序》等,[①]可供採摭。版本的選擇,也有關學問,《幔亭集》二十卷本有文可採摭,十五卷本有詩無文;從十五卷本輯詩話,無異於無源之水,無本之木。

新詩話的輯纂,要求輯纂者對輯纂對象有較深入的瞭解,最好是有研究。縱觀新輯詩話,一部分輯纂者對輯纂對象並無太多瞭解,更談不上研究,少數學人恐怕連對輯纂對象的詩文集都沒有翻過,倉猝操筆,例如《徐熥詩話》,總共輯得兩條,一知誤植,一條是應酬詩,小傳生活年代也錯得離譜,對研究對象一無所知的《詩話》,不輯也罷,輯纂成編,可能還會貽害後學。對輯纂者有一定的研究,除了對輯纂對象的生平著作要有大致準確的瞭解

① 陳慶元:《〈紅雨樓序跋〉補遺考證》,《文獻》,2009年第3期。

之外,對輯纂對象的詩學理論、詩學觀念、詩評也應有所掌握。如果對輯纂對象一無所知,或者知之甚少,甚至是錯誤的認知,這個《詩話》如何輯纂?

新輯詩話並不是誰都可以隨便輯纂的。新詩話的輯纂,要求輯纂者對輯纂對象有較深入的瞭解,最好是有研究。對輯纂對象沒有一定深入瞭解、沒有一定研究者,請"慎入"。新輯詩話,本質上是一個選本,選家的眼光對輯纂新編詩話相當重要。新輯詩話是從原作者的文集、筆記和作者的其他著作輯纂而來的。輯纂不是見文便錄,在"輯"之前,還有一個"選"的程序。嚴格說,輯纂,是選輯,是選後的輯和纂。因為是選,就有一個選家眼光的問題。這和人們經常講的選詩、選文的道理是相同的。我們講的詩文選本,一般說來是一篇詩、一篇文的選(個別有節選)。詩話則是從一篇文中再節選出一段或幾段,再進行輯纂。一個作家或詩人的選本或選集可能有多種,甚至幾十種上百種,為什麼選本會出現差異?因為選家的眼光不同,好尚各異,選本或選集的面貌也就千差萬別。目前,新輯詩話的工作剛剛起步,不太存在一詩家有多種新輯詩話的現象,但偶爾也會出現一兩種,如《明詩話全編》中有《徐𤒹詩話》《曹學佺詩話》,筆者有《興公詩話》和《石倉詩話》,①不是說筆者做得一定就好,其他學者做得就不那麼好或不好,筆者的本意是,既然有兩種相同的詩話輯本,就有兩位選輯者不同的眼光。再舉例說,《徐𤒹詩話》,《明詩話全編》的輯者誤植一條,其實是應酬詩被當作論詩詩輯入的一條,這也是輯纂者的眼光。筆者編《幔亭集編年校箋》,②暫時還沒有涉及輯纂《幔亭詩話》的工作,但如果編他的詩話,當然會體現筆者的見解。《幔亭集》卷16序文相關詩論的文章二十來篇,筆者不會每篇都加選輯,可能只選十多則;同時還會在他的《晉安風雅序》、書信等選若干則。選徐𤒹的標準之一,就是對事關重振風雅的那些文字,會有更多的關注,這就是徐𤒹的詩話,也就是《明史・文苑傳》所說的重振閩中風雅的徐𤒹的詩話。

① 陳慶元點校:《鼇峰集》,附錄;陳慶元輯校:《石倉全集》附錄,即刊。
② 陳慶元:《幔亭集校箋》,待刊。

清代的回文詞及其傳承發展

香港浸會大學中文系　張宏生

一

回文"是講究詞序有回環往復之趣的一種措辭法",[①]應用在古代詩歌中,"回復讀之,皆歌而成文"。[②] 回文詩的起源,據朱存孝《回文類聚序》:"自蘇伯玉妻《盤中詩》為肇端,竇滔妻作《璿璣圖》而大備。"[③]對這段話的前半部分,歷來尚有爭論,至於後半部分,則人致沒有異議。回文詩的創作,自西晉以來,代有名家,尤其是唐宋兩代,作者眾多,唐代的白居易、權德輿、陸龜蒙等,都時有佳篇,至於宋代,更是盛況空前,王安石、蘇軾、黃庭堅等,都做出了很大貢獻。

詞的回文,據目前所知,唐代尚未出現,至北宋中期,才得到詞壇的關注,其原因,並不能單純從文字遊戲的角度認識。正如人們所熟知的,詞的尊體途徑之一,就是向詩歌靠攏,即引入寫詩的方式來寫詞。回文正是其中的一個類型。

---

① 陳望道:《修辭學發凡》(上海:上海教育出版社,2001 年),頁 198。

② 吳兢:《樂府古題要解》下,《四庫全書存目叢書》,第 414 冊,頁 14。

③ 按此序不見於四庫本《回文類聚》,轉引自陳望道:《修辭學發凡》,頁 199。

宋代回文詞的最早嘗試者,從目前材料看,可能是劉攽,[1]但其詞不存,現存者以蘇軾之作為最早,其後經過朱熹等人,有了一定的發展。但總的來說,回文詞一體在宋代只是淺嘗輒止,元明兩代,作家作品都比較少,晚明時,開始引起較大的注意,而一直要到詞學大盛的清代,由於作家往往善於將前人已經有所嘗試但尚未來得及發展的一些形式加以發揚光大,回文也就自然成為重點關注的對象之一,因而較之前代,有了更進一步的發展。

回文詞,由於特定形式的限制,就其所表現的內容看,是相對簡單的,彭國忠曾概括回文詞的內容為閨怨、閒情、寫景三類,[2]從詞史發展來看,大致如此。不過,到了明代,較之以前就豐富了一些。雖然王世貞的《別思回文》和丘浚的《秋思回文》[3]還是延續了蘇軾一路,但像湯顯祖以回文詞題《邯鄲夢》,就顯然擴大了回文的內容。女作家沈宜修的《菩薩蠻·送仲韶北上》,共 4 首,寫惜別之情,也有其獨特之處。而到了清代,雖然還存在著大量的《春閨》《秋閨》或《閨情》《閨怨》之類的題材,經常明確表示是學習蘇軾,[4]但總的來說,回文詞所表達的內容也還是有所擴充。蘇軾《西江月》有題為《詠梅》的回文詞:"馬趁香微路遠,紗籠月淡煙斜。渡波清澈映妍華。倒綠枝寒鳳掛。　　掛鳳寒枝綠倒,華妍映徹清波。渡斜煙淡月籠紗。遠路微香趁馬。"[5]這顯然啟發了清人也用回文之體來寫詠物詞,如葉承宗《菩薩蠻·梅》:"晚梅新發南枝暖。暖枝南發新梅晚。三兩欲開函。函開欲兩三。　　鬥風寒影瘦。瘦影寒風鬥。香暗引蜚觴。觴蜚引暗

---

① 《蘇軾文集》(北京:中華書局,1986 年),頁 1501。卷 51《與李公擇》十七首之十三:"效劉十五體,作回文《菩薩蠻》四首寄去,為一笑。不知公曾見劉十五詞否? 劉造此樣見寄,今失之矣。"顯然,蘇軾是模仿劉攽而作此。

② 彭國忠:《元祐詞壇研究》(上海:華東師範大學出版社,2002 年),頁 180。

③ 卓人月:《古今詞統》(瀋陽:遼寧教育出版社 2000 年),頁 168。卷五評丘作:"隨句倒讀猶易耳,至尾讀轉,斷鶴續鳧,非巧手不能。"評價較高。

④ 如彭孫貽《菩薩蠻·春愁,效東坡回文》(絮飛花盡春餘雨),南京大學中文系《全清詞》編纂研究室:《全清詞·順康卷》(北京:中華書局,2002 年),第 2 冊,頁 1058。

⑤ 唐圭璋:《全宋詞》(北京:中華書局,1965 年),第 1 冊,頁 333。

香。”[1]這尚可以說是從蘇軾那裏得來的靈感,至於吴山《菩薩蠻·回文詠月》:“薄雲冰淨光簾幕。幕簾光淨冰雲薄。清逼夢烏驚。驚烏夢逼清。

静階流素影。影素流階静。時露濯花移。移花濯露時。”[2]就是以回文詞詠物時有意識地擴大題材了。還有詹賢《菩薩蠻·壽陳予嘉學博六十》:“菊籬清瘦香團緑。緑團香瘦清籬菊。春生座少塵。塵少座生春。　雁來歸子燕。燕子歸來雁。長齡祝巨觴。觴巨祝齡長。”[3]以回文的形式寫壽詞,也是以前所少見的。

二

如前所述,總的來說,回文詞所寫的内容,顯得比較單薄,因此,如果放在文學史發展的過程中,考察清代回文詞的價值,形式上的變化是更值得提出來的。

和詩相比,詞的回文相對困難,因為詞是長短句,若想有規律地回環往復,不是容易的事。當然,詞雖然號稱長短句,不少調式也還都是五、七言結構的形式,其中,《玉樓春》和《瑞鷓鴣》之類最像詩,因為它們實際上就是齊言的,只是分了上下片而已。根據這個特點,回文的時候,清人也有自己的處理方式,如姚之駰的二首《雙帶子》(《玉樓春》的别名):

長亭小立怕分釵。去棹愁深積水涯。望處無邊堤斷影,郎舟别認錯看回。　回看錯認别舟郎。影斷堤邊無處望。涯水積深愁棹去,釵分怕立小亭長。

來時幾日去成真。别贈將離惜遠人。杯酒滿行千滴淚,黛眉低蹙半宜顰。　顰宜半蹙低眉黛,淚滴千行滿酒杯。人遠惜離將贈别,真成去日幾時來。[4]

---

① 張宏生:《全清詞·順康卷補編》(南京:南京大學出版社,2008年),頁137。
② 《全清詞·順康卷》,第1册,頁51。
③ 張宏生:《全清詞·順康卷補編》,第3册,頁1700。
④ 張宏生:《全清詞·順康卷補編》,第3册,頁1756—1757。

事實上,是下片回環上片,將一首《雙帶子》變成了兩首七言絕句。當然,此調若是從後向前回環,相對來説也比較容易。

回文詞中,最常見的調式就是《菩薩蠻》,《回文類聚》卷四及其補遺所收回文詞共 57 首,其中《菩薩蠻》就有 53 首。宋代作家寫回文詞固然多用《菩薩蠻》一調,宋代以後仍然如此。這不僅是由於回文詞在最初呈現的作品就是蘇軾創作的《菩薩蠻》7 首,具有經典性,而且由於《菩薩蠻》是比較簡單的五七言句式,①不僅容易操作,而且又仍然是長短句。在具體的創作實踐中,《菩薩蠻》回文多是兩句互回,從蘇軾開始到明清許多作家,莫不如此。明人馬樸將此類稱之為"逐句回文"。② 由於這類最早出自蘇軾之手,清初作家寫作時,往往點明這一點,如彭孫貽《菩薩蠻·春愁,效東坡回文》:"絮飛花盡春餘雨。雨餘春盡花飛絮。人惜可憐春。春憐可惜人。句成愁字字。字字愁成句。愁更上高樓。樓高上更愁。"③而祝尚矣則將這種寫法稱為"穿心回文體",如其《菩薩蠻·長夏客中遣興。穿心回文體》:"客中愁度空長日。日長空度愁中客。槐影密侵階。階侵密影槐。友情濃似酒。酒似濃情友。吟度密濃陰。陰濃度密吟。"④

但是,大約從明代開始,就有作家開始對此有所不滿,可能是認為這樣寫難度不夠,而且意思也顯得重複。《回文類聚》補遺中有丘浚《菩薩蠻·秋思》,序稱:"余幼時嘗讀朱文公、劉靜修文集,俱有《菩薩蠻》回文詞,惜其隨句倒讀,不免意複,不如至尾讀回為妙。"他的詞這樣寫:"紗窗碧透横斜影。月光寒處空幃冷。香炷細燒檀。沉沉正夜闌。　更深方困睡。倦極生愁思。含情感寂寥。何處别魂銷。"⑤其特點,不僅如他所説,可以

① 宛敏灝先生就曾指出,使用《菩薩蠻》創作回文,"是因為全篇由五、七言句構成,且兩兩對稱,具備互倒的條件。"《詞學概論》(北京:中華書局,2009 年),頁 69。

② 馬樸《菩薩蠻·小軒秋夜,逐句回文》:"桂香飄處回風細。細風回處飄香桂。光月映茅堂。堂茅映月光。　夜凉新露下。下露新凉夜。清趣樂軒明。明軒樂趣清。"饒宗頤初纂、張璋總纂:《全明詞》(北京:中華書局,2004 年),第 3 册,頁 1231。

③ 《全清詞·順康卷》,第 2 册,頁 1058。

④ 張宏生:《全清詞·順康卷補編》,第 2 册,頁 989。

⑤ 桑世昌著,朱存孝補遺:《回文類聚》,卷 4《補遺》,文淵閣景印《四庫全書》,第 1351 册,頁 825。

“至尾讀回”，而且，更重要的是一定程度上處理了“意複”的問題，使得作品能夠顯示出更多的區別。丘氏是明代前期的人，應該對後來湯顯祖通體回環的寫法有影響。對此，鄒祇謨指出：“詞有檃括體，有回文體。回文之就句回者，自東坡、晦庵始也。其通體回者，自義仍始也。”①如果考慮到丘氏的作品，則“自義仍始”之說或許不夠嚴密，但是，湯顯祖所作顯然更為出色，這就是題為《織錦回文》的二首《菩薩蠻》：

梅題遠色春歸得。遲鄉瘴嶺過愁客。孤影雁回斜。峰寒逼翠紗。　窗殘拋錦室。織急還催織。錦官當日情。啼斷望河明。

明河望斷啼情日。當官錦織催還急。織室錦拋殘。窗紗翠逼寒。　峰斜回雁影。孤客愁過嶺。瘴鄉遲得歸。春色遠題梅。②

無論從詞意上看，還是從語言上看，當然都是後來居上。如前篇明寫雁之孤，暗喻客之孤，而後篇實寫客之孤，卻以斜峰雁影，既烘托氣氛，又暗作比喻，就寫出了一定的變化。近人吳梅在其《詞學通論》中說：“小蟲機杼，義仍只工回文。”③雖帶貶義，也不能不承認這是湯顯祖詞的重要特色。至於晚明卓人月的《菩薩蠻・私歡迎送》：

春宵半吐蟾痕碧。斜窺愁臉如相憶。空撚兩三弦。朱扉寂寂然。　依期郎踐約。悄步人疑鶴。小舒輕霧紗。妝袂蘸紅霞。

霞紅蘸袂妝紗霧。輕舒小鶴疑人步。悄約踐郎期。依然寂寂扉。　朱弦三兩撚。空憶相如臉。愁窺斜碧痕。蟾吐半宵春。④

前一首寫月光清澈，春宵相思，彈琴寄意，苦等伊人，遠處傳來輕輕的腳步

① 唐圭璋：《詞話叢編》，第1冊，頁653。
② 《全明詞》，第3冊，頁1276。
③ 吳梅：《詞學通論》（上海：復旦大學出版社，2005年），頁108。
④ 《全明詞》，第6冊，頁2904。

聲,情郎終於踐約,頓時心花怒放,臉上的紅霞彷彿也飛上了裙裾。後一首寫女主人公臉上紅霞尚在,而乍見遽别,恍惚中,聽聞鶴步,疑是伊人尚在,惟門扉寂然,一片冷清。彈琴寄意,徒然想像,只見碧月西斜,倍感辜負春光。正如其詞題所言,一寫迎來,一寫送往,很有巧思。這說明,到了晚明,對於傳統的回文詞,人們已經努力要變出更多花樣來。

明代作家對於回文詞的探索顯然被清代作家注意到了,清人林企忠在其《菩薩蠻・早春陰雨》的小序中就指出:"嘗見作者多將末聯倒轉,以調平仄,畢竟牽強。今皆以平仄二音之字填入,庶幾合調。"他以自己的創作實踐,表達了對湯顯祖創造性的肯定。[①] 黃埍則具體將湯顯祖這種回文稱為"全體回文",黃詞題為《菩薩蠻・秋興,全體回文》,如下:

秋山一葉紅樓曉。飛雲白露凝寒草。秋去落花殘。霜多覺夢寒。　　窗蘿垂更綠。苔碧庭中玉。翠搖竹滴香。秋影落空塘。

回文為:

塘空落影秋香滴。竹搖翠玉中庭碧。苔綠更垂蘿。窗寒夢覺多。　　霜殘花落去。秋草寒凝露。白雲飛曉樓。紅葉一山秋。[②]

類似的小令還有《浣溪沙》,也是人們常寫的。如董元愷的《浣溪沙・春閨回文》:

鶯語聽殘春院晴。屏雲倚共晚寒凝。黛痕愁入遠峰青。　　庭

① 清人對湯顯祖的回文詞多有讚賞者,如沈雄說:"義仍精思異彩,見於傳奇,出其餘緒以為填詞。後人猶詠其回文,必指為義仍傑作也。"沈雄:《古今詞話・詞評》卷下,《詞話叢編》,第1冊,頁1029。這個意思被馮金伯接了過來,他並進一步指出,這個傑作就是"回文《菩薩蠻》"等。見馮金伯:《詞苑萃編》卷7,《詞話叢編》,第2冊,頁1922。

② 《全清詞・順康卷》,第13冊,頁7404—7405。

滿落花香寂寂，聲和玉漏夜清清。輕紅拂夢曉來醒。

回文為：

醒來曉夢拂紅輕。清清夜漏玉和聲。寂寂香花落滿庭。　　青峰遠入愁痕黛，凝寒晚共倚雲屏。晴院春殘聽語鶯。①

這或者是從《菩薩蠻》的變化而得到的啟發，而希望寫出另外的特色。

雖然回文中以五七言結構的是常態，但清人也會嘗試打破單句結構的樣式，在更為複雜的狀態中，進行重新組合。如甘國基《後庭花・秋日閨情》：

洌風秋冷衾如鐵。怯心寒徹。熱魂香夢驚離別。月明情結。鐵如衾冷秋風洌。徹寒心怯。別離驚夢香魂熱。結情明月。②

這首詞是四字句和七字句的組合。一般來說，四字句在整篇作品中，不是很容易處理，但在這一首詞中，其排列組合有著嚴格的規律性，所以，下片開始，對上片的四句逐句回環，也還不是太困難的事。至雍乾年間的高繼祖的《七娘子・閨怨》：

短長亭隔人腸斷。岸柳縈、舟繫孤帆遠。亂風吹雨，絲絲如怨。眼波橫注愁深淺。　　燕泥銜入閒空院。倩誰將、欲去春留綰。軟紅飛逐，夢魂消黯。斂娥雙樹啼鶯倦。③

裡面有三字句、四字句、五字句和七字句，逐句回讀，可作：

---

① 《全清詞・順康卷》，第 6 冊，頁 3243。
② 《全清詞・順康卷補編》，第 3 冊，頁 1567。
③ 《全清詞・雍乾卷》，第 6 冊，頁 3217—3218。

倦鶯啼樹雙蛾斂。黯消魂、夢逐飛紅軟。綰留春去，欲將誰倩。院空閒入銜泥燕。　　淺深愁注橫波眼。怨如絲、絲雨吹風亂。遠帆孤繫，舟縈柳岸。斷腸人隔亭長短。

這顯然更加複雜了，從中可以看出清人不斷探索的意識。

三

清人在從事回文創作時，有時為了更多地體現出變化，也會跨越部類，安排得更加複雜。

和《菩薩蠻》一樣，《虞美人》一調的回文，宋代也已經出現了，如北宋元祐時期的王齊愈有《虞美人・寄情》：

黃金柳嫩搖絲軟。永日堂空掩。捲簾飛燕未歸來。客去醉眠倚枕殢殘杯。　　眉山遠拂青螺黛。整整垂雙帶。水垂香熨窄衫輕。瑩玉碧溪春溜煙波橫。

彭國忠認為："這種全首倒讀的形式，要求應該更加嚴格，寫起來更加困難，因為它必須充分考慮到句式的變動，如：下闋末句本為九字句，回環之後作為首句，後七字被截作七字句，'瑩玉'倒成'玉瑩'後與另一句組合，其他以此類推。"他還特別指出，由於它不是像倒句那樣直接顯示倒讀文字，故若非特別標示，一般是不會注意其回文性質的。"[①]清代堵霞的《虞美人・閨情回文》就是這樣的："青青柳拂輕煙嫋。處處啼鶯悄。綠肥紅瘦映窗紗。淡月影移頻上石欄斜。　　巢新語燕歸來晚。卻怨綃簾捲。夜深閑坐淚愁添。遠望黛眉低鎖暗情牽。"[②]不過，為了避免讀者"不會注意其回文性質"，清人也往往作"特別標示"，如屠文漪的《虞美人・秋閨》，共二

① 《元祐詞壇研究》，頁179。
② 《全清詞・順康卷》，第19冊，頁10896。

組四首：

香肌玉減消脂粉。被擁長更恨。黛凝波斂醉還醒。殢酒翠鬟雙彈亂雲輕。　　孤鸞鏡對山屏畫。月皎烏啼夜。碧窗煙鎖夢成空。往事鳳衫羅染啼痕重。

其二

重痕啼染羅衫鳳。事往空成夢。鎖煙窗碧夜啼烏。皎月畫屏山對鏡鸞孤。　　輕雲亂彈雙鬟翠。酒殢醒還醉。斂波凝黛恨更長。擁被粉脂消減玉肌香。

新寒惹砌鳴蛩亂。夜夜人愁慣。露輕風細雁來初。向寄萬千情字一緘書。　　花紅暈燭銀屏背。寂寂紗窗閉。澹煙沉水在香篝。掩帳待誰和月望清秋。

其二

秋清望月和誰待。帳掩篝香在。水沉煙澹閉窗紗。寂寂背屏銀燭暈紅花。　　書緘一字情千萬。寄向初來雁。細風輕露慣愁人。夜夜亂蛩鳴砌惹寒新。

每一組都特别標示出來，表明寫的是二首，而非一首，以免讀者不能體會其創作深心。

更要提出來的是，由於《虞美人》一調正好 56 字，而且以三字、五字和七字句組成，所以也啟發詞人在詩詞互通方面加以思考，展示出詩與詞之間獨特的血緣關係。這種嘗試明代就已經有了，如張綖所作：

堤邊柳色春將半。枝上鶯聲喚。客遊曉日綺羅稠。紫陌東風弦管咽朱樓。　　少年撫景慚虛過。終日看花坐。獨愁不見玉人留。洞府空教燕子占風流。

對於這首詞，張綖曾有一個說明："予嘗作此調（按指《虞美人》），寓律詩一首於內。詞雖未工，錄之於此，以備一體。"[①]而在其《南湖詩集》中，則題為《變體虞美人》。[②] 將此詞變換標點，正是一首七律：

堤邊柳色春將半，枝上鶯聲喚客遊。曉日綺羅稠紫陌，東風弦管咽朱樓。少年撫景慚虛過，終日看花坐獨愁。不見玉人留洞府，空教燕子占風流。

或者說"以備一體"，或者說是"變體"，從目前掌握的資料看，這類作品可能正始于張綖。對此，清人敏感地注意到了，鄒祇謨就指出："近代張綖以一首律詩而回作一首填詞。"他所舉出的律詩，正是上述"堤邊柳色"一首，題為《舞春風》，[③]只是他所說正好和張綖本人反過來。無論如何，《虞美人》和七律之間能夠形成這樣的變化，則是沒有問題的。所以，順康年間，就引起了詞人的模仿，如傅燮詷《虞美人·春懷，寓七言律詩一首》三首：

鶯笙嚦嚦吹芳樹。燕剪雙雙度。綺櫳曉日映花紅。錯落疏闌倚竹翠蘢蔥。　　午眠覺後情還懶。宿雨晴來暖。乍融好景與誰同。玩賞無端春色任東風。

其二

成群嬌鳥啼高樹。幾縷遊絲度。畫櫳簾卷早霞紅。泛泛池涵新柳綠蔥蔥。　　人無一事閑懷懶。時到三春暖。氣融花放萬山同。似錦韶華樽酒醉輕風。

其三

催花放柳東風倦。錦樹歌鶯伴。冶遊何處鷓鴣愁。脈脈無端蝴蝶恨悠悠。　　孤城容我耽吟癖。上巳同人集。曲流祓禊更登樓。

① 張綖：《詩餘圖譜》，卷 2，《續修四庫全書》，第 1735 冊，頁 498。
② 張綖：《南湖詩集》，卷 1，《四庫全書存目叢書》集部，第 68 冊，頁 335。
③ 沈雄：《古今詞話·詞品》卷上，《詞話叢編》，第 1 冊，頁 843—844。

一望清溪泛泛浴輕鷗。①

改換標點後,就是三首七律:

鶯笙嚦嚦吹芳樹,燕剪雙雙度綺櫳。曉日映花紅錯落,疏闌倚竹翠蘢蔥。午眠覺後情還懶,宿雨晴來暖乍融。好景與誰同玩賞,無端春色任東風。

其二

成群嬌鳥啼高樹,幾縷遊絲度畫櫳。簾卷早霞紅泛泛,池涵新柳綠蔥蔥。人無一事閑懷懶,時到三春暖氣融。花放萬山同似錦,韶華樽酒醉輕風。

其三

催花放柳東風倦,錦樹歌鶯伴冶遊。何處鷓鴣愁脈脈,無端蝴蝶恨悠悠。孤城容我耽吟癖,上巳同人集曲流。祓罷更登樓一望,清溪泛泛浴輕鷗。

但是,嚴格地說,這不過是變作七律,並無"回讀",不算回文。宛敏灝先生已經注意到了張綖的這類作品,總結說:"此種形式除選調須符合一首詩的字數外,還要注意:① 同時顧及詩韻和詞韻;② 要做到既可稱為七言,又可分合為長短句;③ 要注意律詩的對仗;④ 變動後無論是詩是詞,都要能成文理。"②我們看到,上引作品,確實能夠達到這些標準。

張綖和傅燮詷的作品,雖然不是嚴格意義上的"倒讀",只是變換標點,成為七律,但是這無疑啟發了後人在創作上的進一步發揮。如晚清朱杏孫有一首七言律詩,就動了大心思,不僅可以倒讀為一首七言律詩,而且正讀、倒讀都是一首《虞美人》。詩曰:

---

① 《全清詞·順康卷》,第 14 冊,頁 8183。按第三首詞題為"詩詞皆和周枚吉韻"。
② 宛敏灝:《詞學概論》,頁 70。

孤樓倚夢寒燈隔,細雨梧窗逼冷風。珠露撲釵蟲絡索,玉環圓鬢鳳玲瓏。　　膚凝薄粉殘妝俏,影對疏欄小院空。蕪綠引香濃冉冉,近黃昏月映簾紅。

倒讀仍為一首七律:

紅簾映月昏黃近,冉冉濃香引綠蕪。空院小欄疏對影,俏妝殘粉薄凝膚。玲瓏鳳鬢圓環玉,索絡蟲釵撲露珠。風冷逼窗梧雨細,隔燈寒夢倚樓孤。

正讀為一首《虞美人》:

孤樓倚夢寒燈隔。細雨梧窗逼。冷風珠露撲釵蟲。絡索玉環圓鬢鳳玲瓏。　　膚凝薄粉殘妝俏。影對疏欄小。院空蕪綠引香濃。冉冉近黃昏月映簾紅。

倒讀仍是一首《虞美人》:

紅簾映月昏黃近。冉冉濃香引。綠蕪空院小欄疏。對影俏妝殘粉薄凝膚。　　瓏玲鳳鬢圓環玉。索絡蟲釵撲。露珠風冷逼窗梧。雨細隔燈寒夢倚樓孤。①

朱杏孫是清代晚期的人,與蔣敦復同邑(寶山人,今屬上海),據蔣氏記載:"朱杏孫孝廉與余弱冠定交,即以詩文相切劘,曾繪《雪窗清詠圖》,余記之。饑來驅去,勞燕分飛。杏孫雖獲一第,家中落,草草勞人,非復昔時豪興。"評價其詞,則說:"詞鉤心鬥角,不喜傍人門戶,于諸君子中,別調自彈。"蔣

① 蔣敦復:《芬陀利室詞話》,卷3,《詞話叢編》第4冊,頁3670。

氏把這首《虞美人》記錄在其《芬陀利室詞話》中，正是為了説明朱的“不喜傍人門戶”，“别調自彈”。而文理章法，也都非常通順。心思才力，於此可見。《虞美人》正好56字，而且句式比較整齊，其形式變化的豐富性也許有其特殊的一面。從詩詞發生的關聯的角度看，則《調笑令》一體可以提供一定的參照。《調笑令》在中唐時已經出現，後來有了一些變體，至少在北宋秦觀的手裡，就有了詩詞合體，如其《調笑令》十首，基本上是分詠古代女子，其一《王昭君》，詩曰：“漢宫選女適單于。明妃斂袂登氈車。玉容寂寞花無主，顧影低回泣路隅。行行漸入陰山路。目送征鴻入雲去。獨抱琵琶恨更深，漢宫不見空回顧。”詞曰：“回顧。漢宫路。杆撥檀槽鸞對舞。玉容寂寞花無主。顧影偷彈玉筯。未央宫殿知何處。目送征鴻南去。”[①]這並沒有回文，但詩詞合體的現象，也許對後來《虞美人》在詩詞之間的變化，有一定的影響。

四

在清代創作回文詞的作家中，丁澎可能是最花心思者之一，他不僅寫了不少回文詞，而且努力變換形式，特别與一般作者不同的是，他曾創作19組回文詞，不是通常的回為本調，而是回為另外一調，顯然是希望在難度上下功夫。如下兩首：

卜算子・變減字木蘭花

低幕捲綃紅，暗月迷香步。偷摘雙釵角枕橫，腕碧纏金縷。
啼鳥喚開簾，寂寂飛香雨。小立牆東去折花，柳色凝煙暮。

減字木蘭花・回前調

暮煙凝色。柳花折去東牆立。小雨香飛。寂寂簾開喚鳥啼。

---

① 《全宋詞》，第1册，頁464。

縷金纏碧。腕横枕角釵雙摘。偷步香迷。月暗紅綃捲幕低。[1]

如詞題所言,這是將《卜算子》變成了《減字木蘭花》,而且是以倒讀也就是回文的方式完成的,其難度表現在將五、七言為主的句式,變成了以四、七言為主的句式。另外一組如下:

山花子・變三字令

橫釵玉隊綺羅叢。蘭麝熏殘試粉融。初聞歌豔人何奈,墮珠紅。魂消欲斷燕樓空。屏翠分香鬢影濃。留春誰倩昏黄月,透簾重。

三字令・回前調

重簾透,月黄昏。倩誰春。留濃影,鬢香分。翠屏空,樓燕斷,欲消魂。　　紅珠墮,奈何人。豔歌聞。初融粉,試殘熏。麝蘭叢,羅綺隊,玉釵横。[2]

這是將《山花子》變成《三字令》,當然《三字令》也就是《山花子》的回文。作品所顯示的難度,是將七字句和三字句的結構,完全變成了三字句。

丁澎是一個富有創造性的詞人,他少有雋才,性格獨特,據林璐《丁藥園外傳》:"丁藥園先生名澎,杭之仁和人也。世奉天方教,戒飲酒。而藥園顧嗜酒,飲至一石,貌益恭,言益謹,人咸異之。詩、賦、古文辭,自少年未達時,即名播江左。其後,仲弟景鴻、季弟潆,皆以詩名,世目之曰'三丁'。"[3]曾以科場案謫戍尚陽堡,歸來後,梁清標評其詞說:"從之索新篇,則又知方肆力於詞學,撰著盈帙,出以示余,流覽再四,駸駸乎踞南唐北宋之室。猗歟盛哉!益歎丁子之才,如萬斛之舟,而又服其道氣湛深,有大過人者,不

① 《全清詞・順康卷》,第6册,頁3197。
② 《全清詞・順康卷》,第6册,頁3196—3197。
③ 林璐:《歲寒堂存稿》,卷3,《四庫全書存目叢書》集部,第283册,頁807。

獨為詞人之雄也。”[1]宗元鼎評其詞說:“康熙庚戌春,余讀書於蕪城道院,評閱丁藥園儀部《扶荔詞》三卷,曰:美哉斯詞,庶不愧扶荔之名乎!夫扶荔,漢武之宮也,在上林苑中。漢武既破南越,起扶荔宮,以植所得之奇草異木。宮中有甘蕉十二本,留求子十本,桂百本,蜜香指甲花百本,龍眼、荔枝、檳榔、橄欖、千歲子、甘橘,皆百餘本。是宮中所植,不獨一種,而宮名扶荔,豈非以荔枝又獨異乎群芳乎?……是愈出愈妍,後人駕前人之上,真可謂山間明月,鳳管秋聲,悽楚回環,傷情欲盡,其視《花間》《草堂》唐宋諸詞人,不啻奴盧橘而婢黃柑,輿蒲萄而隸荅遝。此武皇宮中草木不止一本,而必以扶荔為名,無惑乎天寶妃子,獨愛紅塵一騎也。”[2]這都是他的同時代人,對他的詞的創造性眾口一詞。他的那些題為“回前調”的詞,都見收於《詞變》一卷,可見是有意之舉。

丁澎將一個詞調回為另一個詞調,其內在的驅動力是對長短句體性的敏感,尤其是選擇雜言,增強了回文的難度,也是有意識地突出詞的文體特徵,進而與詩有所區隔的重要方式之一。他的這種努力,將回文詞的創作發展到了一個新的階段。

五

在清代回文詞發展過程中,還有一個特別應該提出的人物是顧長發。顧長發是清初蘇州人,曾著有《圜徑真旨》,四庫館臣評云:“是編因圓周圓徑古無定率,有高捷者剪紙為積,補湊方圓,得窺梗概,而不得周數。長發因以為徑一者週三一二五,謂之智術。又謂甄鸞、劉徽、祖沖之、邢雲路、湯若望諸人所定周徑,皆未密合。”[3]可見其甚好新異之學。他在回文詞創作中的貢獻是撰寫了一部《詩餘圖譜》。這部著作沿襲明代張綖的同名之作,其獨特之處,一是其性質是回文詞,二是例詞主要由其自己創作。

---

① 丁澎:《扶荔詞》,卷首,《續修四庫全書》,第1724冊,頁599—600。

② 宗元鼎:《扶荔詞記》,丁澎《扶荔詞》,卷首。同上,頁602。

③ 永瑢等:《四庫全書總目》(北京:中華書局,1965年),卷107《子部·天文演算法類存目》,頁913。

作為一部回文詞的詞譜,顯然作者是將其定義為回文詞創作的樣板。其中的某些內容,如將詩學中《璿璣圖》的方式納入,或者不具備很強的操作性,可視為他個人的某種試驗,這裡我們可以選取他自己所創作的22調,44首作品,從中瞭解他心目中回文詞創作的一般狀況。

首先,從調式來看,顧氏創作的回文詞都是小令,儘管他在自序中表示,這部詞譜只是一個開始,今後還會涉及中調和長調的回文。但是,我們尚未發現他撰有續編。事實上,從詞史的發展來看,回文詞的創作,基本上就是以小令的方式出現的,顧氏的總結符合詞史發展的實際,也說明他對詞中回文一體的創作,還有促使其進一步發展的動機。這個動機雖然不一定具備可操作性,但也體現了顧氏的一種獨創精神。

其次,從題材來看,這44首作品大多與豔情有關,這一點,也非常符合詞史的一般情形。當然,清代初年的回文詞創作,不少人已經努力突破了豔情的窠臼,但無疑地,豔情仍然是回文詞創作的最大宗,顧氏以這種方式所作的總結,也能夠起到示範的作用。

第三,既然以豔情為基本內容,則作為詞譜,就必須提供一定的模式,總結出一定的規律,特別是如何選擇特定的詞彙,以及如何對這些特定詞彙進行結構。我們看到,在這些詞中,出現19次的字有"翠""晚""歸""輕";出現20次的字有"樓";出現21次的字有"煙""燕";出現22次的字有"春";出現23次的字有"柳";出現24次的字有"雨";出現26次的字有"飛";出現30次的字有"愁";出現35次的字有"遠""香";出現39次的字有"花"。這些統計不一定全面,但也能揭示出某種基本傾向,從中能夠看出一些規律。比如,有些字搭配能力較強,比較容易和其他字進行組合。如"翠",分別可以有形容詞、動詞、名詞、副詞等的性質,如"翠山""翠煙""翠柳""山翠""繞翠""翠減""翠消""翠浮"等。又如,有些字具有一定的歷史積澱,如"樓",這個字儘管可以組成"高樓""翠樓""香樓""小樓"等,但最常出現的是"西樓",達6次之多。"西樓"雖然只是一個含糊的方位,但由於月亮東升西落,在西面往往能看到下沉之月,在沉浸於思念之中的不眠之人看來,有著特別的感觸,所以,古代作家往往選擇這個意象。歷史上的名篇就有李後主的《相見歡》:“無言獨上西樓,月如鉤。寂寞梧桐深院鎖清秋。　剪不斷,理還亂,是離愁。別是一般滋味在心頭。”晏幾道的名篇《蝶戀花》:“醉別西樓醒不記。春夢秋雲,聚散真容易。斜月半窗還少睡,畫屏閑展吳山翠。”李清照的名篇《一剪梅》:“雁字回時,月滿西樓。”等等。還有,很多時候,在回文的語境中,一個字的意思大多不會有什麼變化,但有時候,也會發生一定的變化。或者是強調的物件不同,如《眼兒媚・秋眺》:“低雲掩日雁孤飛。遙望倚樓西。衣沾淚雨,香閨空冷,怨別愁離。”下片是對上片的回文:“離愁別怨冷空閨。香雨淚沾衣。西樓倚望,遙飛孤雁,日掩雲低。”在“飛”這個字的處理上,原來是“孤飛”,現在變成了“遙飛”,其實都是在西樓的人眼中所看到的,只是一個強調了其情態“孤”,一個強調了其距離“遙”。或者是描寫的情態不同,如前舉《眼兒媚・秋眺》“淚雨”回文後變成“香雨”,二者發生變化,但女子塗有脂粉,淚落如雨則當然就“香”,如果理解為雨打在閨樓上,閨房可以稱為香閨,如此,雨亦可香,潛在的內涵,仍可溝通。至於回文後,原來的字面意思被注入了更加隱微的內涵,變得語意雙關的也有,如《訴衷情・春思》:“愁紅慘綠早春歸。燕壘砌香泥。柔條翠浮煙柳,細雨漫樓西。　憶久別,夢初回,惱鶯啼。羞花對語,自投空信,雨換雲移。”回文為:“移雲換雨信空投,自語對花羞。啼鶯惱回初夢,別久憶西樓。　漫雨細,柳煙浮。翠條柔。泥香砌壘,燕歸春早,綠慘紅愁。”原作末三句“羞花對語,自投空信,雨換雲移”,雖然“雨換雲移”也似乎有著一些言外之意,但基本上仍是一種時間的標誌,但回文之後,“移雲換雨信空投”,就更明顯地用“巫山雲雨”的典故,幾乎是明示,主人公之所以“信空投”,是因為其所思者已經變心,後面的情感,都是從這一點展開,這樣,就由於詞序的不同,使得作品多了一層言外之意。

詞譜主要是明代才開始真正出現的,張綖的《詩餘圖譜》是其中最重要的著作之一。顧長發沿用張綖所著之名,表示了他對這位前輩的致敬,同時也說明,清代初年的詞學批評家已經對回文詞有了充分的認識,因而希望從理論上進行總結,也說明到了清初,回文詞確實已經發展到了一個相當的高度了。至於顧氏所作,其郡人陳濂湘在序中回顧回文詞的歷史,認為是"創始難工,新奇莫辟",並稱讚"其回文一譜,詞搜各調,巧邁諸家,洵可謂手造鳳樓,斧修蟾魄矣"。① 或有過譽,但對其獨特性的說明則是如實的。

六

從上面論述可見,回文詞從宋代發展到清代,在內容上變化不大,詞調選擇也以小令為主,但是用於回文的詞調更多了,尤其是表現形式上,有了更多的創造,這種狀況,證明了鄒祇謨的論斷:"文人慧筆,曲生狡獪,此中故有三昧,匪徒乞靈竇家餘巧也。"②如果從道德主義的觀點出發,這類作品確實意義不大,但是,文學本來就有遊戲和娛樂的意味,"語言文字遊戲,是一種自我娛樂活動,也是學習語言文字的一種重要的方式,它說明我們去發現一種語言文字所潛藏著的巨大的表現能力"。③ "人對文字遊戲的嗜好是天然的,普遍的。凡是藝術都帶有幾分遊戲意味,詩歌也不例外。……就學理說,凡是真正能引起美感經驗的東西都有若干藝術的價值。巧妙的文字遊戲,以及技巧的嫻熟的運用,可以引起一種美感,也是不容諱言的"。④ 不僅如此,用回文進行創作,還是文人生活的一種方式,不少作家以之進行唱和,就是明顯的例證,因而不能簡單地看作是無聊的事情。這也就是《回文類聚》的編者桑世昌在其相關論述中所稱讚的:"情詞交通,妙均造化,此文之所以無窮也。"⑤至於朱存孝認為:"回文千首,雖有巧思,終為賊道,何堪入於書籍。"⑥那是別有認識角度,原不在一個層面上。

另外,詞中回文,本是向詩中學來。清代詞學興盛,在尊體的大背景

---

① 見顧長發:《詩餘圖譜》,清初抄本。

② 《詞話叢編》,第 1 冊,頁 653。

③ 王希傑:《修辭學導論》(杭州:浙江教育出版社,2000 年),頁 521—522。

④ 朱光潛:《詩論》第 2 章《詩與諧隱》,載《朱光潛美學文集》(上海:上海文藝出版社,1982 年),第 2 卷,頁 47。

⑤ 桑世昌:《回文集》,單宇《菊坡叢話》,卷 22 引,《四庫全書存目叢書》集部,第 416 冊,頁 513。

⑥ 朱存孝:《回文類聚補遺》,景印文淵閣《四庫全書》,第 1351 冊,頁 823。

中,往往從詩歌中尋找資源,在題材選擇、創作方法等方面,都有反映。回文不一定是最好的尊體代表,但在清人心目中,無疑也是見才氣、銳思力的重要方式,因此,受到宋詞中回文的啟發,並加以發揚光大,增加各種變化,正是清人試圖提升詞的地位的重要方式之一。從文學史和美學的角度來看回文詞,容或有不同的評價,但清人的創作動機卻應該得到理解。

清代詞學號稱復興,而清代初年最為關鍵。在詞的發展歷史上出現的所有因素,幾乎都在明清之際得到重新的思考,或者去粗取精,或者由小變大,或者由淺入深,種種情形不一,都說明在那一特定的時代,人們希望將詞的發展推進到一個新的層面。他們的探索涉及非常多的角度,內涵也非常豐富,許多地方使後人無以為繼。因此,雖然清代中後期仍有不少人從事回文詞的創作,也發展出一些創新之處,如朱杏孫以七律和《虞美人》的連環回文之類,但最有創造性的部分,似乎還是集中在清代初年。這一個特定的角度,也有助於我們對清初詞壇的認識。

琉球的出版文化與琉球漢詩集

日本鹿兒島大學法文學部人文學科　高津孝

一、前言

在中國，自 8 世紀左右發明印刷術以後，經宋代印刷文化的長足發展，到明清時期，便已進入刊本時代，即書籍出版均採用印刷方式。但中國以外的各個地區依然處於寫本刊本並存的狀態。當然，各個地區之間也不盡相同。印刷技術的傳播，並未給各個地區帶來均等劃一的刊本文化。譬如在日本和琉球，既有刊本文化的長足發展，同時又保存了豐富的寫本文化傳統。日本各地以及沖繩的諸多圖書館裏，既能看到諸多江戶時代出版的刊本，也收藏著大量不同時代的寫本以及手寫文書。我們需要重新考量，在社會存在的整體格局中，雕板印刷技術究竟具有哪些意義。毫無疑問，印刷技術是人類歷史中非常重要的文化發明，但這並不等於它對每一個社會的意義都是均等的。技術是在與社會的相互作用中產生意義，印刷技術的傳播和普及也不例外。近世琉球通過薩摩（今鹿兒島縣）全面採用了江戶時代日本的行政文書系統，[①]即以寫本為核心的文書系統。在

① 指介於中世和近代之間的歷史時期。一般指封建時代後期的江戶時代，即 17 世紀初至 19 世紀 60 年代。

文書文化這一點上，近世琉球承接了近世日本的寫本文化，屬於寫本文化社會。在沖繩的許多島嶼，至今仍保存著數量龐大、以江戶時代通行的"御家流"這一和式草書體書寫的行政文書。要理解近世琉球文化，不能僅僅依靠寫本或是漢籍版本，而必須兼顧寫本和刊本的相互關聯。

有關琉球書籍出版情況的記述，最早見於中國人。清朝時期有一位負責琉球留學生教育的官員叫潘相，他在《琉球入學見聞錄》一書中有過詳細記述。該書四卷（清乾隆四十五年[1780]刊本），卷二"書籍"條曰：

> 國王先後刊有《四書》《五經》《小學》《近思錄集解便蒙詳說》《古文真寶》《千家詩》。板藏王府，陳請即得。……白文小註之旁，皆有鉤挑旁記。本係鐫刻，非讀時用筆添註。

> 四書外簽有"文字訓點"四字。《論語・為政》卷之末有聖像。上橫額云"萬古儒宗"。……前題"至聖孔子像"，後題"後學余象珍贊"。……《萬章》卷之末又有一像。上橫額云"余明臺刻行"。……几案上有"大魁四書"字……臣按，官生等皆云"四書刻於尚真王，在明正德之時"。……似內地有此本而球人依倣刻之，特旁添球字者。

僅看這段文字，我們無法判斷文中提到的這些書，究竟是日本的和刻本還是琉球版刻本。"鉤挑旁記"似指和刻本的讀音順序符號和送假名。下邊一段所說刻本，即大魁本《四書集註》，原為明末福建建陽書肆余明臺刊本之復刻，[1]由薩摩文之玄昌施加訓點，其弟子泊如竹於寬永二年（1625）在京都刊行，屬和刻本系統。寬永九年尚育王時期，泊如竹將大魁本《四書集註》傳入琉球，成為琉球官方認可的刻本，一直使用到 1872 年明治日本政府將琉球納入日本版圖為止。潘相似將此版本當成琉球版，又將訓點的

① 參見高津孝：《博物学と書物の東アジア：薩摩琉球海域交流——》（沖繩，榕樹書林，2010 年），第 2 部第 2 章，頁 160—177。

假名文字誤認為“球字”(琉球文字)。另一種可能則是,琉球方面為了維持琉球與清朝的朝貢貿易關係,故意隱瞞了琉球已被納入薩摩統治之下的事實,從而把在琉球使用的各種和刻本書籍說成是琉球刻本也未可知。這一資料為人們提供了當時琉球高級知識分子使用漢籍的資訊,儘管這些書籍究竟出版於何處還不甚明瞭。

二、關於“琉球版”

在談論琉球出版文化時,如何為“琉球版”定義是件難事。如果指在琉球製作雕版並印刷出版的刊本而言,那麼現在已知的琉球版就只有上述五種,另加在琉球製作的中國曆書或琉球曆書。自 1665 年以後,琉球每年均刊行琉球曆書,現存者如下:

(1)(大清乾隆二十七年) 選日通書 寫本 國立國會圖書館 一冊 十八葉。[①](以往僅有寫本,有關琉球曆的研究也以寫本為依據)

(2)(大清道光十二年) 選日通書一卷 道光十二年刊本(琉球) 一葉 上江洲家文書。

(3)(大清咸豐四年) 選日通書一卷 咸豐四年刊本(琉球) 一冊 上江洲家文書。(表紙墨書“大極圖”)

(4)(大清咸豐五年) 選日通書一卷 咸豐五年刊本(琉球) 一冊 上江洲家文書。

(5)(大清同治四年) 選日通書一卷 同治四年刊本(琉球) 一冊 上江洲家文書。

(6)(大清同治六年) 選日通書一卷 同治六年刊本(琉球) 一冊 上江洲家文書。

(7)(大清同治八年) 選日通書一卷 同治八年刊本(琉球) 一冊 上江洲家文書。

---

① 大谷光男:《時憲曆の曆注について(琉球)——大清乾隆二十七年選日通書(國立國會図書館蔵)—》,載小林春樹編:《東アジアの天文・曆學に關する多角的研究》(東京都:大東文化大學東洋研究所,2001 年),頁 121—154。

(8)(大清同治九年) 選日通書一卷 同治九年刊本(琉球) 一冊 上江洲家文書。

(9)(大清同治十年) 選日通書一卷 同治十年刊本(琉球) 一冊 上江洲家文書。

(10)(大清同治十一年) 選日通書一卷 同治十一年刊本(琉球) 一冊 上江洲家文書。

(11)(大清光緒五年歲次己卯) 選日通書 琉球版與世永家文書。

有關琉球出版狀況的最早記述便見於曆書。琉球的曆書刊行早在17世紀就已進行,但現存曆書均為19世紀出版。《球陽》一書中有如下記述:

(尚貞王六年,1674)印造曆書通行國中。成化乙酉(元年,1465),金鏗奉使為通事入閩,以慶賀進貢併求錢。時學曆法而來,始造曆以行乎國中。然歷年已久未免舛誤。康熙乙巳(四年,1665),楊春枝奉憲令,從司曆官金守約已學曆法。至丁未年(1667)奉命赴閩再學曆法,四載而帰。題請刻板曆書,未及成功,不幸而死。其弟楊春栄從兄學曆未成,亦從金守約而學曆法,盡得其法焉。後亦奉命為司曆官。是年(1674)刻板已成,遂為印造通行於國中。①

現存最古老的琉球曆,是國會圖書館收藏的《大清乾隆二十七年(1762)選

① 參見球陽研究會:《沖繩文化史料集成5 球陽 原文編》(東京:角川書店,1974/1982年),頁236,第469號。此外,關於琉球曆,尚有以下記述:頁238,第488號:"(尚貞王10年、1678)印造曆書周行國中。康熙戊午(1678),蔡肇功(湖城親方)奉王命為學曆法,隨正使耳目官向嗣孝(前川親方朝年)到福州,追隨薛一白盡學其法,至於壬戌年(1682)回國。蔡肇功為司曆官,重修刻板,遂為印造大清時憲曆,頒行國中。"頁270,第726號:"(尚敬王六年、1718)本國曆書改名通書並用赤帙。自古琉球曆書皮用黃紙、名曰'時憲書'。紫金大夫程順則題請改曰'選日通書',並外皮以紅紙,且改撰皮面文書以行國中。"頁335,第1179號:"(尚穆王四年、1755)紅秉毅始學《時憲書》撰日之式。本國通書撰日與天朝憲書撰日有不相同者。紅秉毅(伊差川通事親雲上)為副通事到閩,始學撰日新法,得其傳授而歸。自此將其新法印造撰日通書而不用古法。"宋・趙叔向《肯綮錄・撰與擇通》:"擇日為撰日,《劉中山集》屢用之。"

日通書》寫本,此本係傳至江戶幕府的寫本。在久米島文書發現之前,[①]關於琉球曆的研究基本上都依據此寫本。該本封面上,有土佐藩校教授館(寶曆九年設置)的藏書印"教授館居",故可推斷,其為寶曆十二年(1762)漂流到土佐的琉球船上的琉球曆之抄寫本。[②] 當時,土佐藩儒戶部良熙向漂流船上的琉球人詳細詢問並記錄了有關琉球的情況,寫成《大島筆記》一書。使用清朝曆書,象徵著朝貢國對天朝的尊奉;而琉球曆是琉球最古老的出版物,在當地有一定需求,需要批量複製並頒布給民眾。

在江戶時代,出版活動都以藩為單位各自獨立進行,以藩校為中心刊行四書五經等經書及其註釋書。不過,實際的情況更為複雜。譬如薩摩藩,幾乎所有的藩版書物都在江戶刊行。幕府末期,薩摩藩與木村嘉平等江戶雕刻師關係密切,許多薩摩版都由他來雕刻。出版要成為產業,必須要有一定規模的穩定需求。江戶時代的日本,只有三都(京都、大阪、江戶)的出版具備了產業性質。這三地集中了大量技術人才,也積累了豐富的技術和經驗。許多打著地方招牌的出版物,其實大部分都是在三都出版的。通常是地方藩向三都的書肆發注,在三都製作雕版、印刷、製本,最上等的完成品獻給藩主,然後再根據需要印刷,雕版則送到各藩的藩校保管。在江戶時代這種形式相當普遍,所以用刊行的分類幾乎沒有什麽意義,因為根本看不到發注方——即地方藩的影子。在考察琉球版時,同樣需要注意出版業的普遍外注化特徵,要擺脫國民國家思維模式的束縛。

傳統目錄學在對圖書進行分類時,首先關注圖書的刊行地,刊行地在中國就是唐本,日本為和本,朝鮮就是朝鮮版。但刊行地主義的角度顯然不適用對琉球這一前近代地區的考察。鑒於出版業外包發注的普遍做

① 在沖繩縣久米島發現的琉球王國時期的古文書,包括上江洲家文書、與世永家文書和山里家文書。

② 國立國會圖書館編:《人と蔵書と蔵書印—国立国会図書館所蔵本から》(東京:雄松堂出版,2009年),頁290。戶部良熙:《大島筆記》,載新村出監修:《海表叢書》(東京:成山堂書店,1985年),卷3,頁1—177。

法，我們必須格外重視現實的出版物刊行狀況、用途及其背後的文化性、社會性背景。因為，正如江戶的藩版幾乎都是向三都發注一樣，琉球人也採用了同一方式，即把書物刊行委託給擁有技術和資本的出版中心。

因此，擺脱刊行地主義，從廣義琉球版的觀點出發把握琉球出版文化整體這一視角極為重要。在這一前提下，必須弄清圍繞出版物的諸種要素：何時（刊行年、印刷年）、何地（琉球、中國［福州、北京、江南］、日本［京都、江戶、大坂］）、誰（琉球人）、甚麼（書名）、為何（目的）、如何（刻工、印刷師、雕版、紙、墨）等問題，這些資訊的積累是理解琉球出版文化的重要基礎。此外，還需要關注出版與琉球社會的關聯，包括刊本的需求（與寫本的競爭）、讀者問題（社會階層、識字人口、讀者人口）、刊行數、保存方式（雕版、書籍）等出版物的具體存在狀態；需要對古典目錄學進行反省，如忽視其他文化的中華中心主義的側面；既要尊重目錄學傳統（古典知識分子自我意識的產物，主要關注高級社會階層），又適當與之拉開距離。對琉球與中國王朝（明朝、清朝）、琉球與薩摩藩之間的特殊性雙重附屬關係，以及日本文化的隱蔽狀態也要特別留意。中國使節和江戶人看到了琉球想讓他們看到的東西（遮掩雙重從屬關係和偽裝獨立），也看到了自己想看的東西（琉球趣味）。高津認為有必要從現存書籍出發、把握琉球出版文化全貌，故編纂了琉球漢籍調查目錄。[①]

說到琉球版的研究史，在近代，有研究者通過殘存的出版物，對琉球的出版文化進行了考察，如時任第七高等學校教授的武藤長平著有《琉球訪書志》。[②] 這篇論文是作者大正五年（1916）走訪沖繩進行出版物調查的結果。武藤在論文中列出了14種琉球版刊本：《中山詩文集》《御教條》《千字文》《太上感應篇大意》《童子摭談》《小學監本》《漏刻樓集》《四書集註》

---

① 高津孝、榮野川敦編：《琉球列島宗教關係資料漢籍調查目錄》（宜野灣：榕樹社發行：綠林堂書店發賣，1994年）；高津孝、榮野川敦編：《增補琉球關係漢籍目錄》（鹿兒島：斯文堂株式会社，2005年）。

② 武藤長平：《西南文運史論》（東京：岡書院，1926年），頁185—203收錄。原載《歷史地理》，大正六年（1917）12月1日稿。

《四書俚諺鈔》《琉球詩錄》《琉球詩課》《竹蔭詩稿》《三字經》和《三字箴》。此外,還有有關雕版的信息,即《四書集註》和《四書俚諺鈔》的雕版置於尚侯爵邸,《童子摭談》的雕版則藏於浦添家。至於第二次世界大戰以後的情況,《沖繩大百科事典》"琉球板本"部分(富島壯英執筆)的記載最為重要,裹面提到的現存琉球版有以下五種:

(1)《童子摭談》,1844 年(尚育十、序文年)浦添朝憙(尚元魯)刊,田名宗經(梅帶華)刻字,豐平良全(馬執宏)序文,楷書體。

(2)《太上感應篇大意》,1858 年(尚泰十一年),喜舍場盛元(毛樹德)刊,運天常行書,田名宗經、宗相刻字,草書體。

(3)《聖諭廣訓大意》,約 19 世紀中葉,草書體。

(4)《御教條》,幕府末年—明治初年仲本朝睦刊,楷書、草書並記。

(5)《六諭衍義大意》,幕府末年—明治初年仲本朝睦刊,豐川正英編著;仲本朝重書,楷書、草書並記。

三、琉球士族的文化教養

說到琉球的漢詩集,首先要關注程順則的出版活動。

程順則(1663—1734),是近世琉球的代表性政治家和文化人,在福建出版過三種書籍。若按刊行地主義來說,都屬於中國福州刊本。三種書籍,一是清范鋐撰《六諭衍義》二冊,康熙 47 年(1708)刊本,附清竺天植序。現沖繩縣立圖書館東恩納文庫藏有一套二冊;東京都立中央圖書館藏有第一冊。據東恩納寬惇《六諭衍義傳》說:"說到六諭衍義,乃程氏初次渡閩,拜訪其師事竺天植先生,翻閱其桌上的《六諭衍義》,懇請見贈,攜回日本。第四次入閩時投入六十金出版《六諭衍義》及自著《指南廣義》","其目的除教習風化以外,亦欲教授正音","《程氏家譜》記曰:順則在閩,捐資六十金板行《六諭衍義》一部、《指南廣義》一部,藏板館驛。但此雕板後為名護家家藏,今當或藏沖繩縣立圖書館或在久米村鄉學明倫堂"。程順則為出資者和委托出版人,刊行地中國福州,刊行後的雕板則帶回琉球保存。同樣,琉球程順則撰《指南廣義》一卷附一卷、清康熙四十七年(1708)自序刊本,也由程順則委托並提供資金在福州刊行,現藏於國立公文書館內閣文庫。[①]

在近世琉球,存在三個隸屬於不同社會階層的士族文化,即,首里、那霸和久米村這三個地域的士族文化。首里,是琉球王國的首都,琉球的政治和文化中心。這裡有屬於王族和貴族的按司階層和供職王府的中下層官吏階層。雖然二者之間階層有異,但從文化角度統稱為首里士族。那霸則是聯繫中國和日本的貿易港口,居住著許多從事交易工作的政府工作人員,也曾有過從日本本土薩摩藩派駐琉球的地方政府人士。那霸的地域性特點,決定它需要那些精通日本文化的人。而久米村指的是現那霸市久米村一帶。這個地方是15世紀前後來自中國福建的"渡來人"的居住地,他們自稱為"唐營"。這些"渡來人"發揮他們擁有的出身和技能上的長處,成為從事對華貿易的職業集團,在琉球社會中佔有重要地位。

下面,我們通過兩種資料,來考察琉球的書物接受、教養以及那霸士族、久米村士族的教養等幾個問題。這兩種資料分別是琉球王國內部資料《阿嘉直識遺言書》和江戶日本資料《大島筆記》。《阿嘉直識遺言書》對考察18世紀琉球知識人之教養具有重要意義,沖繩學的前輩研究者東恩納寬惇曾經特別關注並介紹過這一資料。[②] 據東恩納寬惇介紹,《阿嘉直識遺言書》一書原題《阿嘉親雲上直識愚息松兼直秀へ相教へ候遺言の條々》,二戰前原本收藏於沖繩縣立圖書館鄉土室,後焚毀於二戰戰火。現有若干種鉛字化文本存在,《東恩納寬惇全集》卷5也有收錄。《阿嘉直識遺言書》記錄了18世紀後半葉那霸的知識分子寫給兒子的遺言書,書中懇切

① 此外,琉球程順則所編收錄琉球人詩文的《中山詩文集》、清雍正三年(1725)任五倫序刊本也似在福州出版。上里賢一編:《中山詩文集》(福岡:九州大學出版會,1998年)影印收錄了內閣文庫藏本。又,《中山詩文集》的清王登瀛《中山詩文集序》(康熙六十年,1721)稱琉球頗有得到清朝文教之感化的優秀詩文,"時吾門從遊諸子告予曰:匯梓成集,可乎?予曰善哉。亟授梨棗,俾人知中山國王及王戚內外諸臣文獻駸駸"。《中山詩文集》後由程順則的六世孫程德裕在福州重刊。咸豐六年(1856)琉球程德裕序曰:"幸於丙辰歲,予奉王命充頭號貢船大通事官。前詣閩省,爰不惜工費,付梓以成其鐫。"島根縣立圖書館等收藏。

② 參見東恩納寬惇著,琉球新報社編:《東恩納寬惇全集》(東京都:第一書房,1978—1982年),卷5,頁409—421。

講述了對那霸士族來說何為安身立命所必須的教養,許多內容具有獨一無二的重要價值,是我們瞭解當時琉球社會的極好材料。

阿嘉直識姓錢,生於尚敬王九年(1712),卒於尚穆王三十三年(1784)。遺言書(前半部分 25 條)係他 58 歲時寫給 6 歲的兒子松金直秀,此時他的職位是阿嘉親雲上。5 年後的尚穆王三十二年(1783),即逝世前一年,又追加了後段 4 條遺言。這時他的職位已是大田親雲上。阿嘉直識雖為那霸士族,但進入近世以後,那霸士族的社會地位有所下降。據《沖繩縣的地名》一書"那霸"條所述,[①]"古琉球時期,在那霸裡,包括主職在內,許多官職門戶都呈開放狀態。但至近世,首里出身者佔據官職愈烈,那霸的高官僅有役知八十石御物城職。脅地頭家也同樣,琉球一件帳這一級別上,只有 24 家;首里人口規模雖不過是那霸的四倍,卻有 246 家(除去王子、按司家,自惣地頭家到脅地頭家);久米村人口只有那霸的一半,卻也有 43 家之多。與之相比,那霸少之又少"。那霸的富裕階層多半"擔任需要很多個人負擔的在番奉行接待性職位——問役、御假屋守和大和橫目等。即便如此,能夠晉升到脅地頭的也只有很少一部分,大部分人在此以前便已經耗盡家產"。可見,那霸士族面臨的士族間競爭極其嚴峻。因此,阿嘉直識視自己為"中興"之祖。他說自己不僅擔任了役知八十石的御物城職,脅地頭一職也從作得(來自土地的收入)壹石餘的阿嘉親雲上,成為作得拾五石餘的大田親雲上。也許是有上天佑護,但阿嘉直識通過自身艱辛努力獲得的文化資本具有極大意義。為此,他寫下遺言書,教誨兒子掌握文化資本。阿嘉直識 15 歲亡父,家族一門中沒有人給予他指導,令他痛感掌握文化資本的重要性,這應該是他寫下這部遺言書的重要動機。

那麼,為了贏得那霸士族間的激烈競爭,究竟需要哪些教養? 阿嘉直識對此又有那些想法呢? 作為文化資本的學問教養,大致可以分為漢學與和學這兩部分。遺言書前段第 5 條講到,學問分為漢學與和學,強調跟

---

① 平凡社地方資料センター編集:《沖繩縣の地名》(東京都:平凡社,2002 年),頁 134—137。

隨好老師學習的重要性。要獲得文化資本,第一是家庭教育,家學將成為一個重要的出發點。阿嘉直識父母早亡,為習得作為文化資本的教養歷盡艱辛,寫作遺言書時他已 58 歲,面對 6 歲的兒子,他很擔心教育時日不足。為此,他特別強調要跟隨好老師學習。實際上,漢學與和學不過是需要習得的"藝能"的一部分,阿嘉直識將整個藝能分為三個階段。按遺言書前段第 9 條,作為士族應該習得的有:(一) 漢學、和學、書札的法式、文書書付類。(二) 古實方、仕付方、謠的訓練。(三) 插花、茶道、示現流。那霸士族參與和薩摩的貿易交易,需要為薩摩派遣的在番奉行承擔接待工作,必須具備日本武士階層所必備的教養。那麼,我們就來看看有關漢學的各項藝能的情況。遺言書前段第 6 條記述了漢學和和學的具體內容:在 15 歲到 25 歲間學習中國典籍,以六諭、小學、四書為中心,兼及古文、《詩經》。居首的《六諭》即《六諭衍義》,係清代范鋐用白話註解的明太祖六諭(六條旨意諭)。

如前所述,《六諭衍義》有琉球程順則刊琉球版存在。《六諭衍義》進入琉球社會,由此而始。程順則提供資金支持在福建出版該書。程順則本《六諭衍義》即康熙四十七年(1708)福建刊本,附有清竺天植序。序云,琉球程順則於康熙二十三年甲子(1684)春,造訪福州竺天植(揚州人,71 歲),偶見其桌有范鋐《六諭衍義》,遂覺此書適於教化人眾,也適於教授琉球年輕者習得中國語,便於二十五年依舊本原樣出版。程順則既是出版發注人,又是出資人。在中國福州刊行後,他又將雕版拿回琉球。對久米村出身的程順則來說,《六諭衍義》也是很好的漢語教科書。享保四年(1719),曾統治過琉球的薩摩藩藩主島津吉貴,向德川幕府進獻《六諭衍義》(康熙四十七年刊本),後幕府命荻生徂徠訓點《六諭衍義》(享保六年,1721)、室鳩巢日譯《六諭衍義大意》於享保七年(1722)刊行,在江戶時代通過琉球傳播和普及於日本。

"小學"是指南宋朱熹撰《小學》六篇,係朱熹友人劉子澄受朱熹之託而編集。江戶時代在日本刊行最多的,是明陳選所註《小學句讀》。現八重山博物館所藏琉球王國時代的《小學》,均為《小學句讀》和刻本或寫本。《小學句讀》不同版本中有琉球版存在。但在研究琉球版時,有一部分刊本的出版過程和刊行地很難判斷。從刊本整體樣式來看,雕版本身應該是出自中國,但由於缺少封面、刊記、序文等有關出版信息,造成許多不明之處的存在。存世的琉球版《小學句讀》均為殘闕文本,估計係以享保六年的和刻本為底本復刻,復刻時省略了訓點。

接下來是《四書》,即南宋朱熹《四書集註》。在琉球,人們一般使用文之訓點的特定訓讀文本,即文之點《四書集註》。具體說,是由桂庵玄樹(1427—1508)第三代弟子文之玄昌(1555—1620)對其先師桂庵玄樹點本進行整理簡化加工,再由文之玄昌的門人泊如竹(1570—1655)加撰跋文後刊行出版。① 作為日本最早的訓點本《四書集註》,這本頗有名氣;而在琉球,文之點《四書集註》尤其受到人們的推崇。關於文之點《四書集註》的底本,正如川瀨一馬所說,"其訓點本的底本乃明版(書林克勤齋余明臺梓行)之木記",②即明末福建書肆余明臺刊本。至於文之點與琉球的關係問題,《三國名勝圖會》一書的記載最為重要,該書卷五十《如竹翁傳》這樣寫到:"曾讀琉球經書,皆用漢音,不知和讀,翁授之文之點四書,是以琉球始知和讀,及至今國中十分之八皆用文之點《四書》。"③接著,又在夾註中記曰:

> 天保十三年壬寅,中山王尚育遣賀慶使往江都,琉球人於大坂購文之點《四書》歸,達數十百部。因當時文之點板行《四書》較少,若購盡則可重新製版供售,此俱由琉球尊崇文之點之故,可見翁欲將文之點推廣於琉球,如其和漢音讀法,久米村學校唐音和讀兼習,此外首里都及全國均用和讀訓點本。

---

① 川瀨一馬:《近世初期に於ける經書の訓點に就いて——桂庵點・文之點・道春點をめぐりて——》,載川瀨一馬:《日本書誌學之研究》(東京都:大日本雄辯會講談社,1943年),頁 1444—1469。

② 参見高津孝:《博物学と書物の東アジア:薩摩琉球海域交流》(沖繩:榕樹書林,2010年),第 2 部第 2 章,頁 160—177。余明臺,又名碧泉,號克勤齋,乃南宋至明末間據福建出版界核心地位的建安余氏一族,但現存族譜不見其名。

③ 鹿兒島藩:《三國名勝圖會》(東京:西鄉活版印刷所,1905 年),卷 50;《如竹翁傳》(鹿兒島:青潮社,1982 年),第 4 卷,頁 275—286。

泊如竹,[1]屋久島安房村生,姓泊名日章,自號如竹散人。少時入久遠山本佛寺為僧,後於京都本能寺習法華宗。後回到薩摩,於大龍寺文之玄昌門下學習朱子學八年。元和十年(1624),刊行《桂庵和尚家法倭點》,傳授桂庵玄樹的訓讀法,寬永三年(1626),於江戶草文之點《四書集註》跋文,四年(1627)撰文之點《周易傳義》跋文,各自刊行。

關於泊如竹居住琉球,伊知地季安《漢學紀源》卷 4 記載如下:

> 寛永九年年六十矣。聞明人秀才來於中山,浮海適琉球國。乃師秀才講究四書詩書,理學精熟。國王師事之。先是,夷俗未知禮義。及如竹至教以人倫。……居之三年,如竹不樂遠就異國。乃去歸本島。

如竹自寬永九年(1632)起三年間居住琉球,攜寬永三年或八年刊行文之點《四書集註》當屬確實。彼時,中山王尚育師事如竹,決定了文之點在琉球的地位。《大島筆記》卷下有"點本用薩摩僧文之所點"。[2] 結合《三國名勝圖會》記事考究,可知琉球一貫使用文之點本。

大正五年,武藤長平尋訪沖繩調查書物,其《琉球訪書志》有曰"琉球板《四書集註》及《四書俚諺鈔》的板木在尚侯爵邸,《童子摭談》板木在浦添家,而其等書籍於琉球無存,實為憾事"。[3] 這些琉球板本現皆已散失,故這一證言成為琉球版研究的重要資料。琉球版(推定)《四書集註》中,除《中庸章句》之外,《大學章句》《論語集註》《孟子集註》均現存於世。

遺言書接著舉出《古文》《詩經》。一般來說,"古文"指唐宋代形成的散文文體。在這裡,應指《古文眞寶》一書。《古文眞寶》輯錄中國詩文,由元

---

① 有關泊如竹的事項可參照伊知地季安:《漢學紀源》,載《鹿兒島縣史料 舊記雜錄拾遺 伊地知季安著作史料集九》(鹿兒島:鹿兒島縣,2011 年),卷 4,頁 67—99。

② 戶部良熙:《大島筆記》,載新村出監修:《海表叢書》,卷下,雜話上。

③ 國立國會圖書館編:《人と蔵書と蔵書印—國立國會図書館所蔵本から》,頁 290。戶部良熙:《大島筆記》,載新村出監修:《海表叢書》,卷 3,頁 1—177。

代黄堅編集,分前後二集,前集收錄漢至宋代的詩歌,後集則以古文為主。作為輯錄著名詩文作品供初學者使用的教科書,《古文眞寶》在江戸時代廣為流傳。而在中國,卻被視為俗書以致散佚。在儒教古典當中,此書和最古老的詩集《詩經》成為詩歌、散文學習的基本教材。

遺言書前段第6條後半講到和學。① 和學即歌詠和歌的學問,阿嘉直識承繼了二條家的學問。他列舉的必讀書《三部抄》輯錄了藤原定家的歌論《詠歌大概》、秀歌選集《秀歌之體大略》《百人一首》,以及非秀歌類的和歌集《未來記・雨中吟》,屬於歌學的基本書籍。此書將敕撰集三代集、御子左家的三代集以及藤原為家私家集《為家集》、頓阿的私家集《草庵集》、三條西實隆的私家集《聽玉集》指定為必讀文獻。另外還推薦了一些歌學書籍,有藤原定家《和歌庭訓》《每月抄》,有賀長伯《初學和歌式》(元祿九刊)、《和歌八重垣》(元祿十三年刊)等,還有頓阿、二條良基《愚問賢註》、頓阿《井蛙抄》等作品。此外《伊勢物語》《源氏物語》,隨筆《徒然草》也是培植和歌教養的重要書籍。

遺言書前段第七條涉及書法學習。② 琉球的書法屬於御家流,近世琉球的行政文書也基本以御家流書寫。而江戸日本則以和式書法流派"青蓮院流"為主流。尊朝親王(1552—1597)是青蓮院流的書法大家。遺言書例舉的範本《雲州往來》,是出自平安時代藤原明衡之手的書簡集,收錄有二百餘封書簡,也稱《明衡往來》。這些被叫做往來物的書簡例文集成為習字的初等教科書。

以上,我們依據琉球王國的內部資料《阿嘉直識遺言書》,考察了18世紀後半葉那霸士族的主要學問,以及支撐這些學問的典籍。下面,我們再通過18世紀後半葉江戸日本保存的資料,看看琉球王國久米村的學問。

乾隆二十七年(1762年,寶曆十二年),前往薩摩的琉球船遇難漂流到土佐,土佐藩儒戸部良熙對這些琉球人進行了詢問。據詢問筆錄《大島筆

① 見《阿嘉直識遺言書》。

② 見《阿嘉直識遺言書》:"習字範書宜採尊朝親王御染筆、雲洲往來、平家灌頂卷以及其他範本,務仿書精練,習其精彩。"

記》卷下記載，一個叫做照屋里之子的人說，琉球的學校學習小學、四書和六經，過去使用一本叫《備旨》的書物，近年則有名曰《四書體註》的書物傳入，目前正在使用這本書。學校叫明倫堂，王子以下任何人都可以修學，《四書》用薩摩文之和尚訓點本。①

這艘琉球船的船長，是潮平親雲上，翁姓，名士璉，自稱盛成首里赤平人。②首里於 1798 年設立了國學，文中的"學校"應該就是指久米村的明倫堂；"照屋里之子"大約也是久米村出身的人。久米村也叫唐營(唐榮)，是設置在那霸港附近的中國人居留地，這些中國人以此為據點，從事與中國以及琉球的交易活動，後來更在此定居。在與明朝的朝貢關係中，作為一個從事海外貿易的職能集團，這些人成為王府行政機構的一部分。到了近世，遵從薩摩藩的意向，這個集團得到擴充，士族人口不斷增加。1718 年，在程順則的建議下，久米村設立了明倫堂(學校)。明倫堂培養了許多高水準人才，這些人承擔了與朝貢有關的各種業務和外交事務。他們不像那霸士族那樣，具有與江戶時代日本武士相同的教養。久米村士族的教養是向中國士大夫看齊的。他們的出發點是文之點《四書集註》那類使用訓讀的儒教古典教育，當需要進一步學習理解四書五經時，先用中國出版的《四書備旨》，③後來則使用《四書體註》。《四書體註》是根據南宋朱熹《四書集註》，將其註釋進一步細化的科舉考試參考書。康熙三十一年(1692)，范翔在《四書集註》的基礎上編纂出版了《四書體註》，於乾隆二十七年(1762)前後傳入琉球，成為久米村明倫堂的教科書。

1798 年，即 18 世紀的末期，首里設立了琉球的最高學府——國學。在這裡，以講談學生為對象的考試，會從《四書體註》《五經體註》《二十一

①② 鹿兒島藩：《三國名勝圖會》，卷 50；《如竹翁傳》，第 4 卷，頁 275—286。

③ 眞境名安興：《沖繩教育史要》，載眞境名安興著，富島壯英等編集：《沖繩教育史要》(那霸：琉球新報社，1993 年)，卷 2，第 3 篇第 3 章註，頁 410，有："經平等學校公事賬確認此為《四書備旨》四冊。"

史》中出題;面向官話詩文學生,則從《尊駕》《白姓》《人中畫》《四書體註》裡出題。[①] 講談學生是那些學習行政文書的學生,而官話詩文學生則學習中國語和中國詩文。《五經體註》與《四書體註》形式相同,也是詳註《五經》,用於科舉考試的參考書;《尊駕》《白姓》則是在琉球使用,被稱為琉球官話的中國語教科書;《人中畫》是根據明末清初口語小說改寫的官話教科書。[②]

在設立國學的同一年,琉球的中等教育學校——平等學校誕生,但所用教科書不詳。直到 1835 年,琉球的初等教育學校——村學校所才得以建立。村學校所學習的是《三字經》《二十四孝》《小學集註》《四書》[③]。《三字經》一卷對孩子進行道德教育,《二十四孝》則用五言絶句形式介紹中國古代至宋代的二十四位孝道人物。作為初等教育教科書,這兩種書在江戶日本也被廣泛使用。

18 世紀,在學校制度確立以前,琉球的初等和中等教育都由家庭承擔。在漢學方面,開始是學習《三字經》《二十四孝》,接著學習《六諭》《小學》和《四書》。這些江戶日本出版的和刻本及其派生的寫本,是通過訓讀的方法學習的。久米村的明倫堂和首里的國學進一步採用《四書體註》《五經體註》《二十一史》《近思錄》《唐詩合解》作教科書。《四書體註》和《五經體註》沒有和刻本,所用俱是中國刊本。在久米村士族的藏書——楚南家文書(法政大學沖繩文化研究所)中,有嘉慶二十年(1815)刊《四書體註》

① 眞境名安興:《沖繩教育史要》,卷 2,第 3 編近世期,頁 396,云:"講談學生、需要對(一)《四書體註》(凡一頁半)、五經中《詩經衍義》《書經體註》《易經會解》《禮記》陳浩註、《春秋》胡傳等(凡一頁半)以及二十一史中(凡一頁)標施訓點。(二)以老師要求,起草論文、呈文、咨文、錄文之一種的文稿(約三頁)。官話詩文學生則須(一)以官音(四聲句讀)自《尊駕白姓》(書名)及《人中話〔畫〕》(書名)中朗讀(約一頁)。(二)為《四書體註》(凡一頁)標施訓點。(三)作詩。"另,《沖繩教育史要》中可見《唐詩合解》、《小學》、《近思錄》等書名。

② 所謂"琉球官話"乃會話集,藏於天理大學附屬天理圖書館、法政大學附屬沖繩文化研究所、京都大學、那霸市歷史博物館等。分為語匯集《官話》《官話三字口》、簡單會話集《尊駕》《學官話》《官話問答便語》、語匯集與會話集合一的《廣應官話》、長篇會話集《白姓》以及供外交場合使用的問答集《條款官話》等。參照木津祐子編:《京都大学文学研究科藏琉球写本"人中畫"四卷付"白姓"》(京都:臨川書店,2013 年)。

③ 據眞境名安興:《沖繩教育史要》,第 3 編近世期,頁 390—410。

(集古堂藏板),教科書上標有圈點和詳細標註,但無讀音順序標點和送假名,而是一種以中國語直讀形式學習的方法。

關於首里士族的教養,目前還缺少明確有力的資料,現在可見的一則資料,是1803年首里士族楊文鳳在回答薩摩石塚崔高的提問時所說的一段話:[1]

> 石(石塚崔高)曰:"貴國創建學校三年於兹,其設學本意何如?"
>
> (楊文鳳)曰:"琉球蕞爾小邦,創建學校,一則慕效上國高風,教國子弟,欲成人材,以厚風俗也。設學本意不過如是,畢竟欲明人倫而已矣。"
>
> 石曰:"學校教子弟讀書用華音讀否?"
>
> 楊曰:"讀法依日本用鉤挑迴環,顛倒讀之。實字先讀,虚字後讀。但久米村亦有學校,多歷年所子弟皆學中國言語,讀書亦用華音,然日本讀法亦不廢也。國王命令及民家通用書柬等式,與日本不異。惟通中國書柬表文一依中國書法。"
>
> 石曰:"首里學校何名?"
>
> 曰:"堂上扁曰'崇儒重道',國相尚周所書也……文鳳作《學校記》,掛在正堂壁上。"

久米村學校明倫堂,設立於享保三年(1718)。而所謂"首里學校"是指首里的國學(寬政十年,1798設置)。久米村的教育方針是中國語和日本語並存,而其他地區一般都採用日本式訓讀法。首里士族的教養不似那霸士族那樣日本化,但也不像久米村那樣中國化。

---

① 《琉館筆譚》,石冢崔高編,乃與來自琉球訪問薩摩琉球館的楊文鳳進行筆談之記錄。據岩本眞理:《"琉館筆譚"翻字、註釋》,《人文研究》,大阪市立大学大学院文学研究科紀要,卷64(2013年3月),頁179—196。

四、琉球漢詩集

琉球人的漢詩文集共有二十多種,[①]排除有歧義的刊本之後,這些詩文集的情況大致如下:詩文作者計有 15 人,包括 11 位久米士族和 4 名首里士族。在久米士族中,蔡文溥、阮宣詔、鄭學楷、林世功、林世忠五人為官生出身;首里士族方面,向克秀、東國興二人也是官生出身。官生制度始於 14 世紀而持續至 19 世紀,是一個琉球王國向中國派遣留學生,以及派遣有關人員到國子監、太學修學的制度。久米村所從事的與中國王朝的貿易,自尚眞王(在位 1477—1526)一代開始,便由久米村人壟斷,逐漸特權化。1797 年進行制度改革,半數以上的職位從首里士族中選拔,久米村的既得權益逐漸被剝奪,官生發生騷動,發起激烈的反對運動。所謂漢詩文能力,體現在撰寫有關對華貿易的外交文書以及與外交儀禮有關的詩文創作方面,是久米村士族必須具備的教養。但對首里士族來說,這些卻是第二位的東西。由於官生有一部分來自首里士族,使得首里的教育發生變化。而另一方面,首里那裡也具備發生變化的基礎。

在首里士族的漢學領域中,具有象徵性的人物並不是官生,而是首里士族中首次刊行漢詩集的楊文鳳其人。楊文鳳《四知堂詩稿》附有日本奥田元繼(尚齋)序(文化三年 6 月,1806)、琉球楊文鳳自序(享和四年冬至,1804)、中國趙文楷序、中國李鼎元序、中國吉壽序(嘉慶七年 11 月,1802)和中國姚文蔚序(嘉慶七年 12 月 23 日,1802)。據自序記述,他的作品有數百首之多;嘉慶五年(1800)5—10 月,冊封正使趙文楷、副使李鼎元訪問琉球時,楊文鳳曾與他們有過詩歌贈答;嘉慶七年(1802)7 月,楊文鳳奉王命前往福州,途中遭遇颱風,所乘船隻於 11 月漂流到臺灣,數月後抵福州,期間與不少地方官員有過詩作贈答;嘉慶九年(1804)夏天歸國後,用 7、8 天時間前往薩摩;薩摩儒學者向楊文鳳乞要詩集,遂將手頭僅有的幾部贈

① 參見高津孝、陳捷編:《琉球王國漢文文獻集成》(上海:上海復旦大學出版社,2013 年),全 36 冊。

與對方。《四知堂詩稿》三卷收錄乾隆五十三年(1788)正月至嘉慶五年(1800)10月間的詩作。與久米士族在中國福建刊行詩集不同,首里士族楊文鳳《四知堂詩稿》刊行於日本大阪,值得關注。久米村士族經常遣人往福建福州的琉球館,與中國的關係極為密切,這一點與首里士族頗有不同。《四知堂詩稿》的校正有薩摩的石塚崔高擔當。前述石塚崔高《琉館筆譚》,即兩人在薩摩琉球館筆談的記錄,從中可見兩人關係之親密。詩集的刊行也是通過薩摩的人脈得以實現。刊記曰:"文化三丙寅年刻/薩州書房 兒玉利兵衛 大阪書房 泉本八兵衛 樫本勘兵衛。"可見薩摩和大阪書肆的名字。

在琉球漢詩文出版方面,程順則是一個最為重要的人物。程順則(1663—1734)是琉球的政治家、學者,係久米村程氏七世,字寵文,號念庵、名護親方。官至紫金大夫。1683年前往中國,從福州陳元輔學習,1687年歸國。1689年以在留通事往福州,1691年歸國。歸國時購入《十七史》,納於那霸的孔子廟。1706年以進貢正議大夫往北京,歸國時在福州出版《六諭衍義》《指南廣義》並攜回琉球。有詩集《雪堂燕遊草》,亦可見於《中山詩文集》。《雪堂燕遊草》今已無存,但確信於康熙三十七年(1698)在福建刊行。[①] 此書若保存下來,將是琉球漢詩文集中刊行最早的一卷。據正德四年(1714)京都刊行的《雪堂燕遊草》原本刊行者——書肆的瀨尾維賢(用拙齋,1691—1728)之跋文記載,彼持有《雪堂燕遊草》康熙刊本。《中山詩文集》係琉球程順則編纂,收集琉球人詩文的總集。版本有兩個系統。最早的版本,是鄭晃和王登瀛於康熙六十年(1721)分別作序的福州刊本,復旦大學圖書館及沖繩縣立博物館有藏。1998年影印出版的國立公文書館內閣文庫所藏本,除鄭晃和王登瀛序外,另有雍正三年(1725)任五倫序以及同年任上哲跋,這些應該都是後來所加。據王登瀛序所敘,王登瀛曾在福州柔遠驛(琉球館)接受儒教經典教育,並與琉球人蔡鐸、曾益、程順則交

① 上里賢一:《雪堂燕遊草》,載沖繩大百科事典刊行事務局編:《沖繩大百科事典》(那霸:沖繩タイムス社,1983年),中,頁572。

遊,表示了對後來出版的中山詩文所收作品的贊賞,此時有琉球門人提議刊行詩集,並給予贊助。此外,沖繩縣立圖書館和島根縣立圖書館藏有另一種在上述三序一跋之外,再附咸豐六年(1856)琉球程德裕"中山詩文集重鐫序"的福州刊本。程德裕是程順則的六世孫,此版本係他個人出資刊行。康熙、雍正刊本目次有22個項目,卷頭《奉送翰林汪先生還朝序》到《林副使德政歌》的詩文,是康熙二十二年(1683)訪問琉球的冊封使汪楫(正使)、林麟焻(副使)與中山王尚貞、中山王世子尚純、攝政王弟尚弘毅等進行交流過程中創作的詩文。接著是《執圭堂詩草》(琉球・曾益)《觀光堂遊草》(琉球・蔡鐸)等較程順則年長之琉球人的詩集。《雪堂紀榮詩》至《關帝廟記》,則是與程順則有關的詩文,以及程順則自身創作的詩文。再接下來,是清陳元輔的琉球畫家傳記《中山自了傳》、程順則早逝的兒子程摶萬的詩集《焚余稿》以及較程順則年若的琉球周新命的詩集《翠雲樓詩箋》。整體上看,收錄詩文多與琉球有關。另,康熙、雍正刊本中無目錄中《重修臨海橋碑文》《焚余稿》,而重鐫本則有補錄。

《四本堂詩文集》係琉球蔡文溥(1671—1745)詩文集。此人做過久米村的官生,這是其第一本詩文集。全書由《四本堂文集》《四本堂詩集》《御制耕織圖詩》三部分組成。《御制耕織圖詩》缺第一葉、第二葉。有清葉紹芳序(雍正十年,1732)、清劉敬與序(乾隆二十年,1755)、王登瀛序(雍正三年,1725)、清徐葆光題(康熙五十八年,1719)、清謝道承題(雍正二年,1724)。據劉序可知,雍正年間詩文集出版後,做過修正,增補晚年作品後再度刊行。蔡大鼎,1823年(道光三年、尚灝二十年)生,字汝霖。久米村人。後承繼其父,成為伊計親雲上(屬於與那城間切的伊計村的脅地頭)。五次前往中國,推定最後客死北京,卒年不詳,但應在1884年(光緒十年、明治十七年)之後。他是一位歷經琉球王國末期至琉球處分(1872年琉球藩、1879年沖繩縣)這一動盪時代的文化人。作為琉球漢詩人,蔡大鼎在琉球王國時代漢詩人中作品最多。有關他的詩集,沖繩縣立圖書館(舊東恩納寬惇文庫)藏有以下四種:《閩山遊草》一卷附《續閩山遊草》一卷,同治十二年(1873)刊本、《北燕遊草》一卷,同治十二年(1873)刊本、《北上雜記》

六卷,光緒十年(1884)刊本,僅存卷一。第二,這些作品均以客居中國間的詩歌、文章為主。另外,最近又發現以下五種詩文集,匯集了琉球的詩歌和文章:《漏刻樓集》一卷附《伊計村遊草》一卷,咸豐十一年(1861)序刊本(慶應義塾圖書館藏),自序作於道光二十八年(1848)、《欽思堂詩文集》三卷,咸豐十一年(1861)序刊本(慶應義塾圖書館藏),自序作於咸豐元年(1851)、《續欽思堂集》一卷附《聖覽詩文稿》一卷,光緒三年(1877)刊本(早稻田大學圖書館所藏)、《續欽思堂集》,自序作於同治五年(1866)、《聖覽詩文稿》,自序為同治四年(1865)。另,琉球蔡肇功(1656—1737)《寒窗紀事》一卷(同治十二年,1873 刊)意在彰顯先祖,由蔡大鼎刊行的。至於《東遊草》《琉球詩課》《琉球詩錄》請參見前述。

官生即琉球派往中國的留學生,清朝時,這些留學生在北京的國子監學習。留學期間他們在北京國子監創作的詩作被編成詩集在北京出版。[①]道光二十四年(1844)附有孫衣言序的四卷本選集《琉球詩課》,輯錄了四位來自琉球的北京國子監官生阮宣詔、鄭學楷、向克秀、東國興的試帖詩。關於孫衣言如何添削修改琉球人的詩一事,有具體資料保存至今。琉球大學附屬圖書館所藏《東國興詩集》卷頭右上方有"瑞安孫依言評定"等紅筆標記,對詩集中東國興每一首詩都有詳細批點。[②] 據《琉球詩課》小序,阮宣詔,字勤院,琉球國久米府人。鄭學楷,字以宏,琉球國久米府人。向克秀,字朝儀,琉球國首里人。東國興,字子祥,號愚山,琉球國首里人。四人均官拜"里之子"(約等於中國的正五品)並同為國子監肄業官生。同一年、即道光二十四年(1844),又有孫衣言作序的四卷本《琉球詩錄》刊行,收錄了四人的古今體詩。上述兩書刊行 29 年後,有書名相同的二卷本《琉球詩

---

① 高津孝:《琉球詩課と試帖詩》,《鹿大史學》,1995 年第 43 號,頁 1—14。四卷本《琉球詩課》現存那霸市所藏尚家文書、沖繩縣立圖書館所藏東恩納文庫、法政大學所藏楚南家文書;四卷本《琉球詩錄》現存法政大學所藏楚南家文書、赤木文庫、大阪大學附屬圖書館所藏懷德堂文庫;二卷本《琉球詩課》現存那霸市所藏尚家文書、沖繩縣立圖書館東恩納文庫、島根縣立圖書館;二卷本《琉球詩錄》藏那霸市所藏尚家文書、沖繩縣立圖書館東恩納文庫、法政大學所藏楚南家文書、島根縣立圖書館及沖繩縣立博物館。

② 參照高津孝譯,陳正宏著:《琉球訪書記》,載《東アジア海域交流史　現地調查研究～地域・環境・心性～》,2009 年 1 月,第 3 號,頁 220—227。

課》和《琉球詩錄》刊行。二卷本《琉球詩課》收錄北京國子監官生、琉球人林世功和林世忠的試帖詩；二卷本《琉球詩錄》選集了兩人的古今體詩。照《琉球詩課》小序的介紹，林世功，字子敘，琉球國久米府人。林世忠，字子翼，琉球國久米府人。兩人俱為國子監肄業官生。二卷本《琉球詩錄》附同治十二年(1873)孫衣言序，曰："予嘗擇其(琉球人的詩)雅者，錄而刻之，謂之《琉球詩錄》。今春琉球學生林世功在監期滿。其師教習徐君幹亦刻《詩錄》"。二卷本《琉球詩課》附同治十二年(1873)孫衣言序，言"教習徐君已選琉球弟子詩刻為《詩錄》。又所做帖體詩別為一編刻之。大抵仿予前之所刻。"可見，四卷本《琉球詩課》《琉球詩錄》為國子監教習孫衣言編集刊行，而二卷本《琉球詩課》《琉球詩錄》則由國子監教習徐幹(字小勿，邵武人)仿孫衣言的四卷本《琉球詩課》《琉球詩錄》編集刊行。不過，如二卷本《琉球詩錄》孫衣言序所敘："琉球人極重予之前錄，幾近家家備之。"就是說，上述詩集的閱讀和使用對象是琉球社會，而現在的中國幾乎沒有此類文本留存。人們把這種由其他地區的人刊行的琉球人著作稱為琉球版週邊刊行物。類似的例子在江戶時代的日本也曾有過。[①]

五、結論

琉球的三個士族集團——首里士族、那霸士族和久米村士族，在文化和教養上各有不同。那霸士族以訓讀方法學習中國漢學，同時習得日本武士階層的和學(和歌、御家流書道)。而久米村士族原本是中國裔居民的子孫，擔負著琉球王國的貿易和外交，他們不僅通過訓讀學習漢學，還進一步學習中國語，通過中國語學習中國文化，培養高深的儒教素養。至於首里士族，則沒有那霸士族和久米村士族那樣明顯的特徵。

---

① 琉球程順則《雪堂燕遊草》，正德四年(1714)於京都刊行。又，文化三年(1806)，琉球楊文鳳《四知堂詩稿》三卷由薩摩藩士石冢崔高校正刊行。刊記"文化三丙寅年刻/薩州書房　兒玉利兵衛/大阪書房　泉本八兵衛樫本勘兵衛"(國立公文書館內閣文庫所藏)。刊記中有"薩州書房兒玉利兵衛"，可推定出版於大阪。《東遊草》三卷，天保十四年(1844)在江戶刊行。書志記曰："東遊草三卷　(上卷)琉球鄭元偉撰　(中卷)琉球魏學賢撰　(下卷)琉球尚元魯撰　日本薩摩鮫島玄霧・黑田恆校　江戶、尋雲堂"(國立公文書館內閣文庫所藏)。

琉球漢詩文文化的中心當然非久米村莫屬。作為一個依靠中轉貿易、朝貢貿易而存在的島嶼國家，琉球需要並形成了一個精通琉球、中國貿易的事務業務、外交交涉、外交儀禮的專家集團。這個人才集團留下了眾多漢詩文作品，其中包括許多書寫往來琉球、福州、北京的紀行詩。這些作品的一部分本身具有文學藝術價值，值得讀者閱讀品鑒；而更重要的是，這些漢詩漢文乃是中國和琉球的歷史文化交流以及東亞海域文明文化交流的一環，它們展示了東亞文明文化交涉的細部結構。

包括琉球漢詩集在內的琉球版已經無法以刊行出版地的概念進行規約。琉球人的書物大多採用外包發注形式出版，琉球通常通過中國以及日本的文化出版中心地刊行琉球的書物。不僅如此，琉球既是產出漢詩文的"場域"，同時又是漢詩文文化流通的路徑。琉球知識人以中國知識人為師，江戶時代的日本知識人又以琉球人為師，出版他們的詩集。琉球人看重那些已經被人忘卻的、由中國地方知識人編集的童蒙書，將其引入教育教養的體系中。於是這些書從中國傳播到琉球，又經琉球傳播到日本。陳元輔《枕山樓課兒詩話》就是一個很好的例子。陳元輔是程順則的福州老師，康熙三十五年(1696)，陳元輔編集的《枕山樓課兒詩話》由程順則刊行，雍正三年(1725)再刊。此書經琉球傳入日本，於江戶元文四年(1739)、文政元年(1818)以及明治十四年(1881)分別數次出版刊行。[①] 江戶時代後期至明治時代，日本盛行漢詩，《枕山樓課兒詩話》適應了那個時代，獲得了眾多讀者，成為中國、琉球、日本文化交涉影響構圖中的典型片段。

---

① 參照蔣寅：《清詩話考》(北京：中華書局，2005年)，頁286。

海内論詩有正宗，姬傳身在最高峰

——姚鼐詩學品格與淵源芻論

華南師範大學文學院　蔣　寅

一個文學流派的形成，需要一些條件和外部特徵，比如要有一個傳承清楚的作者代群，提出鮮明的創作主張和理論宗旨，有自己尊奉的藝術典範，有相應的批評實踐及其成果，有足够豐富的著述和作品出版並具有獨特的美學特色等等。但最重要的一個條件是，還必須擁有一些有號召力、有影響力的領袖人物。桐城派的精神領袖遠可上溯到明代歸有光，後來名義上的領袖人物是方苞，但若就實際作用和影響而言，真正的領袖人物却非姚鼐莫屬。如果没有姚鼐，不僅桐城文學絶不會產生那麽大的影響，甚至桐城古文也未必足以開宗立派。無論從哪方面説，姚鼐都是桐城派真正的締造者。①

姚鼐（1731—1815），字姬傳，一字夢谷，室名惜抱軒，世稱惜抱先生。高祖姚文然，康熙間官至刑部尚書，有文名，而祖、父兩代均微。姚鼐少從族伯姚範受經學，後又從劉大櫆學古文。乾隆二十八年（1763）中進士，由兵部主事昇至刑部廣東司郎中。乾隆三十八年（1773）詔開四庫館，姚鼐與

① 王達敏：《姚鼐與乾嘉學派》（北京：學苑出版社，2007 年），第五章"桐城文統"對此有精彩剖析，頁 103—139。

戴震、程晉芳、任大椿等八人破格以非翰林館職充任纂修官，時論榮之。然而因主宋學，在館中頗受漢學家排斥，心境殊為鬱抑，書成即乞養歸里，[①]年僅44歲。之後歷主江蘇、安徽諸書院，汲汲以培養文學人才、傳播桐城文學理論為己任，終竟以85歲高齡卒於金陵鍾山書院。他的著述在乾嘉文人中不算豐富，有《九經説》《春秋三傳補注》《老子章義》《莊子章義》《法帖題跋》《惜抱軒詩文集》及《筆記》《書錄》《尺牘》等，另編有《四書文選》《古文辭類纂》《五七言今體詩鈔》《唐人絶句詩鈔》《山谷詩鈔》《明七子律詩選》。像師輩一樣，他也留下大量的典籍評點，與詩歌有關的是《毛詩故訓傳》《李善注文選》《黄山谷全集》《海峰詩集》，而最值得注意的是王士禛《漁洋精華錄》及所選《古詩選》(聞人倓箋)、《唐賢三昧集》。[②]

作為桐城派的核心人物，姚鼐的古文創作和理論一直為文章史研究所關注，近年來對他詩學方面的業績也展開了研究[③]，主要是聯繫其古文理論來看詩論的特色，同時對《今體詩鈔》與當代詩歌批評也有涉及，但有關姚鼐詩學的基本品格及其學術淵源似乎還缺乏深入的探討和清晰的認識，有必要從桐城詩學的整體格局和歷史進程兩方面再做一番剖析。

一、從義理、書卷、經濟到義理、文章、考證

正如學界已形成的共識，桐城派不只是個文學流派，它首先是個以經學為核心的學派。其經學從方苞開始，即“以宋元諸儒議論糅合漢儒，疏通經旨，惟取義合，不名專師”，顯示出以宋學為主，兼取漢學，有意融合漢、宋的傾向。到姚鼐這一代，治經學大旨仍然是“兼治漢宋，而一以程朱為

① 周中明：《姚鼐對人生道路的重大抉擇——姚鼐中年主動辭官的原因辨析》，《古籍研究》(合肥：安徽大學出版社，2007年)，卷上。

② 劉聲木：《桐城文學撰述考》(合肥：黄山書社，1989年)，卷2，頁431—432。

③ 柳春蕊：《神、理、聲、色——姚鼐的詩歌的體性論》，《北京大學學報》，2004年第4期；王少仁：《雅而能正以文論詩——從姚鼐的古文理論談其詩學特色》，《安徽文學》，2007年第12期；史晶晶：《涵容與深刻——姚鼐“熔鑄唐宋”的論詩宗旨》，《綏化學院學報》，2008年第1期；謝海林：《姚鼐融通詩學初探》，《文學評論叢刊》，第12卷第1期；朱曙輝：《論姚鼐對厲鶚之詩學批評》，《宿州學院學報》，2011年第12期。

宗”。[①] 姚鼐自言“吾固不敢背宋儒,亦未嘗薄漢儒”,[②]門人概括為“不孤守宋儒而兼綜鄭馬以核其實,不矜言漢學而原本程朱”以究其歸,[③]但實質上是以宋學為根基為主體,在當時濃厚的漢學風氣中顯得有點另類,也產生一定的影響。有關宗程朱理學的理由,姚鼐的説法是:“孔孟之統,必歸程朱者,非謂朝廷之功令不敢違也。以程朱生平行己立身,固無愧於聖門,而其論説所闡發,上當於聖人之旨,下合乎天下之公心,使後賢果能篤信遵而守之為無病也。”又説:“宋之真儒,得聖人之旨,諸經略有定説,元明守之,著為功令,士大夫維持綱紀,遵守節義,使明久而後亡,其宋儒論學之效哉。”他的論斷為道光二十五年(1845)沈維鐈所撰《清學案小識序》所引據,[④]對道光以後宋學和程朱理學的復興應該有所推動。

姚鼐宋學取向不只決定了他的學術特徵,也直接影響到他的文學觀念和藝術趣味。姚鼐在文學方面的造詣,所以能贏得“詞邁於望溪而理深於海峰”的評價,[⑤]全在於才學識兼備,以綜合實力之雄厚超越前輩。《述庵文鈔序》提到:“余嘗論學問之事有三端焉,曰義理也,考證也,文章也。是三者,苟善用之,則皆足以相濟;苟不善用之,則或至於相害。”[⑥]後來《復秦小峴書》又將考證和文章的位置作了調換:“鼐嘗謂天下學問之事,有義理、文章、考證三者之分,異趨而同為不可廢。”[⑦]眾所周知,方苞究心於經傳而不事考據,劉大櫆鋭意於詩文而不治經學,姚鼐義理、文章、考證並舉而不偏廢,遂能以殖學之厚、詞理之深而超越兩位前輩,臻於集桐城文學大成的境界。不過,在此需要辨析的是,姚鼐以義理、文章、考證三科論學,不單單是文學觀念的改變,首先應該説是學術觀念的改變。近代以來,學

① 陳用光:《姚先生行狀》,《太乙舟文集》(道光二十三年重刊本),卷3。

② 梅曾亮:《九經説書後》,《柏梘山房集》,卷5,《柏梘山房詩文集》(上海:上海古籍出版社,2005年),頁119。

③ 陳用光:《惜抱軒經説後序》,《太乙舟文集》,卷6。

④ 唐鑒:《清學案小識》(臺北:臺灣商務印書館,1969年),卷首。

⑤ 陳用光:《姚先生行狀》,《太乙舟文集》,卷3。

⑥ 姚鼐:《惜抱軒文集》(四部叢刊初編影印本),卷4。

⑦ 姚鼐:《惜抱軒文集》,卷6。

界每將義理、考據、詞章視為姚鼐為文宗旨,[①]而未顧及姚鼐所論是“天下學問之事”,而非文章之事。實質上姚鼐乃是將義理、文章、考證各視為一學,因此他的三分法與劉大櫆以義理、書卷、經濟為“行文之實”即“大匠之材料”,[②]絶非同一個層面的問題。姚鼐的見解看來是淵源於戴震(1724—1777)的學説,很可能是早年受到戴震學術思想的啟迪。

姚鼐在乾隆二十年(1755)秋初識戴震,遊從數月,欽服不已,遂呈書願執贄於門下,而為戴震婉言拒絶。[③] 戴震之學,反宋儒、非朱子,本與姚鼐歧途異趣。拜師見拒,反而更刺激了姚鼐對漢學的興趣,重新思考和確立自己的學術道路。我們知道,戴震論學夙以義理、文章、考證並舉。段玉裁《戴東原先生年譜》載:“先生初謂‘天下有義理之源,有考核之源,有文章之源。吾於三者皆庶得其源。’後數年又曰:‘義理即考核、文章二者之源也,義理又何源哉? 吾前言過矣。’”戴震起初將三者並列,一概視為具體理論,後來體會到義理乃是文章、考據的元理論,它本身就是本源性的東西,這樣義理就昇格為形而上之學,而文章、考證相對來説則歸於形而下之學。在《與方希原書》中,戴震又直接將文章視為等而下之之學:“古今學問之途,其大致有三:或事於理義,或事於制數,或事於文章。事於文章者,等而下者也。”[④]後門人段玉裁轉而認為:“義理、文章未有不由考核而得者。”[⑤]雖是談方法論問題,但立足點明顯已有轉移,使義理和文章都變成了知識的對象。這麼看來,義理地位的昇降實質上意味著文學基本觀念的變化:戴震以義理為考核、文章之源,是回到宋儒文以載道的思路上去;段玉裁以考核為義理、文章之本,可以説是乾、嘉“學人之文”的時尚;而姚鼐的義理、考據、文章並駕齊驅,主張“古文之學,須兼三者之用,然後為之至”,[⑥]

---

① 王守恂:《仁安筆記》(民國十年刊全集本),卷 2。

② 劉大櫆:《論文偶記》(北京:人民文學出版社,1959 年),頁 3。

③ 姚鼐拜師見拒一事,王達敏:《姚鼐與乾嘉學派》頁 14—22 有細緻考述,可參看。

④ 《戴震文集》(北京:中華書局,1980 年),卷 9,頁 143。

⑤ 段玉裁:《戴東原集序》,《戴東原集》(經韻樓刊本)。

⑥ 姚鼐:《復林仲騫書》,安徽省博物館藏手迹,轉引自王達敏:《姚鼐與乾嘉學派》,頁 188。

則是將義理之學、考據之學、辭章之學視為古文寫作的基礎，可以説是“文人之文”即文學自身價值得到確立的標誌。由此顯示，姚鼐雖出於宋學，但其文學觀已揚棄宋代理學家“文以載道”的觀念而融入晚近文學思潮的背景中——其大背景是明代以來經術與辭章分流、傳統文人身份進一步分化的社會思潮，[①]小背景則是乾、嘉時代經學和考據學發達所凸顯的文人和學者的分流。乾、嘉時代，雖正值學術空前繁榮之際，但文壇仍活躍著袁枚、蔣士銓、黄景仁一輩不治經學、不事考據的純粹文人，而且贏得絶高的評價。姚鼐將義理、文章、考證三者並舉為學問之事，實質上是發揮了劉大櫆“作文本以明義理，適世用，而明義理，適世用，必有待於文人之能事”的見解，[②]更提昇了文學自身的價值，劃清了辭章之學與義理之學、考據之學的界線，從而使桐城派的文學創作與經學並列為獨立的事業，而文學研究也自然地成為一門獨立的學問，被眾多桐城士人倚為謀生的專業知識。世人對桐城派的聯想首先是文派、詩派而不是學派，原因蓋在於此。事實上，桐城派有顯赫的文章之學，有見重於世的詩學，但經史之學却殊尠顯著的特色和有分量的成果，[③]正是其經典作家首先以文人而非學者立身於世的結果。

姚鼐平生以古文名世，但對詩學同樣有著濃厚的興趣。乾隆十九年(1754)三上春官見黜，在京與王文治、朱孝純、王昶等文士遊，已播才名於都下。王文治稱姚鼐“深於古文，以詩為餘技，然頗能兼杜少陵、黄山谷之長”。[④] 劉大櫆《朱子潁詩序》提到：“子潁偶以七言詩一軸示余，余置之座側。友人姚君姬傳過余邸舍，一見而心折，以為己莫能為也，遂往造其廬而定交焉。”[⑤]後來朱孝純成為姚鼐終生的詩友。昭槤《嘯亭續錄》載：“乙亥

① 李思涯：《胡應麟文學思想研究》(北京：中國社會科學出版社，2012 年)，第二章“明代士人的分化與博學的思想史意義”，頁 30—57。

② 劉大櫆：《論文偶記》，頁 4。

③ 桐城籍學人以經史研究著名者，雖有張聰咸、馬宗璉、馬瑞辰父子，但他們却正是超越桐城派門庭，改宗漢學的人物。

④ 王文治：《夢樓詩集・自序》，《夢樓詩集》(乾隆刊本)，卷首。

⑤ 吴孟復輯：《劉大櫆集》(上海：上海古籍出版社，1990 年)，卷 2，頁 63。

夏,朱子潁南遊,携姚姬傳詩至邸,先恭王曰:'此文房、冬郎之筆,異日詩壇宿秀也。'"[①]這是乾隆二十年(1755)姚鼐25歲時的事,足見其詩名成就甚早。後來姚瑩論姚鼐的文學成就,"詩以五古為最,高處直是盛唐諸公三昧,非膚襲貌取者可比。七古用唐調者,時有王、李之響,學宋人處時入妙境,尤不易得。七律工力甚深,兼盛唐、蘇公之勝。七絶神俊高遠,直是天人説法,無一凡近語矣",[②]時以為知言。姚鼐七律尤為詩家所重,時人多賞其"勁氣盤折","筆力健舉",後曾國藩甚至推崇為"國朝第一家"。[③] 這雖不無後學阿附之私,但晚清王必達仍有"海内論詩有正宗,姬傳身在最高峰"之説,[④]足見姚瑩、曾國藩等人的評價雖容有誇耀的成分,但絶非不著邊際的濫譽。姚鼐的確已為桐城詩學贏得詩壇不可忽略的重要地位。

姚鼐論詩一如論學,首先從辨析名理開始。論學先分義理、文章、考證,論詩則始於别天人。《敦拙堂詩集序》云:"言而成節,合乎天地自然之節,則言貴矣。其貴也,有全乎天者焉,有因人而造乎天者焉。今夫六經之文,聖賢述作之文也。獨至於詩,則成於田野閨闥無足稱述之人,而語言微妙,後世能文之士,有莫能逮,非天為之乎?"如果由此推導出詩主天才説,那就是性靈論的立場,而姚鼐不這麽主張,他説這只是"言詩之一端",即一種片面的見解。從另一方面看,還有"道德修明而學術該備"的文王、周公之聖,大小雅之賢,不可與"列國風詩採於里巷者"相提並論。這樣,他對詩歌乃至文學的看法只能是:"夫文者藝也,道與藝合,天與人一,則為文之至。"所以"後世小士嵬士,天機間發,片言一章之工亦有之,而裒然成集,連牘殊體,累見詭出,閎麗璚變,則非鉅才而深於其法者不能。"他心目中的理想典範,也還是詩聖杜甫:"自秦漢以降,文士得《三百》之義者,莫如杜子

① 昭槤:《嘯亭雜録》(北京:中華書局,1980年),卷3,頁447。

② 姚瑩:《識小録》(合肥:黄山書社,1991年),卷5,頁133。

③ 吴汝綸:《與蕭敬甫》,《吴汝綸全集》(合肥:黄山書社,2001年),尺牘卷二,第3册,頁258。參看王鎮遠:《論姚鼐的詩歌藝術》,《蘇州大學學報》,1985年第2期。

④ 王必達:《讀惜抱軒詩率書一首》,《養拙齋集》(光緒十六年刊本)。王氏名不見於《桐城文學淵源考》,應非桐城派苗裔。

美。子美之詩,其才天縱,而致學精思與之並至,故為古今詩人之冠”。① 如此看來,姚鼐論詩首先是天才、學力並重的。《荷塘詩集序》也告誡後學,“夫詩之至善者,文與質備,道與藝合,心手之運,貫徹萬物,而盡得乎人心之所欲出”。② 這在當時或許旨在矯正性靈派獨主天才的片面性。通常矯一偏之失,必出以融合、折衷的思路,而從邏輯起點開始折衷,往往決定了詩學整體上的包容性和兼綜色彩。姚鼐詩學正是如此,從天人並重到陰柔、陽剛並舉,從熔鑄唐宋到古今體兼重,包容、折衷的精神貫穿在他對詩歌的所有看法中。

於是,這就給姚鼐詩學帶來一個問題,相對於它無可懷疑的影響力而言,其論詩傾向却顯出一種難以簡單歸類的複雜性。首先,姚鼐與沈德潛門下的吳門七子、袁枚等性靈派詩人都有很深的交往,所以他的詩學也依違其間,像他的經學一樣,具有一定的折衷傾向,及開放和包容的特點,同時也顯出一種説不清的矛盾態度。陳用光《姚先生行狀》記載:“當居鍾山書院時,袁簡齋以詩號召後進,先生與異趨而往來無間。”袁枚去世後,人或規姚鼐不當為作墓誌,姚鼐説:“袁枚是朱彝尊、毛先舒一類人,其文采風流有可取。”③相反對厲鶚代表的浙派,本與宋學有較深的淵源,姚鼐却鄙其惟以詩人自居,僅以文學為立身之本,對其創作求新求奇而境界不廣的缺陷提出嚴厲批評。要理解姚鼐及桐城詩學的這種多面性,或許需要從注重技術内涵、講究實踐效果的教學宗旨著眼。一個講實效的教學體系,多少都會有點實用主義色彩,能够綜合各家各派的所長,總結出一套切實可行的經驗學説。劉大櫆因此而潛心鑽研王漁洋詩學,姚鼐也同樣如此,他甚至可以説是王漁洋詩學的一個重要傳人。

二、王漁洋詩學的繼承者

在姚鼐之前,桐城文章之學的核心是方苞所謂的“義法”。而自姚鼐以

---

① 姚鼐:《敦拙堂詩集序》,《惜抱軒文集》,卷 4。
② 姚鼐:《荷塘詩集序》,《惜抱軒文集》,卷 4。
③ 參看陳用光:《太乙舟文集》,卷 5《與伯芝書》、郭麐:《爨餘叢話》,卷 2。

後,“義法”似乎就被雪藏起來。研究者發現,桐城“義法”雖然在劉大櫆和姚鼐的古文理論中遭到冷遇,却在姚鼐和方東樹的詩論中得到成功的應用,因為他們都是“以文論詩”。姚鼐論詩雖同樣不提“義法”,但他對杜詩結構脈絡的分析明顯帶有“義法”色彩。[①] 我也注意到,姚鼐論詩雖不講神韻,但其詩學不僅精神上承傳了王漁洋詩學的實踐品格,暗承格調派的師法路徑和崇尚清氣逸韻的審美趣味,也部分地吸取了漁洋神韻詩學的真髓。清末詩論家朱庭珍已注意到桐城古文與神韻詩論的聯繫,指出:“近來古文,天下盛宗桐城一派。其持法最嚴,工於修飾字句,以清雅簡淨為主。大旨不外乎神韻之説,亦如王阮翁論詩,專主神韻,宗王、孟、韋、柳之意也。”[②]《帶經堂詩話》卷一引述劉體仁語曰:“七律較五律多二字耳,其難什倍。譬開硬弩,祇到七分,若到十分滿,古今亦罕矣。”漁洋表示:“予最喜其語。因思唐宋以來,為此體者,何翅千百人,求其十分滿者,唯杜甫、李頎、李商隱、陸游,及明之空同、滄溟二李數家耳。”近人賴以莊批曰:“惜抱默主此論而極闡之。”[③]他們都從論詩文家數的相通看出了桐城派與王漁洋詩學的關係,但在我看來,桐城詩學有取於王漁洋之處,更多地是在實踐品格上。姑不論他人,姚鼐對王漁洋詩學的接受就確以技術層面的內容居多。

姚鼐甚至整個桐城派作家之所以都對王漁洋詩學感興趣,實在是緣於兩者論詩文有著相同的指向,即都著眼於指點後學,無論言神韻言義法,種種玄虚最後都落實到格調的實處。因此,與錢謙益對模擬的嚴厲抨擊和排斥正相反,他們論詩文反而都從模擬開始。姚鼐與管同書説:“近世人習聞錢受之偏論,輕譏明人之摹仿。文不經摹仿,亦安能脱化?”[④]又論姚元之説:“近人每云作詩不可摹擬,是似高而實欺人之言也。學詩文不摹

① 趙建章:《桐城派文學思想研究》(北京:北京圖書館出版社,2003 年),頁 249。

② 朱庭珍:《筱園詩話》,卷 4,郭紹虞輯:《清詩話續編》,(上海:上海古籍出版社,1983 年),第 4 册,頁 2414。

③ 張宗柟編:《帶經堂詩話》(重慶北碚區圖書館藏賴以莊批點同治十二年廣州藏修堂刊本),卷 1,頁 32。

④ 姚鼐:《與管異之同》其五,《惜抱先生尺牘》(宣統元年小萬柳堂重刊本),卷 4。

擬，何由得入？須專摹擬一家，已得似後，再易一家。如是數番之後，自能鎔鑄古人，自成一體。若初學未能逼似，先求脱化，必全無成就。譬如學字而不臨帖，可乎？”[①]這樣的經驗之談，實為作文的切實可行之道，也是古代大作家的共同經歷。姚鼐由此諄諄誘入，不作英雄欺人之談，最見桐城派論詩文的立場和方式。關於姚鼐對模擬的重視，研究者已從現實取向、理論推演、實踐經驗和教學需要等方面作了很好的闡述，[②]這裏不再展開。

“模擬以成真詣”的學詩路數，同時也就是傳授詩學的切實途徑。通常學問傳授的對象，都定位為中人之資的學人，故尤其重視從具體的藝術技巧入手，俾其下學以臻上達。儘管中國詩學的傳統觀念通常認為：“作詩一道，人各自寫其性情，原無須多談，學者自喻之耳。所能談者聲律、對偶、字句之工拙、體裁之異同，皆詩之緒餘，古人之糟粕也。”[③]但論者仍不能不從這些糟粕談起，王漁洋如此，姚鼐依然如此。姚鼐甚至更重視體制的揣摩、技巧的切磋和聲律的運用，因為這些正是他理解的詩學的主要內容，也就是諭姚瑩所説的“文章之精妙，不出字句聲色之間，舍此便無可窺尋矣”。[④]確實，當他將學問作了義理、文章、考證的劃分後，文學的能事就回到了它自身，不需要再到文學之外去尋找文學的價值。相比王漁洋詩論的空靈妙悟，姚鼐精心選擇了八個概念，作為論文章的基本範疇，即《古文辭類纂・序目》所謂：“凡文之體類十三，而所以為文者八：曰神、理、氣、味、格、律、聲、色。神、理、氣、味者，文之精也；格、律、聲、色者，文之粗也。”這八個概念較劉大櫆所言多了格、律二字，都是適用於所有文章的一般審美範疇，貫之以“始而遇其粗，中而遇其精，終則御其精者而遺其粗者”的宗旨，[⑤]姚鼐便建立起他的古文美學。質言之即由格、律、聲、色之粗去求神、

---

① 姚鼐：《與伯昂從侄孫》其三，《惜抱先生尺牘》，卷 8。

② 張徐芳：《“法”與“無法”之間：姚鼐“摹擬論”的現實取向》，《南京曉莊學院學報》，2004 年第 3 期；單重陽：《談藝不譏明七子——姚鼐詩法論初探》，《安徽大學學報》，2012 年第 6 期，頁 53。

③ 馬星翼：《東泉詩話》（道光刊本），卷 1。

④ 姚鼐：《與石甫姪孫瑩》其一，《惜抱先生尺牘》，卷 8。

⑤ 姚鼐：《古文辭類篹・序目》，《古文辭類篹》（民國六年上海會文堂書局刊本），卷首。

理、氣、味之精，最終臻於“神妙”或“神妙之境”，也就是道與藝合、天與人一的藝術極境。[①] 這些概念雖未必是姚鼐論詩的基本術語，但自然與詩學相通。所以按門人陳用光的理解，它們也可用於説詩：“余嘗聞古文法於姬傳先生矣，曰所以為文者八，曰神、理、氣、味、格、律、聲、色。古文之格、律、聲、色，詩之音節也。不求於是，何以為古文，何以為詩？”[②]

王達敏拈出的“神妙”二字，顯然是姚鼐古文學中類似於王漁洋“神韻”的審美範疇。它雖未被用於詩論，但作為美學理想，提供了與詩學相通的藝術精神和風格樣式。而他本人對神妙的闡釋，更充分發揮了古文家以文論詩的特長。《復劉明東書》形容“詩境大處”，稱“大約横空而來，意盡而止，而千形萬態，隨處溢出。此他人詩中所無有，唯韓文時有之，與子美詩同耳”。[③] 這很接近蘇東坡形容自己文章境界的體會，姚鼐是由杜詩、韓文悟出的。夙來壁壘森嚴的詩論和文論在姚鼐這裏臻於水乳交融、渾成無迹的境界。而《答蘇園公書》論蘇去疾詩的妙境，稱“大抵高格清韻，自出胸臆，而遠追古人不可到之境於空濛曠渺之區，會古人不易識之情於幽邃杳曲之路，使人初對或澹然無足賞，再三往復則為之欣忭惻愴，不能自已。此是詩家第一種懷抱，蓄無窮之意味者也”[④]。這很接近王漁洋“神韻”的風格印象，也寄託了姚鼐從古文寫作中獲得的美感經驗。所以門人姚椿認為“此殆翁自言之，翁之古文意格略同”。[⑤] 至於《復絜非書》論文章陽剛、陰柔之美而偏主後者，評鑒與自運都崇尚風韻疏澹之境，更與王漁洋神韻説予人的審美印象如出一轍。難怪姚椿説“惜翁宗新城”，[⑥]桐城後學方宗誠也説“惜抱先生文以神韻為宗”，[⑦]而今更下一轉語，也不妨説姚鼐就是

① 王達敏：《姚鼐與乾嘉學派》第六章“神妙説發微”將神妙説視為姚鼐建立的較完備的古文新論，其説精確可據，見頁 141。

② 陳用光：《吴蘭雪遊武夷詩序》，《太乙舟文集》，卷 6。

③ 姚鼐：《復劉明東書》，《惜抱軒文後集》，卷 3。

④ 姚鼐：《答蘇園公書》，《惜抱軒文後集》，卷 3。

⑤ 姚椿：《跋惜翁與蘇園仲論詩書稿》，《晚學齋文集》（道光二十年刊本），卷 3。

⑥ 姚椿：《管侍御唐詩選書後》，《晚學齋文集》，卷 3。

⑦ 方宗誠：《桐城文録序》，《柏堂集次編》（光緒六年刊本），卷 1。

古文中的王漁洋,神妙説就是古文學中的神韻論。[①]

事實上,姚鼐對神妙的闡釋,清晰地顯示出遠溯嚴羽妙悟説、近承王漁洋神韻説的理論淵源。嚴羽的“妙悟”同時具有藝術境界和藝術思維雙重含義,姚鼐的“神妙”也同樣如此,一方面是高超的藝術境界,一方面又是藝術思維的一種類型,即可遇不可求的靈感。姚鼐論詩像王漁洋一樣主興會,而“詩人興會隨所至耳,豈有一定之主意、章法哉?”[②]因此神妙之境從根本上説,“又須於無意中忽然遇之,非可力探”。當然,也並不是隨便即可遇的,須下真積力久的功夫,“非功力之深,終身必不遇此境也”。[③] 這不正是嚴羽熟參前人,“久之自然悟入”之説的回響嗎?[④]

像神韻一樣,神妙的境界也是不可言喻的。在師者一方,“此如參禪,不能説破”;[⑤]在學者一方,“士苟非有天啟,必不能盡其神妙”。[⑥] 是故姚鼐也不得不像他的前輩們那樣藉助於禪喻的方式,諄諄訓導後人:“凡詩文事,與禪家相似,須由悟入,非語言所能傳。然既悟後,則反觀昔人所論文章之事,極是明瞭也。欲悟亦無他法,熟讀精思而已。”[⑦]在這一點上,可以看出姚鼐詩學直接繼承了王漁洋以活法示人的指授方式,略啟門徑而讓學人自己悟入,力圖超越表面的模仿而臻於深度的師古,即所謂“學古人在得其神理,不可襲其面目”。[⑧] 為此他同時借鑒了王漁洋以禪喻詩的言説方式,在開示詩學知識的同時不忘告誡學人:可以説明的都只是粗淺的經驗,真正精妙的心得絶不可言喻,只能靠自己去體悟。這就是致張得鳳

---

① 關於姚鼐所受王漁洋神韻説的影響,王達敏《姚鼐與乾嘉學派》,頁 142—146 有專門論述,本節多資參考。

② 姚鼐:《與陳碩士》其八十七,《惜抱先生尺牘》,卷 7。

③ 姚鼐:《與伯昂從侄孫》其一,《惜抱先生尺牘》,卷 8。

④ 嚴羽:《滄浪詩話・詩辯》,何文焕輯:《歷代詩話》(北京:中華書局,1981 年),頁 687。

⑤ 姚鼐:《與陳碩士》其三十六,《惜抱先生尺牘》,卷 6。

⑥ 姚鼐:《與陳碩士》其八,《惜抱先生尺牘》,卷 5。

⑦ 姚鼐:《與石甫侄孫瑩》其八,《惜抱先生尺牘》,卷 8。

⑧ 姚鼐:《江七峰詩卷》跋,馬其昶輯:《姚惜抱題跋》(鈔本),轉引自王達敏:《姚鼐與乾嘉學派》,頁 156。

書説的："超然自得，不從門徑入，此非言説可喻，存乎妙悟矣。"[①]這樣，文學的問題就清楚地分為兩個層次，他在《答徐季雅》書中將兩者的關係總結為："夫文章之事，有可言喻者，有不可言喻者。不可言喻者，要必自可言喻者而入之。"[②]這正是桐城派詩學由格、律、聲、色求神、理、氣、味的理論起點。而由聲調悟入又是最重要的步驟。據門人陳用光説："姬傳先生嘗謂，義理、考據、辭章三者不可缺一，義理、考據其實也，辭章其聲也。"[③]相對於義理、考據的内容而言，辭章不是泛指語言修辭藝術，而是特指聲調，這不僅讓我們對桐城古文理論最講究的"因聲求氣"有了更深的印象，同時對其詩學格外重視音節也就更不奇怪了。姚鼐力主"詩古文各要從聲音證入，不知聲音，總為門外漢耳"，[④]表明他的詩學根本上没有脱離早年所服習步趨的格調派路徑，只不過不同於沈德潛的格調，而更接近經王漁洋改造的格調論而已。

承認模仿的必要性，立足於格律聲色論詩，就無論如何也繞不開對明代格調派的評價。經過清初對格調派模擬之風的批判和王漁洋神韻詩學對格調派的吸收、改造，清人對明代格調派基本上已有較平允的認識。秦瀛《李迂松詩集序》回顧明清之際詩壇風會的變遷，説：

> 詩之為道莫盛於三唐，自言詩者祧唐禰宋，新城尚書乃選《唐賢三昧集》，其旨在標格神韻，而獨取所謂淳古澹泊者。前明中葉，北地、信陽諸君子，以踔厲杰出之材，雄視一世，而高子業及四皇甫特標微尚，蕭憀孤敻，有遺世之音，即何、李且無以脱之，何況叫囂蹶張，纖麗姚冶？其所務為詩雖不同，要皆戾於唐賢之旨，而轉厭薄三唐為不足為，豈足以與於斯道耶？[⑤]

---

① 姚鼐：《與張梧岡德鳳》，《惜抱先生尺牘》，卷 2。原脱"徑"字，據道光三年刊本補。

② 姚鼐：《答徐季雅》，《惜抱先生尺牘》，卷 2。

③ 陳用光：《與魯賓之書》，《太乙舟文集》，卷 5。

④ 姚鼐：《與陳碩士》其八十，《惜抱先生尺牘》，卷 7。

⑤ 秦瀛：《小峴山人文集》（嘉慶刊本），卷 3。

這段議論主旨是反對祧唐禰宋，既認同王漁洋《唐賢三昧集》獨標淳古澹泊之旨，也欣賞高叔嗣、四皇甫兄弟的蕭憀孤敻之趣，甚至對明七子也給予相當程度的肯定，作為姚鼐弟子的議論，可以由此間接體會桐城派詩學的趣尚。本來，在傳承格調派的山東詩學土壤上孕育的神韻詩學，對明七子是殊有優容的，但自乾隆間袁枚性靈論風行於世，詩家益薄明詩，翁方綱也斥明七子是僞詩、貌襲，只有桐城姚範、劉大櫆、鮑臯三家矯矯不群，非但不一概鄙薄明詩，甚且還為之辯護。劉大櫆《唐詩正宗》劉長卿詩只選《獻淮寧軍節度李相公》一首，方東樹說是"所以崇格也"，且認為"《正宗》之選，專取高華明麗，以接引明七子"。[①] 姚鼐原本就"詩從明七子入，卒之兼體唐宋"，[②]夙以為"今人工詩者，非似李杜則似韓，不則似蘇似黄，同於有所似，而非獨創也"，[③]因而晚年論詩兼取唐、明，指示門人輩學詩，或言"《崆峒集》亦正為子先導"，[④]或言"學詩不經明李何、王李路入，終不深入"；[⑤]又曾說"近日為詩，當先學七子，得其典雅嚴重，但勿沿習皮毛，使人生厭。復參以宋人坡、谷諸家，學問宏大，自能別開生面"；[⑥]還提到"近人為紅豆老人(錢謙益)所誤，隨聲詆明賢，乃是愚且妄耳。覃溪先生正有此病，不可信之也"，[⑦]這種態度在當時是非常獨特的。據吳汝綸說，姚鼐還編有《明七子律詩選》，最便於初學。[⑧] 由此看來，姚鼐的確可以說是"清代中葉乾嘉時期對明七子詩學有所吸取並加以維護的重要人物"。[⑨] 不過他也告誡學人勿流於表面的模仿，而應以別開生面為追求的目標，在致姚元之書中又表述為"熔鑄古人，自成一體"。[⑩] 這已同袁枚性靈詩學的宗旨相

---

① 方東樹:《昭昧詹言》(北京:人民文學出版社，1961年)，卷18，頁421。

② 吳德旋:《姚惜抱先生墓表》，《初月樓文續鈔》(道光二年花雨樓刊本)，卷8。

③ 翁方綱:《再與姬川論何李書》，《復初齋文集》第1册，《清代稿本百種匯刊》(臺北:文海出版社，1974年)，67，頁97。

④ 姚鼐:《與管異之同》其一，《惜抱先生尺牘》，卷4。

⑤⑦ 姚鼐:《與陳碩士》其八十，《惜抱先生尺牘》，卷7。

⑥ 郭麐:《樗園消夏錄》(嘉慶間家刊靈芬館全集本)，卷下。

⑧ 吳汝綸:《與姚鐵珊書》，《尺牘補遺》，《吳汝綸全集》，第3册，頁555。

⑨ 單重陽:《談藝不譏明七子——姚鼐詩法論初探》，《安徽大學學報》，2012年第6期，頁48。

⑩ 姚鼐:《與伯昂從侄孫》其三，《惜抱先生尺牘》，卷8。

溝通。陳平原曾就姚鼐《劉海峰先生八十壽序》"為文章者,有所法而後能,有所變而後大"一語,斷言桐城派"教學有方,强調法的時候多,對變考慮得較少",[①]恐未得姚鼐論詩之旨。姚鼐夙將學古分為三個階段:"大抵學古人,必始而迷悶,苦毫無似處;久而能似之;又久而自得,不復似之。"[②]而他對自得的重視,只消看他評管同"詩句格近老成,此是進步,然於古人神奇超絶、轉换變化處未得也",便可明白。他曾舉陸游"我昔學詩未有得,殘餘未免從人乞"兩句為例,肯定"凡初學皆不能免此",但同時更激勵門人,"於此關不能跳過,則終是庸才矣!"針對管同對王士禛《古詩選》不收四杰、李賀、盧仝的非議,姚鼐表示只有李賀可取,説"長吉、子瞻皆出太白而全變其面貌,異之得此理,乃能善學太白矣"。[③] 這看上去仍是明代格調派擬議以成其變化的宗旨,但明人停留在表面,而經過王漁洋的改造後,由模仿而達至變化,超越表面的模擬而求得古人之精神,已成為格調派的一般觀念。

最後,作為桐城文派的實際締造者,姚鼐如同王漁洋一樣,在文學教學上也取得可觀的成績,培養了大批人才。我曾將王漁洋指授後學的原則概括為從性之所近與就各體之宜,即在風格上以才性相近的詩人為仿傚楷模,在體裁上以擅長該體式的經典作家為師法正宗。姚鼐指導學生,固然也重視就各體之宜,如指點姚元之學古詩,"須先讀韓昌黎,然後上溯杜公,下採東坡,於此三家得門徑尋入於中,貫通變化,又係各人天分";[④]但相比王漁洋,他似乎更傾向於從性之所近,因材施教。針對姚元之學近體詩,誡其"必欲學此事,非取古大家正矩潛心一番,不能有所成就。近體只用吾選本,其間各家門徑不同,隨其天資所近,先取一家之詩熟讀精思,必有所見";[⑤]指導方東樹作文,則訓以"所示文雖不甚劣,然於成化乃無一毫近處。觀足下乃是以才氣見長者,只可學啟、禎人作文,切勿躐等,致有

---

① 陳平原:《文派、文選與講學》,《學術界》,2003年第5期,頁241。

② 姚鼐:《與方植之》其三,《惜抱先生尺牘補編》(光緒五年徐宗亮刊本),卷2。

③ 姚鼐:《與管異之》,《惜抱先生尺牘補編》,卷1。

④ 姚鼐:《與伯昂從侄孫》其十四,《惜抱先生尺牘》,卷8。

⑤ 姚鼐:《與伯昂從侄孫》其一,《惜抱先生尺牘》,卷8。

壽陵孺子之誚耳";[1]而指導陳用光作詩,又許其五言佳而七言落套,"蓋石士天才,與此體不近,不必强之。大抵其才馳驟而炫耀者宜七言,深婉而澹遠者宜五言"。[2] 而最汲汲於警誡後學的,則在於雅俗之辨。即《與陳碩士》所説:"大抵作詩古文,皆急須先辨雅俗,俗氣不除盡,則無由入門,況求妙絶之境乎?"[3]我們知道,雅俗之辨乃是宋代文學理論的一個重要問題,黄庭堅論詩文書法,力戒塵俗,曾説:"文章無他,但要直下道而語不粗俗耳。"[4]姚鼐對雅俗之辨的在意,顯示其文學趣味與宋代文論尤其是黄庭堅的聯繫。這的確是研究姚鼐詩學不能不注意的關節點,無論是桐城派的詩學觀念還是黄庭堅的經典化問題都與此相關。

三、《今體詩鈔》的詩學問題

姚鼐對王漁洋詩學的接受是全方位的,在詩歌教授方面,除了"教後學學詩,只用王阮亭《五七言古詩鈔》"外,[5]又遴選近體詩的典範作品,編為《五七言今體詩鈔》,以彌補王漁洋《古詩選》只選古詩的缺憾。梓行後不僅被桐城派奉為詩學圭臬,世間也甚為讚許,到同治間即有丹徒趙彦博為作注釋,稱其"遴擇嚴審,核議精深,洵習詩者之大宗也"。[6] 近年的研究,從《今體詩鈔》的編撰緣起到批評中的以文論詩傾向,[7]都有所探討,但關於姚鼐評選所顯示的詩學趣向還留有進一步探討的餘地。

姚鼐《五七言今體詩鈔》的編纂,與王漁洋《古詩選》有直接的關係。姚

---

① 姚鼐:《與方植之》其五,《惜抱先生尺牘補編》,卷 2。

②③ 姚鼐:《與陳碩士》其三十五,《惜抱先生尺牘》,卷 6。

④ 黄庭堅:《與元勛不伐書》其三,鄭永曉編:《黄庭堅全集》(南昌:江西人民出版社,2011 年修訂),中册,頁 1006。

⑤ 姚鼐:《與管異之同》其一,《惜抱先生尺牘》,卷 4。

⑥ 趙彦博:《今體詩鈔注略·序》(同治刊本)。

⑦ 邱瑰華:《從〈五七言今體詩鈔〉看姚鼐的杜詩評選》,《安徽省桐城派研究會成立大會暨第二屆全國桐城派學術研討會論文集》,2005 年;韓勝:《從〈今體詩鈔〉看姚鼐的詩歌批評》,《安徽大學學報》,2008 年第 3 期;謝海林、黄威:《姚鼐〈今體詩鈔〉的編撰緣起及其經典化考察》,《新世紀圖書館》,2011 年第 3 期;李園園:《姚鼐〈五七言今體詩鈔〉研究》,南京師範大學碩士論文,2011 年。

鼐曾評點漁洋《古詩選》，《惜抱軒筆記》卷 8 還留下了鑽研該書的七則筆記。《今體詩鈔》卷首的嘉慶三年(1798)自序，首先申明本書的編纂旨趣："論詩如漁洋之《古詩鈔》，可謂當人心之公者也。吾惜其論止古體而不及今體。至今日而為今體者，紛紜歧出，多趨訛謬，風雅之道日衰。從吾游者，或請為補漁洋之闕編，因取唐以來詩人之作採錄論之，分為二集十八卷，以盡漁洋之遺志。"雖然也承認漁洋的取捨，"要其大體雅正，足以維持詩學，導啟後進"，但同時强調漁洋論詩"亦時有不盡當吾心者"，所以他的評選力陳己見，自信雖"前未必盡合於漁洋，後未必盡當於學者，然而存古人之正軌，以正雅祛邪，則吾説有必不可易者"。[①] 那麽，其詩論與王漁洋的異同究竟在哪裏呢？

大體上説，姚鼐論五律多與王漁洋合，同樣認為盛唐人以五律為最，"此體中又當以王、孟為最，以禪家妙悟論詩者，正在此耳"。在他看來，盛唐人五律都如禪，只有李、杜兩家特異。李白近於仙，"以飛動票姚之勢，運曠遠奇逸之思"，獨成一境；至於杜甫，則"四十字中包涵萬象，不可謂少；數十韻百韻中，運調變化如龍蛇，穿貫往復如一線，不覺其多。讀五言至此，始無餘憾"。逮及中唐大曆諸賢，"尤刻意於五律，其體實宗王、孟，氣則弱矣，而韻猶存。貞元以下，又失其韻。其有警拔，蓋亦希矣"。而到晚唐，"才固愈衰，然五律有望見前人妙境者，轉賢於長慶諸公，此不可以時代限也"。[②] 如此把握唐代五律的流變，評價唐代五律的成就得失，不能不説是高屋建瓴的、很通達的識見。

看到論七律處，始多見姚鼐的獨到見解。首先，"尤貴氣健"的審美取向便不同於五律。不過這一標準也並不是統攝全唐的，王維即以"能備三十二相而意興超遠"獨冠盛唐。至於李攀龍、王漁洋所推崇的李頎，他斷言"此一個私好，非公論也"。論杜甫則稱"含天地之元氣，包古今之正變，不可以律縛，亦不可以盛唐限者"，肯定其超越時代的大家地位。最特異的地

① 姚鼐：《今體詩鈔・序目》(上海：上海古籍出版社，1986 年)，頁 1。
② 姚鼐：《今體詩鈔・序目》，頁 2。

方，是對白居易和黃庭堅的看法："至於長慶，香山以流易之體，極富贍之思，非獨俗士奪魄，亦使勝流傾心。然滑俗之病，遂至濫惡，後皆以太傅為藉口矣。非慎取之，何以維雅正哉?"這大體還不越傳統評價的藩籬，而到論黃庭堅，就給出了遠過於前人的肯定和好評，認為"山谷刻意少陵，雖不能到，然其兀傲磊落之氣，足與古今作俗詩者澡濯胸胃，導啟性靈"。[1] 山谷七律選了 25 首，僅次於杜甫 60 首、李商隱 32 首、蘇軾 31 首、陸游 87 首，列於第五位，評價不可謂不高。評《登快閣》詩，稱"豪而有韻，此移太白歌行於七律內者"；[2]評《題落星寺》詩，稱"此詩真所謂似不食烟火人語"，[3]見地甚為獨到，不同於歷來評論黃庭堅的著眼點。當然，他對山谷七律也不是一味的稱讚抬舉，評《送彭南陽》詩，便認為"結太淺直，不為佳。江西社中諸公多為此等語所誤"，[4]觸及黃庭堅對江西詩派的負面影響問題。

通過姚鼐對黃庭堅的評價，可以感覺到，桐城詩學到姚鼐這裏出現一個轉折，由獨宗唐賢轉向唐宋並舉。因姚鼐曾語門人："鎔鑄唐宋，則固是僕平生論詩宗旨耳。"[5]研究者都將熔鑄唐宋作為他論詩的出發點乃至桐城詩學發展的一個關捩來看待，[6]但實際上，姚鼐論詩非但不像幾位前輩那樣以唐為本、兼取宋人，甚至還更偏愛宋詩一點，這可能與他早年從姚範學詩的經歷有關，更與王漁洋對黃庭堅的推崇有直接的關係。王漁洋是清代最早推尊黃庭堅詩的人，他將程孟陽、錢謙益倡導的宋詩由蘇、陸的軟宋詩轉向黃庭堅的硬宋詩，對黃庭堅地位的提昇起了關鍵的作用。[7]前文曾提到，郭麐稱姚範詩在山谷、後山之間，姚鼐晚年也很熱衷於黃庭堅詩，同載於郭麐《樗園消夏錄》："吾師姚姬傳先生，以古文擅海内，詩亦兼備眾長。七古沉雄廉悍，浩氣孤行，無所依傍。七律初為盛唐，晚年喜稱涪

---

① 姚鼐：《今體詩鈔・序目》，頁 3—4。
② 姚鼐：《今體詩鈔》，頁 332。
③ 姚鼐：《今體詩鈔》，頁 338。
④ 姚鼐：《今體詩鈔》，頁 334。
⑤ 姚鼐：《與鮑雙五》其三，《惜抱先生尺牘》，卷 4。
⑥ 周明秀：《論桐城派詩論的主要內容及其形成過程》，《文藝理論研究》，2002 年第 4 期。
⑦ 詳蔣寅：《再論王漁洋與康熙朝宋詩風之消長》，《羅宗强先生八十壽辰紀念文集》（北京：中華書局，2009 年）。

翁，嘗謂廖曰：竹垞晚年七律頗學山谷，枯瘠無味，意欲矯新城之習耳。乃其詩云：'江西詩派數流別，吾先無取黃涪翁。'此何為者耶！"[①]姚鼐還評點了山谷詩四卷，[②]足見下過一番鑽研功夫，但所得如何，則後人見仁見智。沈曾植曾說："江西派人説黃陳，桐城派人説方姚，皆耳根上難消受事。然與詆江西、詬桐城之言較，其取捨居然又有雅言傖音之感。"[③]這是頗有保留的評價。但不可否認的是，"自姚姬傳喜為山谷詩，而曾求闕祖其説，遂開清末西江一派"。[④] 所以，無論就黃庭堅的經典化過程而言，還是就晚清同光體藝術宗旨的確立而言，姚鼐都是起了重要作用的人物。他的詩歌創作雖不太為後人所重視，但他對黃庭堅的推崇却通過桐城派的師承傳授，成為確立同光體融杜—韓—黃為一體的藝術宗旨的重要驅動力。

儘管《今體詩鈔》的重心，全在於遴選而不在乎評論，評語寥寥，所用概念也僅深婉、雄渾、真樸、奇氣、空逸、奇警、沉雄等不多的幾個，但姚鼐的批評仍以"能當於人心之公意"而贏得後人的好評。[⑤] 鮮明的個性，讓人清楚地感受到其得力於文章之學的蘊含。林昌彝論及姚鼐對杜甫的評論，說："少陵近體，五言律四十字中，包涵萬象，至數十韻、百韻，運調變化，如龍蛇穿貫，往復如一線。錢虞山《杜詩箋》，於杜詩長律轉折意緒，都不能了，所箋亦極多謬論。惟桐城姚姬傳五七言近體選，深知杜法。"[⑥]詩歌從來講究的是跳躍，騰挪跌宕，語斷意連，而姚鼐所著眼的却是轉折意緒，與葉燮《原詩》一樣，都是以古文章句之法來解詩和講詩。卷 6 選杜甫長律 37 首，評曰："杜公長律，旁見側出，無所不包，而首尾一線，尋其脈絡，轉得清明。他人指陳褊益，而意緒或反不逮其整晰。"[⑦]自宋代以後，論詩多講情景典事，

---

① 郭麐：《樗園消夏錄》（嘉慶間家刊靈芬館全集本），卷下。

② 譚獻：《復堂日記補錄》光緒五年四月十二日："黃襄男以惜抱評點山谷詩四卷屬校，欲為傳刻。"

③ 沈曾植：《海日樓題跋》（上海：中華書局上海編輯所，1962 年），卷 1，頁 40。

④ 錢仲聯：《夢苕庵詩話》（濟南：齊魯書社，1986 年），頁 85。

⑤ 如林昌彝：《海天琴思續錄》（上海：上海古籍出版社，1988 年），卷 5 曾表示："余極喜桐城姚姬傳先生所選《今體詩鈔》，其序目論各朝人詩，實能當於人心之公意也。"頁 369。

⑥ 林昌彝：《海天琴思錄》（上海：上海古籍出版社，1988 年），卷 1，頁 21。

⑦ 姚鼐：《今體詩鈔》，頁 124。

而桐城派評詩多講章法意脈,屬於典型的以文論詩之法。沈曾植認為:"惜抱選詩,暨與及門講授,一宗海峰家法,門庭階闥,矩範秩然。乃其自得之旨,固有在語言、文字、音聲格律外者。"①在他看來,姚鼐的詩學分為兩個層次,選詩和講詩是初級層面,全宗劉大櫆家法,通過語言、文字、音聲、格律的講求,由表入裏,循序漸進,篇章字句,規矩井然;而對詩意的體悟則是高級層面,超越語言、文字、音聲、格律,而體得其言外之意、象外之境、韻外之致。沈曾植在此雖未就海峰家法略做闡說,但相信與"以文論詩"相關。曾國藩稱"惜翁能以古文之法,通之於詩,故勁氣盤折",實際上姚鼐論詩也同樣如此,由此可觸摸到桐城詩學在劉大櫆和姚鼐之間承傳的脈絡。當然,這種"以文論詩"的傾向在姚鼐詩論中還只是隱性的存在,要到門人方東樹的著作中,它才浮出地表,顯示出自覺的理論意識和方法論追求。

① 沈曾植:《海日樓題跋》,卷1,頁40。

文法、修辭與意義

——1920 至 1940 年代關於漢字"多義性"的討論

臺灣大學中國文學系　鄭毓瑜

一、前言

1917 年胡適、陳獨秀相繼發表《文學改良芻議》與《文學革命論》，提倡白話、革新文學的呼求一時風起雲湧，認為從"今世歷史進化的眼光觀之，則白話文學之為中國文學之正宗，又為將來文學必用之器，可斷言也"。[①] 在胡適提出的八個改良事項中，絕大多數是針對古典文體而發，如不要"用典"、"對仗"，加上不要"模仿古人"、不作"無病呻吟"、除去"爛調套語"，相對地，要求"言之有物"、宜採用"俗語俗字"，講求"文法"就彷彿是白話詩文的寫作要點。其中"講求文法"，又可以說是胡適到美國留學後，思考如何使中國文言容易教授所得出的切身體驗，他倡議國內自小學到大學都應該以文法為必修之學科，並且要搭配"一種規定之符號，以求文法之明

① 胡適《文學改良芻議》與陳獨秀《文學革命論》這兩篇類似革命宣言的文章，分別發表於《新青年》，1917 年 1 月 1 日與 2 月 1 日，第 5、6 號，卷 2。本文所引出自胡適著、季羨林主編：《胡適全集》(合肥，安徽教育出版社，2003 年)，卷 1，頁 4—15，及附錄一，頁 16—19，而引號內文字，出自胡適《文學改良芻議》，頁 15。

顯易解,及意義之確定不易”。[①] 早在1915年於《科學》雜誌發表《論句讀及文字符號》一文後,[②]胡適更於1919年與周作人、錢玄同等人,一起上書教育部,籲請頒行“新式標點符號”,[③]在句、點、分號等十二種符號之外,又附註說明,主要標點符號最好用在文字下面而非加在旁邊,每句末空一格,分段必須低兩格。另外,自1919年至1921年間,胡適持續思索文法議題,並於1921年合併雜誌上的相關發表,完成長文《國語文法概論》。[④] 這些關於文法與標點的制定,在顯示如今談論五四新文學或白話現代詩,都不應該迴避自1915年以來,在漢語表達與書寫格式上所遭遇的重大變革,以及可能形成的新的文學體驗。

胡適不只一次強調,整理古書必須分段與加上標點,應該“用新詩寫法,每句為一行,每章為一段,注重標點符號”。[⑤] 而這些格式上的要求,正有助於白話文法的明白易解。胡適承認白話(國語)文法是從古文文法逐漸修正改革而來,但是白話是進化的,白話文法更有助於表情達意,以及方便教育、記載與傳播。胡適從“變繁”與“變簡”兩方面來討論,前者是指單音字變為複音字、字數增加,以求表達更為明確,簡化的部分,包括使用“類名”如牛、馬,而不再細分如駒、騋、驕等散名,又如古代人稱代名詞過於繁雜,全改為“你/我/他”,加上“的”成所有格,加上“們”就是複數,詢問代

① 引自《如何可使吾國文言易於教授》,原是作於1915年向東美學生年會宣讀的英文論文,後錄於《留學日記》,卷11,第14則,見《胡適全集》,卷28,頁244—247。

② 胡適:《論句讀及文字符號》一文,見《科學》(上海:科學社,1915—1950年),第1期,卷2,頁9—34。

③ 即《請頒行新式標點符號議案(修正案)》,作於1919年,後收入《胡適文存》,見《胡適全集》,卷1,頁110—123。

④ 《國語文法概論》由《國語的進化》《國語文法的研究法》二文合併而成,寫作與刊載時間由1919至1921年,請詳參胡適:《國語文法概論》開頭附註,載沈寂編:《胡適學術文集——語言文字研究》(北京:中華書局,1993年),頁1。《國語文法概論》後收入《胡適文存》,見《胡適全集》,卷1,頁421—473。

⑤ 如《再論中學的國文教學》《詩經中的于、以字》等,前者收入《胡適全集》,卷2,頁785—794;後者原見於《胡適日記》1992年8月19日,後由姜義華加上標題,編入《胡適學術文集——語言文字研究》,頁138—143,又收入《胡適全集》,卷29,頁718—720,引號內文字見頁720。

詞也統一成"誰"(問人)、"什麼"(問物),句法更須符合"主詞—動詞—止詞"的正格,再也不要有"莫我知"、"吾誰欺"這類倒裝句了。[①]

白話文法很明顯是以西方句法為準而大量簡化古文中字詞、句式的變化。這種追求簡易明確的文法規定,如1925年《國語月刊》上登載盧自然的《中國文法演化的兩條公律》,[②]就直接稱為"簡化律",還擴大說明如形容詞(如"老""遠")、動詞(如"死")的簡化,以及減少無義的助詞,如"思""薄""式""有"等。而這篇文章,同時還提出"精化律",強調中國文法精確化的發展趨勢;如詞性逐漸固定,文法組織愈加嚴密(如代詞有性別、區分主/被動)、標點符號的使用日益普遍等。綜合來說,古文中原本必須透過上下文才能設想、領會的多義性,在國語文法中容易被認為是繁冗模糊,而必須汰除或重整。

在這白話與文言成為二元對立的革命喧嚷中,尤其因為高舉"民主"(白話可打破社會階級)、"科學"(文言籠統艱澀)的口號,而擴大單一立場的聲量,對於文/白之間牽涉的議題,往往顯得模糊失焦,[③]而強以所謂清晰、科學、通俗的要求,化約原本多元的語文表現,更不容易凸顯當時人針對中/西語言的差異,以及古/今漢語的不同,乃至於當文法作用於表意抒情所進行的種種思考與論述,當然,也因此造成"文學革命"或"白話文運動"呈現單一直線或絕對規律化的演進假象,失卻鮮活的論述背景與豐富的生成意義。

本文希望由1920年代文法與修辭的混雜出發,呈現當時文法尚未獨立被談論,而是透過與修辭傳統的離合,來試圖建立專門的文法學。然而,文法與修辭之間的分合或消長,又不只是學科分立的問題,背後有一個相同的根本焦慮是,漢字或漢語究竟該如何對應西法?在說寫或理解的時

① 以上關於白話文法的說明,詳參《國語文法概論》一文。

② 盧自然:《中國文法演化的兩條公律》,《國語月刊》,1925年第3期,卷2,頁1—10。

③ 最近張寶明:《文言與白話——一個世紀的糾結》(上海:華東師範大學,2014年)一書,就特別以學衡派與新青年派於1920年代前後的論辯為例,分析文學革命中"文字(語言)/文學"的混淆,以及白話如何依仗"民主""科學"而進行話語權以及文化闡釋權的爭奪,尤見該書第一、二節,頁1—22。

候,西方以詞類、句法為主的文法能發揮多大的效用?我們可以全然依循詞類、句法的規範來讀書作文嗎?而如果修辭並不全等於標準文法,那麼不同於拼音符號的漢語或漢字,如何在認知、指涉之外,透過本義的引申、假借、類比來引發同情共感?又該如何論述那些牽引在說寫/閱聽雙方的經驗、心理狀態之間紛繁如"詩"的意義線索?而這股關於漢字"多義性"的論述潮流,又如何不同於當時漢字拼音化、符號化的"現代"工程,反倒可能是二十世紀上半葉,一種翻轉"現代視線"的重要現象?

二、文法的"革新":詞類、句法或語序

《馬氏文通》於 1898 年出版之後,在模仿西法、以古典材料為研究對象上,飽受講究普遍實用的改革者的批評,直到黎錦熙於 1924 年出版《(新著)國語文法》,[①]才被認為是"對於現代語言最有詳細研究又最注意句法的組織"的新著。[②] 除了是針對國語的文法書,黎錦熙尤其強調"句本位"的國語文法,希望打破模仿西洋文法的"詞類本位";認為漢字沒有形態區分,並無法依據詞本身或詞尾的變化來分辨詞義與詞類,必須先從句法上進行辨認與處理,才能進而研究詞類與各種詞性活用。[③] 中國文法究竟是論"詞"或是論"句",在十餘年後引發了一場論爭,尤其自 1938 年至於 1943 年約四年半的時間,發表於《語文週刊》《東方雜誌》《學術雜誌》等刊物的相關文章,而後由陳望道編輯成《中國文法革新論叢》一書,更宣告再也不以《馬氏文通》為範圍,要完全根據文法事實來立論,進行文法革新。[④] 其中,方光燾與張世祿針對文法學的對象究竟應該是詞語"形態"或"語序",尤其進行了論辯。

① 黎錦熙編:《新著國語文法》(長沙:湖南教育出版社,2007 年),於 1924 年由商務印書館出版發行,時人多稱為《國語文法》,參見陳望道主編:《中國文法革新論叢》(重慶:文聿出版社,1943 年)中如陳望道、廖庶謙等人的討論。

② 陳望道的說法,出自《一提議和炒冷飯讀後感》,刊載於《語文週刊》,1938 年,第 20、21、22 期,後收入《中國文法革新論叢》,頁 8—21,引號文字見頁 18。

③ 參見黎錦熙編:《新著國語文法·引論》與第一章《緒論》,尤見頁 3、頁 19。

④ 參見《中國文法革新論叢》書前陳望道序文,以及編印簡例。

首先是傅東華否認“詞的本身，有分類的可能”，認為“詞不用在句中便不能分類”，①方光燾同意若就一個單語孤立來看，的確很難歸類，但是詞性變化，②卻不一定要在句中才看得出來；而是“從詞與詞的互相關係上，詞與詞的結合上（結合不必一定是句子），也可以認清詞的性質”，比如“流水”、“紅花”不是句子，但是可以看出“流”、“紅”是狀詞。方光燾將這種詞與詞的關係視為“廣義的形態”，認為中國單語既缺乏可辨別的形態，則應該要藉助這種廣義的形態來辨別詞性與發現含義，而不贊成以“句子的意義”做骨架，來建立文法體系。③

方光燾的說法顯示即便到了 1930 年代末尾，如何看待中國語的“形態”，並不是只能依據西方標準（如詞尾變化），而相對地，也讓採取句法或語序的一方，有更進一步解說的機會。張世祿在方光燾文章刊登後不到兩星期，也在《語文週刊》連續三期發表《因文法問題談到文言白話的分界》一文，④首要的重點就是辨明中國語的性質。他認為中國語的文法現象，屬於“形態學（morphology）”的關係少，而屬於“措辭學（syntax）”的關係多；而措辭學最需要關注的是“語詞先後的序次（word-order）”，比如主語在述語之前，賓詞在動詞之後，形容詞總在名詞之前等，張世祿在這裡甚至認為中國語的語序比英語更為固定，因此擁護傅東華的說法，必須從詞語在句中的位置定其職務，再由職務定其意義或詞類。⑤ 但是方光燾馬上

---

① 參見傅東華：《請先講明我的國文法新體系的總原則》文中提出的第二總原則，原刊登於《語文週刊》，1938 年 12 月 18 日，第 23 期，後收入《中國文法革新論叢》，頁 21—23，引號內文字見頁 22。

② 關於“詞類”、“詞性”的區別，黎錦熙認為“詞類是語詞在文法上的分類，舊稱詞品或詞性；……但過去用時略有分別：從觀念本質上區分的類叫詞類；在句法中劃入的成分叫詞品；某類的詞在用法上變了質，就叫詞性的轉變”，引自《新著國語文法》第一章《緒論》，注 4，頁 17。

③ 見方光燾：《體系與方法——評東華先生的總原則》，原發表於《語文週刊》，1939 年 1 月 23 日，第 28 期，後收入《中國文法革新論叢》，頁 39—43，引號內文字見頁 41。

④ 原分三次刊登於《語文週刊》，分別於 1939 年 2 月 6、13、20 第 30—32 期刊出，後收入《中國文法革新論叢》，頁 56—66。

⑤ 此處綜述張世祿於《因文法問題談到文言白話的分界》的說法，載《中國文法革新論叢》，頁 59。

回應,他認為張世祿所說的"語序"諸如主、述語等結構,實在太過簡單,也不同意西洋的二分法,反倒認為研究國文法應該將"研究單語形態的 morphology 與研究語詞和語詞的聯接關係的 syntax,合併起來"。①

陳望道接著出來協調傅、方、張三種說法,首先贊成不要再區分"形態學"或"修辭學"了,尤其不同意方光燾所謂的"廣義形態"說。其次,總結中國文法學的對象在於"詞與詞的結合",是以詞與詞所"(表現的)關係"為對象,亦即"一個詞不從它和別的詞的關係上去看,便無法可以歸類",但是這個"關係"並不必定要依據刻板的句法結構。② 我們可以說,直到 1930 年底,漢語難以從"形態"區分詞類或詞義大致是肯定的,然而更重要的是,也並不因此就全然倒向"句本位"這一方。1942 年,廖庶謙對於黎錦熙《新著國語文法》的評論,就總說"句本位文法"的缺失。他認為文章之中的要素不只是句子,除了句子,還有短語、段落和篇章,而這些要素是彼此相互影響的,所以我們固然可以從一個句子裡看出每一個詞所屬的詞類,但是反過來說,詞語的連結配置,也可以決定句子的性質與種類。尤其廖庶謙認為黎錦熙以圖解法表明句中各種成分與職務,這根本只是一般的、抽象的、"理論的"次序,黎錦熙忽略了語文習慣可能變更的"文學的"次序;而"文學的"次序,"正是能夠具體的、形象的表示事物、思想、感情的句子,也就正是文章裡面生動活潑的要件"。③

從 1924 年《新著國語文法》出版,到 1942 年廖庶謙的總評,對於中國語文法的討論,至少浮現出兩個重點,其一,缺少形態變化的中國語,並不因此就完全憑依句法分析,抽象、理論性的句法結構,反而無法適應中國語使用的實況。其次,談論文法的確不必也不能模仿西法,必須破除"詞論""句論"或者所謂"形態學(morphology)""措辭學(syntax)"的二分。這

---

① 方光燾:《問題的簡單化與複雜化》,刊登於《語文週刊》,1939 年 2 月 20 日,第 32 期,後收入《中國文法革新論叢》,頁 66—71,引號內文字見頁 68。

② 陳望道:《從分歧到統一》,刊登於《語文週刊》,1939 年 2 月 27 日,第 33 期,後收入《中國文法革新論叢》,頁 84—89,引號內文字見頁 86、87。

③ 廖庶謙:《評黎錦熙的"新著國語文法"》,發表於《文化雜誌》,1942—1943 年,卷 3,第 1、2、3 號,後收入《中國文法革新論叢》,頁 231—267,引號標示之文字見頁 250—251。

反映了當時文法學者建立屬於中國語文法的蓬勃興趣，同時也可見逐漸向“語詞先後的序次”“詞與詞的結合”“詞語的連結配置”聚焦，換言之，針對“語序”（而不只是句法）、詞語之間的連結（而不是形態劃分），可以說是這 20 年間文法學研究所推促的中心議題。

張世祿其實對於“語序”有更多看法。在反駁方光燾的說法中，認為中國語的性質屬於“措辭語”，因而特重“語序”，尤其是頗為固定的“主述”結構等。在 1934 年寫成的《語言學概論》中，[①]則詳細分析語詞的聯屬關係至少可以由三方面來談，其中第一個面向就是與方光燾辯論時所提出的諸如主先述後的組織，然而這只是根據句法理論的一種推論，接下來的兩個面向，則是“根據情感作用”，“根據實質意義”，比如情感上特重某種觀念可能擺在句首，而顛倒語句次序，又如“花開”、“花紅”，是依據語詞的實質意義來連結，而狀詞“紅”當作述語，明顯異於英文中必須有動詞的述語結構。[②] 這一方面呈現了漢語不可能完全依照西洋句法的組織來規定語序，同時也說明漢字因為“意義單位和語詞單位兩兩相當”，[③]所以在詞語連結上更重要的是依據情感與字詞意義來進行。也許正是基於這點關於“語序”的新認識，張世祿對於中國語因為沒有人稱、時間、數量、性別、位格的形式差異，以至於被認為是“太古語的標本”，非常不平，他認為作為“孤立語”的中國語，只要調動先後次序，透過語詞的“有機的結合”，完全不需要變形作用，就可以讓“語詞的品性和意義在全句的總意義上自然顯現”，反倒顯現了中國語的價值與進步。[④]

① 張世祿編撰：《語言學概論・自序》，末尾標示作於民國二十三年，本文所引用乃 1941 年中華書局版，收入《民國叢書》（上海：上海書店，1989 年），第 1 編語言文字類 51（共收四種語言文字類專著），頁 1—212（無總頁碼）。

② 參見張世祿編撰：《語言學概論》，第四章第三節之“語詞聯屬的關係”一段，同上，頁 121—124。

③ 引號內文字出自張世祿對於“綜合語和分析語”的分析，漢字作為“分析語”，習慣以單詞獨立表意，不同於“綜合語”必須藉助語詞形式變化來表意，見《語言學概論》第五章第一節之“綜合語和分析語”一段，同上，頁 142。

④ 見《語言學概論》第五章第二節之“中國語的價值”一段，同上，頁 159—160。

三、修辭格:變格的語法與類比、聯想

討論文法,不從詞語形態或句法結構,而試圖依據情感與意義來探究語詞連結,這個傾向早在1920年代以前,以“修辭”對待西洋“文法”時,就顯現端倪。《馬氏文通》出版前,1897年《蒙學報》就已經開闢“文學初津”專欄,透過“實字”“活字”“虛字”三種來講明字義、解說古今文,尤其反覆練習辨識與填答字詞,所謂“學習文法”,顯然是著重識字造詞法。[①] 自1898年至於1901年,《蒙學報》又分期刊登王季烈所撰《文法捷徑》長篇,[②]主要談“積字成句法”,也是認為必須先“區別字類”、“推論文義”,才能聚積字詞乃至成句與成文。[③] 而所謂“字類”,除了“實字”、“活字”、“形容字”等,最特別的是提出“對偶字”一項,這並不屬於西方文法書中的詞語分類,亦即不是為了符合基本句法的規準;“對偶字”中詞語的相對或相應的連結,是為了單句或對句中表意的需要,而透過意義的類別來進行,並不是句法功能的類別。所以王季烈在“對偶字”這部分,討論依據“天文”類、“地理”類、“人”類、“物”類等所進行的對偶,這些分別並不是依據“詞類”,而是依據“義類”。

1917年以後,名為“文法”,實論“修辭”的文章,愈發顯著,如蔣兆燮《國文法教本》,第一章就是論歷代的“文章宗派”,第二章是“文法纂要”,不過是從“養氣”、“運筆”、“修辭”來分析,認為“文以氣為體,以筆為用”,必須義理精熟,才有浩然文氣,才能在操、縱、提、頓間運用自如;進而論“修辭”,又歷數六經以降,漢魏六朝的書寫於“理”、“辭”兩端的偏重或調諧,最後還感嘆“今之作者,不務沉浸於六經論孟之書,周秦漢唐之文,逞其斗筲之才,綴緝外國名詞,以為新異,蕪穢之尤者也”。[④] 顯然,這裡所謂“國文法”是

① 關於“文學初津”欄目下葉瀚之說明,以及欄目呈現方式,參見《蒙學報》,1897年,第5期,頁36。本文所引用之《蒙學報》資料,皆出自“晚清期刊全文數據庫(1833—1911)”。

② 王季烈:《文法捷徑》,分見《蒙學報》,1898—1901年,第23—46期。

③ 見王季烈:《文法捷徑·總說》,《蒙學報》,1898年,第23期,頁20—23。

④ 以上說法參見王季烈:《國文法教本》(部分),刊載於《復旦》雜誌,1917年,第3期,卷1,頁1—12,引號內文字見頁8。

作文法或修辭原理，並不是指依據詞類、句法的西洋文法。在《馬氏文通》出版將近二十年後，“文法”一詞還是可以用來指涉傳統修辭或作文的法式，而在同一詞語中包含著傳統與西法兩義。如董光照 1920 年的《孟子文法》，討論《孟子》書中的用字、造句、運筆、謀篇，比如善用雙關字、造句要新警，如何起筆、承轉與結筆，又如何透過襯托、比喻來發揮本意等，[①]也都可以說是二十世紀初期藉“文法”之名、而討論“修辭”的混淆現象。[②]

楊樹達在 1923 年發表《中國文法學之回顧》，就特別區辨古今“文法學”的不同，認為《馬氏文通》之前中國也有相當於分別詞類、詞位而如同當今文法學的說法，只是尚未創立文法術語。至於舊時文法學有所謂“起承轉合、謀篇布局之法者”，一部分也許屬於當今之“修辭學”，但是“有所謂神韻氣味者”，則“神秘之談也”，可見對於桐城派講究神理氣味、格律聲色的修辭學之批判。[③] 楊樹達力圖將修辭學從文法學中區隔出去，相對地，陳望道也談到這個以修辭古說來混充文法的時期，然而卻是特別標舉 1923 年唐鉞《修辭格》這本小書的出版，讓修辭學開始了一個新局面。雖然中國早有“修辭”一名（如元代王肯堂《修辭鑒衡》），但大多不是專論修辭的系統之作，直到唐鉞，不但蒐集許多實際例證，而且藉助外國（英文）作文學加以解說演繹，走出了修辭、文法的混淆期。[④] 劉大白曾經讚揚陳望道《修辭學發凡》是中國第一部“修辭學”書，[⑤]那麼唐鉞的《修辭格》也許可以說是中國“修辭學”發展的轉捩點。

---

① 董光照：《孟子文法》，刊載於《新學海》，1920 年，第 1 期，卷 1，頁 1—23。

② 關於“文法”一詞指涉的混淆，其實可以往上回溯到清末，陸胤於《清末“文法”的空間——從〈馬氏文通〉到〈漢文典〉》一文中，就指出清末（自戊戌維新起）十數年間，“文法”觀念可以包括傳統文章作法、語法及修辭法三個相混淆的層次。參見《中國文學學報》，2013 年 12 月，第 4 期，頁 55—84。

③ 楊樹達：《中國文法學之回顧》，刊載於《民鐸》雜誌，1923 年，第 3 號，卷 4，頁 1—6，引號內文字見頁 1。

④ 針對唐鉞的說法，出自陳望道 1932 年出版的《修辭學發凡》第一篇《引言》、第十二篇《結語》所述，此處依據池昌海主编：《陳望道全集》（杭州：浙江大學出版社，2011 年），卷 4，頁 79—80、299—304。

⑤ 劉大白在 1932 年《修辭學發凡》初版序中標舉陳望道這本書是“中國第一部修辭學書”，與 1898 年的《馬氏文通》作為第一部文法書，可以相比並，見頁 306。

然而，文法與修辭的分合，重點可能不僅是劃出學科界線，而是當“文法”不再談論意義類別及其相關的造詞、構句、謀篇，那麼“修辭”是如何在傳統與外國的論述基礎上，重新討論字句與意義之間的複雜關係？當文法學成為衡量詞類或主（先）述（後）句法結構的標準，修辭學又是如何在這樣的標準表達形式之外，重新考量漢字或中國語在情感表達上的多樣可能性？

修辭學既然不是文法學，它不必要考慮是否符合標準的對錯問題，反而更要注意非尋常的變革。唐鉞在《修辭格》緒論開頭第一段，就說：

> 凡語文中因為要增大或者確定詞句所有的效力，不用通常語氣而用變格的語法，這種地方叫做修辭格（又稱語格）。譬如不說“你是我的知己”，而說“你是我的鮑叔”；把鮑叔代表知己，這是變格的口氣，就是一種叫做隱比的修辭格。[①]

所謂“修辭格”是修辭學的一部分，主要是把習焉不察的一些語文用法，整理出系統，尤其是指那些可以增大詞句效力的“變格的語法”，唐鉞此處說的“語法”，藉由所舉的“隱比”例證——以“鮑叔”替代“知己”，可見是指增強說寫本意的新用法，與句法組織無關。而《修辭格》全書其實是根據英文作文學來分類的，[②]換言之，這本書是關於如何透過語詞，加強詞句意義或將情感表達得更好。

唐鉞當然熟悉句法與詞類的劃分，比如“顯比”，就談到作文說話時，“常常將本事同比喻做成平行句法”，如“得魚忘筌”與“得意忘言”；而討論“隱比”時，更是依據“名詞”“形容詞”“動詞”等詞類來說明隱比的構成。[③]但是這並不是為了分析句中的組織與功能，而是要說明如何並列兩個不

---

① 引自唐鉞：《修辭格》（上海：商務印書館，1923 年），《緒論》，頁 1。

② 唐鉞說修辭格的分類是參考 *Nesfield's Senior Course of English Composition*，參見同上，頁 2—3。

③ 唐鉞：《修辭格》，第一章之（1）、（2），“顯比格”，主要見頁 5—6、15—19。

同類的事物，以較為常見而具體的作為比喻，使本事（或本題）真切生動的呈現出來，尤其是以有形的東西來比擬心緒情感；[1]又或者列舉以單字或連字成詞所構成的比喻，但不是為了分析詞性，而是強調隱比在長久使用後，可以直接將比喻作為本義來使用，比如“膏澤（下於民）”“芳（心）”“食（言）”“杼軸（於予懷）”等。[2] 關於後者，唐鉞又從章炳麟的《訄書》徵引日人姊崎正治的說法：

> 若言雨降（案降，下也。本謂人自陵阜而下），風吹（案吹，嘘也。本謂人口出氣急），皆略以人事表象，繇是進而為抽象思想之言，則其特徵愈著。若言思想之深遠，度量之寬宏：深者所以度水，遠者所以記里，寬宏者所以形狀空中之器，莫非有形者也；而精神見象以此為表矣。[3]

將自然界的雨“降”、風“吹”擬人化，或者是以具體的量測詞來比擬抽象的思維或精神，這些連結不同類別的隱比，其實是訴諸用語者的想像，讓字詞在意義上進行聯想衍生，同時也就衍生了具有新意的字詞。

就修辭或作文而言，使用語言文字不只是要求符合文法準則，以便達成可以理解、溝通的“認知”作用，更重要的是引發“情緒”上的作用，以水的深度比喻思想深度，並不是在說明思想就“是”水，其實是透露思想具有與水一樣不可輕忽、難以看透的底層；同時也將原本並不屬於“思想”本義的附屬義——“（如）水深”，提升成為感應的核心，閱讀者正是在這個附屬意義上，興發同情共感，欣賞作者的巧思創意，而這已經不是討論文法對錯，

---

① 唐鉞：《修辭格》，“顯比格”，頁 8、11。
② 唐鉞：《修辭格》，“隱比格”，頁 15—19。
③ 唐鉞：《修辭格》，頁 20—21。

而是討論語言究竟如何可以自我變化與更新,以便更體貼思想與情感。[①]

唐鉞的確也針對這個根本問題進行思考,在《修辭格》出版後,1927 年發表的《語言對於思想的反響》一文,[②]固然承認語言比手足動作更能表達複雜的思想,同時也能表達得更確切,有助於長久的記憶,但是這篇文章最主要是提示語言也可能在以下幾方面影響思想的理解,像是字同義異或義同字異的現象,前者是一字多義,如"文"、"明",在本義上又有不同的連續引申,後者如外國崇拜的"上帝",在中國可能權稱為"天",是利用舊語詞翻譯新詞語的不得已做法。除了引申或借用,接著唐鉞提出"一個話和它所要表示的意思不剛剛相當",[③]這是進一步強調說話者的主觀評判,尤其是政治用語,所含有的意思往往超出實際所代表的事實。唐鉞的這些考量,明顯已經從修辭法的說明,進一步關注語言在表達意義過程中,說寫與閱聽雙方可能在認取字詞意義上的種種分歧了。

如果以日人姊崎正治關於隱比的這段話為線索,除了唐鉞,1930 年代如沈步洲的《言語學概論》、張世祿的《語言學概論》也都明顯注意到或繼續引用這段話,也許正可以用來說明"意義"的生成或創化,是當時研究中國語詞發展的重心之一。沈步洲談到中國語言的發展,大致分成幾個面向,其一是透過聲音而孳化的語詞,如同一聲類,聲同義近(如勾鉤笱),或意義相對而形成雙聲疊韻詞,如天/地、晨/昏,或者同一音表示多義,或者音異字同而表示不同意義(如"長"短、生"長")。[④] 其二是由意義上的譬喻或引

---

① 此處參考黃宣範的說法,他認為傳統的語意學不見得能解釋文學中複雜的語意問題,因為文學作品著重透過語言文字表現情緒感受,也就是說在具有"認知意義"(如判斷真假)的語句之外,文學作品更多是找不出經驗證據但是卻具有"情緒意義"的語句。而為了維持新鮮感,作者更需要創造新的隱喻,將兩種看似不相關的事物相連結,以激發新的情緒感受。參見黃宣範:《從語意學看文學》,載黃宣範:《翻譯與語意之間》(臺北:聯經出版公司,1976 年),頁 67—82。

② 《語言對於思想的反響》一文,以"擘黄"(唐鉞之字)發表於《現代評論》,1927 年,第 117 期,卷 5,頁 7—10。

③ 引號內文字見《語言對於思想的反響》,頁 9。

④ 參見沈步洲:《言語學概論》,第十二章《中國語言之發展》前三點,本文所引用乃 1931 年商務印書館版,收入《民國叢書》,第 1 編語言文字類 51,頁 137—143(無總頁碼)。

申而來，沈步洲由類推或引申談詞義的擴張收縮，比如原本著於竹帛謂之“書”，後來所有記載事物的書冊、繕打裝訂的成品，甚至書信、字體都可以稱之為“書”，這是字詞透過本義引申而擴大使用範圍。① 另外，用“懸擬”來談隱比，其中如由呼氣之“吹”、下山之“降”進而說“風吹”、“霜降”，由山、水之“淺深”、“高下”談智慮、知識之淺深，與地位、程度之高下，又如“山鳴谷應”、“驚濤駭浪”，明顯與唐鉞所引姊崎正治的說法相呼應，都是以“有形之事物”，“推及於抽象之事物”，“以有知事物之動作狀態，擬無知事物之動作狀態”。② 這是在不同類的事物間，尋求共感的意義，讓字詞引生情緒上的多重共鳴。同樣的，張世祿在《語言學概論》談到《語言的演變》，也特別提出“類比”的演變現象，強調正是意義上的類比、聯想，一方面促使語音形式上的同化，如“音同義通”，相類似的觀念常常使用一種相同的語音形式來表達，另一方面也形成“詞義的轉移”，尤其像是隱喻，就徵引了與唐鉞《修辭格》中一模一樣的姊崎正治的那段話，來說明詞義的連類，使得舊語詞的表意功能可以自由伸縮，在舊有語詞上就可以創發新意，而不必定要造作新詞。③

詞語的多用途活用如果是由意義的聯想、類比來主導，就不必然與文法學上關於詞類、句法的規範相一致。文法中的詞類（或詞品）劃分，如名詞、狀詞、動詞等，依規定只能標明事物的一部分（或本質或狀態或行動），然而，不論是由聲音或是由意義孳化的語詞，聲同義近、一音多義或一字多義的情況屢見不鮮，在聲音與概念、字形與意義之間並非單一面向的直接對應，當然早就超出詞類規範。張世祿曾經這樣說到：

> 中國各個字體在實際語文當中的應用，並不是固定的；各自都有

---

① 參見沈步洲：《言語學概論》，第十二章《中國語言之發展》“五、由類推而孳化之語詞”，頁 144—146。

② 此段所述，參見沈步洲：《言語學概論》，第十二章《中國語言之發展》“四、由懸擬而孳化之語詞”，頁 143。

③ 參見張世祿：《語言學概論》，第六章《語言的演變》第一節之“類比的演變”一段，《民國叢書》，第 1 編語言文字類 51，頁 180—189。

> 它的本義,但是在實際的辭句當中,並不必定要用它的本義,往往用它的引申義或假借義。而各字的引申義假借義,又不限定只是一種,往往可以有許多種。因之各字在實際辭句裡的文法功用,也自然不能固定。……所以各字在辭句組織當中的功用——就是詞性——當然要看它所代表的意義而定。①

張世祿以"止"字為例,由作為"足趾"而聯想到"舉止""靜止""終止""阻止""禁止"等,這些引申義可以是名詞或動詞,都必須從全句的總意義上來辨認。② 沈步洲進一步談到實詞甚至可以流轉為虛詞之用,就更不容易受詞品規範了。如表疑似的"或"字,原為名詞的邦、國之意,原為動詞的"至",可用為介詞,"雖"由大蟲(似蜥蜴)轉為連接詞之用等,沈步洲認為,中國的單節語比西洋曲折語更需要虛詞,因為曲折語容易區分格位、數量與時態,中國語則必須依靠由實詞孳化的大量虛詞,才能調節詞語之間的結合關係,而順利表達思想。③ 由此看來,中國語在詞語之間的意義連結顯然比詞品的組織關係更為重要,沈步洲因此說到,絕不能將詞品和語詞混同為一,詞品是"由使用之習慣而產生之物,與字之本體,決無相關","即不分詞品,亦復何害"。尤其中國在《馬氏文通》之前,從無詞品、文法之說,今日要談文法、分詞品,其實第一要務就是"依據語詞之本意",然後才能考究語詞的構造、注意語詞在句中的職能。④

四、意義學:如"詩"的語言表達

中國語在表達思想上,既然主要是依據字詞意義(如本義及其引申、

① 引自張世祿:《文字學與文法學》,發表於《學術雜誌》,1940 年 3 月,第 2 輯,後收入《中國文法革新論叢》,頁 131—136,此處所引,見頁 135。

② 引自張世祿:《文字學與文法學》,《中國文法革新論叢》,頁 131—136,頁 134。

③ 參見沈步洲:《言語學概論》,第十二章《中國語言之發展》"七、由實詞流轉而孳化之語詞",收入《民國叢書》,第 1 編,語言文字類 51,頁 147—149。

④ 參見沈步洲:《言語學概論》,第十五章《詞品論》,頁 179—185,引號內文字,分見頁 180、181、182。

假借義)以及可以調節詞語關係的虛詞,那麼以詞類、句法為準的文法就不必然是唯一或者合適的分析方法,最需要關注的反倒是如何在書寫或詮釋過程中,意識到漢語的多義性,從而呈現漢語或中國語在意義表達上的最大可能幅度。也是在 1930 年代前期,李安宅於 1933 年底完成《意義學》一書,[①]就如同是這個時期關於漢語表意問題的聚焦點,也可以說是針對 1920 年代討論國語文法以來,中間又經過與修辭學的分合,進而提出的另一種相對於文法的語言研究法。

李安宅提及,當時一般人以為研究語言文字,有文法與邏輯就足夠了,這是"因為不明瞭文法所給我們的惡影響與一般所謂邏輯的現狀"。例如"覺得熱"或"熱是可以測量的",前者作為形容詞,似乎"熱"是抽象的感覺,後者擔任主詞,成了名詞,彷彿"熱"又是具體客觀的了,這是僵化的文法造成的惡影響。而類似這種形式上的規約,讓文法或邏輯很少注意語言與思想的關係,更不用說注意語言與外在事物的關係,或者關注讀者、聽者會對於語言所陳述抱持甚麼樣的態度。[②] 李安宅明言自己介紹這門"意義學"科,是受惠於 1929—1931 年來中國講學而後來被認為是新批評鼻祖的呂嘉慈(I. A. Richards),《意義學》書中分析語言使用時包含的四種意義,或者是十六種關於所謂"意義"的意義,尤其參考了呂嘉慈(I. A. Richards)《意義的意義》《科學與詩》以及《實用批評》等書。[③]

呂嘉慈曾於 1930 年在《清華學報》發表"The Meaning of 'The Meaning of Meaning'",[④]後由李安宅譯成中文,收入《意義學》附錄,[⑤]而《意義學》第五章專講《意義》,正是藉助呂嘉慈(與 C. K. Ogden 合著)《意義底意義》的理論架構,來分析中國語文;尤其是關於"意義"一詞的十六種

---

① 李安宅:《意義學》。據其自序完成於 1933 年,本文所引用乃 1935 年商務印書館版,收入《民國叢書》,第 1 編,語言文字類 51。

② 同上,第一章《緒論》之"(三)意義學與文法及邏輯",頁 5—6。

③ 李安宅談起呂嘉慈(I. A. Richards)的著作如數家珍,參見李安宅:《意義學·自序》,頁 4—5。

④ The Meaning of "The Meaning of Meaning",發表於《清華學報》,1930 年,第 1 期,卷 6,頁 11—16。

⑤ 中譯題為《意義底意義底意義》,見李安宅:《意義學》,附錄一,頁 97—103。

可能含意,完全依照語言可能的假造、濫用以及心理經驗不同所導致的種種解釋來說明。比如,字詞的意義並不是查字典就能準確把握,尤其是同義字串,容易模糊彼此的差異,必須由思想來做實際判斷。進一步,意義也可能牽涉某事物在某系統(如意向或計畫)中的地位,比如對於未來"實際結果"的期許、推演出的"理論結果",或是滿足於長久蓄積下的"情感",這些不論是事物所引生的情感或是理論與期許下的結果,都可能是在某種系統中所認定的意義。另外,像是透過聯想或記憶,也都可能讓讀者從符號中得出種種不同的意義。這說明了,要"瞭解"話語中的意義有多困難,可以是"假定某人想甚麼(或要求甚麼)",也可能是"向某人所指的發生情感"或者就是"向某人本身發生情感",也因此解釋者所得出的"意義",可能是解釋符號者"所指的東西",或者是他"相信自己所指的東西",又或者是他"相信用符號的人所指的東西"。①

這些牽涉在說(寫)者、聽(閱)者的心理歷程,以及字詞符號及其所在的各種系統之間的紛繁"意義",既不同於傳統修辭法講究的神理氣味、格律聲色,更不同於文法學最在意的詞類分別或句法規定,而是回到"意義"彼此牽連、混淆或相互猜測的現場,甚至覺得甚麼字詞都不足以表達。李安宅就認為活的思想有時候是會讓人詞窮的,而這正證明"我們底心理過程,並不全在符號底支配之下","詩人寫詩,常是忘了字眼而自然流露出來",過去的情感與事件在心中所留下的影響是突然生滅的,所以所謂"欲辯已忘言",常是詩的最高境界。② 這並不是說詩人不需要語言文字,而是透露語言符號、指稱對象與思想情感之間,並非直接對應關係。

這明顯與呂嘉慈的"意義"理論息息相關。《意義的意義》一書在第九章《意義的意義》分析出十八種可能的涵義之後,結尾的第十章名為《記號

① 此段乃綜述李安宅的說法,詳見李安宅:《意義學》,下編,第五章《意義》,頁 60—80。
② 此處引文,參見同上,頁 73。

情境》,①可視為呂嘉慈"語境"(context)理論的總說。對於符號所表達與所理解的複雜狀況,進行了仔細分梳後,呂嘉慈也明白指出,文法(grammar)將自己視為一種規範體系,分析所謂正確用法,根本只是次要、細節問題,甚至徵引法國學者 Brunot 早在 1903 年即大聲疾呼必須放棄所謂"詞類"(parts of speech,如分別動詞、名詞等)的教學或研究法,"我們必須下定決心,設計出以思想為依據而不再是以符號為依據的語言研究方法"。② 呂嘉慈尤其反覆說明語言符號不只是指稱(對象),更應該是從符號引生出說者的情感、願望、目的、態度;而因為"情感—意志"體系(the affectiv-volitional system,包括目的、努力、態度)具有環環相扣、豐富多變的塑造性(plasticity),任何微小的變動都可能牽連深廣,因此要"把句子放到段落中、段落放到一章中,一章放到一卷書中去考慮就非常重要",才能避免對於符號過於武斷或偏差的理解,而盡量恢復文本所在的完整語境。③

呂嘉慈不否認可以分出一種"激情語言(evocative language)",正是透過節奏、押韻,以及過去的韻律經驗所伴生的情感,還有在情境回憶中因聯想而生的情感,而在讀者身上召喚出情緒、渴望、感覺、態度。相對地,是"科學的(scientific)"語言,純科學的語言,不受個人情感影響,也不需要考慮藉由符號所指稱的客體能否復原(reinstate)閱聽者的感官知覺狀態,以及當時被召喚出的情感。④ 後來在 1926 年出版的《科學與詩》中,⑤提出人

---

① C. K. Ogden and I. A. Richards, "*The Meaning of meaning* (New York: Harcourt, Brace and World, 1923), chapter. X "Symbol Situation", pp. 209 - 242.中譯本為白人立、國慶祝譯;林書武校:《意義之意義》(北京:北京師範大學出版社,2000 年),第十章標題譯為《記號情況》,頁 192—221。此處稍微修改為《記號情境》,希望比較符合原意。

② 此處對於文法的批評,參考"*The Meaning of meaning*", chapter. X "Symbol Situation", p.221、232—233. 中譯參見《意義之意義》,頁 200、209。

③ 以上說法參見"*The Meaning of meaning*", chapter. X "Symbol Situation", pp.223、226. 中譯參見《意義之意義》,頁 202、204。

④ 參見"*The Meaning of meaning*", chapter. X "Symbol Situation", pp. 229、235—239. 中譯參見《意義之意義》,頁 206、211—215。

⑤ I. A. Richards, "*Science and Poetry*"(London: Kegan Paul, Trench, Trubner, 1926),本文所引用的《科學與詩》,主要參考曹葆華中譯本(於 1937 年由上海商務印書館出版),收錄於徐葆耕編:《瑞恰慈:科學與詩》(北京:清華大學出版社,2003 年),頁 8—45。

的經驗有相互影響的智識(intellectual)與情感(emotional)兩面相,而認為只有後者才能主動引發所有力量,前者則是一種指示事物的工具;[①]進一步反對科學式的陳述,認為科學總是想排除詩中最先發生作用的文字的聲音與感覺,而以邏輯的、核計過的科學系統敘述並無法與人類情感產生關連,尤其不能影響面對事物的態度。[②] 所謂"態度"包含"這種或那種事物與世界的關係究竟如何感覺?他們對於事物之各種狀態給予甚麼相關的價值?他們準備著犧牲甚麼?他們相信甚麼?他們恐懼甚麼?他們願望甚麼",而瑞恰慈(呂嘉慈)認為要知道這些,必須求諸詩人。[③]

站在中國從"文法學"到"意義學"的發展角度來看,呂嘉慈的說法,具有非常值得重視的關鍵性。首先,明白指出二十世紀初在西方早就有反對文法(或詞類)規範的聲浪,"文法"並非理解語義的主要途徑,從而以細讀文本取代標準文法的教/學方式。其次,認為說/寫者紛雜混亂的心理結構,會體現在具有多義與脈絡性的詩語中,這因此區分出"詩"與"科學"在語言表述上的差異;呂嘉慈強調詩人所以能召喚讀者之情生意動,是早在知識、思想之前,就先以字詞的運動與聲音激動起我們的興趣,但這卻是講究邏輯的科學所極力要屏除的因素。[④] 呂嘉慈立基於語義學,進而討論詩與科學在語言使用上的差異,明顯將 1920 以來討論國語文法的風潮,轉向以意義、感情為主導的表意方式,也等於在當時以文法為準的論述之外,提示中國語的發展以及漢語詩學的新視域。

呂嘉慈 1929 年到北京清華大學外文系講學時,朱自清為同校中文系教授,依據陳國球的研究,自 1931 年開始在日記中就可以看出朱自清對呂嘉慈著述的興趣,而透過劍橋學派"細讀(close reading)"法,讓"文學批評"

---

① 《科學與詩》之《二、詩的經驗》,頁 15。原出自 I. A. Richards, "*Science and Poetry*" (London:Kegan Paul, Trench, Trubner, 1926), pp.13—15.

② 《科學與詩》之《五、自然之中和》,頁 28—33。原文見 I. A. Richards, "*Science and Poetry*", pp.43—54.

③ 《科學與詩》之《五、自然之中和》,頁 29。原文見 I. A. Richards, "*Science and Poetry*", p45.

④ 參見 I. A. Richards, "*Science and Poetry*", pp. 22—24. 中譯參見《科學與詩》之《二、詩的經驗》,頁 19—20。

成為一種學術專業、一種文學研究的方法，對於朱自清影響最大。[①] 尤其在 1935 年《詩多義舉例》篇中，認為讀詩必須有"分析"的方法，並將語言作用分成"思想"（如聲音訓詁）與"感情"（大義微言）兩方面，認為詩在感情上的作用多過於思想的作用，因此不同於歷來箋注重在舉事引證，朱自清認為讀詩必須推敲切合上下文的意義。這明顯認同呂嘉慈《科學與詩》的說法，而且還附註參考李安宅《意義學》論《意義之意義》一節。[②]

更值得注意的是，朱自清在"意義學"的啟發之上，面對當時"歐化"（尤其是採用英語"文法"）的漢語，提出了比較完整的反思。1939 年《新語言》文中，從三面向來談中國語言的"歐化"，除了詞彙歐化之外，另外兩點分別是"文法"與"新思想（或新感覺）樣式"。首先，朱自清並不否定西洋文法有助於語言分析，他觀察到使用現代文法的語言，注重句子的主詞，也大量採用"……是……的"句式，如"桃花是紅的，柳樹是綠的"，就不同於"桃紅柳綠"，而可以看出"主詞—系詞—述詞"的分明結構。[③] 但是另一方面，朱自清也認為漢語歐化的意義，應該不止於文法。他舉出日人谷崎潤一郎曾於《文章讀本》中為李白《靜夜思》無主詞、無時態進行辯護，但是，朱自清認為這根本似是而非，因為中國古詩與西洋詩的差別，絕不僅僅在文法上的籠統或清晰，更重要的是"思想和感覺的樣式相差是很遠的"。[④] 針對漢語詩歌所構成的"新思想（或新感覺）樣式"，朱自清特別強調必須有"新鮮活潑的隱喻"，[⑤]尤其是成套的隱喻，比如："取黑山為墨，白水為紙，取全國民意為毫，加緊寫成這歷史中最光榮的正段，我們準備用我們的熱血，作成這新歷史的句讀，用我們的頭顱，做成這新歷史的圈點"，這當然是將國

---

① 詳見陳國球：《文學批評作為中國文學研究的方法》，載《王夢鷗教授學術講座演講集2012》（臺北：政治大學中國文學系，2014 年），頁 54—94。

② 朱自清：《詩多義舉例》，載《朱自清全集》（南京：江蘇教育出版社，1999 年），卷 8，頁206—224。

③ 朱自清：《新語言》，載《朱自清全集》，卷 8，頁 292—301，此處關於現代化文法的表現，見頁 297、300。

④ 朱自清：《新語言》，載《朱自清全集》，卷 8，頁 295—297。

⑤ 這是稱許徐志摩能不拘限於一時一地、個人的狹窄生活，在詩文中出現許多新鮮活潑的隱喻，朱自清：《新語言》，載《朱自清全集》，卷 8，頁 294。

民的團結奮戰比擬成“書寫”歷史的行動,其中熱血、民意、頭顱都藉由筆、墨、圈點、句讀、段落而變得具體生動。朱自清認為比喻、暗示都是最“經濟的”詩語,可以“表示或傳達出多種的意義來”,而“增加情感的強度”。在《詩的語言》(1942年)中,[①]尤其舉出卞之琳《音塵》,討論新詩如何運用古典作為比喻,除了以李白《憶秦娥》“咸陽古道音塵絕”來比擬如今等待郵遞的心情,還有以“快馬/火車”“(我的座椅是)泰山頂/(你那兒……是一個孤獨的)火車站”“(我正對著一本)歷史書/(翻開)地圖(看,這人說)”相對為喻,藉古/今之間相望卻又相遠、彷如卻又差異的時空距離,來巧妙體現現代生活中的新離情。[②]

顯然,語言的現代化,並非僅僅依循西洋文法,而應該是透過隱喻、暗示、對比來體現新的思想或感覺樣式。朱自清自己有一首新詩《小艙中的現代》,[③]寫於1922年從鎮江至揚州輪艙中所見所感,也隱約傳達出一種對於生活中的“現代”的反省。全篇聚焦在艙中的叫賣,前半段利用引號呈現小販口中五花八門的販賣品與計價方式,“三個銅板一碗”“角錢五個”“二角八分一天”,數字集權的掌控了飲食男女(包含叫賣春畫);下半段則描繪“小艙變了戰場”,“他們/我們”的討價還價以“掠奪”“叫囂”“反抗/掙扎”“殺殺的喊呼”進行。這場數字大戰當然不只是一般商品交易,還牽涉過度重視物質財貨之後的“人”的虛化:

> 就像餓了的野獸們本能地想攫著些鮮血和肉一般,
> 他們也被什麼驅迫著似的,
> 想攫著些黯淡的銅板,白亮的角子!

---

① 朱自清:《詩的語言》,見《朱自清全集》,卷8,頁337—345。前兩句關於“經濟的”字句,頁340—342。

② 關於《音塵》的解釋,參看《詩的語言》,頁341—342。此處在朱自清的說法之上,稍微加上個人詮釋。

③ 朱自清:《小艙中的現代》,收入趙家璧主編:《中國新文學大系》(臺北:業強出版社,1990年),依據上海文藝出版社影印本,原為1935—1936上海良友圖書印刷公司出版,卷8,朱自清編選之《詩集》,頁53—55,末尾附注作於1922年,“七,二一,鎮江揚州小艙中所感,三〇作於揚州”。

在他們眼裡，
艙裡擁擠著的堆疊著的，
正是些銅元和角子！——
只飾著人形罷了，
只飾著人形罷了。

貧富差距或城鄉差距當然是隱藏的社會問題，但是當朱自清在結尾坦言自己也成為"參戰的一員"，那就不只是旁觀或研究社會問題，而是不由自主地被捲入以"銅元和角子"為象徵的社會情境，"野獸/飾著人形"傳神的隱喻了當時"人性""人情""人生"的種種匱缺，最後說：

從小艙的一切裏，
這樣，這樣，
悄然認識了那窒著息似的現代了。

"窒息"預告著死亡的前奏，朱自清顯然以一種新的"感覺樣式"，重新看出了"現代"竟是無路可出的困境。

五、結語："多義性"與"如何現代"

從文學革命以來，論及漢字現代化工程，當然不可忽略當時追求拼音化（拉丁化）、簡化或甚至廢除漢字，以進入文明與科學新時代的說法。如果以本文所討論的時期而言，林語堂在 1923—1933 年間所思所寫，後來收錄於 1933 年出版的《語言學論叢》中，①包括新創漢字索引制，以及關於拼音與注音的說法，也許可作為當時一些看法的代表。1917 年林語堂推出一套漢字檢索法，這套方法是以"首筆"取代"部首"，因為部首次序難以記

① 林語堂：《語言學論叢》，收入《民國叢書》，第 1 編，語言文字類 51，根據開明書局 1933 年版影印。

憶,彼此之間又無貫通的理路,新法只要記住五個基本首筆"横""直""點""撇""挏"的位次就好,明白又快速。[①] 當時蔡元培的序文稱讚這是"以西文字母之例,應用於華文之點畫",就像英文字典先後序由 ab-ac-ad,或 aba-abb-abc 等;而錢玄同的跋,也認為在漢字尚未拼音化之前,依據點畫分部最是容易適當。[②] 如果同時參看林語堂接著又創立的"漢字號碼索引法",[③]先以十個號碼(0—9)表示漢字的十種基本筆畫,檢索一個漢字只要依據首二筆畫、末二筆畫所得出的四個號碼,而所謂"首筆""末筆"又不是依照筆順,而是依據最左最高、最低最右的筆劃來分,這又成為林語堂發明中文打字機以"上下(高低)形"檢字的依據。顯然從"首筆"到"號碼",林語堂的檢索法分解了漢字部件原有的意義,甚至以數字代表字形,是全然符號化漢字,而極力排除具有意義關聯的部首法。至於推動"國語羅馬字拼音",認為中國學生、商人都認得這 26 個字母,最能與世界上的文明國家相交流,並盛讚羅馬字母是"科學應用""商務應用"上的字母,更何況羅馬字已經有"現成的電報字母、旗語、啞盲字母、打字機";[④]這很可以代表當時一種完全追求高效能、大眾化的用心,試圖拆解漢字原有形、音、義的複雜連結,並重新製造成新的工具。

石靜遠就曾經藉由分析林語堂發明的漢字打字機,談到從 19 世紀末以來,面對全球化的影響,漢字處在"表意的(ideographic)"與"字母的(alphabetic)"兩種書寫系統間的擺盪與折衝,而認為林語堂透過羅馬拼音或筆畫檢字,尤其是由打字機上機械化(mechanization)的筆畫配置來"拼出"漢字,避開跨語際意譯上的糾纏,等於提出重新分析漢字結構的邏輯性的新語法,是融會兩種系統的優點,使中/西語言在文化或思想上的差異變

① 林語堂:《漢字索引制說明》,見《語言學論叢》,頁 273—276。

② 林語堂:《漢字索引制說明》,見《語言學論叢》,頁 276—280。序與跋分別作於 1917、1918 年。

③ 錢玄同:《漢字號碼索引法》,載《語言學論叢》,頁 281—282。

④ 參見林語堂:《國語羅馬字拼音與科學方法》,載《語言學論叢》,頁 355—365。

得可以相互溝通。[1] 這種討論是由機械的、科學的、物質性的角度，探測漢字如何向西方或世界性的"字母系統"靠攏的可能，所提出的一種漢字"現代化"的途徑，後來還推助了電腦輸入法，成為某種前瞻性的科學實踐。

不過，漢字的拼音化或符號化，基本上是將漢字視如西洋字母一般，可以任意構造，拼讀出說話的聲音或圖像，然而，並不能將拼音與筆畫、字形、字義、乃至於與說話的機體(organic)建立起關聯，[2]也就是很難從符號化的字母或筆畫，進一步去解釋漢字在意義表達上的基礎；另一方面，僅注重拼音化籲求，也很難完整說明，在羅馬拼音、首末筆畫或注音符號並沒有取代漢字的 1920—1940 年代，中國境內關於漢字論述還有其他甚麼樣的可能性。本文因此取徑於"文法""修辭"乃至於"意義學"，發現 1920 到 1940 年代，面對西洋文法或拼音化的聲浪，仍有不少語文學者，對於漢字(中國語)的"多義性"有著持續且增強的自覺與關注。一方面，從偏重"語序"，而非"詞類"出發，字詞間透過各自複雜的本義、引申義、假借義相互連結，進而重視類比、聯想構成的顯比、隱喻或暗示等修辭法；另一方面，也就因此考慮到在傳達過程間，說寫與閱聽雙方的思想、情感、態度之種種差異所生發的繁複"意義"。這明顯抗拒基於拼音字母所建立的文法規範的普遍性，試圖透過使用語言者的心理變化、處身情境，強調"人"如何在語言表達過程中的主導、新創與調整，而不是讓文法或標點符號全面接收。就當時漢字(中國語)的研究法而言，探究語義相生及其所構成的文本脈絡，顯然比直接採用西洋文法，引發更為細緻周到的討論，當然也不應該被埋沒在拼音化的單一趨向裡。

---

① 參見 Jing Tsu, "Chinese Scripts, Codes, and Typewriting Machines," in Jing Tsu and Benjamin A. Elman, eds., *Science and Technology in Modern China, 1880s—1940s*, (Leiden: Brill, 2014), pp.115—151。

② 如林語堂說漢字羅馬拼音"音與形不應該有因果關係。音與形有關係，必定是根據發音機體的位置(高低)與狀況(鬆緊)而造字，此種字務求邏輯的規則，必管不到實用的便利"，其中"發音機體(organic)"即發音時唇喉舌齒的形狀與情境，若顧及發音機體，就無法"任意構造(arbitrary)字母"了。參見林語堂：《國語羅馬字拼音與科學方法》，載《語言學論叢》，尤見頁 357、362。

尤其從晚清民初以來，漢語幾乎是從沒有文法體系到要求國語文法，接著再從反省文法，並聚焦於“多義性”來突破詞類、句法的拘限，這“離/返”的過程如果放回“文法”所伴隨的“現代視線（modern gaze）”議題中，會發現，“多義性”不只是一個語言的問題，而更是一個“如何現代”的感覺或思考樣式的問題。

所謂“現代視線”，是日本學者吉見俊哉（Shunya Yoshimi）於《博覽會的政治學》書中所提出的一種討論現代社會的框架，他認為大航海時代並非只是帶來地理上的大發現，更是一種“視線（gaze）”的發現。尤其藉助傅柯《詞與物》（The order of things）的提示，將博覽會、博物學、財務分析與文法，都納入 17 世紀以來透過記錄、分類、配置所建構的視野，甚至學科建制、圖書館、百貨公司都可以歸屬於這種“現代視線的秩序”。① 這個視線的成立，“是將物與物並置排比於透明格子狀的認識空間”，②在這個格狀、圖表式的空間中，所有視覺之外的觸覺、味覺等都被排除，甚至視覺中的色彩也不過是次級元素，真正具有支配性的是表面形態、屬性的數量與配置。③ 而同樣屬於現代視線下的文法（或語法），傅柯認為在文法架構之下，語言無法馬上再現思想的整體，而是必須把思想的各個部分安排進一個線性秩序來理解；“普通語法（general grammar）”的任務因此不是在表達思想，甚至不是在分辨個別詞意，而是被理解為關於一連串語言符號的論述（discourse）。④

傅柯以 16、17 世紀的交接為分界點，發現直到 16 世紀末，都還是以

① 參見吉見俊哉著，蘇碩斌等中譯：《博覽會政治學》（臺北：群學出版有限公司，2010 年），書前《致臺灣讀者》，頁 vi，及《序章——名為博覽會的現代》第二節“博物學視線的壯大”，頁 7—15。

② 引號內文字出自吉見俊哉：《博覽會政治學》，《序章——名為博覽會的現代》，第二節“博物學視線的壯大”，頁 8。

③ 引號內文字出自吉見俊哉：《博覽會政治學》，《序章——名為博覽會的現代》，第二節“博物學視線的壯大”，頁 9。

④ 參見 Michel Foucault，“*The Order of Things*”，（New York：Random House，1970），pp.82—83，中譯參考莫偉民翻譯：《詞與物——人文科學考古學》（上海：上海三聯書店，2001 年），第四章第二節“普通語法”，頁 108—111。

"相似性"(如適合、類推、仿效、交感)來建構知識、理解世界,各種符號、文字、詞語正是為了指明這個"相似性",讓他們出現在日光之下、在它自身的光線下閃爍,"相似性"所在世界,"像一大本打開著的書(like a vast open book),它充滿了筆跡"。[①] 這時候"大自然和言語能夠無限地相互纏繞,並為那些讀解者提供巨大的唯一的文本"[②];"大自然本身就是語言與記號、敘事與文字、論述與形式的連續編織物"。[③] 但是到了 17 世紀,符號的排列由三元變成二元,失去了記號與被標記事物之間的"相似性",分析取代了類推,每個相似性都需要通過"尺度"的比較與證明,反而認為那個古老的無限的相似性作用,從來不確實,事物不再相互接近或秘密的共享本性,相反地,在在需要識別差異,當然最後結果,就是歷史與科學的相互分離,"語言已從存在物本身中間退出來了,並進入了一個透明和中立時期"。[④]

這裡無法細談"類推"作用對於連通語言與物象的重要性,[⑤]我們所要注意的是,17 世紀以後,或者說是採用文法分析之後,強調差異辨識、分格配置、線性秩序等,對於思想整體或感官聯覺的排除或割裂,這不但關乎"科學"與"詩"或"歷史"與"科學"的不同,更是關於語言符號究竟還能否體現感覺、思想,或者能否暗示出相互理解、彼此通感的"共享本性"。如果說傅柯、吉見俊哉揭穿了現代視線底下的"透明"語言觀,根本就是對於語言作為"巨大文本"之剝奪與架空;那麼本文檢視自文學革命以來關於漢字文法學與意義學的種種討論,發現是如此不同於漢字所謂"現代(或科學、

---

① Michel Foucault, "*The Order of Things*", pp. 25—27,中譯參見莫偉民翻譯:《詞與物——人文科學考古學》,第二章,頁 35—37。

② Michel Foucault,"*The Order of Things*", p.34,中譯參見莫偉民翻譯:《詞與物——人文科學考古學》,第二章,頁 47。

③ Michel Foucault,"*The Order of Things*", pp.39—40,中譯參見莫偉民翻譯:《詞與物——人文科學考古學》,第二章,頁 54,並稍作修改。

④ Michel Foucault,"*The Order of Things*", pp.54—56,中譯參見莫偉民翻譯:《詞與物——人文科學考古學》,第三章,頁 73—75。

⑤ 可以參考鄭毓瑜:《引譬連類——文學研究的關鍵詞》(臺北:聯經出版公司,2012 年出版,2014 年再版)一書中對於傳統漢語"引譬連類"思維模式的討論,尤其是關於"類"與"物"之間如何連結、如何建構與更新成套的譬喻等等。

機械)”轉型的取向——包括如何字母化、透明化或線性化，反而應該視為是二十世紀以來，對於漢字(漢語)“如何現代”的另類感覺模式，而可以作為漢字試圖翻轉“現代視線”的一段重要關鍵了。

抒情主義與現代《楚辭》研究

——梁啟超、梁宗岱與李長之[*]

臺灣政治大學中國文學系　廖棟樑

一、前言

20 世紀四十年代以後，隨著民族主義的呼喊風起雲湧，屈原這一名字也就成為"愛國主義"的代名詞——忠君愛國的詩人，屈原已然標誌為一個特定文化符號。綜覽 1949 年後的屈原研究領域，儘管各家在屈原、《楚辭》研究的許多具體問題上有諸多分歧，比如對屈原思想屬儒家或道家或法家或各家思想雜糅的爭議、屈原各個作品的寫作年代和真偽考訂、屈原身世考證等等，但對屈原的"愛國主義"則可謂眾口一辭。然而，在 20 世紀二、三十年代、甚而四十年代初期的屈原研究領域，卻少有屈原是"愛國主義"的聲音，或者說它根本未成為學術討論的問題。① 譬如陸侃如 1923 年

---

* 本文於 2014 年 12 月香港浸會大學中文系所主辦之"中國詩學研究前沿國際論壇"發表初稿，後投稿於《人文中國學報》，承蒙與會學者以及兩位期刊匿名審查委員惠賜寶貴意見，謹此銘謝。

① 譬如梁啟超站在愛國立場上，把屈原作品視之為"喚起同胞之愛國心"，滿懷激情地號召："吾以為凡為中國人者，須獲有欣賞楚辭之能力，乃為不虛生此國。"見梁啟超：《要籍解題及其讀法・楚辭》，載《飲冰室專集》(臺北：臺灣中華書局，1972 年)，第 5 冊，頁 81。話雖如此，但他也未如朱熹、王夫之等人昭示屈原"忠君愛國之誠心"。又譬如李長之在 1935 年發表的一篇評郭沫若《屈原》的文章，對於"只是以國家思想而限制屈原"不敢苟同，他說："就事實上說，屈原的根本精神不在愛國，雖然愛國也是他的精神的一部分。屈原的根本精神在和愚妄戰，他是和群愚大戰中的犧牲者。""我們不應該以偏狹的功利思想去縮小他！"載《李長之文集》(石家莊：河北教育出版社，2006 年)，第 4 卷，頁 121。

的《屈原評傳》,關注的問題主要還是集中在屈原的生平與身世、屈原作品的年代與真偽討論上,[①]這本是民國時期屈原及《楚辭》研究的主流,它們是由此前的"屈原否定論"所逼出來的議題,向為《楚辭》學界所注目。

誠如湯炳正先生所說:

> 從漢代起,對屈原的事蹟即有不同記載;談到評騭,從漢代起,對屈原的行誼已有歧異的見解。但是,根本否定屈原這一歷史人物的存在,或貶誣屈原這一代偉人為"弄臣"等等,則無疑是晚近才出現的新的學術動態。[②]

晚清以來的疑古辨偽思潮甚烈,流風及於《楚辭》,固然通過個別分析,綜合整理,破除舊說,勇立新解,但由"疑古"而懷疑屈原作品終於走上了否定屈原其人其作的"非古",則使得"屈原否定論"的出場。廖季平《楚辭新解》(1906)與《楚辭講義》(1922)、胡適《讀楚辭》(1922)、丁迪豪《〈離騷〉的時代及其他》(1931)、許篤仁《楚辭識疑》(1935)、衛聚賢《〈離騷〉的作者——屈原與劉安》(1938)、何天行《楚辭新考》(1938)等等,都是這類著作。[③] 毫無

---

① 胡適的《讀楚辭》(1922)發表不久,陸侃如就發表了《讀〈讀楚辭〉》(1922)一文,認為《史記·屈原賈生列傳》雖有後人增補,但基本可靠,指出屈原的忠君觀念在先秦是可能存在的,《離騷》也絕非秦漢以後的作品。陸侃如還在1923年發表了《屈原生卒考證》一文和《屈原》一書。《屈原》一書包括兩萬字的《屈原評傳》《屈原集》《附錄》三部分。《屈原評傳》分為任職與去職、初放與遇罰、再放與自沉,餘論、屈原年表等。作為總結的《餘論》,即云:"我們研究屈原的人,在看完前人的主張以後,在立定自己的主張以前,應該先把下列兩個問題弄的清清楚楚:(一)屈原這人究竟有無?若有呢,究竟是何時人?(二)哪幾篇是屈原的作品?哪幾篇不是?"走的仍是乾嘉樸學的老路。

② 湯炳正:《現代楚辭批評史·序》,載黃中模:《現代楚辭批評史》(武漢:湖北教育出版社,1990年),頁1。

③ 關於"屈原否定論"的代表人物無疑是廖季平和胡適。廖季平著《楚辭新解》《楚辭講義》二書,認為《離騷》乃為秦時作品,秦博士之《仙真人詩》即《楚辭》。廖季平的著作行世較少,就傳播而言,1922年胡適發表的《讀楚辭》一文的影響更大。"屈原是誰?這個問題是沒有人發問過的。我現在不但要問屈原是什麼人,並且要問屈原這個人究竟有沒有?"在此一問後,胡適認為《屈原賈生列傳》不可靠,像屈原這樣的忠臣在漢以前是不會出現的,傳說中的屈原是根據一種"儒教化"《楚辭》觀解釋的,屈原是"一種複合物"與"箭垛式人物",《楚辭》也不是一人一時所作。考察胡適的立意,本在糾正《楚辭》久被"酸化"的《楚辭》研究史,(轉下頁)

疑問,“屈原否定論”的出現,激起了學者們討論屈原的熱情,所以,20 世紀的新《楚辭》學的建構,便在回應屈原解構論的目的下開始了。“因否定了被先驗地相信其存在的屈原,而出現了要從根本上對《楚辭》即其本質重新提出疑問的趨勢,並因此成為民國以來新《楚辭》學的出發點”。① 由於資料的缺乏,對屈原生平的把握和對其作品的真偽之甄別終究是難以徹底解決的難題,“也就是在那時底前後,為要印證我一得之愚,我買了一本新出版的《屈原》(它底作者後來成為一部淵博的詩史底著者)。誰知,出乎意料之外,我所得的只是失望和反感”。② 於是,有些人不再通過屈原作品中涉及的地名、人名、時間、事件等外緣證據來推測是否有無屈原、是否為屈原作品,“鶩外者漸轉而趨內,淵思冥想之風作,自省抒情之意蘇,去現實物質與自然之樊,以就其本有心靈之域”。③ 他們循著情感、人格與體驗等從“抒情”角度去切入梳理與窺測屈原的“傳記”與“作品”,此尤具有學術史意義,值得我們探索。因為,他們參與了現代詩學抒情論述的建構,符合學者提示:在革命、啟蒙之外,“抒情”代表中國文學現代性——尤其是現代主體

(接上頁)以為只有推翻屈原的傳說,進而才能推翻《楚辭》作為“一部忠臣教科書”而層層累積的不幸歷史,然後才可以“從《楚辭》本身上去尋出它的文學興味來,然後《楚辭》的文學家之可以有恢復的希望。”胡適解構傳統《楚辭》學是要從基本上顛覆建立在屈原文本之上的層層累積封建名教,並且連帶彰揚《楚辭》的文學性,但矯枉的同時卻也因此否定了屈原,這就從根本上解構了《楚辭》學本身。受廖季平、胡適的影響,持“屈原否定論”的學者便大量湧現,代表書籍有 1938 年 6 月“吳越史地研究會”出版的《楚辭研究》,內即收有何天行、衛聚賢與丁迪豪的著作。關於“屈原否定論”的論爭,詳見黃中模:《現代楚辭批評史》一書。

① 日本早稻田大學稻畑耕一郎教授,於七十年代撰寫《屈原否定論系譜》,指出:“否定論是從論者對古代文獻即其中所表現的古代世界將取什麼態度的問題出發的,因此基本上並不能保證結論的客觀合理性。”載稻畑耕一郎著,韓基國譯:《屈原否定論系譜》,《重慶師範學院學報》,1983 年第 4 期,頁 19—30。

② 這本新出版的《屈原》,即是陸侃如的《屈原》一書。見梁宗岱:《屈原》,載《梁宗岱文集Ⅱ:評論卷》(北京:中央編譯出版社,2003 年),頁 209。

③ 魯迅:《文化偏至論》,載《魯迅全集》(臺北:谷風出版社,1989 年),第 1 冊,頁 55。

建構——的另一面向。①

在《中國之美文及其歷史》(1924)中,梁啟超指出:"凡辨別古人作品之真偽及其年代,有兩種方法,一曰考證的,二曰直覺的。"考證的,"將該作品本身和周圍之實質的資料蒐集齊備,看他字句間有無可疑之點,他的來歷出處如何,前人對於他的觀察如何等等。"直覺的,則"專從作品本身字法、句法、章法之體裁結構及其神韻氣息上觀察"。而"文學美術作品,往往以直覺的鑑別為最有力"。梁啟超如此認為。② 梁宗岱也認為,文藝欣賞和批評存在著兩條線:一條是"走外線的路",一條是"走內線的路"。"走外線的路"是指對於一位作家的鑑賞、批評和研究,不從作品著眼而"專注於他底種族、環境和時代"。法國 19 世紀的批評家泰納(Hippolyte Adolphe Taine,1828—1893)便是這派的鼻祖,同時也是最卓越的代表。但是,"這批評方法間接傳入我國遂淪為一種以科學方法自命的煩瑣的考證"。而"走內線的路",即"只有直接叩作品之門,以期直達它底堂奧。不獨作者底生平和時代可以不必探究,連文義底注釋和批評,也要經過自己努力才去參考前人底成績"。③ 梁宗岱認為"我們和偉大的文藝品接觸是用不著媒介的"。同樣,李長之也說"我不贊成因考證而把一個大詩人生命活活地分割於餖飣之中,像饅頭餡兒"。④ 梁啟超、梁宗岱與李長之如是概括當時屈原與《楚辭》研究的趨向。

① 王德威在《"有情"的歷史——抒情傳統與中國文學現代性》一文中提示"在革命、啟蒙之外,'抒情'代表中國文學現代性——尤其是現代主體建構——的又一面向",因為"將問題放回中國文學傳統的情境,我們更可理解'抒情'一義來源既廣,而且和史傳的關係相衍相生,也因此成就了中國現代主體的多重面貌"。載王德威:《現代抒情傳統四論》(臺北:臺大出版中心,2011 年),頁 2—3。

② 梁啟超:《中國之美文及其歷史》,載《梁啟超古典文學論著》(上海:上海書店出版社,2013 年),頁 109—110。關於梁啟超提出辨別古人作品之真偽及其年代的兩種方法,即"考證的"和"直覺的",匿名審查者提醒梁啟超的說法並非要"考據和文本批評二分對立"、"'考證'和'直覺'在實際的作家作品研究中是很難截然兩分的"。所言甚是,梁啟超常常是出入文史的。而本文要說的是梁啟超在《屈原研究》甚而是《陶淵明》《情聖杜甫》等著作中,都體現出後者的研究趨向。

③ 梁宗岱:《屈原》,頁 207—208。

④ 李長之:《道教徒的詩人李白及其痛苦·自序》,載《李長之文集》(石家莊:河北教育出版社,2006 年),第 6 卷,頁 3。

"走內線的路"的學者,既然認定作品"它應該是作者底心靈和個性那麼完全的寫照",文學本來就是情感的藝術形態,如果沒有情感上的溝通、共鳴,又怎麼能夠激發封存於文字中的活的生命呢?中國古代詩人形象的最早確立當然出在屈原身上,"屈原本來就是特別賦予詩歌中'情'的因素的重要地位,而且竭力要將此'情'抒發出來的詩人"。① 屈原既然具有"極熱烈的情感",他的一生就是"為情而死",有"情"的世界必須由"情"而入,故"唯情是問"方是《楚辭》研究的正途,這是三位研究者的共同認知。審視"抒情"一語,並非舶來品,屈原《九章・惜誦》早有"惜誦以致愍兮,發憤以抒情",《遠遊》也說:"誰可與玩斯遺芳兮?晨向風而舒情。"《惜往日》亦云:"焉舒情而抽信兮,恬死亡而不聊。"這已是文學史的常識,屈原在作品中反復言說的,正是一個"情"字。② 當中的情感、情緒的波動固在於個人——"舒中情""茲歷情""結微情",但其指涉範圍卻被窄放於公共領域的"通諷諭",致使漢儒以降把"抒情"的焦點放在《楚辭》抒發情志的方式及其抒情所把握的"度",看重的是"思無邪"的"無邪",而不是那個"情"、那個"思"以及那個"抒"。故朱自清要說"'抒情'這個詞組是我們固有的,但現在的涵義卻是外來的"。③ 那麼,即以西方啟蒙運動、浪漫主義為基準,"抒情"論說每每集中在個人、主體與自我等意義,便易與屈原作品互相印證。

① 楊儒賓:《屈原為什麼抒情》,《臺大中文學報》,2013年,第40期,頁13。

② 案統計屈原作品,"情"字凡22件,其中"婦子肆情"(《天問》)是對上古神話傳說的敘寫,姑不論,另21字集中於《離騷》《九章》,"情"之主體無一例外,均是抒情主人公。詳見姜亮夫:《楚辭通故》(昆明:雲南人民出版社,1999年),頁348—349。王德華申論曰:"人們在解釋'惜誦'時常引《詩經・小雅・節南山》篇中'家父作誦,以究王訩'句,來說明屈原作《惜誦》的用意。但是如果我們仔細比較一下這兩句詩,我們也許會發現,這兩句詩從某種程度上來說,恰好表現了屈原與《詩經》的創作目的與發抒情感的不同。'家父作誦,以究王訩','以究王訩'是家父作誦的目的,家父個人的情感於詩中並不明顯。而屈原的'惜誦以致愍兮,發憤以抒情',此'誦'雖也如同家父的'作誦',含有一種政治的功用,但'致愍'就導致了'惜誦'後情感的轉向不是'以究王訩'而是進諫者個體因進諫而帶來的內心憂憤了,因而'發憤以抒情'也就更多地帶有個體情感的色彩。"見《"惜誦"與"發憤抒情"》一文,載中國屈原學會編:《中國楚辭學》(北京:學苑出版社,2004年),第5輯,頁267。

③ 朱自清:《詩言志辨》,載《朱自清全集》(南京:江蘇教育出版社,1996年),第6卷,頁172。

職是,從"抒情性"的再發現、被本質化與普遍化,"五四"以來詩論的"抒情主義"[①]便影響參與了中國現代《楚辭》研究,[②]推重主體情感的原發性與創造性,[③]論證"詩的邏輯"即為"情感的邏輯"。從梁啟超到梁宗岱再到李長之,我們看到抒情主義的《楚辭》研究的深化與辯證。

二、梁啟超:藝術是情感的表現

與前期的"詩界革命"論貫徹政治改良的精神明顯不同,梁啟超後期詩論集中探討了詩歌的藝術價值問題。這時,對於中國傳統詩歌的研究已成為其文學研究的重心,梁啟超重新發現中國詩歌的主情本質與表情功能,閉口不談小說的社會作用及審美價值。[④] 圍繞"藝術是情感的表現,

① 張松建指出:"中國現代詩學雖然只有短短 30 年歷史,然而我們在數不盡的語詞、觀念、理論和文學事實當中,一再看到抒情的幽靈,以至於'抒情主義'被塑造成一種基本的知識構造和一個主流的價值判斷。……受其影響,'抒情'風瀰漫開來,以至於梁實秋在 1926 年憤然作色曰:'現代中國文學,到處瀰漫著抒情主義。'同時,對'抒情主義'的堅守也使得'抒情詩'這種體式成為詩人、讀者和理論批評家的專寵。"見張松建:《抒情主義與中國現代詩學》(北京:北京大學出版社,2012 年),頁 1—2。

② 同時,他們也嘗試拿中國古典詩如楚辭者流作為"探海燈"來比照現代新詩,關心的是新詩如何承繼古詩"無盡藏的寶庫"。在《論詩》中,梁宗岱即云:"二三千年光榮的詩底傳統——那是我們底探海燈,也是我們底礁石——在那裡眼光光守候著我們。""已不是新舊詩底問題,而是中國今日或明日底詩底問題,是怎樣才能夠承繼這幾千年底光榮歷史,怎樣才能夠無愧色去接受這無盡藏的寶庫底問題。"載《梁宗岱文集Ⅱ:評論卷》,頁 29—30。又參溫儒敏:《中國現代文學批評史》(北京:北京大學出版社,1993 年),頁 280—281。

③ 例如李長之後來在 1950 年為北京師範大學中文系的中國文學史課程而擬定的《中國文學史研究提綱(初稿)》中,即設下這些論題:"屈原的心情是處於什麼狀態?""屈原內心裡的矛盾是什麼?""我們現在對屈原的估價應該怎樣?"等等,把屈原的作品作為表現個性來研究。見《李長之文集》,第 5 卷,頁 47—48。

④ 在替《清華週刊》所撰寫的《國學入門書要目及其讀法》一文裡,梁啟超希望人們熟讀二類作品:"一種類是最有價值的文學作品,一種類是有益身心的格言。"在梁啟超開列的這張書目中,就明確地把"最有價值的文學"界定為詩歌,"專資學者課餘諷誦"的文學作品全部收入"韻文書類",與"修養應用及思想史關係書類""政治史及其他文獻學書類""小學書及文法書類""隨意涉覽書類"構成國學書幾大基本部分。至於小說,他只淡淡地說了幾句:"吾以為苟非欲作文學專家,則無專讀小說之必要。"夏曉虹指出:"梁啟超後期的揚詩歌而抑小說,實際上隱含著一種文學功能觀的轉換——從正宗的文以載道轉為非正宗的'詩緣情'。"載夏曉虹:《覺世與傳世——梁啟超的文學道路》(上海:上海人民出版社,1891 年),頁 166—167。

情感是不受進化法則支配的”這個中心命題，[1]梁啟超使用十分誇張的語調宣示：“若是發心著手作一件頂天立地的大事業，那時候，情感便是威德巍巍的一位皇帝，理性完全立於臣僕的地位。情感燒到白熱度，事業才會做出來。”[2]因而使他對以抒情見長的詩歌格外重視，寫了一系列詩歌研究論著，其中重要的有《中國韻文裡頭所表現的情感》(1922)、《情聖杜甫》(1922)、《屈原研究》(1922)及《陶淵明》(1923)一書中的《陶淵明之文藝及其品格》與《中國之美文及其歷史》(1924)等。屈原、陶淵明與杜甫乃中國詩歌的三大家，梁氏傾精力於此，使他的“情感”論述顯得氣象不凡，旨趣極高，其把握對象的卓異特識，首先在這裡顯示出來了。[3] “情感”本是 20 世紀中國倫理學、哲學與美學思想中的重要現代性範疇之一，通過“情感”這個範疇，梁啟超選取古代三位詩人作為例證，展開具體研究，以證實“情感”是藝術創作的靈魂。然而，情感的本質究竟是什麼？在《中國韻文裡頭所表現的情感》中，學者分析梁啟超大致有這樣幾個層面的理解：(1) 情感是人的生命的基質，梁啟超把情感理解為生命中最內在、最本真的東西；(2) 情感具有強烈的行為驅動力，體現為一種“亢進”與“突變”的狀態；(3) 情感是“本能”與“超本能”、“現在”與“超現在”的統一，前者強調了情感是感性與理性的融和，後者強調了情感是現實與理想的統一。情感即是本質，也是因素，更為狀態。[4] 循此，當梁啟超從生命本體意義來看待情感的時候，他說：“天下最神聖的莫過於情感。用理解來引導人，頂多能叫人知道那件事應該做，那件事怎麼做法，卻是被引導的人到底去做不去

---

① 梁啟超：《情聖杜甫》，載《梁啟超古典文學論著》，頁 345。同樣，諸如《要籍解題及其讀法・詩經》云“詩本為表情之具”，《美術與科學》中也說“美術的任務自然是在表情”等等。

② 見梁啟超《評非宗教同盟》一文。誠如夏曉虹觀察，這一時期梁任公無論討論什麼問題，每每歸結到情感方面，他論宗教便將“白熱度情感”“名之曰宗教”，說“宗教這樣東西，完全是情感的”。論人生觀便說“我是個主張趣味主義的人”，而趣味是“偏於感情方面的多，偏於理智方面的很少”。載夏曉虹：《覺世與傳世——梁啟超的文學道路》，頁 168。

③ 梁啟超研究陶淵明，也發現“他是一位纏綿悱惻最多情的人”；研究杜甫，則認定他是“中國文學界寫情聖手”。

④ 梁啟超：《中國韻文裡頭所表現的情感》，載《梁啟超古典文學論著》，頁 186。又參見金雅：《梁啟超美學思想研究》(北京：商務印書館，2005 年)，頁 109—111。

做,沒有什麼關係;有時所知的越發多,所做的倒越發少。用情感來激發人,好像磁力吸鐵一般,有多大分量的磁,便引多大分量的鐵,絲毫容不得躲閃。所以情感這樣東西,可以說是一種催眠術,是人類一切動作的原動力。""情感是宇宙間一種大秘密","藝術的權威,是把那霎時間便過去的情感,捉住它令它隨時可以再現;是把藝術家自己'個性'的情感,打進別人們的'情閾'裡頭,在若干期間內佔領了'他心'的位置"。① 他以明確、極端而略帶誇張的語言強調情感的力量,推重主體情感的原發性、創造性與感染性,確認"情感"是掌握了進入文學的一把入門鑰匙。

1922 年 11 月 3 日,梁啟超在東南大學文哲會上演講,題目是《屈原研究》,首先把屈原身世大略明白後,他便大聲疾呼要求學生們學習屈原人格與作品,這般的提法無疑是針對廖季平、胡適的逞臆之論而來的,相信屈原作為歷史人物的存在,此時他更關注的是作家的情感所形塑的個性與獨創性,欲以此確立屈原的真實。② 1923 年的《陶淵明》一文裡,梁啟超更明白確立偉大的文學家的作品必須具備兩個要素:第一,是"不共",所謂"不共"就是"作品完全脫離模仿的套調,不是能和別人共有";第二,是"真",所謂"真"就是作品"絕無一點矯揉雕飾,把作者的實感,赤裸裸地全盤表現"。不管是作為內質的"真"與作為表現的"不共",其基石都在"情感",晚期的梁氏即是以情感之真摯,情感激活出個性,情感對人格之呈現,作為文學真實與價值之所在,達到"移人"的功能。③ 循此,"情感的真實"便取代了"歷史的真實",而從這個標準出發,由於屈原將主觀感受傾注於創作之中,"纏綿悱惻,一往情深",所以成為我國文學史上第一位具有鮮明個性特徵的偉大詩人:"中國文學家的老祖宗,必推屈原。""欲求表現個性的作品,頭一位就要研究屈原",因為,"屈原是情感的化身"、"任憑用多大

---

① 梁啟超:《中國韻文裡頭所表現的情感》,載《梁啟超古典文學論著》,頁 186—187。

② 《屈原研究》的第一部分裡,梁氏著重考釋屈原的生平經歷,根據的是《史記·屈原列傳》大略推算,又通過排列考釋屈辭中相關地名及描寫景物的辭句,推斷屈原的行述,但此種考證早在清初蔣驥《山帶閣注楚辭》已有靈活運用,梁氏的考證又顯得疏略,不如其審美批評來得鮮明、有特色,可見梁啟超本文的重心不在考證上。

③ 梁啟超:《陶淵明》,載《梁啟超古典文學論著》,頁 289—290。

力量的麻藥也麻他不下”。[①] 相較於《詩經》“大半不得作者主名，而且篇幅也短”，作者既不為人所重視，也就不會使人發生興趣。演講中的梁啟超從屈原作品中體現的情感演繹他的人格，再從他的人格推演他的作品，這般“闡釋的循環”的研究思路與方法所強調個性烙印（mark of individuality）與人格特點（trait of personality），便與他前期從“文化地理學”的走“外線”路數顯然大有不同了，也給《楚辭》研究以新的啟示。[②]

“人之情感萬端，豈有捨‘忠君愛國’外即無所用其情者。若全書如王注所解，則屈原成為一虛偽者或鈍根者，而二十五篇悉變為方頭巾家之政論，更何文學價值之足言”，“後世作者往往不為文學從事文學，而恒謬託高義於文學以外，皆由誤讀《楚辭》啟之”。[③] 對於情感內涵的重新認識，梁啟超首先張揚《楚辭》是表情的文學作品，“從前並不是沒有文學，但沒有文學的專家”。藉用一句品評抒情詩的現代話來說，即是“文學家切身地反映的自我影像”[④]。據此，梁啟超從崇尚個性的立場揭示屈原矛盾的情感歷程及其特殊人格的形成過程，總結出屈原的個性就是“All or nothing”。“All or nothing”原是易卜生（Henrik Johan Ibsen，1828—1906）的名言，它的含義就是要整個，不然寧可什麼也沒有。梁啟超比較地指出：“中國人愛講調和，屈原不然，他只有極端。‘我決定要打勝他們，打不勝我就死。’這是屈

① 梁啟超：《屈原研究》，載《梁啟超古典文學論著》，頁 261；279。作為“頭一位”詩人的意義，在其後的《楚辭》研究中就被屢屢提及。譬如林庚於《詩人屈原及其作品》一文說：“屈原的出現……使得詩壇從此出現了詩人，《詩經》時代產生過無數的詩歌，卻沒有方法知道誰是作者，因此也就沒有知名的詩人……從屈原起開始出現了有人全力來寫詩，以一生的思想感情來豐富詩，並且通過詩實現了自己整個的人格。”林庚：《詩人屈原及其作品》（上海：上海古籍出版社，1981 年）。

② 《屈原研究》所提問的：“為什麼會發生這種偉大的文學？為什麼不發生於別國而獨發生於楚國？何以屈原能佔有這首創的地位？”這個問題早在 1902 年，當梁啟超寫《論中國學術思想變遷之大勢》中便是從“文化地理學”的角度將屈原列為南方學派一個分支的代表人物，聯繫時代與社會背景來考察屈原及其作品。

③ 梁啟超：《要籍解題及其讀法》，載《飲冰室專集》，第 5 冊，頁 80。

④ 喬伊斯（James Joyce，1882—1941）對於抒情詩的定義：抒情詩是“藝術家能切身地反映他的自我形象的藝術形式”。見 Alex Preminger，*Princeton Encyclopedia of Poetry and Poetics* (New Jersey: Princeton University Press, 1969)，引自蔡英俊：《抒情精神與抒情傳記》，載《中國文化新論・文學篇一・抒情的境界》（臺北：聯經出版公司，1982 年），頁 84。

原人格的立腳點。"[①]運用"五四"以來廣被時人吸納的佛洛伊德的"心理分析"的新思潮,梁啟超分析屈原"含有兩種矛盾原素:一種是極高寒的理想,一種是極熱烈的感情"。[②] "他一面很達觀天地的無窮,一面很悲憫人生之長勤,這兩種念頭,常常在腦裡轉"。[③] 在其後發表的《老孔墨以後學派概觀》中,梁氏也有類似的"矛盾"說:"若屈子一面既以其極瑩澈之理性,感'天地之無窮',一面又以其極熱烈之情感,念'民生之長勤',而於兩者之間,不得所以調和自處……奈何屈子之情感常沸到白熱度……出世之念,轉瞬又憂世之念所厭消矣。"[④]故屈原對"現實社會,不是看不開,但是捨不得。他的感情極敏鋭,別人感不著的苦痛,到他腦筋裡,便同電擊一般"。[⑤]梁啟超認為,這就是"All or nothing"的精神,也是屈原一生的寫照。屈原這種矛盾境界,梁氏形象地比喻說:"他是一位有潔癖的人為情而死。他是極誠專慮的愛一個人,定要和他結婚。但他卻懸著一種理想的條件,必要在這種條件之下,才能委身相事。然而他的戀人老不理會他。""他對於他的戀人,又愛又憎,越憎越愛,兩種矛盾性日日交戰,結果拿自己生命去殉那'單相思'的愛情。他的戀人是誰?是那個時候的社會。"[⑥]他又曾說:"屈子蓋對於世界而失戀者也。彼捧其萬斛愛情以向世界,而竟不見答,無

---

① 梁啟超:《屈原研究》,載《梁啟超古典文學論著》,頁 275。

② 梁啟超:《屈原研究》,載《梁啟超古典文學論著》,頁 267—268。

③⑤ 梁啟超:《屈原研究》,載《梁啟超古典文學論著》,頁 269。

④ 梁啟超:《老孔墨以後學派概觀·屈原》,載《梁啟超全集》(北京:北京出版社,1999年),第 6 冊,頁 3318。梁啟超喜談屈原個性的矛盾性,與《屈原研究》同年的《中國韻文裡頭所表現的情感》一文,他也指出:"屈原本身有兩種矛盾性,他頭腦很冷,常常探索玄理,想像'天地之無窮';他心腸又很熱,常常悲憫為懷,看不過'民生之多艱'。"載《梁啟超古典文學論著》,頁 245。

⑥ 梁啟超:《屈原研究》,《梁啟超古典文學論著》,頁 267。講演中他認為《九歌》的《山鬼》是屈原用象徵性筆法描寫自己人格的代表作,梁氏分析說:"若有美術家要畫屈原,把這篇所寫那山鬼的精神抽顯出來,便成絕作。他獨立山上,雲霧在腳底下,用石蘭、杜若種種芳草莊嚴自己,真所謂'一生而愛好是天然',一點塵都染污他不得。然而他的'心中風雨',沒有一時停息,常常向下界'所思'的人寄他萬斛情愛,那人愛他與否,他都不管。他總說'君是思我',不過'不得閒'罷了,不過'然疑作'罷了。所以他十二時中的意緒,完全在'雷填填''雨冥冥''風颯颯''木蕭蕭'裡頭過去。"

可奈何以身殉之。屈子蓋天下古今唯一之‘情死者’。”[①]梁氏認為屈原的情感是熱烈的，性格也就趨向極端的，與中國人好中庸的國民性最為相反。不僅如此，還拿來與葛得（歌德）《浮士特》相互比照，梁啟超認為他們都是“對於萬有的現象和理法懷疑煩悶”，“寫懷疑的思想歷程最惱悶最苦痛處”者，[②]屈原所以能成為千古獨步的大詩人，道理也正在於此。這樣會通中西的文化通識的論析，確實新穎精深，帶有相當的新的時代氣息。

按照屈原的個性，“異道相安”“量鑿正枘”是絕對不可能的，那麼，梁氏說：屈原既“不肯遷就”，那就“丟開罷！”“丟開有兩種，一是丟開楚國，二是丟開現社會”。關於前者，“他以為舉世溷濁，到處都是一樣”，“任憑你走遍天涯地角，終究找不著一個可意的人來結婚”，“有哪一處可以說是比‘故宇’強些呢？”故“丟開楚國全是不徹底的理論，不能成立”。而後者即“丟開現社會，確是徹底的辦法。屈原同時的莊周就是這樣，屈原也常常打這個主意”，“他的神識，亦往往靠這一條路得些安慰”。故作品中頗多“表現這種理想”的“超現實境界”，“都是從宗教的或哲學的想像力構造出來”，“倘使屈原肯往這方面專做他的精神生活，他的日子原可以過得很舒服，然而不能”，因為“屈原是情感的化身，他對於社會的同情心，常常到沸度，看見眾生苦痛，便和身受一般，‘登高吾不說兮，入下吾不能’（《思美人》），這兩句真是把自己心的狀態全盤揭出”，“他的路於是乎窮了”。[③] 最終只能“拿自己生命去殉那‘單相思’的愛情”。[④]梁啟超認為，屈原“最終覺悟到他可以死而且不能不死”。因此，屈原末後只有“這汨羅一跳，把他的作品添出幾倍權威，成就萬劫不磨的生命，永遠和我們相摩相盪”。[⑤] 因此，“研究屈原，應該拿他的自殺做出發點”，“彼兩種矛盾性日日交戰於胸中，結果所產煩悶至於為自身所不能擔荷而自殺。彼之自殺實其個性最猛烈、最純潔之全部表現。非有此奇特之個性不能產此文學，亦惟以最後一死能使

① 梁啟超：《老孔墨以後學派概觀·屈原》，載《梁啟超全集》，頁 3319。
②④梁啟超：《屈原研究》，《梁啟超古典文學論著》，頁 267。
③ 梁啟超：《屈原研究》，《梁啟超古典文學論著》，頁 279。
⑤ 梁啟超：《屈原研究》，《梁啟超古典文學論著》，頁 281。

其人格與文學永不死也”。[①] 梁氏認為屈原的《國殤》“雖屬侑神之詞，實亦寫他自己的魄力和身份”。擴而較之，他更把屈原的自殺與西方的道德論相比較，說：“西方的道德論，說凡自殺皆怯懦，依我們看，犯罪的自殺是怯懦，義務的自殺是光榮，匹夫匹婦自經溝瀆的行為，我們誠然不必推獎他，至於‘志士不忘在溝壑，勇士不忘喪其元’，這有什麼見不得人之處。屈原說的‘定心廣志何畏懼’‘知死不可讓願勿愛’，這是怯懦的人所能做到的嗎？”[②]既以西方的道德論來肯認屈原的自殺，梁啟超還把屈原與羅馬英雄額爾達治武士相類比，用其流暢而帶情感的文筆認為“屈原沉汨羅”與額爾達治武士在全國“幾百萬人中最後死的一個人，眼眶承淚，頰唇微笑，右手一劍自刺左臂”的“心事”是一樣的，雕塑出一尊屈原悲壯自沉的雕像。[③]“屈原不死！屈原惟自殺故，越發不死”。這是梁啟超得出的獨到結論。梁啟超從情感與個性切入，終使他的論說與前代《楚辭》研究學者只能拿孔子的“詩可以怨”，拿孟子的“《小弁》之怨”來合理屈原的說法不同，[④]體現《楚辭》研究新的美學範式的創構。

“自己腔子裡那一團優美的情感養足了，再用美妙的技術把他表現出來，這才不辱沒了藝術的價值。”[⑤]固然真情與藝術價值是成正比的，它對作品的成功有決定意義，但有了這份真情，還要講究表現技術，否則表現出來也會走樣，[⑥]故“惟自覺用表情法分類以研究舊文學，確是別饒興味”。於是，梁啟超著重研究了韻文表情的五種方法，即“奔迸的”“迴盪的”“蘊藉的”“浪漫派的”與“寫實派的”。其中“迴盪”法之下又分作螺旋式、引曼式、

---

① 梁啟超：《要籍解題及其讀法・楚辭》，《飲冰室專集》，第 5 冊，頁 79—80。

② 梁啟超：《屈原研究》，載《梁啟超古典文學論著》，頁 281。

③ 梁啟超：《屈原研究》，載《梁啟超古典文學論著》，頁 281；272。

④ 傳統關於屈原之“怨”的看法，見廖棟樑：《離騷者，小弁之怨——關於屈辭之“怨”的一種解讀》，載《倫理・歷史・藝術：古代楚辭學的建構》（臺北：里仁書局，2008 年），頁 65—107。也有學者指出這裡有梁啟超之所以要以屈原之極端個性改造中國國民性的文化抱負。

⑤ 梁啟超：《中國韻文裡頭所表現的情感》，載《梁啟超古典文學論著》，頁 187。

⑥ 在《晚清兩大家詩鈔題辭》中，梁啟超也說：“固為文學是一種‘技術’，語言文字是一種‘工具’，要善用這工具，才能有精良的技術；要有精良的技術，才能將高尚的情感和理想傳達出來。”

堆壘式、吞咽式四個次類,"蘊藉"之下也有亞類。[①] 在"迴盪"與"蘊藉"的表情法兩類中,梁啟超皆提到《楚辭》作品作為典型,[②]他說屈原的《離騷》"多半曼聲,很少促節",是"一種極濃厚的情感蟠結在胸中,像春蠶抽絲一般把他抽出來",[③]這樣"迴盪的表情法",故能盡態極妍。同時,梁啟超又指出《離騷》"篇中許多美人芳草,純屬代數上的符號,他意思別有所指",乃是"於無可比擬中",以"極微妙的技能,借極美麗的事物做魂影",來"比擬"自己"極高尚純潔的美感"與"極濃溫的情感",這種"蘊藉的表情法"的"象徵"法,"著墨不多"而"沁人心脾""心弦震盪"。梁啟超說《詩經》"多半是藉一件事物起興,跟著便拍歸本旨",而《楚辭》卻不"拍歸本旨",不知所託,故《楚辭》也是中國文學純象徵派的"開宗"。[④] 近代以來,隨著"象徵"的舶來,梁啟超算是較少談論象徵手法的學者。這裡的"象徵"——"把所感的對象隱藏過去,另外拿一種事物來做象徵",其實還只是人們通常所說的"比喻"。

然而,屈辭的可貴乃在"他的情感全含亢奮裡",理當用"奔迸的表情法",卻又出之以"迴盪"與"蘊藉"的表情,這種特異性與"新境界",乃是因為有"想像"與"幻構"的技法為中介。梁啟超又引入西方文論的概念,認為文學藝術活動中有兩種創作流派:一謂浪漫派,一稱寫實派來解釋。浪漫

---

① 見梁啟超《中國韻文裡頭所表現的情感》。不僅如此,梁氏還將表情法用圖表形式表示,已見具體。不過,這樣的分類,有如馬睿所分析,"是不夠清晰的。首先'奔迸'、'迴盪'和'蘊藉'是梁氏自己使用的術語,'象徵'、'浪漫'和'寫實'是西方借來的,這兩個系統與其說是並列的關係,不如說是'你中有我,我中有你'的關係……。其次……在梁氏所講的'迴盪'與'蘊藉'中都有《詩經》'溫柔敦厚'的成分,而'溫柔敦厚'以'迴盪'的方式表現與以'蘊藉'的方式表現究竟有何差異,梁氏的區分是不甚分明的。"見馬睿:《從經學到美學:中國近代文論知識話語的嬗變》(成都:四川民族出版社,2002 年),頁 261。

② 在"迴盪法"中提到《涉江》《惜誦》《哀郢》與《離騷》等篇;在"蘊藉法"則言及《離騷》《思美人》《湘夫人》《少司命》與《湘君》等篇。

③ 梁啟超:《中國韻文裡頭所表現的情感》,載《梁啟超古典文學論著》,頁 197;194。梁啟超譬喻屈原、宋玉的表情"像一條大蛇,在那裡蟠—蟠—蟠;又像一個極深猛的水源,給大石堵住,在石罅裡頭到處噴迸",頁 198。

④ 梁啟超:《中國韻文裡頭所表現的情感》,載《梁啟超古典文學論著》,頁 234—235。所謂"象徵"當指用具體可感的形象表示與之相似或相近的概念、思想或感情,含義較"比喻"深廣。

派的作法是“用想像力構造境界”,“想像力愈豐富愈奇詭愈見精彩”,“把情感提往‘超現實’的方向”。梁啟超極為推崇屈原作品,認為固然“我國古代將這兩派劃然分出門庭的,可以說沒有”,“但我們文學含有浪漫性的自《楚辭》始”。[①] 梁啟超認為文學固要表現實感,“三百篇好的作品都是寫實感”,但能“從想像力中活跳出實感來,才算極文學之能事”,而屈原就是這樣一位將想像之活躍與情感之真實密切聯繫而又能避免“一瀉無遺”的真詩人。“就這一點論,屈原在文學史的地位,不特前無古人,截到今天止,仍是後無來者”。對被某些人認為無文學性的《天問》,梁啟超也說:“《天問》是純神話文學,把宇宙萬有都賦予了他一種神祕性,活像希臘人思想。”又說《招魂》《遠遊》《離騷》《九歌》等作品“想像力豐富瑰瑋到這樣,何止中國,在世界文學作品中,除了但丁的《神曲》外,恐怕還沒有幾家夠得上比較哩!”[②]他的作品是“有生命的文學”,屈原則是“情感的化身”。後人沒有屈原那種發自肺腑的真實自然的“劇烈的矛盾性”,便只能“從形式上模仿蹈襲,往往討厭”。今日《楚辭》研究者宣稱屈原是“浪漫詩人”的提法,不妨視為梁啟超浪漫化的抒情主義論述的一種後起的理論概括。[③]

誠如學者所指出:“19 世紀 20 世紀之交,在西方當代美學思潮的影響下,中國古典美學與藝術審美的視閾與方法也有了突破。作為一位善於吸收與化合的思想家,梁啟超就是較早吸納運用現代西方心理研究、比較研究等方法,從事具體的審美與批評實踐的一位美學家與批評家。如他在《屈原研究》中運用了心理研究的方法對屈原及其作品進行闡釋評價。他對屈原作品本身內涵的分析所花筆墨不多,而將主要精力放在作品與作家個性的關係上,為我們描畫了一個內心充滿矛盾、個性鮮明強烈、具有滿腔的愛國熱情與遠大的政治抱負的多情多血多才的性情中人的形

① 梁啟超:《中國韻文裡頭所表現的情感》,載《梁啟超古典文學論著》,頁 251;248;245。

② 梁啟超:《屈原研究》,載《梁啟超古典文學論著》,頁 282。

③ 夏曉虹認為梁啟超“對於文學理論最有意義的貢獻,當數‘寫實’與‘理想’(浪漫)兩個概念的確立”,“‘理想’與‘寫實’比之‘詩騷’,顯然已超越了由詞語本義所帶來的限於中國,偏於詩歌的先天制約,而具有較高的理論抽象與概括”。見《梁啟超的文學史研究》,收入王瑤主編:《中國文學研究現代化進程》(北京:北京大學出版社,1996 年),頁 11—12。

象,從而提綱挈領,將屈原的人品與作品貫通起來,精闢通透地把握了屈原及其作品的特質。這樣的研究完全不同傳統的局部感悟與評點,確實為中國文學藝術審美與批評帶來了新的視閾。因此,梁啟超的《屈原研究》被某些學者視為'最早全面評價屈原其人及其作品'、'突破前人傳統格局'的新範本,是'楚辭研究史上方法論的一大飛躍'"。①

三、梁宗岱:象徵的靈境

《屈原》(1941)是梁宗岱替1941年在重慶舉行第一屆詩人節撰寫的專論。在自序中引用了雪萊《詩辨》中的一段文字作為開篇:

> 一切上乘的詩都是無限的。一重又一重的幕盡可以被揭開了,它底真諦最內在的赤裸的美卻永不能暴露出來。一首偉大的詩就是一個永遠洋溢著智慧與歡欣的泉;一個人和一個時代既經汲盡了他們底特殊關係所容許他們分受的它那神聖的流瀉之後,另一個然後又另一個將繼續下去,新的關係永遠發展著,一個不能預見也未經想像的歡欣底源頭。②

這段詩性話語確實能夠代表梁宗岱的批評觀:肯認了每個歷史中的審美主體詮釋的合理性。

一方面,文本與歷史的對話形成不同時期人們對於文本的不同詮釋;另一方面,作品本身所具有無限的審美意蘊,人們對於作品的闡釋都是一個無限的"近似值"。③ 尤值得注意的,是梁宗岱的批評觀:

> 其中隱藏的內涵既具有黑格爾"絕對精神"的某種影子,更具有神秘主義色彩("神聖的流瀉")。當大寫的精神(Esprit)與大寫的詩

① 金雅:《梁啟超美學思想研究》(北京:商務印書館,2005年),頁255。
② 梁宗岱:《屈原》,載《梁宗岱文集Ⅱ,評論卷》,頁207。
③ 齊光遠:《梁宗岱美學思想研究》(遼寧大學文藝學博士論文,2008年),頁109。

> (Poesie)被某一個詩人的作品極好地代表或暗示之後,這作品便有了"聖書"的地位與精髓,對其詮釋,便是與其交流、對話,又非以某種科學的旗號,去證其偽真:這一態度是神秘主義者的,正如一位神秘主義者在面對他所信仰的神聖的痕跡(聖跡)時,不願產生任何懷疑。而且,如西方著名的神祕主義者們的例子一樣,作為世俗人的神祕主義者竟至於可以直接與上帝交流對話,而不管神聖與世俗、上天與凡塵在質上的不可逾越的鴻溝。①

梁宗岱面對《楚辭》這部"聖書"時便是持這一崇拜立場,所以"和偉大的文藝品接觸是用不著媒介的",②只要"直接叩問作品"即可,本此,在開篇他便擺明了自己與那些"走外線的路"的學者不同,梁宗岱批評:

> 二十年來的文壇甚或一般學術界差不多全給這種考證所壟斷。試打開一部文否,某些作品之真偽和先後,十之二則為所援引的原作和一些不相干的詩句所佔,而直接和作品底藝術價值有關的不及十之一,——更無論揭發那些偉大作品底內在的,最深沉的意義了。……不幸大多數都把手段看作目的,把理解底初步當作欣賞和批評底終點;而又自負不凡,存著務必獨具隻眼的成見,以譏誚調侃古人為能;或者,尤甚的,本來毫無理解,又不甘寂寞以自貶"權威"的地位,遂不惜旁逸斜出,標新立異,或穿鑿附會,或抹煞一切,以聳動觀聽。結果便是站在一個偉大作家或一件偉大作品之前,不獨不求所以登堂入室,連門戶底方向也沒有認清楚,而只在四周兜圈子,或掇

① 董強:《梁宗岱——穿越象徵主義》(北京:北京出版社出版集團·文津出版社,2005年),頁203。這種神秘主義也體現在梁宗岱的詩作中,《晚禱》常見有宗教的語彙:祈禱、懺悔、感恩、贊美、虔誠等等關於神恩的頌讚。

② 梁宗岱:《屈原》,載《梁宗岱文集Ⅱ:評論卷》,頁208。這種"無媒介"性,董強便分析說:"正如神祕主義者在與上帝的接觸中,可以無媒介,因為神秘主義者本身就是媒介——為梁宗岱的態度定下了基調:本身就是媒介,本身就是聖書的直接闡釋者。"見《梁宗岱——穿越象徵主義》,頁203。

> 拾一兩片破磚碎瓦，以極薄弱的證據，作輕率的論斷，便自詡盡研究的能事。我並非在打譬喻。胡適之先生底《讀楚辭》是這類批評方法或態度所產生的傑作。①

於是梁宗岱痛批"屈原否定論"的學者，"緊步著西洋少數淺薄的批評者否認荷馬底後塵而否認屈原底存在"，"這種毫無根據，或只根據個人底野心——一種要驚世駭俗的企圖——的謬見，自然不值識者一笑。一些文學史家對於屈原作品之否認，他們底意見那麼新穎，態度那麼肯定，理由又似乎那麼井井有條，卻頗得一部份人底信仰和另一部份底人懾服：在這裡略加討論或者不是多餘的"。職是，梁氏認為屈原所以被剝奪他大部分作品底所有權，不外基於：首先，"某些作品應該是某作品底範本，如果連前者也和後者一樣同屬一個作家，這作家底來歷便像從天掉下來一樣不可解"；其次，"某篇底風格或結構和其餘的不同或某幾篇太歧異，決不能出自一個作家底手；作者在其他作品裡從沒有表現過同樣的思想，或這思想和作者底心境不切合"；第三，某些作品太簡潔太成熟，決非那時代所能產生；文學史上沒有這樣的例子，或歷史上其他例子不符等等理由。梁宗岱說，"除了我們很容易指出它們歷史上的不準確外，我們只要稍加思索，便會知道全建立在這默契的臆斷上：藝術底創造既完全受外力支配，心靈底活動也只是單方面的。依照這臆斷，一個作家心情底動態，思想技巧底進展，完全是直線的：沒有紆迴，沒有起伏，沒有躊躇，更別說紛亂和變化，矛盾和衝突了"。何況屈原，"他放逐後的詩差不多每篇都是一串內心衝突底爆發，一串精誠和憂憤，熱望和悔恨，怨艾和哀訴，眷戀和幻滅底結晶"。何況屈原，在"當一個詩只有短章促節，只宜於表現比較單純或率直，雖然有時

---

① 梁宗岱：《屈原》，《梁宗岱文集Ⅱ：評論卷》，頁208—209。固然對持"屈原否定論"的胡適《讀楚辭》加以冷嘲熱諷，對於"走外線的路"的肯定屈原學者，如陸侃如的《屈原》，他也批評說："我和屈原第一次接觸還是三十年前的事……我買了一本新出版的《屈原》(它底作者後來成為一部淵博的詩史底著者)。誰知，出乎意料之外，我所得的只是失望和反感！我那時便深信，如果我自己對屈原只一知半解，那部書卻充滿了曲解誤解。"頁209。

很強烈的情感的時代，一手創立了一種幽咽迴盪，委婉多姿的詩體；並且把這詩體提到一個那麼卓絕那麼渾成的程度”。① 梁宗岱堅信“一個作家之所以成為作家，不在他的生平和事迹，而完全在他的作品”，作品是“評判一切藝術家的主要，或許唯一的標準”。他將自己的研究定位為“走內線的路”。這種“崇拜”的“走內線的路”，一方面有助於藝術的感知與瞭解，審美趣味的確被激發和提升；但另一方面，這種崇拜也免不了會造成對文本任意拔高的闡釋，甚至使其藝術文本神秘化和至尊化的弊端。梁宗岱的批評被讚美或指責，都在於此。

屈原是矛盾的、屈原是衝突的，這個說法梁啟超已經提出了，有了梁啟超的鋪墊，梁宗岱對屈原矛盾心態的體認，是所有的“矛盾”與“衝突”必須被收攝在一個“發展的整體”的“最完全”上，這是梁宗岱所強調的。也正如此，梁宗岱認為批評是一種“體驗”、“追體驗”②過程，他說：

> 一件成功的文藝作品第一個條件是能夠自立和自足，就是說，能夠離開一切外來的考慮如作者底時代身世和環境等在適當的讀者心裡引起相當的感應。它應該是作者底心靈和個性那麼完全的寫照，他所處的時代和社會那麼忠實的反映，以致一個敏銳的讀者不獨可以從那裡面認識作者的人格，態度，和信仰，並且可以重織他的靈魂活動的過程和背景——如其不是外在生活的痕迹。所以我以為一切

---

① 以上引文俱見梁宗岱：《屈原》，《梁宗岱文集Ⅱ：評論卷》，頁 213—215。

② “追體驗”一詞，借用徐復觀的說法，他在對李商隱《錦瑟》的研究中提出了“追體驗”的方法，可以印證梁宗岱的看法。他說：“讀者與作者之間，不論在感情與理解方面，都有其可以相通的平面；因此，我們對每一作品，一經讀過、看過後，立刻可以成立一種解釋。但讀者與一個偉大作者所生活的世界，並不是平面的，而實是立體的世界。於是，讀者在此立體世界中只會佔到某一平面；而偉大的作者，卻會從平面中層層上透，透到我們平日所不曾到達的立體中的上層去了。因此，我們對一個偉大詩人的成功作品，最初成立的解釋，若不懷成見，而肯再反復讀下去，便會感到有所不足；即是越讀越感到作品對自己所呈現出的氣氛、情調，不斷地溢出於自己原來所作的解釋之外、之上。在不斷地體會、欣賞中，作品會把我們導入向更廣更深的意境裡面去，這便是讀者與作者，在立體世界中的距離，不斷地在縮小，最後可能站在與作者相同的水平，相同的情境，以創作此詩時的心來讀它，此之謂‘追體驗’。在‘追體驗’中所作的解釋，才是能把握住詩之所以為詩的解釋。”徐復觀：《環繞李義山〈錦瑟〉詩的諸問題》，載徐復觀：《中國文學論集（增補三版）》（臺北：臺灣學生書局，1976 年），頁 254。

最上乘的詩都是最完全的詩，就是說，同時是作者的人生觀宇宙觀藝術觀底顯或隱的表現，能夠同時滿足讀者的官能和理智，情感和意志的需要的。①

既然"最上乘的詩都是最完全的詩"，同時又是"作者的心靈和個性那麼完全的寫照"，所以，作品"能夠自立和自足"，"能夠同時滿足讀者的官能和理智，情感和意志的需要"。那麼，"正如許多物質或天體的現象只在顯微鏡或望遠鏡審視下才顯露：最高，因而最深微的精神活動也需要我們意識的更大的努力與集中才能發現。而一首詩或一件藝術品的偉大與永久，卻和它蘊含或啟示的精神活動的高深，精微，與茂密成正比例的"。② 從此，批評家的任務便在闡發偉大的詩所"蘊含或啟示的精神活動的高深、精微，與茂密"。不僅僅只是表象上的沒有過濾結晶之矛盾與衝突，並且，與之共鳴，純化深化讀者之心。故而，梁宗岱說他的《屈原》是自己的心靈與屈原的心靈"直接交流"所"激出的浪花"，是自己運用"想像力"，從作品所展示的"詩人心靈底演變，藝術的進展"來領會這位大詩人所給我們的"光明的啟示"。"文藝底欣賞是讀者與作者間精神底交流與密契：讀者底靈魂自鑒於作者靈魂底鏡裡"。③ 通過這種創作主體與審美主體的心靈共鳴，梁宗岱相信屈原自身的"發展整體性"才得以呈現，總之審美者本人在辨認、把捉和揣摩作品的同時，隨著自身"視域底廣博和深遠"，將進一步體驗出屈原心靈意象的"完整和一貫"。這一"發展的整體性"的強調，董強要說"隱藏的現代性不可忽視，因為它把讀者的能動性充分地考慮了進去"。④

① 梁宗岱：《屈原》，《梁宗岱文集Ⅱ：評論卷》，頁 209。

② 梁宗岱：《談詩》，載《梁宗岱文集Ⅱ：評論卷》，頁 88—89。

③ 梁宗岱：《談詩》，載《梁宗岱文集Ⅱ：評論卷》，頁 88。

④ 董強：《梁宗岱——穿越象徵主義》，頁 204。回頭審視傳統的《楚辭》研究，"屈原"代表的就是一種品性，一種精神，和一種命運，這些東西讓他們起了共鳴，自然對存在處境相若的後代知識人產生重大的影響，故而《楚辭》研究不僅是一種學問的鑽研，並且是文人思想感情的表現與發洩，眾多的研究者，無論考其文字，訂其音韻，或闡發思想，揭其微義，皆非單純的興趣所致，實有著審美情趣或思想情感共振的因素。循此，《楚辭》研究在詮釋目的上，表現出以"章句訓解"來探求屈原本意的同時，又常以之反照自身揭明自己的情志，顏崑陽稱此"互為主體"的詮釋為"情志批評"。參見顏崑陽：《李商隱詩箋釋方法論》(臺北：學生書局，1991 年)。

"這些作品,在我們文學史權威底手裡變得東鱗西爪、支離破碎的,在我巡禮底盡頭竟顯得一貫而且完整"。[①] 總之,梁宗岱如是說的理由是他要進一步看出一位作家作為個性的完整性與純粹性,而不僅僅是梁任公所說的"矛盾性"而已。並且這些完整、純粹又與讀者的深層閱讀緊緊聯繫在一起,"摒除一切生硬空洞的公式","直接叩問作品"。在《屈原》中,梁宗岱的"主觀性"以及對作品的"文本性"的強調,證明了他與西方文學批評界的平行,甚至超前,無疑具有很強的理論前瞻性。緣此,梁宗岱"重織"屈原"靈魂活動底過程和背景",而不僅僅是"外在生活的痕迹"。《屈原》的處理方式有二:(1) 中西詩學比較;(2) 詩人心靈演變的考察。底下,先談第一點。

早在《李白與哥德》(1934)中,梁宗岱即說:

> 我們泛覽中外詩的時候,常常從某個中國詩人聯想到某個外國詩人,或從某個外國詩人聯想到某個中國詩人,因而在我們心中起了種種的比較——時代,地位,生活,或思想與風格。這比較或許全是主觀的,但同時也出於自然而然。屈原與但丁,杜甫與囂俄,姜白石與馬拉美,陶淵明之一方面與白仁斯(R. Burns),另一方面與華茨活斯,和哥德的《浮士德》與曹雪芹的《紅樓夢》……他們的關係似乎都不止出於一時偶然的幻想。[②]

Harold Bloom 曾經說:"使一個文學作品贏得經典地位的原則特質,乃是一種特異性(strangeness)。"[③]而"特異性"便是由比較中見出。這種比較視野與眼界當然與梁宗岱留學有直接的關係,也是那個時代學人的共同風氣。早先的《詩與真》(一、二集)中,梁宗岱已經多次對文學史的巨人進行平行比較研究,但不管是哥德與李白、馬拉美與姜白石、孔子與赫拉克

① 梁宗岱:《屈原》,載《梁宗岱文集Ⅱ:評論卷》,頁 210。

② 梁宗岱:《李白與哥德》,載《梁宗岱文集Ⅱ:評論卷》,頁 101。

③ Harold Bloom, *The Western Canon* (New York, 1994), p.4。中譯本翻譯 strangeness 為"殊異性"。見高志仁譯:《西方正典》(臺北:立緒文化事業有限公司,1998 年),頁 4。

利特等等，往往僅聚焦於一點，文章的長度也不允許其開展。但將屈原與但丁的比較則不然，“使得作者具有了一個博大的視野和有效的參照體系，從而在為屈原立起的這面異國的巨大的鏡子內，折射出了那些僅僅囿於屈原作品中的人永遠看不到的新的精神內涵”。[1] 自然這又絕非梁啟超簡單的即興式比較所能比的。梁宗岱說：“在世界的詩史上，再沒有兩個像屈原和但丁那麼不可相信地酷肖，像他們無論在時代、命運、藝術和造詣，都幾乎那麼無獨有偶的。”首先，梁宗岱從“生活、遭遇和歷史地位”比較兩位詩人的共通性：

> 像一對隔著世紀和重洋在同一顆星——大概是土星罷——誕生的孖生子，他們同是處在國家多難之秋，同樣地鞠躬盡瘁為國努力，但不幸都“忠而被謗，信而見疑”，放逐流亡在外。放逐後二者又都把他們全副精力轉向文學，把他們全靈魂——他們的忠貞、他們的義憤、他們的侘傺、他們的悵望——灌注到他們的作品裡，鑄為光明的偉詞，像崢嶸的絕峰般崛起於兩國詩的高原，從那裡流出兩道源源不竭的洪流灌溉著兩國綿延的詩史，供給兩個民族——不，我們簡直可以說是全人類——的精神飲料。[2]

這正是梁宗岱對《楚辭》——中國文學在世界文化中的地位的確認。其次，從內部——主題、體裁、風格等作比較，梁宗岱得出如下的共通結論：第一，他們的傑作《離騷》和《神曲》的題旨或思想，“都可以說是一種追求理想的歷程，這理想又都以女性為象徵”。第二，兩者的形式“卻多少是自傳體。一種寓言式的自傳，雖然一個抒情的成分多於敘事，一個敘事多於抒情”。

---

① 董強：《梁宗岱——穿越象徵主義》，頁 205—206。在《屈原》中，梁宗岱回憶說：“我和屈原第一次的接觸還是二十年前的事，正當我從舊制中學二年級升入三年級那年的暑假。恰巧那時候我從一位英文教員底書架上找到一本美國詩人郎佛羅翻譯的但丁《神曲》。……這兩位難懂的大詩人遂成為我那個暑假的熱烈的雖然只是一知半解的伴侶。”《梁宗岱文集Ⅱ：評論卷》，頁 209。

② 梁宗岱：《屈原》，《梁宗岱文集Ⅱ：評論卷》，頁 212。

第三，兩者的思想淵源“都是當代一切學術思想的總和，一個把歐洲中世紀的神學、哲學、騎士的愛，甚至回教的傳說熔為一爐；一個則反映著當代儒家、道家、陰陽家的人生觀、宇宙觀和宗教信仰”。第四，從藝術造詣言，“如果在歐洲莎士比亞給我們以人類熱情的最大寬容，但丁給我們這熱情的最高與最深；在中國則表現最廣博的人性是杜甫，把我們的靈魂境域提到最高又掘到最深的卻是屈原”。第五，從接受史言，“兩者都分受一切變為民族經典的偉大作品的共同命運：被後來的專門學者和考據家們穿鑿附會和支解”。梁宗岱這裡說的“民族經典”一詞出現在 40 年代初期的文化語境中，頗有意味的體現了他在中西比較中重建中國傳統的努力，一如李長之的“迎接中國的文藝復興”，這自然涉及到深層的文化認同的需求。①

在對兩位詩人的總體性比較之後，梁宗岱還對他們各自代表作——《離騷》和《神曲》的共通點進行了比較。他認為，“貫徹著《離騷》全詩的，像貫徹著全部《神曲》的一樣，是一種象徵主義。在這象徵主義裡，我們理智底最抽象的理想化為最深切最實在的經驗，我們只在清明的意識的瞬間瞥見的遙遙宇宙變為近在咫尺的現實世界”。在梁宗岱看來，他們之所以能有這種象徵境界，關鍵在於依賴“一種特殊的也可以說最高的擬人法”，這是“一種把最抽象的觀念和最具體的現實大膽地混合為一的擬人法”，“這擬人法即在近代歐洲的詩裡也很難遇見；運用得神妙的，據我所知，恐怕就只有但丁底《神曲》”。梁宗岱用著文采飛揚、熱情洋溢的詩筆形容著：

> 因為普通一般擬人，只是給抽象的觀念或德性穿上人底衣服，或把抽象的意義附加在形體上面，而並非實實在在地把思想和活人聯成一片：所以是無生氣，無血肉的。但丁和我們底屈原（這是多麼巧的偶合！）卻完全兩樣了，他們極認真嚴肅地把他們對於他們理想的愛和他們對於女人的愛合體：但丁頌揚他底貝雅特麗琪的時候同時即

① 見梁宗岱：《非古復古與科學精神》（1942 年）一文。又參見陳太勝：《梁宗岱與中國象徵主義詩學》（北京：北京師範大學出版社，2004 年），頁 188。

是讚美他對哲學或神學的愛，屈原歌唱他底美人芳草時亦即是發揚他那忠君愛國的一片赤誠。或者，較準確點，集中在他們靈魂的忘形的狂熱裡，一切經驗，無論是理智的感官的或本能的，都融成一刻單獨的經驗，一個不可分解的詩的直覺。結果便是一片融洽無間的延續或連貫：感覺、想像，和觀照；過去、現在，和未來，全融混在一個完整的系統，一個和諧的整體裡，匯合為一朵清明熱烈的意識火焰。所以《離騷》和《神曲》一樣，是一個完全的心靈底完全的表現，——這心靈從忠君愛國這觀念所看見的美實不亞於美人芳草所呈現給它的美，而且，由於一種神秘的精神作用，這兩種美，對於它，不獨不相悖並且是水乳般交融的。所以這兩部崇高的詩，《離騷》和《神曲》，所傳達給我們的，並非生命底片面或頃刻，而是全部生命底洞見；因為在它們裡面，有時甚至於在它們底一節或一句詩裡面，生命底變換無窮的品質——顏色芳香和靜音，悲歡喜懼和禍福——透過詩人底白熱的創造力，完全集中在一個單獨的光明啟示上像在一個焦點上了。①

所謂"普通一般擬人"，或許所指的即是如梁啟超稱許《離騷》美人芳草為象徵的"蘊藉表情法"。對梁宗岱言那只是"給抽象的觀念或德性穿上人底衣服"的"比擬"而已，還算不上"象徵"。與"一般擬人"不同，梁宗岱要稱"最高的擬人法"，是因為達到"思與詩的高度統一"，是將"思想與詩人聯成一片"的心靈境界。梁宗岱認為，屈原的《離騷》和但丁的《神曲》都是"最高擬人法"的代表作品。借用較早的《象徵主義》(1934)的說法："它所賦形的、蘊藏的，不是興味索然的抽象觀念，而是豐富、複雜、深邃、真實的靈境。"②

---

① 以上引文俱見梁宗岱：《屈原》，《梁宗岱文集Ⅱ：評論卷》，頁236—237。

② 梁宗岱：《象徵主義》，載《梁宗岱文集Ⅱ：評論卷》，頁67。梁宗岱拿《山鬼》和《橘頌》比較，說："在這兩首詩裡，我們知道，詩人都是以物自況的：詩人咏橘，和咏山鬼一樣，同時就是咏他自己。可是如果依照我上面底解釋，我們會同意《橘頌》是寓言，《山鬼》是象徵。為什麼呢？最大的區別，就是前者是限制我們底想像的，後者卻激發我們底想像。前者詩人把自己抽象的品性和德性附加在橘樹上面，因而它底含義有限而易盡。後者卻不然。詩人和山鬼移動於一種靈幻飄渺的氛圍中，撲朔迷離，我們底理解力雖不能清清楚楚地劃下它底含義和表象底範圍，我們底想像和感覺已經給它底色彩和音樂底美妙浸潤和滲透了。"《梁宗岱文集Ⅱ：評論卷》，頁68。

試將《九章》和《離騷》比較,梁宗岱即云“《九章》裡有著不少枝節的或者詳細的事實底直敘”,但“對於詩的藝術,卻是極大的失敗,因為詩不是描寫,當然更不是日記……而是最精微的化煉和蒸餾。我們從《九章》轉到《離騷》第一個愉快的印象便是……代以一種空靈的象徵的抒寫”。[①] 跟在《詩與真》中的《象徵主義》一文相比,《屈原》尤突出了一個概念,那就是個人“經驗”。早在《論詩》(1931)一文中,梁宗岱譯出里爾克《勃列格底隨筆》的名言:“詩不像大眾所想像,徒是情感(這是我們很早就有了的),而是經驗。”[②]把即物興發的情緒拓展為“經驗”、“美感經驗”。吾人知道,即使是親身經歷的情感,如不經過自我“意識”和“記憶”保存與內化,就不能形成經驗材料,也就不再是經驗。因為是“經驗”,其材料、結構與價值形成,借用高友工的分析,就有了“同一、等值”和“延續、轉移”的過程與功能了。[③]如此,美感經驗本身又呈現為多層次的建構,其生成和展開自有一個不斷發展與深化的過程。“經驗”一義極大地深化了屈原生命體驗的“情感”,而“經驗”融合在“詩的直覺”中,賦形成藝術世界的“融洽無間的延續或連貫”、“完整的系統”、“和諧的整體”,這就是他所謂“象徵的靈境”。所以,《離騷》和《神曲》所以都是“崇高的詩”,即是藉由“象徵的靈境”而達到的。如此地論述,顯然較之梁啟超說屈原既有“奔迸的表情法”卻又出之以“迴盪”與“蘊藉”的“崇高”美感要來得深入,既避免了抒情的泛濫無歸,又張揚抒情的精心造藝,詩歌的經典厚度也隨之增加,同時也純化深化讀者的心。平行研究中,除見其相同,梁宗岱還要揭明其相異,申明其“民族經典”的說法。他指明《離騷》和《神曲》有三點區別:第一,從詩的表現情感言,《離騷》是“清明多於熱烈”,而《神曲》則“熱烈多於清明”;第二,從詩的表現

① 梁宗岱:《屈原》,載《梁宗岱文集Ⅱ:評論卷》,頁233。

② 關於“經驗”,梁宗岱翻譯里爾克的說法:“可是單有記憶猶未足,還要能夠忘記它們,當它們太擁擠的時候;還要有很大的忍耐去期待它們回來。因為記憶本身還不是這個,必要等到它們變成我們底血液,眼色和姿勢了,等到它們沒有了名字而且不能別於我們自己了,那麼,然後可以希望在極難得的頃刻,在它們當中伸出一句詩底頭一個字來。”見《論詩》,載《梁宗岱文集Ⅱ:評論卷》,頁29。

③ 高友工:《文學研究的美學問題(下):經驗材料的意義與解釋》,載高友工:《中國美典與文學研究論集》(臺北:臺灣大學出版中心,2004年),頁68—89。

方式論,《離騷》是"宇宙的抒情詩",《神曲》是"個人的紀事詩";第三,從詩的韻律看,《離騷》是"四句一轉的盤旋體",《神曲》是"三行一頓的連鎖體"。[①] 這裡,紀事詩(epic)與抒情詩(lyric)的說法,董強認為"梁宗岱不可能不知道這一劃分在美學史上的意義","因此在將屈原與但丁運用黑格爾式的區分而進行對立統一的比較的同時,很難說,在梁宗岱的心目中,不存在著屈原的作品甚至高於但丁,或者從歷史的角度來看具有某種超越的想法"。[②]

本於《象徵主義》裡的"契合"和"感通"的論點,梁宗岱在《屈原》中除以屈原、但丁的比較為主幹外,又添入了諸多輔助性的比較,提升比較的廣度與深度。有出現但丁、莎士比亞、屈原、杜甫這一四方的參照,[③]也有屈原和荷馬、蒙田的比觀,[④]甚至屈原和孔子、蘇格拉底、耶穌、釋迦牟尼並列,[⑤]還有屈原和丁尼生、惠特曼同行,[⑥]以及在梁宗岱體系中成為一生之參照的瓦雷里(梁譯梵樂希)等等。值得注意的是,這一比較體系,不僅在

---

① 梁宗岱:《屈原》,載《梁宗岱文集Ⅱ:評論卷》,頁 237。朱熹《楚辭集注》便是將全詩按四句一章註釋,並且注意章句的起承之妙。陳太勝歸納梁宗岱的《離騷》和《神曲》的區別時,誤將《離騷》置為"三行一頓的連鎖體",而《神曲》為"四句一轉的盤旋體。"見《梁宗岱與中國象徵性主義詩學》,頁 201。

② 董強:《梁宗岱——穿越象徵主義》,頁 207。董強的意思是指在黑格爾《美學》中"敘事詩"與"抒情詩"的劃分,乃"具有時間上的意義:史詩代表的是'一個民族的天真的意識的表達',而抒情詩代表的,則是'一個個體精神,在發展的同時,脫離出一個民族的思想與生活'。抒情詩的個人性代表了一種新的境界"。

③ 梁宗岱說:"如果在歐洲莎士比亞給我們以人類熱情底最大寬度,但丁給我們這熱情底最高與最深;在中國則表現最廣的人性是杜甫,把我們底靈魂境域提到最高又掘到最深的卻是屈原。"《屈原》,頁 212—213。

④ 梁宗岱說:"把這詩體提到一個那麼卓絕那麼渾成的程度,使我們不得不承認(這是我們底羞慚,也是我們底驕傲!)他和荷馬、但丁、蒙田共同證實了文學史上這似乎武斷的現象:最初同時也是最偉大的。"《屈原》,頁 215。

⑤ 梁宗岱說:"屈原底命運其實就是一切先知先覺——孔子、蘇格拉底、耶穌、釋迦牟尼——底命運。他只缺乏他們底寧靜和寬容。"《屈原》,頁 220。

⑥ 梁宗岱論《天問》一詩,說:"我們想起英國詩人丁尼生底《墻罅里的花》或美國惠特曼底《草葉》。"《屈原》,頁 221。

文學之內,也旁涉音樂、繪畫的跨文類。① 總之,比較文學使得梁宗岱具有了博大的視野,從而在為屈原豎立起的這面異國的巨大鏡子內,力圖在互證、互釋中把握、凸顯出了那些僅僅囿於屈原作品中的人永遠看不到的新的內涵。

比較詩學的"横廣"平行研究之外,梁宗岱更從屈原的代表作品切入,"縱深"剖析"作品所展示的詩人心靈的演變,藝術的進展"。他根據屈原"在不同的人生階段的審美意識的發展變化來考察其審美意象的生成過程及外在的藝術表現",②最後描繪出屈原的詩的一生。梁宗岱劃分屈原的寫作年表為四個階段:

第一階段:代表作是《九歌》。梁宗岱認為"《九歌》裡流動著的正是一個朦朧的青春的夢,一個對於真摯、光明、芳菲或忠實的憧憬"。③ 但和《詩經·鄭風·野有蔓草》相比,"基本的情感反應或許也是一樣的",不過,"《九歌》所帶來的,又不僅是一根草,一股清新而已。它們本身就是一座幽林,或驟然降臨在這幽林的春天——一座熱帶的幽林裡的春天,蓬勃、蓊鬱、明媚。而當我們在那裡流連的時候,詩人熱烘烘的靈魂底溫情和惆悵,低迴和幽思,從每句婉麗的詩透出來直沁我們肺腑,像一縷從不知方向的林花透出來的朦朧清洌的溫馨一樣"。用這些熱情的詩筆去描繪《九歌》的"從每句婉麗的詩"所"透出來的朦朧清洌的溫馨",正是"詩人為自己創造的詩體,一種溫婉,雋逸,秀勁的詩體,又適足以把他靈魂裡這些最微妙最深秘的震盪恰如其分地度給我們"。④ 這一說法,背後有著梁宗岱的"純

---

① 梁宗岱說:"這篇文章便是我底心靈和這位(其實我應該說兩位,因為從始但丁底影子便陪著我們像一支樂曲底低音伴奏)大詩人底心靈直接交流所激出的浪花。"《屈原》,頁210;"我們在《九歌》裡,正如在文藝復興時代意大利底大師們底杰作(譬如,波狄且里底《聖女像》)裡,感到那麼高度的形神無間的和諧。"《屈原》,頁219。

② 四個階段的劃分,參考齊光遠:《梁宗岱美學思想研究》,頁113—118。

③ 與傳統《楚辭》學認知不同,王逸說:"屈原放逐,竄伏其域,懷憂苦毒,愁思沸鬱。出見俗人祭祀之禮,歌舞之樂,其辭鄙陋,因為作《九歌》之曲。"朱熹亦然,皆將《九歌》歸類於貶謫後的作品。

④ 以上評論《九歌》的引文,俱見梁宗岱:《屈原》,《梁宗岱文集Ⅱ:評論卷》,頁216—218。

詩”概念。“所謂純詩,便是摒除了一切客觀的寫景、敘事、說理以至感傷的情調,而純粹憑藉那構成它底形體的元素——音樂的色彩——產生一種符咒似的暗示力,以喚起我們感官與想像底感應,而超度我們底靈魂到一種神遊物表的光明極樂的境域”,“它底本身底音韻和色彩底密切混合便是它底固有的存在理由”。[①]《九歌》正因為其本身適切擅長的“原素”與體式,成為“比現世更純粹”的象徵的靈境,才能較之《野有蔓草》更具生命力和藝術魅力。在比較《九歌》與《離騷》時,梁宗岱指出:“從純詩底觀點而言,《九歌》底造詣,不獨超前絕後,並且超過屈原自己的《離騷》”,因為《九歌》是楚辭體詩化程度最高的形式,“達到了婉約美妙的表現,又蘊藉高潔的情感,具有完整無瑕的造詣”。幾乎可視為抒情美學的極致表現。然而青春的性靈只是屈原的心靈歷史中的短暫階段,隨著“《九歌》青春之夢的破碎了,醒來的是一個充滿了懷疑和深究窮詰的思想世界:《天問》”。

梁宗岱認為《天問》是屈原人生的第二階段的表現。梁宗岱說,有人認為《天問》是屈原暮年所作,[②]理由是“他底最深刻的疑問是‘登立為帝,孰道尚之?’”顯然這是不瞭解人的頭腦與心靈的區別,梁宗岱說“登立為帝,孰道尚之”的疑問,固然體現了對君主的懷疑,從這個疑問出發來推斷這是屈原思想所經歷的最後一刻雖然是有道理的,但是“從心理的觀念,或者,較準確點,從情感底觀點而言,則反應最猛烈的是最初受打擊的時候,正如水初出峽時怒滔洶湧、雪花亂濺,到了水勢愈深,便漸漸平靜下來一樣”,“因為《天問》裡許多疑問,要獲得終極的解答,不獨屈原當時的智識做不到,就幾千年後的我們也只如噤口結口”。[③] 因此,屈原必然會從對宇宙問題的追問回到對自身的省察:“道思作頌,聊以自救。”於是屈原的人生來

① 梁宗岱:《談詩》,載《梁宗岱文集Ⅱ:評論卷》,頁 87。梁宗岱說:“一首最上乘的詩所傳達的不是一些凝固的抽象觀念,亦不是單純的明確的情感,而是一些情與思未分化之前的複雜的經驗或靈境。”

② 王逸謂:“屈原放逐,憂心愁悴,徬徨山澤,經歷陵陵。嗟號旻旻,仰天嘆息。見楚有先王之廟及公卿祠堂,圖畫天地山川神靈,琦瑋僑佹,及古賢聖怪物行事。”是漢代以降大體都認為《天問》為放逐江南之作。

③ 以上評論《天問》的引文俱見梁宗岱:《屈原》,載《梁宗岱文集Ⅱ:評論卷》,頁 221—224。

到第三階段,梁宗岱把屈原由《天問》到《九章》的創作心理和轉變視為由外向內,由詰問外物到詰問自身的轉變。

在這第三階段時,屈原的精神狀態是"憂思悃愨"與"光明寧靜"的交錯,也因此,《九章》的藝術成就在整體上不如《九歌》,因為後者所表現的世界是最貞潔的性靈,是純金,"根本就屬於詩的世界",而前者則夾著未經純化了的"經驗""學問"和"思想","這無疑地可以擴大詩底領域,但這些都是比較上不肯受詩藝底支配的"。在《九章》裡,"屈原顯然還沒有獲得這對於新材料的無上的駕御和控制",因而大部分作品體現出的是"凌亂的節次、雜沓的章法","尤嚴重的、教訓式的議論和乾燥無味的史事平列或夾雜在高亢或淒惻動人詩句中,有時甚至於把它們淹沒了"。梁宗岱認為這本屬散文表達的方式,硬由詩歌來表現是不宜的,那樣,詩會失去了自己的本質與文體特徵。這種說法,仍是梁宗岱的"純詩"認知。與此同時,梁宗岱還是肯定了《九章》在屈原個人詩體發展上的三個成就:首先,他創造出一種較長較富於彈性和跌宕的詩行;其次,在《悲回風》,"我們感到一種特異的音節,一種飄風似的嗚咽,有如交響樂裡那忽隱忽現卻無時不在的基調,籠罩或陪伴著全篇","這連翩不絕的雙聲,這平排或交錯的諧音和疊調,似乎都不是出於偶然,都告訴我們詩人正竭力去開拓他的工具的音樂性——去盡量利用文字音義間的微妙關係,以期更入微地傳達他的心聲和外界音容的呼應和交感"。第三,當詩人內心波湧的思潮漸漸平息下來,《涉江》《抽思》和《懷沙》三篇,梁宗岱發現另一種新的較短的詩行出場了,這種詩行將"兮"由句中移向句尾,"由於'兮'字這特殊地位,這詩行沒有其他詩行的搖曳和盪漾,沒有那麼婉轉和感慨;卻增加了明確和堅定,比較宜於表達沉著寧靜的沉思:定心廣志,余何懼兮!知死不可讓,願勿愛兮!"[①]至於《九章》中的《橘頌》,梁宗岱也不以傳統視"它是少作"為然,因為"從《涉江》或《悲回風》轉到《橘頌》的時候,我們彷彿在一個驚濤駭浪的

① 以上評論《九章》的引文俱見梁宗岱:《屈原》,載《梁宗岱文集Ⅱ:評論卷》,頁224—230。

黑水洋航駛後忽然揚帆於風日流利的碧海”,“它底表現多麼簡煉,多麼整潔,又多麼含蓄:正是絢爛之極、歸於平淡的明證”。至於在那樣“陰鬱波動的心境”的第三階段,“怎麼能夠產生這樣清明靜謐的詩呢?”梁宗岱從心理辨證角度去解釋:“在黑暗中渴慕光明,愁苦中憧憬快樂,更是心靈上迫切的需要。”他舉歌德的說法:“最能欣賞地中海底風光的,不是那據有地中海的法蘭西人和意大利人,而是那些生活和思想都長期浸在幽暗或朦朧裡的日爾曼人。”[①]顯然這些對待的形式要素的討論總是建立在詩人表達的情感以及氣質、個性上,梁宗岱揭明表情藝術和詩歌體制與人生經歷之間的內在聯繫,概括出什麼樣的詩體適合什麼樣的情感表現。第三階段中固然充滿了矛盾,然而,隨著經驗的增長、思想的成熟以及藝術技巧的提高,他的《離騷》達到了藝術的高峰,[②]是詩人“畢生的經驗和夢想、悵望和創造的結晶或昇華”,他所代表的不是詩人的“一段生命”而已,更是預告“整個生命”、“全部生命底洞見”。儘管從“純詩”的立場言,《離騷》也許遜《九歌》一籌,但他還是說《離騷》“是中國甚或世界詩史上的最偉大的一首”,那是因為除了“最優美的情緒和最完美最純粹的表現”外,還要“有更廣博更繁複更深刻的內容”。這一內容,包含了“作者對人性的深澈的瞭解,對於人類景況的博大的同情,和一種要把這世界從萬劫中救回來的作者的意志,或一種對於那可以堅定和提高我們和這溷濁的塵世底關係,撫慰或激勵我們在裡面生活的真理的啟示”。而《離騷》正因此而作了“最情致的化煉和蒸餾”,這裡可以看出一種超越《九歌》“純詩”的概念,將詩歌提到“人類的景況”,“景況”頗能傳達出深沉的憂慮況味,也已經可以看到詩人眼界、胸懷的提升,這自然是梁宗岱出於對當代人生存境況的深思。在

---

① 李長之評論曰:“從來人對於《橘頌》的讚賞,可說沒有這樣深刻、盡致,而又不失卻美的。”《梁宗岱〈屈原〉》,載《李長之文集》,第 3 卷,頁 214。

② 按照司馬遷《屈原列傳》的記載:“屈原……為楚懷王左徒……王怒而疏屈平。……故憂愁幽思而作《離騷》。”王逸亦認為在懷王時,“屈原執履忠貞而被讒邪,憂心煩亂,不知所愬,乃作《離騷經》。”是《離騷》作於懷王中期,梁宗岱與之不同。

《離騷》的結尾，詩人已有了“吾將從彭咸之所居”的想法。[①]

由此是屈原進入第四個階段，正如“梵樂希苦心經營他那深奧濃鬱的《年輕的命運女神》後幾乎不勞而獲那清新明朗的《棕櫚頌》”，“精心結撰的鉅制往往帶來一兩篇比較容易的產兒”，《卜居》和《漁父》“比較簡樸，比較清淡，也許和《離騷》同時或《離騷》脫稿後自然形成的作品”。《卜居》和《漁父》“赴死的想法成已”，縱然，赴死的想法雖已生成，但死亡之去就並不會僅決定於他和外界的矛盾，屈原心理的發展還有一個迂迴矛盾的過程。因為“和他這一往無前的死志的掙扎和抗拒的還有另一種同樣強勁的內心衝動：一種永生的願望”。相較於梁啟超的“矛盾”說，梁宗岱更揭明屈原心靈的“複雜”，在他看來，《招魂》便是屈原在此種心態下的創作品，從詩體言，更是“作者在藝術上又開闢了新疆土”。他從詩、樂與畫的通感來看，“《九歌》底輕歌微吟，《九章》底促管繁弦，《離騷》底黃鐘大呂，《天問》底古樸的浮雕”，到了《招魂》“一變而為刻畫精緻、雕肝鏤骨的雕刻或工筆畫”，《招魂》中的“可怖之境”和“可悅之境”展現了逼真的形象，“窮形盡態，而又不流於堆疊繁瑣”。故“那主張詩不如畫的達文奇，或堅持不能在描寫上和造型藝術抗衡的列辛，讀到這裡，恐怕也要蹴然改容，默爾而息了罷”。梁宗岱本著中國傳統的“詩畫本一律”如此“通感”形容著。至此，梁宗岱從詩體角度總結屈原“最大光榮之一：一首創造了各種詩底表現法（多端卻又一致），並且把每種都提到最高最完美的程度”。回溯梁啟超說屈辭是“迴盪的”、“蘊藉的”與“浪漫的”表情法，梁宗岱作了更精細而動態的考察，“對於風格，更特別有一類銳敏的美感”。[②]《遠遊》，梁宗岱認為是“屈原沉江前的絕響”。他說：“現在，像一個快要辭枝的蘋果，屈原自沉的決心漸漸熟透了。他似乎可以把皓皓之白，付諸滄滄的清流了。然而，這昭如日星的精魂，能夠甘心就此淪沒嗎？像迴光反照一般，他重振意志的翅膀，在思想的天空放射最後一次的光芒，要與日月爭光，宇宙終古：這便是《遠遊》了。”

① 以上闡述《離騷》的引句，俱見於梁宗岱：《屈原》，載《梁宗岱文集Ⅱ：評論卷》，頁232—239。

② 李長之：《梁宗岱〈屈原〉》，載《李長之文集》，第3卷，頁213。

《遠遊》是"到了這彌留之頃,在屈原未實施他底決心的刹那,它更變成唯一的主調",是"永生願望底結晶,創造意志底昇華,詩人靈魂對於永恆的呼喚和把握"。①

在《屈原》的最後,梁宗岱還分析屈原投江的原因:"他底死完全是出於他意志底絕對的自由,而且——這是一般文學史家很容易忽略的一點——是經過冷靜的理智底審思熟籌的。他底生之意志那麼強烈那麼蓬勃,對於現世又那麼惓懷那麼熱誠,我們當然也不能把他比擬那些輕蔑生命的哲人或厭世的宗教家。我以為他是介乎後二者之間,或者不如說,兼有二者底優點的;因為自沉對於他是一種就義——不是慷慨或從容而是自由地就義。"所以,屈原"底詩處處都告訴我們,他唱得最沉痛處就是他最依戀著生命的時候,反之,每提到死卻出以極堅決極沖澹幾乎可以說澹漠的態度"。② 在梁啟超說屈原自沉是"兩種矛盾性日日交戰於胸中"以至於"為自身所不能擔荷"並以西方道德論來辯護之後,梁宗岱顯然將屈原的死亡由心理現象的"慷慨或從容"提高到另一高度:"自覺"進而"自由",這是經過反思後的自我選擇,所以,梁宗岱說屈原是"自由地就義"。梁宗岱描繪了屈原在自沉的一瞬間靈魂與永恆的合一:"就是在'滔滔孟夏',他所擇定的日子,他把軀殼交給浩浩的湘流,把詩卷遺給人間,而他底精神呢——我們彷彿看見他縱身一躍的頃間瞥見水底的藍天時,臉上泛出一種由衷的恬澹的微笑——卻永存於兩間,與天地精神往來了。"③把自沉看作一種"超然高舉以保真的手段",至終"與天地精神往來",梁宗岱用《遠遊》的話概括,即是"超無為以至清兮,與泰初而為鄰"。死亡所顯示的"至清"、"與泰初為鄰",這境界實際上就是他早先讀陳子昂《登幽州臺歌》時說的"宇宙的精神"(world spirit)或者是後來提及的"宇宙意識"。誠如聞一多在《宮體詩自贖》稱讚《春江花月夜》的"宇宙意識",什麼是"宇宙意識"?

① 以上賞析《卜居》《漁父》《招魂》與《遠遊》的引文,俱見於梁宗岱:《屈原》,載《梁宗岱文集Ⅱ:評論卷》,頁239—245。

② 梁宗岱:《屈原》,載《梁宗岱文集Ⅱ:評論卷》,頁238。

③ 梁宗岱:《屈原》,載《梁宗岱文集Ⅱ:評論卷》,頁225。

宇宙意識就是對有限人生與無限世界的感悟，即是人對無窮宇宙的無限的追問，而梁宗岱所說的詩中的宇宙精神就是詩的恆久的生命價值。"古今中外的詩裡有幾首能令我們這麼真切地感到宇宙的精神？有幾首這麼活躍地表現那對於永恆的迫切呼喊？"[①]此時梁宗岱也認為屈原作品進入到一個純粹的審美境界，成為"剎那底永恆"的詩人。正因如此，《屈原》一開頭便徵引雪萊(Percy Bysshe Shelley，1792—1822)《詩辨》的"一切上乘的詩都是無限的"說法以之互證、互識。情，當然是梁宗岱論詩的根本標準，卻不是更高標準，更高的標準是詩之情不能浮泛化而缺少深度，要表現出宇宙意識高度來對平庸詩風的超拔。從梁啟超的"抒情主義"到梁宗岱的"深度抒情"，《楚辭》"抒情"論有著深度品質了。

按照梁宗岱的說法：屈原先作了《九歌》，又作《天問》，次作《九章》，再作《離騷》，也作《卜居》和《漁父》，更作《招魂》，最後是《遠遊》。借用傳統的術語，這是由個別作品"神韻"變成屈原一生"詩史"。將情感"過程"本身作為一個對象來予以特別的考察，是梁宗岱《楚辭》研究的特點。它凸顯了屈原自我塑造(self-portrait)、創作歷程與文體特徵的"變化性"和"複雜性"，在方法上改變了梁啟超屈原詩歌靜態研究的路子，而變為一種動態的詩學研究。固然"這種先後序列至今已經是無法印證的千古之謎了"，[②]被李長之批評為"拙劣的工作"，但這種依據"過程"排定可能產生的先後順序的方法卻有梁宗岱對生命體驗的意義。

總之，梁宗岱是詩人，他是以詩筆的觸鬚"有意地走一條與當時所習見的，那種錮蔽於名物訓詁，偏重於古代典章制度和人物風俗的訓解，那種謹小慎微陳陳相因的繁瑣考據有所不同的路"，"偏蔽於名物訓詁的研究路數，其末流，只是旨在炫示研究者自身的博學，往往枝分脈散，漫失整

① 梁宗岱：《論詩》，《梁宗岱文集Ⅱ：評論卷》，頁 32。

② 陳太勝：《梁宗岱與中國象徵主義詩學》，頁 209。梁啟超在《屈原研究》中認為《離騷》是"最初的作品"，《天問》"或是未放逐以前所作"，《九歌》《九章》《遠遊》《招魂》《卜居》與《漁父》是"放逐後"依次的作品。其先後順序顯然與梁宗岱不同。文學的感情因素和模糊特點，不同論者的體會和理解自然頗為軒輊。

體,好比歧途亡羊,無所歸宿,最終與體認屈賦精深博奧的生命體驗、文化思想內涵和美學意蘊相去甚遠。在梁看來,作品既然是詩人感情的表現、流露和意志的表達,是詩人驅遣其感覺、思想、感情和想像力的產物,那麼不言而喻,批評者惟有調動起自己相應的心靈感覺、思想和想像力,與古詩人神遊冥合,與之處於同一境界,對其表達詩意時的苦心孤詣感同身受,才有可能辨認、把捉和揣摹得他獨特而又完整一貫之'靈象'。梁決定信任自己的內心體認,去究竟屈賦的原委,通過一種類似於心心相印的路徑,就作品本身尋找出證據,證明詩人或顯或隱地披露在作品中的心靈、氣質和內在經驗","因而整個尋索,事實上成了瀰漫著批評者人格情感的史述,批評者的才情同時又使得述論有了抒情的藝術意味"。[①] 兼有詩人的感興,其詩性智慧和自由悟性,使得梁宗岱的《屈原》在現代《楚辭》研究,甚而是現代詩學都是獨特的。

四、李長之:感情的批評主義

有意思的是,針對梁宗岱的《屈原》,李長之寫過評論文章《梁宗岱〈屈原〉》(1941),認為此書是一則"批評(而且是上等底審美批評)和文學史上的工作(那卻是拙劣的工作)之交糅。這就是全書的致命傷"。再則,"他一意求美","可是也有些地方,求美太過,顯得太吃力,太不自然。甚而為求美,而犧牲了邏輯","假若作者謹守批評的立場,對屈原(以及非屈原)的作品,只作一串單個的審美的考察,那我們就只有滿意了。可是他一方面不能忘情於和一般考據家打筆墨官司,他的反攻卻只見有情感,而不見有可靠的證據,另方面他又不禁技癢,自己也參進了考據的迷陣,卻只顯得武斷和拘促"。[②] 梁宗岱像冥契主義者僅從他對屈原心靈與情感的感悟、共鳴出發,肯定了許多被李長之稱為"鐵案如山"的偽作,因而主觀隨意性更強,客觀性、科學性上較欠缺,所以,李長之批評他"太追求美,也容易遇到

① 李振聲:《梁宗岱批評文集·編後記》(廣東:珠海出版社,1998年),頁297—298。

② 李長之:《梁宗岱〈屈原〉》,載《李長之文集》,第3卷,頁212;215;214。

不美”。

1941年以前,李長之論屈原的文章主要有兩篇:《屈原作品之真偽及其時代的一個窺測》(1934)、《孔子與屈原》(1941)。① 前文對屈原作品真偽的考證,其實仍與歷代研究屈原的學者大有不同,“他主要不是通過屈原作品中涉及的地名、人名、時間、事件等內容推測此篇是否是屈原作品”,②他仍是與梁宗岱一樣端看作品的精神氣質與風格和他認定的屈原精神是否一致來“窺測”屈作的真偽。應當說,這一態度與方法其實與梁宗岱無甚差別的,只是有時更多結合、參考陸侃如等學者的考據。其實,這一方法的主觀性依舊很強,李長之自己也說:

> 考證,我不反對,考證是瞭解的基礎。可是我不贊成因考證,而把一個大詩人的生命活活地分割於餖飣之中,像饅頭餡兒。與考證同樣重要的,我想更或是同情,就是深入於詩人世界中的吟味。③

李長之的“同情”或“吟味”與梁宗岱的“走內線的路”一脈相承,同樣觸及文學批評中的“情感體驗”問題。“一部藝術作品中的價值的分佈即我們對待它的感情”,李長之讚賞的狄爾泰(Wilhelm Dilthey,1833—1911)如是說。④由此,李長之明確標舉“作品中個性的永在論”及由此而來的“感情的批評主義”(或曰“批評的感情主義”):

① 另外,1935年在天津《益世報》文學副刊有評郭沫若《屈原》的文章:《屈原》。至於1949年以後,李長之研究屈原的專書文章則有《中國文學史研究提綱(初稿)》(1950)、《中國文學史略稿》(1953)以及《端午節和屈原》(1953)等文章。

② 張蘊艷:《李長之學術——心路歷程》(北京:北京大學出版社,2006年),頁113。

③ 李長之:《道教徒的詩人李白及其痛苦·自序》,《李長之文集》(石家莊:河北教育出版社,2006年),第6卷,頁3。

④ 1940年李長之曾翻譯瑪爾霍茲(Werner Mahrholz,1889—1930)的《文藝史學與文藝科學》一書,該書對狄爾泰文論大加讚賞,不僅如此,在譯文中詳細加註了狄爾泰的“體驗”等重要術語。雷納·韋勒克(Réne Wellk,1903—1995)指出:“狄爾泰擯棄了要把價值脫離於評價過程的價值理論。價值在他看來無非是情感的一個表現。”“因此對文學中價值的理解終究又是對感情的認識,因為理解的全過程是 Einfühiung,移情。”見雷納·韋勒克著,楊自伍譯:《近代文學批評史》(上海:上海文藝出版社,1997年),第4卷,頁385。

> 批評的態度,喜歡說得冠冕堂皇的,總以為要客觀。……我倒以為該提出似乎和客觀相反然而實則相成的態度來,就是感情的好惡。我以為,不用感情,一定不能客觀。因為不用感情,就不能見得親切。在我愛一個人時,我知道他的長處,在我恨一個人時,我知道他的短處,我所漠不相關的人,必也是我所茫無所知的人。……感情就是智慧,在批評一種文藝時,沒有感情,是絕不能夠充實、詳盡、捉住要害。我明目張膽地主張感情的批評主義。①

這一批評觀可從三方面加以解讀:首先,李長之指出作家和常人的不同處,一是審美成分多;二是有"具體化"的能力,二者歸結到一處,即作家比常人更富有情感與表現;三是李長之在替作家的情感找到了美學的依據後,進而將情感和詩人的人格聯繫起來,說詩的本質在於"真的情感,真的情感有高下大小之分,這依賴詩人的人格"。李長之便以抒情的真誠性作為識別屈原人格的尺度。其次,李長之主張用體驗的方法進行批評,他分析批評過程有兩步:一,批評主體的感情是批評過程中始終活躍的成分,體驗時要愛憎各別,"唯獨如此,才不顧惜,也不求全,也才能夠公平"。二,帶愛憎走向作品,不是以自己的愛憎模糊對象,相反"批評家在作批評時,他必須跳入作者的世界……用作者的眼看,用作者的耳聽,和作者的悲歡同其悲歡"。用共鳴體驗的方法進行批評,它欲揭示的是能夠"溝通於各方面的根本的感情","是抽去了對象,又可溶入任何的對象的",用今日的術語即是情感已經可以成為"典範",這就是李長之所謂的"感情的型"的批評。三者,李長之的"感情"不排除個性色彩,卻指向"感情的型",所謂"感情的型",既要有"感情",更要能"型",而"型"的典範仍必須"借助者為語言,好的作品就是把語言駕馭好了的",並且,所謂風格"在文藝上便是指的作者對於語言文學的運用",這樣,傳統文論的人格與風格問題的實質,便

① 李長之:《我對於文藝批評的要求和主張》,載《李長之文集》,第3卷,頁20。

就是人格與語言的關係,這即是李長之的感情語言觀。①

“感情的批評主義”其實就是“體驗批評”。在古代中國的文學批評中,強調情感體驗實在是屢見不鮮的。“但李長之的獨特處在於,他站在區分自然科學與精神科學,並自覺為文學批評確立方法論原則的新立足點上,探索生命體驗問題”。② 從梁啟超說“向上提挈,向裡體驗”,至梁宗岱所謂“文藝底欣賞是讀者與作者間精神底交流與密契”,終於來到李長之的“我想更或是同情,就是深入於詩人世界的吟味。”現代《楚辭》研究在“考證”外,通過“情感”,重新發現“體驗”維度。對李長之而言,批評家對於文學的切身體驗是文學解釋有效性的保證。“體驗批評”是建立在李長之對人性持久性的認識上,同時對人類感情的共通性的信任,尤其是屈原所表現的具有普遍性的人類情感,諸如人的悲歡離合等等,無不是人們所共有的。因此通過對屈原情感的體驗,回到屈原所處的情感世界,讀者能夠體驗到屈原從事《楚辭》創作時的情感波瀾。唯有對屈原的情感有共同的體驗,對屈原的作品的詮釋才能接近作者的表達,這樣的理解才不失通過體驗進入歷史,歷史與體驗之間互相的補充,體驗讓歷史鮮活起來,歷史也讓體驗具有可靠的背景。如此,進入屈原情感的閱讀,對讀者而言更是開拓自身心靈疆域的活動,批評對讀者而言就是自身心靈豐富的過程。

“我們不談則已,談就必須就孔子、屈原、司馬遷、杜甫、吳道子、王羲之、倪雲林、王陽明……等人所成就的看,絕不能就一般沒有知識、沒有教養的人的成就看。站在高級,可以瞭解低級;站在低級,卻不能夠瞭解高級,我們把最高的成就明白了,對於許多通常的平凡的現象,倒未始不可

① 參考江守義:《感情的批評主義——論李長之的文藝批評》,《中國文學研究》,2001年第2期(總第61期),頁72—75。以及梁剛:《理想人格的追尋——論批評家李長之》(北京:北京大學出版社,2009年),頁73—74。

② 梁剛:《理想人格的追尋——論批評家李長之》,頁65—66。李長之認為:“雖同為科學的對象,而自然科學的對象與文學科學的對象亦有相異者在。作品究竟不是石頭,不是細胞,甚而也不是簡單的刺激反射的心理現象。”“文藝批評家的工作,有一半是和自然科學家相同的。……然而文藝批評家還有和自然科學家不同的一半,便是不但要真相,還要真價。在這一方面文藝批評是一種藝術。”

以更容易地把握其意義”。因此，李長之的古典文學研究從一開始也從大作家、大作品入手，那是“理想人格”的代表，文學批評家把握對象的卓異特識，首先在這裡顯示出來。循此，《屈原作品之真偽及其時代的一個窺測》雖然談的是屈原的真偽，但在文章的《導言》中，李長之抒情地寫道：

> 我無時不在想批評——其實是理解，或者毋寧說是禮讚——屈原的作品的，因為，當我們越多生活一天，越多在人與群的關涉裡呼吸一天，越多熟悉於這衰老的短淺、油滑、世故而個人利害那樣分明的同胞們的生活方式一天，我們便越覺得在那裡是有一個人：他是全然和這周圍窒塞人生命的空氣相反，他是以一人之勇，而敢於和這作激烈的衝突。他是終於犧牲掉在這些貪生怕死的庸劣卑怯之徒所視為最寶貴的生命，而絕不後悔或疑慮，只為的是保全自己那高潔、堅貞、遠大和悠久的信念之尊嚴，這是多麼令我們應該帶了驚異的目光去看著的呢，這人是屈原，他有超乎世界上任何珍貴的東西遺留給我們了，這便是他的作品。我常覺得，我們不能冷冷地把他的名字混入我們所記得的平淡的古代的人名錄之中，他的作品，我們也不應該使之無聲無息的只壓埋在宋版的、明版的，鉛印或石印的飄飄的紙篇之下，正如我方才所說的，我們應該驚異，是的，驚異！這才是恰切的字！①

在李長之看來，屈原是因為不見容於污濁的塵世，為保全自己的信念與尊嚴而自沉的，而這正是完善自我人格的表達方式，這一為信念與理想奮不顧身的精神，正符合李長之所認定的浪漫的“感情的型”所規定的情感原質——失望與憧憬。循此作為座標，李長之判斷《楚辭》中哪些作品是符合這一“感情的型”的，哪些是不符合這一“感情的型”的，據此判斷屈原作品的真偽，其底蘊又不僅只在“型”而在“感情”了，而“感情”正是李長之價值

① 李長之：《屈原作品之真偽及其時代的一個窺測》，《李長之文集》，第7卷，頁228。

情懷的寄託。譬如《惜往日》,他認為與“屈原的可靠的作品”比較,此篇“文章太壞而完整,在屈原自己的作品中有壞的,可是其中必定很亂”、“情緒不對,態度不對”,不是屈原作品,原因之一是“屈原是勇敢的,是強的,他的入世色彩是濃烈的,他的撒手而去正是示威的,正是不屈的”,他是“寧溘死以流亡兮,余不忍為此態也”,此態也即奴才之態。但在《惜往日》的作者手裡則“十分卑怯,成了一個弱者:‘寧溘死而流亡兮,恐禍殃之有再。’”[①]又譬如《漁父》,他認為也不是屈原的作品,因為該文文義是“贊成圓活的,是老莊式的滑頭的‘和光同塵’的灰色人生,正可以和屈原精神作一個對照”。[②]再如《大招》《招魂》,他認為也不是屈原所作,因為“屈原要死,而《大招》和《招魂》要活,大不同就在此”,“在《大招》裡一切是樂觀的,一切是美滿的……完全是歌功頌德了,屈原能出諸口嗎?”因此,李長之認為《大招》是“宮廷文學”。《招魂》“在情緒上,較《大招》尤為深摯。它的技巧,是更慣用刺激強的文字”,“然而同情和瞭解,並不礙於精神的相違,屈原是不得於現世的”,[③]所以,《招魂》僅能是“宋玉卻是哀屈原之不得於現世的”。這些“論必非屈原所作之作品”的判斷,“因為思想精神上的不同,我們是沒法斷給屈原的,而文字的拙劣者,我們也實在不忍得斷給屈原的”。總之,這樣“感情的批評主義”正是李長之對“感情的型”的親證性實踐。

到了 1941 年,李長之寫了《孔子與屈原》一文,他對屈原情感、個性本位的價值觀的認識並未改變,但對情本體的內涵的本身,卻有了一些修正,他通過屈原與孔子兩位“典型”,並以孔子為參照,引入“古典精神”來深化、映照屈原的“浪漫精神”。這是對情感內涵的“寫實”與“浪漫”外的進一步拓展。李長之認為孔子與屈原一如西方歌德與席勒、托爾斯泰與杜斯

---

① 李長之:《屈原作品之真偽及其時代的一個窺測》,《李長之文集》,第 7 卷,頁 233。

② 李長之:《屈原作品之真偽及其時代的一個窺測》,《李長之文集》,第 7 卷,頁 234。與《漁父》並稱的《卜居》,李長之也認為是偽作,因為仍然是“老莊的派頭”,“也依然是對屈原的一種諷嘲”。

③ 李長之:《屈原作品之真偽及其時代的一個窺測》,《李長之文集》,第 7 卷,頁 236—238。同樣角度,《遠遊》不是屈原作的,也因為“屈原是死而不逃的,這篇卻是苟活而退縮的,全然兩個世界”。

妥益夫斯基,是“代表人類精神上兩種分野的極峰”的“兩個偉大而深厚的天才”。孔子是“美”的、“社會”的、“外傾”的、“理智”的,因而是“古典精神”的代表;屈原是“表現”的、“個人”的、“內傾”的、“情感”的,因而是“浪漫精神”的代表。但兩人都“熱心救世”,孔子“為理想而奮鬥”,屈原也“為實現理想而奮鬥”。縱然李長之認為“孔子與屈原,誰高誰下呢?我說,都高,但是沒有誰下。一切偉大的天才是平等的,孔子與屈原平等”。但由於李長之對“浪漫精神”的偏愛,他甚至發現並專門論證了“孔子之浪漫情調”。[①]因此,他說:“受了孔子的精神的感發的,是使許多絕頂聰明的人都光芒一斂,願意作常人。”“反之,受了屈原的精神的影響的,卻使許多人靈魂中不安定的成分覺醒了,願意作超人。”[②]於是,他將中國的傳統人格分成了兩個類型,一類是像孔子那樣代表著古典主義的人格特徵;一類是屈原那樣代表著浪漫主義的人格特徵。“古典”是社會本位的,“浪漫”是個人本位的;“古典”是理智,“浪漫”則情感。但李長之在突出孔子的“古典”理智的同時,仍不忘強調孔子人格所包蘊的感情。他認為:

> 說真的,孔子像世界上一切偉大的人物一樣,他不但有情感,而且他的情感是濃烈的。……孔子的出語有時候很濃重,例如:“見義不為,無勇也,非其鬼而祭之,諂也!”“有殺身以成仁,無求生以害人!”“朝聞道,夕死可矣!”……都令人感到那是字字有萬鈞之力,絕非出自一個根性清淺的人之口。當顏淵死了時,他簡直叫著說:“噫!天喪予!天喪予!”他的感情何嘗不濃烈?到了他討厭一個人的時候,他便會說:“非吾徒也,小子鳴鼓而攻之,可也。”到了他焦灼而不得分辨的

① 李長之:《孔子與屈原》,載《李長之文集》,卷3,頁172—192。在《道教徒的詩人李白及其痛苦》(1941)中,他說李白“為生命和生活而奮鬥”的具有“浪漫精神的精靈”。在《司馬遷及其時代精神》(1946)中,他稱司馬遷是“詩人”,並且是“抒情詩人”,是“第二個屈原”。在《司馬遷的人格與風格》的自序中,他也說:“本書的書名,原想叫《抒情詩人司馬遷及其悲劇》。”

② 關於當時的《楚辭》研究中,常有借用西方史詩英雄模式來解釋屈原的“超人性”,可以參考勞倫斯.A.施耐德(Laurence. A. Schneider)著,張嘯虎、蔡靖泉譯:《楚國狂人屈原與中國政治神話》(武漢:湖北教育出版社,1990年)第三章《人與超人》,頁85—123。

> 時候,他便會說:"當仁不讓於師!"當別人說:"非不悅子之道,力不足也"時,他便會給了一個十分厲害的當頭棒喝:"力不足者,中道而廢;今汝畫!"……他對於音樂高了興時,又可以三月不知肉味。我們可以都看出這是一個生命力多麼豐盛深厚而活躍的人物。

看來孔子仍是李長之的"感情的型","孔子精神在核心處,乃仍是浪漫的"。李長之發現,在個人與群體這對矛盾中,孔子找到一個協調方法,那就是崇"禮"。"'禮'可以說是情感與理智的一種妥協,但卻是一種巧妙而合理的妥協"。與此對照,"屈原是不行的,他的社會理想既以個人為起點,所以對於個人的過失到了不能原諒,不能忍耐的地步。最後他實在無從妥協了,於是出之一死"。屈原的個性使他只能選擇自殺,"但他並不是弱者,也不是由於對世界澹然。反之,他乃是一個強者,他未被世界上的任何邪思所征服,他沒有妥協半點,最後,為了他自己的精神的完整……才甘心葬身魚腹"。① 在此,李長之又明確把"理想人格"與旺盛充實的生命力相聯繫,即"生命是美的,而充實的生命更美,假若把充實的生命潛力統統發揮出來,則更美"。李長之這裡的"美"顯然與梁啟超的"崇高"是可以互文的,但與梁宗岱的"崇高"就稍有出入了。

藉用伽達默爾(Hans-Georg Gadamer,1900—2002)的話,經典之為經典,是因為"其所言不是關於過去的敘述,不是僅僅作為需要闡述的事物的證明,而是對現在說話"。把這篇文章與 1936 年他對屈原的看法作比較,就可看出他從 20 世紀 30 年代到 40 年代的思想履印。張蘊艷分析道:

> 20 世紀 30 年代,也就是李長之思想的早期,他認為個人價值的實現是以其人格的完善為目標的,對信念與理想的堅守就是個體人格完善的內涵,也是浪漫精神的內涵。到 20 世紀 40 年代,也就是李長之思想的中期,浪漫精神的內涵依然是對信念與理想的堅守,可是

① 以上引文俱見李長之:《孔子與屈原》,載《李長之文集》,第 3 卷,頁 172—192。

> 對信念與理想的堅守不再僅僅是以個體人格完善為目標，也以“救世”為目標，信念與理想的內涵也不再僅僅是指向個體，同時也指向民族與國家。①

當孔子與屈原比觀時，這也預告了愛國的屈原將要出場了。②

文章至此，我們可以比較李長之與梁宗岱對屈原的認識，他們雖然都運用“體驗批評”，側重於描繪屈原的情感原質與人格特質，但兩者又有很大的不同。李長之筆下的屈原是一個為理想與信念一味地上下求索的朝聖者形象；③梁宗岱筆下的屈原則是“一串內心衝突底爆發，一串精誠和憂憤，熱望和悔恨，怨艾和挨訴，眷戀和幻滅底結晶”。對屈原矛盾心態的過程性觀照，使得梁宗岱把許多在《楚辭》學界存在爭議的屈原作品都當作真品，但對視屈原為“個體人格完善”的李長之而言，這些作品都“必非屈原所作”，“用作者的眼看，用作者的眼聽，和作者的悲歡同其悲歡”。看來僅能是一種“理想境界”而已，不同的人可以作出不同的意義解釋。但對他們而言，進入作品的意象世界，進入感情的世界，以與屈原的情感、精神相往來，玩味尋繹以至人格境界的提升，才是他們共同終極的目的。

五、結語

學者樂於徵引的英國理論家雷蒙德·威廉斯（Raymond Williams，1921—1988）曾提出“Structures of Feeling”這一術語範疇，用來描述“對特殊地點和特殊時代性質的感知”。這種感知本身就是“一個時期的文化”，

① 張蘊艷：《李長之學術——心路歷程》，頁 116—117。

② 在《中國文學史略稿》（1959）中，李長之改為認定屈原作品“繼承並發揚了《詩經》的現實主義傳統”。

③ 李長之有一首題為《女嬃之歌》的詩，詩中有幾句是這樣寫的：“你心裡有什麼煩憂/面上這樣的哀愁/你既是一個男兒/不應該這樣優柔/你說世界上沒有好人/可是你又不忍逃遁/那麼，你愛什麼/屈平，你心裡這麼矛盾/……宇宙的秩序終是永久/偶而的敗壞仍當復歸/你應當把眼光放大/一切的芥蒂，可以化為烏有，請你心神舒展/請你止住淚流/請你用剛強降伏寂寞/好好把至貴的性格護守。”見《苦霧集》，載《李長之文集》，第 3 卷，頁 230—231。《夢雨集》中的《女嬃之歌》，意思大體相同。

"是一般組織中所有因素產生的特殊的既存結果"——"它同'結構'所暗示的一樣嚴密和明確,然而,它在我們的活動最微妙和最不明確的部分中運作"。[①] "Structures of Feeling"有時也被譯為"感覺結構",但是相對而言,"情感結構"是一種更準確的譯法,[②]因為這裡涉及的,不僅有感覺、感性,還有情緒、情感,即通過對感覺、感性的組織和塑造而形成的一種情感性的主體意識。近、現代哲學與文學的"感性"、"情感方式"如何形成,是現代性的標誌。自從梁漱溟以重"情"為中國文化之特徵以來,"情"無疑地也為中國思想、中國哲學的自我確立提供了極其重要的思想資源,乃至成為其重要的思想標誌:如方東美強調中國哲學重"情之蘊發",牟宗三力圖以"性之情"來重建中國哲學,李澤厚嘗試以"性之情"融合"知之情"來復興中國哲學。[③] 但是,他們的論述比較抽象,它只構成某種理念,卻抽去了個體面臨或抉擇存在時所必然產生的思慮、意緒和情感。在那個如梁實秋所描述的"現代中國文學,到處瀰漫著抒情主義"的時代,[④]"抒情主義"強調文學在本質上是表達主觀情感的感性形式,"表情"似乎成為文學作品超歷史的共時性的原則下,當時文壇正在經歷一段從簡單抒情主義到反抒情主義、再到深度抒情的正、反、合辯證運動,[⑤]與之平行,流風所及,梁啟超、梁宗岱與李長之三人也展開對《楚辭》的抒情主義式的分析,他們對屈原的情感與作品表情細膩的感受和體驗,說明了屈原及其作品的現代價值,也見證了這一個時代的"情感結構"。可惜,除了鼎鼎大名的梁啟超外,現代《楚辭》研究的專著如黃中模《現代楚辭批評史》或李中華的《楚辭學史》

① 羅鋼、劉象愚主編:《文化研究讀本》(北京:中國社會科學出版社,2000年),頁131—132。

② 王德威在《"有情"的歷史——抒情傳統與中國文學現代性》一文中,譯為"情感結構"。見王德威:《現代抒情傳統四論》,頁4。

③ 參見方用:《20世紀中國哲學建構中的"情"問題研究》(上海:上海人民出版社,2011年)一書。

④ 梁實秋:《現代中國文學之浪漫的趨勢》,載《浪漫的與古典的・文學的紀律》(北京:人民文學出版社,1983年),頁14。

⑤ 張松建:《"抒情"詮釋學——論中國現代抒情詩學的三個結構》,載《九州學林》,2011年(春季號),頁120—153。另見張松建:《抒情主義與中國現代詩學》。

都未提及梁宗岱與李長之的《楚辭》研究。一本研究現代《楚辭》的名著 Laurence Schneider, *Madman of Chu- The Chinese Myths of Loyalty and Dissent* (San Francisco: Berkeley, 1980)[中譯本:《楚國狂人屈原與中國政治神話》]也未有措辭。① 有鑑於此,本文從"抒情"角度撮述梁啟超、梁宗岱與李長之的《楚辭》研究的若干重要內容,庶可補白現代《楚辭》研究的缺頁。

① 《楚國狂人屈原與中國政治神話》一書,施耐德在第三章討論"屈原在中華民國時期",論及劉師培、王國維、魯迅、梁啟超、郭沫若、謝无量、林文慶、郭銀田、聞一多等學者,卻未提到梁宗岱與李長之。